北村透谷詩 読解

桑原敬治 著

三弥井書店

目次

I

凡例

一、頭注を付した透谷の詩は、『校本　北村透谷詩集　橋詰静子』（目白大学社会学部情報学科発行）に、初版本通りに復元されて収録されているものである。

一、『楚囚之詩』の底本は、日本近代文学館所蔵の初版本北村門太郎著『楚囚之詩』（明治二二・四・九、春祥堂刊）。『蓬萊曲』の底本は、日本近代文学館所蔵の初版本透谷蟬羽著（明治二四・五・二九、養眞堂刊）である。

一、抒情詩は、生前に発表されている作品に限定して頭注を付した。『校本』（「校本「透谷抒情詩歌集Ⅰ」（『北村透谷詩歌集成』三））に収録されているものであり、所収の詩の題名と初出誌、刊行年月日、が記されている。

一、透谷の文章は、筑摩書房版『明治文學全集29北村透谷集』を底本とした。

一、文中で書名は『　』、雑誌名・論文名などは「　」で示した。

一、透谷の作品では、『楚囚之詩』『蓬萊曲』と『我牢獄』『宿魂鏡』、旅行記でもある『富士山遊びの記憶』『三日幻境』を『　』にした。

一、底本に記されている変体仮名は、復元に努めたが、「波」については「ハ」となっているのでご了承願いたい。

Ⅰ

『楚囚之詩』

1　略歴（一）

『楚囚之詩』が発行されたのは一八八九年（明治二二年）四月九日、読み解くにあたって作者・透谷の時代状況との対応が問われている作品である。

明治二〇年代には、今日まで継承されている日本近代社会の外郭が整えられて機能し始めている。大日本帝国憲法が公布されたのが一八八九年（明治二二年）の二月一一日、第一回の総選挙は二三年の七月に行われている。一八八二年（明治一五年）の「軍人勅諭」に継ぐ天皇の国民への勅諭である「教育勅語」（「教育ニ関スル勅語」）が発布されたのが一八九〇年（明治二三年）の一〇月三〇日、第一回通常議会はその翌月に招集されている。

日本近代文学もこの時期に形態が整えられている。丸山真男の「近代日本の知識人」（『丸山眞男集』第一〇巻）では、国家体制としての「国体」が大日本帝国憲法と教育勅語の発布によって威容を整えるようになったとき、「反政治もしくは非政治的態度」を特徴とし文学の聖域に立て籠もる近代文学が産声をあげ、そのような「反政治」あるいは「非政治的」な美の論理は、「全政治主義」に翻転する可能性を秘めていたと解説されている。小熊英二の『〈民主〉と〈愛国〉戦後日本のナショナリズムと公共性』（新曜社）のひそみに倣うと、〈民主〉（近代化）は大日本帝国憲法の発布・国会の開設に、〈愛国〉（国家主義）は「勅語」による国民の「国体」への忠誠化に該当して、日本のナショナリズムは間違いなくこの時期に形成されていたのである。

透谷が生まれたのは、慶応から明治と改元された一八六八年の一二月二九日(陰暦一一月一六日)。出生地は小田原・唐人町。本名門太郎。父北村快蔵二六歳、母ユキ一九歳の長男、祖父玄快は小田原藩医だった。

透谷が泰明小学校を卒業するまでの北村家の動向を略記する。

一八六九年(明治二年)父快蔵、単身上京して昌平学校に入学。

一八七一年(明治四年)祖父玄快、隠居して快蔵相続。九月、「大学校」(昌平学校が改称されていた)が閉鎖されて快蔵、卒業。

一八七二年(明治五年)快蔵、足柄縣官員となる。

一八七三年(明治六年)弟垣穂、出生。父母は垣穂をつれて東京に移住。父は大蔵省に勤め、母ユキは日本橋照降町の自宅で呉服屋を開いた。四歳の透谷は祖父母のもとに残された。

一八七五年(明治八年)透谷、小学下等八級に入学。

一八七八年(明治一一年)玄快が中風でたおれたため、快蔵は官を辞して妻子を伴い小田原に帰る。

一八七九年(明治一二年)快蔵、九月、神奈川県足柄下郡書記となり松田に通勤。

一八八〇年(明治一三年)快蔵、一一月、大蔵省に転任。

一八八一年(明治一四年)四月以前、ユキ・透谷・垣穂、東京に移住、京橋区弥左衛門町七番地。母は前年垣穂が継いだ丸山家の名義でたばこ小売店を自宅に開いた。透谷兄弟は泰明小学校に転校。

「北村透谷は自由民権運動に参加した数少ない文学者のひとりとして、ユニークな地位をしめている。また、透谷が明治前期の洪水のような欧化の潮流のなかで、よく独創的な思想家として終始しえた稀有な存在としても、きわめてユニークである」、色川大吉の「自由民権運動の地下水を汲むもの」（『新編　明治精神史』）に記されている一文であるが、透谷の文学・思想は、民権運動とかかわりを持った青年期の体験を基盤にして形成されていく。

小学校卒業から『楚囚之詩』成立までの足跡は次のようである。

一八八二年（明治一五年）一三歳

一月、泰明小学校卒業。卒業式場で「空気及び水の組成」という題で講演をした。（「明治日報」）

この年には、芝区愛宕下の岡千仭の漢学塾・綏猷堂、本郷区丸山の英語中心の受験予備校・共慣義塾、山梨県南巨摩郡の英・漢・数の私塾・蒙軒学舎に入学していずれも短日月で退塾している。（「［石坂ミナ宛書簡草稿］一八八七年八月十八日」など）

一八八三年（明治一六年）一四歳

三月二八日から五月一日まで、神奈川県会の臨時書記となり日給二円。この間、母方の親戚吉田良信方に寄遇。県会終了後、英語習得のため横浜居留地二〇番館グランドホテルにボーイとして雇われた。（「金子さく書簡」）
六月から一二月頃まで、田鎖綱紀の日本傍聴筆記法講習会に参加。（「速記彙報」明治二二年）
九月七日、東京専門学校（早稲田大学の前身）の政治科に入学。（「東京専門学校学生名簿」・一〇月七日の「東京専門学校日記」には「北村門太郎下宿ス」とある）
一八八四年（明治一七年）一五歳
一月、神田錦町の静修館（神奈川県有志の協力でできた寄宿舎）に在館。（『大矢正夫自徐伝』）
五月一二日、祖父玄快、小田原で死亡。
七月下旬、南多摩郡川口村秋山国三郎家に二泊して富士登山。（『富士山遊びの記臆』）
一〇月一八日、石坂公歴を中心とするグループと静修館員による読書会に参加。会員調査票には「北村門太郎東京専門学校政治科在学中静修館に在留」とある。
一一月一五日、神田須田町鷲屋での第五回講読会に出席している。（『新編 明治精神史』）この日以降に大矢の招きに応じて川口村の秋山国三郎宅に赴き、数ヶ月滞在。（『三日幻境』）
一八八五年（明治一八年）一六歳
三月、大矢上京して本所柳島の有一館に入館。（『大矢正夫自徐伝』）
透谷もこのころ川口村をあとにしたと思われる。
六月一五〜二三日、南多摩郡鶴川村の石坂昌孝邸に公歴と共に滞在。この時、共立女学校の夏休みで家にいた公歴の姉ミナに会っている。（石坂公歴「天縦私記」）

八月下旬以降、『富士山遊びの記臆』を執筆。
九月一六日、東京専門学校専修英語科に再入学。（「東京専門学校学生名簿」）
このころ大矢から大井憲太郎らの〈朝鮮革命計画〉（一一月二三日に発覚した大阪事件）への参加を誘われたが断る。（『三日幻境』）
一八八六年（明治一九年）一七歳
一月、父快蔵、大蔵省記録局を非職となる。伝記の空白の期間とされているが「［父快蔵宛書簡草稿］一八八七年八月下旬」の末尾に、「生が生の生活を撰むに横濱の西洋人の如く専横奸悪なる人の下に壓抑され居るの望なきを悟り玉へかし」とあるところなどから、翌年の前半期まで横浜で西洋人に雇用されていて、その間に英語を習得してしまったのである。
一八八七年（明治二〇年）一八歳
七月一四日、石坂ミナ、横浜の共立女学校和漢学科を卒業。本郷龍岡町の父昌孝の家で透谷と会う。
八月、二人の間で恋愛が昂揚した。自己の生き方を反省してキリスト教に入信。六月と八月に商業での失敗や敗北が記されているが、商業で身を処そうする意図があったのではない。（「［父快蔵宛書簡草稿］一八八七年八月下旬」）
一八八八年（明治二一年）一九歳
三月四日、日本基督教一致教会所属の数寄屋橋教会で受洗入会。
一〇月二日、父快蔵、隠居、門太郎相続。

一一月三日、石坂ミナと京橋区弥左衛門町の父母の家で、田村直臣牧師の司会により挙式。二人は父母の家に同居した。

一八八九年（明治二二年）二〇歳

四月九日、『楚囚之詩』自費出版。「透谷子漫録摘集」（星野天知編の『透谷全集』（明治三五年）に収録されている断片的な日録、日記から恣意的に抜粋されていると思われる）の記載は四月一日から始められている。

「透谷子漫録摘集」（以下「日記」と略称）の末尾部分には、「顧れば明治十七八年の頃桃紅日録と題して日に記し来れる文字今はなし」と記されていて、書き記すこと――自己表出は透谷の生の展開に同伴していたのである。『楚囚之詩』発表以前の資料は少ない。しかし、論旨は一貫していて、透谷の文学・思想形成の原質として忽せにできない。

民権期の資料

漢詩二編　肖像写真の桐箱の蓋に墨書されている。一八八三年（明治一六年）末頃、自由民権運動に参加するにあたっての決意が表明されている。七言絶句の冒頭には「世途困難」とあって運動の現状への認識もうかがえるし、「何論青史姓名垂」という決意は生涯貫かれていく。

哀願書　父宛の書簡と考えられる自筆の草稿で一八八四年（明治一七年）秋、川口村での所謂・幻境生活に先だっての心境がうかがえるもの。「弱肉強食ノ状ヲ憂ヒテ」とあるのは、困民の要求に応じられなかった民権運動の実態から発想されているが、大局的な視点に移行すれば、「弱肉強食ノ状」は今日まで継承されている資本主義社会の隠然たる基本倫理である。

『富士山遊びの記臆』　一八八五年（明治一八年）夏、前年富士登山した時の心境を記憶に留めて置くために記された未完の旅行記。戯作調の文体で記されていて、八王子近郊の民権運動に身を措いて半年余り、「盟ひの友にも言ひ兼」ねるほどに運動の実態に疑問を抱いて煩悶していた心情が叙述されている。

書簡と書簡草稿類　一八八七年夏、石坂ミナとの恋愛の期間に記されている書簡と書簡草稿（『北村透谷集　明治文學全集29』筑摩書房）には、一四通の書簡類が収められているがそのうちから五通を紹介する。

―［石坂ミナ宛書簡草稿］一八八七年八月十八日　「生のミザリイを聞いてたも」と、ミナに呼びかけて経歴が語り継がれているが、具体的な事実を巧みに捨象して心緒の転変が記されている優れた伝記作品。『三日幻境』（一八九二年）に叙述されているそれ以降の心情を補足していくと、透谷の思念の形成過程がほぼ推察できる。

―《北村門太郎の》一生中最も惨憺たる一週間　ミナとの恋愛の過程で、雑駁な壮士的な倫理観が一挙に克服されていく心機の妙変が記されている。

―［父快蔵宛書簡草稿］一八八七年八月下旬　ミナの「眞の神の教を以て衆生を救はん」とするキリスト観に共鳴して、かっての自分は「名譽と功業」を願う痴情に従っていたという内省が父に報告されている。

―［石坂ミナ宛書簡草稿］一八八七年十二月十四日　未整理の草稿であるが、資本主義システムの浸透を視界に留めて「蓋し未來の結果を想像する時ハ、再びのあの大洪水を來たすか然らざれバあまたのくりすとを出すにあらざれば、到底社界の破滅を免れざらん」と終末観が吐露されている。

――［石坂ミナ宛書簡草稿］一八八八年一月二十一日　かつての自分は、民権運動の実態に疑問を抱いて韜晦した心境に陥ってしまい、「天下の事成す可からず」と思っていたが「神の眞意を世に行ハん」とする至情によって、「世に盡くし民に致さんとするの誠情ハ悖然として舊に歸れり」と済世救民の至情の回帰と、固有のキリスト観が示されている。

2　詩人・透谷の誕生――『楚囚之詩』冒頭の一句

曾つて誤つて法を破り
政治の罪人《つみびと》として捕ハれたり、

作品はこの一句から始まり、詩人・透谷はここに誕生している。

題名『楚囚之詩』の「楚囚」とは透谷自身であり、どのような遍歴を経てこのような自己掌握に至りついたのか。そして政治の罪人として「捕ハれたり」という自己規定に至りついていく体験、さらには「曾つて誤つて法を破り」という心情が表象されていく経緯はいかなるものだったのか。「自序」からは書き終えた作品内容に対する自負の念が読みとれるのだが、この一句は日本近代詩の早暁を告げる言辞としてふさわしいのか、あるいは芸術的な未熟さの落し子だったのか。

年を追って心緒の転変が記されている「[石坂ミナ宛書簡草稿]」一八八七年八月十八日」の冒頭部分は、「親愛なる貴嬢よ生は筆の蟲なりと云はれまほしき一奇癖の少年なり、生は筆を弄《もてあそ》ぶ事を以て人間最上の快樂なりと思考せり」と書きはじめられていて、透谷の思念は自己を対象化して語り続けることによって形作られていく。この時期までに書きのこされている資料は多くない。しかし、自己形成の過程での原体験といえるもの、自由民権運動に参加しての感慨とミナとの恋愛の過程で味わった内部世界の情調とを相乗させて、創作主体を形成していく過程は克明に書き遺されていて、詩人・透谷誕生にいたる道程を推し量ることは可能なのである。

このミナに宛てた書簡草稿で、遍歴の過程は「アンビシヨンの病は遂に生の身を誤れり」と書き始められている。叙述をも参考にして足跡を記していくと、明治一四年小学校を卒業した頃から、新しい社会へのアンビションを抱いて自由民権運動の展開、国内の政治思想を視界に収めて、「政治家たらんと目的を定むるに至り奮つて自由の犠牲にもならん」と思い立っていた透谷は、一六年三月末から五月にかけて神奈川県会の臨時書記を務めた後、九月に東京専門学校（早稲田大学の前身）政治科に入学、年末には神奈川県自由党の東京における拠点であった神田錦町の静修館に入館している。そして翌一七年初頭、「何論青史姓名垂」（肖像写真の桐箱の蓋の表裏に墨書されている二首の漢詩の一節）と、壮士的な決意を抱いて八王子近郊での神奈川自由党の活動の末端に参加していったのである。

しかし、どのような行動をとりどんな事件に遭遇したかについては、大矢正夫など少壮の同志たちと盟約を結んだこともあったと推察できる程度で定かにならない。逆に七月下旬、甲州路を下り府中・日野・八王子を経て川口村秋山国三郎宅に大矢正夫を尋ねて二泊して富士登山していることが確認されている。そして自由党解党直後の一一月には、父宛と思われる奇怪な草稿・「哀願書」を記して川口村でしばしの隠遁生活に入ってしまうのである。

……世界ノ大道ヲ看破スルニ弱肉強食ノ状ヲ憂ヒテ此弊根ヲ掃除スルヲ以テ男子ノ事業ト定メタリキ然ルニ世運遂ニ傾頽シ……

右は「哀願書」からの抜粋である。この決意は「［石坂ミナ宛書簡草稿］一八八七年八月十八日」の明治一七年の項に「此時のアンビシヨンは前日の其れとは全く別物にして」と心境の変位を示唆したのち、「欧州に流行する優勝劣敗の新哲派を破砕す可しと考へたり」とある回想と符号している。

自由民権運動は周知のように明治七年（一八七四年）の土佐立志社の民選議院設立の建白に端を発しているが、それぞれ異なった要求の運動の複合と受けとれるものである。概括すれば支配層内部の士族民権から政治的な成長を遂げた在野の士族・豪商・豪農の藩閥専政政府に対する反対運動として昂揚し、やや停滞の兆しがうかがえる明治一七年には松方デフレ政策によって困窮した農民の闘争が加わるのである。

この年、負債返弁の延期宥恕を要求する農民の所謂騒擾事件は一六〇余りと伝えられている。八王子近郊でも松方デフレの影響を受けて一六年には不景気が進行し、透谷が民権運動とかかわりを持った一七年には負債農民の運動は相州の野を北上して、八月、八王子は武相困民党騒擾の中心地となっていく。八王子近郊の民権家が困窮した農民とどのように対処したかは、色川大吉の『新編　明治精神史』（中央公論社）に詳しく論究されているが、自由党員たちは困民の立場に立って仲裁しようとしなかったのである。また、八王子近郊での農民運動の展開の経過は平野義太郎の『自由民権運動とその発展』（新日本出版社）にも記されている。

「［石坂ミナ宛書簡草稿］一八八七年八月十八日」に「此時のアンビシヨンは前日の其れとは全く別物にして」と心境の変化が暗示されているのは、想い描いていた民権運動の様相と現実との相違に苦しんだ証左であろう。「哀願書」は、父にしばしの遁世を告げている書簡の草稿と読みとれるものである。

民権運動の主体が困民闘争に移行した明治一七年は、民衆史にとって重大な一年であった。透谷は歴史の転換点に立ち会っていたのである。そして自由民権運動の現実、近代化を推し進めている人々の実像に疑問を懐いて思念の変更を余儀なくされたのである。

川口村での生活は数ヶ月。一八年の夏には『富士山遊びの記臆』という未完の草稿が書き遺されている。

今ハ明治の明らかさ、夜とて暗からぬ光のもとに、足元の用心とても鳴き虫の書のあつさに堪へ兼ねて、草の根を掘り隠れ住む今の心地ハ苦しけれ、（中略）蟲さへも、順序のあるのに、人の身の斯く此世にハ定めなき、神經なき人のみ生ひ茂るとハはかなさや、右は冒頭部分からの抜粋で、同年に発表された坪内逍遙の『当世書生気質』の次のような叙述を意識して記されている。

さま〴〵に。移《うつ》れバ換《かは》る浮世《うきよ》かな。幕府《ばくふ》さかえし時勢《ころほひ》にハ。武士《ぶし》のみ時《とき》に大江戸《おほえど》の。都《みやこ》もいつか東《とう》京《きやう》と。名《な》もあらたまの年毎《としごと》に。開《ひら》けゆく世《よ》の余沢《かげ》なれや。貴賤上下《きせんじやうげ》の差別《けじめ》もなく。才《さえ》あるものハ用《もち》ひられ。

逍遙が文明開化の世を寿いでいるのに対して、『富士山遊びの記臆』は「この身ハ用なき世に生れ出でたる甲斐なさハ」と書き始められていて、現実社会の進展から距離を置いた姿勢が示されている。視線は「足元の用心とても」ない、社会の底辺で貧困にあえいでいる人たちに注がれていて、そのような人々を顧みようとしない「神經なき人のみ生ひ茂」っている世情が嘆息されている。

この草稿は富士登山の足跡や感懐を記した旅行記ではない。題名に「記臆」とあるのは、民権運動に参加して約半年、一七年夏に問を抱いて富士登山した時の心境を記憶に留めておかなければやまない内的必然を感じたからに相違ない。

……踏み出す足より胸の中、今の苦界ハ如何ばかりか、盟ひの友にも言ひ兼ぬる世みちを渡る杖ひとつほんに暗みと八月無き夜を云ふになん、日なき晝をバ何と云ふ、云《イヲ》ふ様なき世のさまを見て……

右はこの草稿の中心部分である。一七年初頭から八王子近郊で神奈川自由党の民権運動にかかわりを持った透谷は、負債農民の運動に対処しようとしない指導者層や壮士たちの行動原理に疑問を抱いたのである。「杖」は、自身の中枢にあって不羈な精神――「一片の頑骨」（『三日幻境』）の行動を導いていくかのものである。

『富士山遊びの記臆』を記した一八年の秋、大矢正夫から川口村に呼び出されて「朝鮮革命計画」――自由党左派の大井憲太郎・景山英子等の朝鮮挙兵の企て、一一月に発覚した所謂大阪事件への参加を要請されている。大矢の要請に応じなかったことについては、『三日幻境』に「この時《とき》に至《いた》りて我《われ》は既《すで》に政界《せいかい》の醜状《しうぢよう》を悪《に》くむの念《ねん》漸《やうや》く専《もつぱ》らにして」と回顧されていて、この述懐は「〔石坂ミナ宛書簡草稿〕一八八七年八月十八日」の一八年の箇所の「從來の妄想の非なるを悟り」という記載や、「此年の暮生は全くアンビシヨンの梯子より落ちて、是より氣樂なる生活を得たり」と民権運動に抱いていたアンビションと現在の心境の乖離が示されていてる叙述と矛盾していない。一七年初頭、民権運動に参加した少壮の透谷にとって、大矢の存在は格別だったに相違ない。民権運動の実体に疑問を持ったにしても、大矢の存在は透谷の心中にかかって抱いていたアンビションの形代としてなお存続し続けていたと考えられる。そして大矢の誘いは、透谷にとって自身の思念への自覚、あらためて志士の行動原理との違和の確認を強いたと受けとめられる。

透谷は明治一七年初頭、やや衰退しつつあった状況をわきまえていたにしても、「士岐（とき）・運（めぐり）・來（きたる）」（「『春』と透谷」北村氏未亡人談）の気鋭を抱いて民権運動の末端に参加していったのである。しかし、透谷のラジカルな思念は、負債農民が結集して事に当らざるを得ない現実にアプローチすることのできる柔軟さを持っていた。七月の富士登山時には、志士たちの粗雑な行動原理へのとまどいや、困民の現状に対応できない自由党指導者層への疑義は芽生えていたのである。

「哀願書」で謂う「弱肉強食ノ狀」とは、「歐州に流行する優勝劣敗の新哲派」（「［石坂ミナ宛書簡草稿］一八八七年八月十八日」）に相違ないが、具体的には、このころ生存競争を肯定して自由民権論に反対した御用学者・加藤弘之の『人権新説』（明治一五年）の「優勝劣敗是天理矣」という発言などによって市民権を獲得してきた思潮である。言うまでもなく資本主義社会の競争原理であり、わずか一五歳の透谷は今日まで継承されている近代社会の根底に隠然と居を占めている倫理が、民権運動の指導者層にまで浸透している現実を視界に留めてしまったのである。『富士山遊びの記臆』の文体が戯作調なのは、現実社会の動向から距離を置いているからであるが、この時点で透谷の視座は、近代化路線によって可能意識を奪われ、主体的な展開を閉ざされていった民衆の側に定められていると云って差し支えない。一八年暮れ、自身の境位を「氣樂なる生活を得たり」としているのは、「アンビション」の総体を放擲したからではない。この一言は、自身をコミットさせていく現実を見いだせないところから発想されている自嘲的な言辞と受けとめられる。

一八年暮れから石坂ミナとの恋愛関係が生まれるまでの二年間は、略歴の箇所で指摘したように、横浜で貿易関係の仕事をしていた西洋人に雇用されていたようである。

透谷の存在が突如として立ち現れるのは、二〇年八月から翌年の春にかけて記されている都合十四通の書簡類（『北村透谷集』明治文學全集29　筑摩書房　所収）によってである。このうち「［石坂ミナ宛書簡草稿］一八八七年八月十八日」・「《北村門太郎の》一生中最も惨憺たる一週間」・「［父快蔵宛書簡草稿］一八八七年八月下旬」の三通が「日記」の明治二三年八月一五日の箇所に載録されていたのは、ミナとの恋愛の過程で成し遂げることのできた心緒の転変が自己形成の基盤になっていると意識していたからに相違ない。

「［石坂ミナ宛書簡草稿］一八八七年八月十八日」は、これまでに履歴を追って縷々参考にしてきたものである。種明かしをすればこの草稿のモチーフは、別れるに際して「生のミザリイを聞いてたも」と書き始められていて、「アンビシヨンの病」に身を任せてしまったために、これまでの生活を「生の失敗」と自覚せざるを得ない心中の苦しみを告白してミナに理解を求めているものである。「生の失敗」とは、自身の現実社会との対応を、視点を通俗的な規範、明治国家が形成されていく状況を肯定している側に移行したところから生じる見解であり、『楚囚之詩』冒頭の「曾つて誤つて法を破り」という表象を経て、「厭世詩家と女性」（明治二五年）では、「想世界の敗将」という曲折した自己把握に進展していく透谷固有の存在感である。わかりやすく言えば、現実社会の動向に迎合して立身出世を目指す普通のアンビションを抱くことができなかった生のあり方への韜晦した表象である。

次の「《北村門太郎の》一生中最も惨憺たる一週間」は、「余ハ是れを記臆せんが爲めに時と紙筆とを費やす者なり」として記されている手記である。冒頭部分に「嗚呼人間精神の脆弱なる一に此に至るや」、「計らざりきや僅と一ヶ月許の時間内に於いて余ハ此最も恐るべきラブの餓鬼道に陥らんとハ」とあるのは、アンビションの側に身を措いて発想されている。「一生中最も慘憺たる一週間」だったのは、ミナの情意を知りながらも、成し遂げようとする事業があるところから「ラブ」を断念しようと苦しんだからである。名誉と功業を願っていた尊大なアンビションは最期の抵抗を試みたのである。そして「戀の斷行」を決意して横浜に赴いたとき、「益此斷行の功果ありしを發見せり、余ハ又た是より眞神の功徳を感じ出せり、是より眞神の忠義なる臣下たらん事をも決意せり」と、心緒の転変、尊大なアンビションの属性の克服が、「戀の斷行」を決意するという内部の自然な感情に逆らうことによって、ようやくにしてもたらされたものであると分析して記されている。

もう一通の「[父快蔵宛書簡草稿] 一八八七年八月下旬」は、恋の成就が約束された晴れやかな心境を父に報告する内容である。

生は斯くの如くにして勇猛にも我痴情に打勝ち又た我親友の心をも動かして二人の幸福を恢復し得たると同時に驚く可き洪水の如き勢力を以て神に感謝し神に歸依す可きを發悟せり……

ここに謂う「我痴情」とは、恋愛感情を「ラブの餓鬼道」として許容することができない、「生の一身は名譽と功業とを成さんと思ふの心にて固まりたり」と述懐しているアンビションが内包していた属性である。さらに「嗚呼孃は眞の神の敎を以て衆生を救はんとする有要の一貴女なり」とも「孃は實に第二の大矢なり」とも記されているが、透谷はミナを他者——自由な存在として尊重することによって、「痴情」

を克服してアンビションを回帰させることができたのである。

神については、「［石坂ミナ宛書簡］一八八八年一月二十一日」の叙述が参考になる。

> 計らざりき、余の傲慢なる見解の誤まれるを、教示するものあり、其を何物ぞと尋ぬれば、今我が身を捧げし神の教へなり、基督教の勢力なり、余ハ先きに天下の事成す可からずと思ひしハ、人の力にて成す能ハざるを悟りしなり、然れども、此に至りて始めて神の力を借つて成さんとするの、新しき望を起さしめたり、

「天下の事」とは、アンビションが抱いていた維新後の新しい社会への期待・乃至は夢である。ここでは神・あるいはキリストは、透谷の思念の形代とされている。ちなみに基督教に受洗入会したのは、この書簡が記されて五〇日後の三月四日、ミナとの結婚は一一月三日で、『楚囚之詩』が発表されたのは翌二二年年の四月である。

ミナとの恋愛の過程でどのように心緒が転変したかについては、「厭世詩家と女性」（明治二五年）に克明に回顧して分析されている。鬱状態に閉塞されがちな体質の所有者であり、コミットする現実を喪失して「想世界の敗将」と韜晦していた透谷は、自身の内部世界と対応して、人間存在が内部に保有している資質の存在に覚醒しているのである。「戀愛は一たび我を犠牲にすると同時に我れなる「己れ」を寫し出す明鏡なり。男女相愛《だんぢよあひあひ》して後始《のちはじ》めて社界《しやかぃ》の眞相《しんそう》を知《し》る」と論じられているが、透谷は雑駁なアンビションの

属性を止揚して、「社界《しやかい》の眞相《しんそう》」——現実社会と対応できる意欲を回復しているのである。

明治二二年、『楚囚之詩』制作の時点で、西洋文明を受け入れて近代化を肯定することが歴史的状況であったにしても、透谷もまたしっかりと明治の現実に着地していたのである。二一世紀を迎えた今日でも、弱肉強食の状も優勝劣敗のありさまも適者生存という理念も、資本主義社会の競争原理の内なるものとして否定されていない。しかし、透谷はその始まりの時点で、資本主義社会が帯同している競争原理に対する明確な問題意識を抱くことが出来た稀有な存在だったのである。そしてミナとの恋愛の過程で、内なる自然——人間存在が内包している他者を思いやることのできるヒューマニティに覚醒して、創作主体を形成して現実社会への帰還を成し遂げているのである。

このあたりで、冒頭の一句の解明は可能であろう。

「曾つて誤つて」とは、少年のころから新らしい社会に対して抱いてきたアンビションにまつわる感慨である。表面的には行為の指針を誤っての意であるが、書簡類の「生の失敗」「敗余の一兵卒」といった内部感情を考慮すると、現実社会の進展に逆らってありうべき社会の幻影を抱いてきた生き方に対する韜晦した表現であることが了解されよう。「政治の罪人《つみびと》として」の「政治」は、狭義の政治、たとえば民権運動に参加するといった政治的な行為だけを指しているのではない。「政治」は、ありうべき社会の可能性を閉ざして近代化を推し進めて行く総体を対象にして発想されている。そして「法を破」って「罪人《つみびと》」であるというのも、具体的な行為の結果ではなくて、そのような現実に対する違和感の表出である。「捕ハれたり」とは、いま牢獄に閉ざされているとの意であるが、透谷の主体の側から読み解けば、アンビションの展開を閉ざされて内部世界に閉塞されている心情の喩である。

冒頭の二行を、透谷の心情を加味して言い換えておけば、次のようになろう。

「私は少年のころ、新しい社会に対するアンビションを形成して、体制に迎合した人生を歩くことが出来なかったために、近代化が推し進められている現実社会のありかたを許容できない心境に陥ってしまい、理想を追求できる現実を求められないままに内部世界に閉塞されているのである」と。

『楚囚之詩』は、近代詩の始まりを告げる作品として評価されていない。しかし、時勢の展開に対する問題意識は提示されているし、以後の近代社会の人々が自然の情から疎外されていくことからも詩人・透谷の誕生は顧みられなければならない。

3　作品の概略

未完の草稿であっても『富士山遊びの記臆』（明治一八年）には、近代化が推し進められようとしている社会の状況に対する疑念が明確に描かれている。そして「［石坂ミナ宛書簡草稿］一八八七年八月十八日」は、現実的な与件を捨象して心緒の転変が記されている優れた伝記作品であって、透谷の思念が形成されていく過程がほぼ推察できる仕組みになっている。透谷は自己表出――内部の情調を掌握していくことを通じて思念を形象化していく傾向があり、他者を造型して作品を構成していく手法を取っていない。

この『楚囚之詩』と二年後に制作される『蓬莱曲』、さらに一年後の二五年六月の「女学雑誌」に掲載されている『我牢獄』も、ほぼ同一の詩空間に成立している作品であり、二五・六年の評論活動についても、二つの長編の詩で表出した情調に論理を付与する営みであったと受けとめられる。

制作の時点での年齢は満二〇歳、「自序」には「余は尙ほ年少の身なれば」と記されていても、『楚囚之詩』は生き急いでいく透谷の片鱗を窺うことのできる内容を備えている作品である。モチーフは、二年前の『富士山遊びの記臆』と比較すると明らかになってくる。この草稿で「この身ハ用なき世に生れ出でたる甲斐なさハ」と社会の展開から一歩身を引いていた透谷は、石坂ミナとの恋愛の過程でアンビションの良質な部分を回帰させていて、この作品には「自序」に謂う「吾等の同志」——一般の社会で生活に苦しんでいる人たちや民衆の状況を慮ることのできる人たちと共に現実社会に対処していこうという意欲が表明されている。

難解なのは冒頭の二節、それも冒頭の一句と［第二］の後半部に謳いだされている状況認識を受容できるかどうかである。簡潔な表現に留められているのは自明の理であったからとも、それが透谷のアイデンティティであったからとも思われるが、この二節には、近代化が推し進められている現在では、生の展開が閉ざされて閉塞状態に陥らざるを得ないという状況認識が記されていて、［第三］に引き継がれていく。

作品は十六節で構成されていて、［第三］から［第十五］にかけては鬱状態に閉塞されてしまった内部世界での情調の転変が遺漏なく形象されている。「心」の現象を存在論的に究明していく透谷の力量の一端がうかがえるが、具体的には［第三］から［第五］にかけては、内部世界に民権運動の壮士たちのマンダラを描き出して平衡状態を醸し出しているありさまが、［第六］から［第十］にかけては、マンダラを形象していた意識の作用が必然の成り行きで希薄になっていく情調が委曲を尽して謳いあげられていく。そして［第十一］にいたると、寂寥としている深淵、自我の作用が及ばない無意識の領域から「蝙《かふ》蝠《もり》」――エロスが現れる。

閉塞状態から解放されていく経緯を追うと、自我を抑圧していることの不自然さ、エロスを呼び出してしまった実在感の喪失に気づいてきた「余」は、［第十三］でリアリティのある故郷の回想を手がかりにして実在感覚を回復していく。そして［第十四］では獄舎に「鶯」が訪れて来る。［第十四］［第十五］には、いつの間にか内部世界に居を占めてしまったタナトス――死の本能の固有な力に翻弄されてしまう不安な心情も描かれているが、「鶯」は「愛する妻の化身」とも「余が幾年月の欝《うさ》を拂ひて」とも説明されていて、「妻」の存在、ミナとの出会いの意味するものを意識することによって鬱状態から解放されていく。

そして終章・［第十六］には「妻」との出会いをもたらしてくれた神――自然の運行に感謝して、妻や同志たち、「多數の朋友」に迎えられて、たとえ時勢が閉塞されていても現実社会と対峙していこうという決意が謳われている。

本文と頭注

下段は初版本の表紙の題字である。

本文は、日本近代文学館所蔵の初版本北村門太郎著『楚囚之詩』である。

頭中欄に『校本』とあるのは、『校本　北村透谷詩集』（橋詰静子）からの引用であり、『注釈』とあるのは、『北村透谷　徳冨蘆花集』（日本近代文学大系）に収められている「北村透谷集注釈」（佐藤善也）からの引用である。

橋詰氏の『校本』を重んじたのは、校訂の根拠が明示されていて、初版本を重視する立場が採られているからである。

〔楚囚之詩〕　明治二二年四月九日東京京橋区銀座四丁目一二番地春祥堂より発行。発行者近藤音次郎は透谷の従兄。紙装、四六判横綴、挿絵一葉（尾形月耕筆）。自序二ページ、本文二四ページ、奥付一ページ、定価の記載はないが、広告によると郵税共八銭。署名は表紙・内題・奥付とも北村門太郎。

〔自序〕　口語体で叙述されているが、透谷の詩文は原則として文語体が用いられている。→**〔補注1〕「自序」を口語体で記した思惑**

1　当時一般に用いられていた自称。透谷は手記には「余」を用い『富士山遊びの記臆』（明治一八年）・『蓬莱曲』（明治二四年）の「序」でも「余」が用いられている。

2　苦心の末、これまでに例のない詩作品を制作し終えたという喜びと自負。

3　世間。

4　何年もこのような詩作品を。

5　新体詩の制作は新たな詩形式の創造であるから。

6　バイロンの『シヨンの囚人』との内容の類似・章句の借用等が指摘されている。

7　スタンザの構成や、音数律・脚韻・句読点「！」「？」「白ゴマ点」「黒ゴマ点」などについての工夫。

8　『注釈』には、「底事「ナニゴトゾ」の意だが、透谷は誤用して「到底」（結局）の意に用いた」とある。『校本』には、「この自序は言文一致体であるから口語文脈にひき入れ、口語文脈の中で、「さしあたり今は」ぐらいの意で用いたとしてもよかろう」と注記されている。

9　近頃文学家の間に。新しい詩体を興そうという意識を持って『新体詩抄』が編集されて出版されたのは明治一五年七月。→**〔補注2〕新体詩の展開**

自序

余[1]は遂[2]に一詩を作り上げました。大膽にも是れを書肆の手に渡して知己及び文學に志ある江湖の諸兄[3]ゟ頒たんとまでは決心しましたが、實の處躊躇しました。余は實ゟ多年斯[4]の如き者を作らんことに心を寄せて居ました。が然し、如何ゟも非常[5]の改革、至大艱難の事業なれば今日までは默過して居たのです。

或時は飜譯[6]して見たり、又た或時は自作して見たり、いろ〳〵[7]に試みますが、底事此[8]の篇位の者です。然るに近頃[9]文學社界ゟ新体詩[10]とか變体詩とかの議論が囂[11]しく起りまして、勇氣[12]ある文學家は手に唾して此大革命をやつてのけんと奮發され數多[13]の小詩歌が各種の紙上ゟ出現するに至りました。是れが余を激勵したのです、是れが余をして文學世界に歩み近よらしめた者です。余[14]は此『楚囚の詩』が江湖に容れられる事を要しませぬ然し、余は確かに信ず、吾等[15]の同志が諸共に協力して[16]素志を貫く心にあれば遂には[17]狹隘なる古來の詩歌を進歩せしめて、[18]今日行はるゝ小説の如くに且つ最も優美なる靈妙なる者となすに難からずと。

幸にして余は尙ほ[19]年少の[20]身なれぱ、好し此『楚囚の詩』が諸君の嗤笑を買ひ、諸君の心頭を傷くる事あらんとも、尙ほ余は他日是れが罪を償ひ得る事ある可しと思ひます。

元とより是は[21]吾國語の所謂歌でも詩でもありませぬ、[22]寧ろ小説に似て居るのです。左れど、是れでも詩です、余は此様にして余の詩を作り始めませふ。又た此篇の楚囚は[23]今日の時代に意を寓したものではありませぬから獄舎の摸様なども必らず違つて居ます。唯だ[24]獄中にありての感情、境遇などは聊か心を用ひた處です。

[25]透谷橋外の僑寓に於いて

明治廿二年
四月六日

北村門太郎謹識

10 新体の詩あるいは自由詩に対する様々な見解。

11 やかましく。

12 山田美妙は「以良都女（いらつめ）」の創刊（明治二〇・七）以来、訳詩・創作に活発に発言していた。

13 「東洋学芸雑誌」「東洋学会雑誌」「以良都女」「女学雑誌」などに。『日本近代詩作品年表』（秋山書店）には綿密に調査されている。

14 「余」改行されていないが、『校本』では改行されている。

15 文学・思想に対して志を同じくする仲間。→**〔補注3〕透谷の「新体詩」に対する見解**

16 かねての願い。

17 一般民衆の生活感情が組み込まれていない、花鳥風月・恋・覊旅・離別などの情調の表出に限定されている伝統的な和歌や漢詩。

18 「小説」は坪内逍遙による「novel」の訳語。作者の想像力によって構想し、または事実を脚色した主として散文体の物語。

19 この時、満二〇歳三ヶ月。

20 『校本』では「身なれぱ」は、誤植と認めて「身なれば」に訂正されている。

21 現在、形成が試みられている「国語」の表記に従った表現でも、和歌の情調を受け継いでいる所謂「新体詩」と類似している内容でもない。

22 逍遙が説く「人世の情態」、人の世のありさまを写しだしている小説に近い作品。

23 現実の獄舎を描いていないことへのそれとない言及。現実との対応を避けている作品という意味ではない。

24 作品中で「牢獄」を、内部世界に拘束されている心情の喩として表象していることへの自負の表明。

25 京橋区弥左衛門町七番地の自宅。「僑寓」は仮の住居。

〔楚囚之詩〕　題意は『春秋左氏伝』「成公九年」の記載、敵国の晋に囚われの身になっても故国「楚」の歌を忘れなかったという鐘儀の故事を踏まえて、閉塞状態に陥っても自由民権運動の精神を持ち続けている者の歌という意味である。**→〔補注4〕題意について**

〔第一〕　現実社会の展開に追随できなくて閉塞状態に陥っていることがそれとなく示されて、「余」は壮士等の首領であったと民権運動への愛着が謳われている。

1　「法」は社会生活維持のための支配的なとりわけ国家的な規範の意。青年期の行実が顧みられている「［石坂ミナ宛書簡草稿］一八八七年八月十八日」に記されている「生の失敗」などという文言に注目すると、「曾つて誤つて法を破り」は、維新後の社会の動向に追随できない心情に対する韜晦した自己把握と受けとめられる。

2　二字下がって記されているのは前の行と合わせて一文となるため。以下も同じ。「捕ハれたり」は捕らえられているの意であるが、捕らわれるには「因習・伝統・固定観念などに拘束される」という意味もある。

3　自由民権思想を決死の思いで民衆に訴えようと志した青年達の。

4　「首領」はかしら。一団の仲間の長。

5　首領である余も最愛の少女も。**→〔補注5〕スタンザ・句読点・脚韻について**

〔第二〕　余の心身は憔悴してしまい、かつてのように民権を主張できない。閉塞状態に陥ってしまったのは国の前途や民の幸福に想いを馳せて尽力したからであり、父

楚囚之詩。

北村門太郎著

第一

[1]曾つて誤つて法を破り
　[2]政治の罪人《つみびと》として捕ハれたり、
[3]余と生死を誓ひし壮士等の
　数多あるうちに余は其首領[4]ふり。
中《なか》に、余が最愛の
　まだ蕾《つぼみ》の花ふる少女も、
國の爲とて諸共に
　[5]この花婿《はふむこ》も花嫁《はふよめ》も。

第二

余が髪《かみ》は[1]何時《いつ》の間《ま》にか伸《の》ひていと長し、

や祖父の時代と違って近代化が推し進められている現代では、本質的な生の展開が許されない状況である。

1 いつか知らない間に。
2 身体は衰弱して心はいつもうるおいがなく。
3 『校本』では「萎」のルビ「しぼ」は、誤植と認めて「しほ」に訂正されている。
4 心身が憔悴しているのは拘束されている時間が長いからではない。
5 さらに病にかかっているからでもない。
6 長い時間が経過してしまい、竜宮城から帰った浦島太郎が玉手箱を開けて白髪になってしまったというような出来事とも。
7 「はて」は、考えかえす時に発する声。さて似ているということはない。→**〔補注6〕『シヨンの囚人』との関係**
8 「枯れる」は水分が無くなるの意。閉塞状態に陥っているので「世を動かす辨論」を発することが出来ない。
9 うずもれている。失意の境遇に陥っている。
10 時代の展開を掌握していた。
11 物事を見抜く能力。
12 今ではもう。
13 横目でにらむこと。
14 その上に。
15 張っていたものがゆるんでしまった。
16 「世の大陽」が遠いのは、閉塞状態に陥って現実社会との対応ができなくなってしまったからである。→**〔補注7〕「大陽」について**
17 現在のような状況に陥ってしまったのは、どんなあやまちを犯したからだろうか。
18 維新後の日本国の固有な発展を希求したからである。

前額《ひたい》を蓋《お、》ひ眼を遮《さへぎ》りていと重し、
[2]肉は落ち骨出で胸は常に枯れ、
沈《しづ》み、[3]萎《しぼ》れ、縮《ちゞ》み、あゝ物《もの》憂《う》し、
[4]歳月《さいげつ》を重《かさ》ねし故にあらず、
[5]又た疾病に苦む爲ならず、
[6]浦島《うらしま》が歸鄕の其《そ》れにも
[7]はて似付かふもあらず。
[8]余が口は枯れたり、余が眼は[9]凹《くぼ》し、
曾つて世を動かす辨論をなせし此口も、
曾つて[10]萬古を通貫したるこの[11]活眼も、
[12]はや今ハ口ハ腐《くさ》れたる空氣を呼吸し
眼は限られたる暗き壁を[13]睥睨《へいけい》し
[14]且つ我腕ハ曲《まが》り、足は[15]撓《た》ゆめり。
嗚呼楚囚！　[16]世の大陽ハいと遠し！
[17]噫此ハ何の科《とが》ぞや？
たゞ[18]國の前途を計りてなり！

19　現在の国民（人民・民衆）の状況に想いを馳せたからである。
20　「然れど」で、けれども。しかし、民に尽くしたのは自分だけではない。
21　祖父も父も自分と同じように国民のために戦って命をすてたのだと、自由民権運動を国民（人民・民衆）の伝統的な解放への運動を継承しているものと位置づけている。参考、祖父や父への言及は、後に民衆思想の伝統――「地底の水脈」（「徳川氏時代の平民的理想」）を探り当てていくことからも重要である。
22　祖父や父の時代、維新前や維新の頃には、民衆の権利獲得を志して活動することができたが、近代化が推し進められている現在では。
23　志操は失っていないものの閉塞状態に拘引されて。運動を推進できる現実が存在しないために、生の展開を閉ざされて。
24　「常しなへ」で永久に。社会の状況に対する深い絶望からの表現。
25　母は大地・自然の意で、本質的な生の展開を閉ざされている状況への嘆息。→**〔補注8〕「楚囚」意識の根底にあるもの**

〔第三〕　現実社会の展開を許容できない心境に陥ってしまい、閉塞状態に陥ってしまった「余」の内部世界では、現実認識が抑圧されて、かくありたいとの願いを充たしている四人の壮士の幻影、マンダラ、が想い描かれて、平衡状態が醸し出されていく。→**〔補注9〕内部世界との対応（一）**

1　「！」とあるのは、これまでにそれとなく暗示してきた「楚囚」である「余」が閉ざされている場が、特

噫此ハ何の結果ぞや？
[19]此世の民に盡したればなり！
　[20]去れど獨り余ならず、
吾が祖父は骨を戰野に暴《さら》せり、
[21]吾が父も國の爲めに生命《いのち》を捨たり、
[22]余が代《よ》には[23]楚因となりて、
[24]とこしなへに[25]母に離るなり。

第三

[1]獄舎《ひとや》！　[2]つたなくも余が[3]迷入れる獄舎《ひとや》は、
　[4]二重《ふたへ》の壁《かべ》にて[5]世界と隔たれり
[6]左れど其壁の隙《すき》又た穴をもぐりて
　逃場を失ひ、馳込む日光もあり、
余の青醒《あをざ》めたる腕《うで》を照さんとて
壁を傳ひ、余が膝《ひざ》の上まで歩《あゆみ》寄《よ》れり。

異な空間であることを主張してのもの。参考、『我牢獄』（明治二五年）には、自身の内部世界をどのように掌握しているかが、奇怪ともいえる叙述で多角的に形象化されている。

2　おろかにも。

3　見当を誤って踏み込んでしまった。

4　表面的には厳重な獄舎の壁であるが、「余」の心情に注目すると、一つは生の展開を閉ざしている社会状況を壁と意識しているからであり、もう一つは鬱状態を容易に克服できない内部世界の壁である。

5　社会あるいは現実としなかったのは、自己の思念を存在論的に時空の中で意識してのもの。

6　けれども。しかし。以下四行は、前二行の抽象的な叙述を意識して「獄舎」にリアリティを付与することが企てられている。「壁の隙」などから「馳込む」日光は「余」の膝にとどきそうなのである。

7　無心に頭を持ち上げての意であるが、この瞬間から「余」は「マンダラ」の内なる存在と化していく。

8　「空しく」は中にものがない状態。現実の牢獄が「廣く且つ空しい」とは考えられない。「獄舎」が内部世界の喩として描かれているのが、漸次あきらかにされていく。

9　四つのしきりには花嫁と三人の壮士がいて、「余」はその中心ないしは上部から四人の状況を謳い挙げていく。この部分から第五の終わりまで、余は内部世界にマンダラを描いて平衡状態を醸し出して、現実と対応できない欠如を充たしている。

10　現実との対応を本質としている自我の作用を抑圧して、内部世界に幻影として描き出している花嫁と三人の壮士。

11　「打」は「揃う」を強めている。「――」は、他でも

[7]余は心なく頭を擡《もた》げて見れば、
　[8]この獄舎《ひとや》は廣く且空しくて、
中に[9]四つのしきりが境《さかひ》となり、
[10]四人の罪人《つみびと》が[11]打揃《うちそろ》ひて――
曾つて生死を誓ひし壮士等が、
[12]無殘や狹まき籠《かご》に繋れて！

彼等は山頂の鷲《わし》なりき、
自由に喬木の上を舞ひ、
又た[13]不羈《ふき》に清朗《せいろふ》の天を旅《たび》し、
ひとたびは山野に威《い》を振《ふる》ひ、
[14]慓悍なる熊をおそれしめ、
湖上の毒蛇の巣を襲《おそ》ひ
世に畏《おそ》れられたる者なるよ
今は此籠中に憂き[15]棲ひ！
四人は一室《ひとま》にありながら
物語《ものがた》りする事は許されず、

次行以下で傍線の前の部分の内容が説明されている。

12　「籠」は竹や木で作った人が担ぐ乗り物。罪人の押送に用いた唐丸籠。かわいそうなことに唐丸籠に押し込められて。

13　しばりつけられないこと。

14　荒々しく強い。

15　「住まう」の連用形から、住んでいる。

16　民権社会実現への希求。

17　共有しているのは。

［第四］　四人の壮士のうち一人は自分と同郷の花嫁で、西国から都に同道したのだと幻影は美しく想い描かれていく。

1　とりわけて悲しみを帯びている。

2　余と同じく西国の生まれと仮構して、東京までの道

四人は[16]同じ思ひを持ながら
　そを運《はこ》ぶ事さへ容《ゆる》されず、
各自《かくじ》限られたる場所の外《ほか》へは
　足を踏《ふ》み出す事かなわず、
たゞ[17]相通《かよ》ふ者とては
仝じ心のためいきなり。

第四
四人の中にも、美くしき
我花嫁……いと若《わ》かき
其の頬《ほふ》の色は消《きえ》失《う》せて
顔色《かほいろ》の[1]別《わ》けて悲《かな》しき！
鳴呼余の胸を撃《う》つ
其の物思わしき眼《め》付《つ》き！
彼は余と[2]故郷を仝じふし、

行きが記されていく。

3 琵琶湖。

4 三河の国。愛知県東部。

5 地味の肥えた平野。

6 浜名湖。

7 都の美称。東京。

8 愛や恋には様々な種類があるが。

9 「精神」あるいは「靈」は、透谷がなし遂げていく「心」の現象の存在論的究明の中枢にある存在。参考、「[石坂ミナ宛書簡]一八八七年九月四日」には、「吾等のラブは情慾以外に立てり、心を愛し望みを愛す」とある。

10 おしべとめしべ。花の中心。心。

11 いつわりのない心。「赤心」は当時の常套句。

12 祈願した。

13 花の縁で風、「妬む」はうらやみ憎む。

14 お互いの愛情も変革への希望も。

15 『校本』では「契」のルビ「ちぎり」は、誤植と認

余と手を携へて都へ上りにき――
京都に出でゝ[3]琵琶を後《あと》にし
[4]三州の[5]沃野《よくや》を過《よぎ》りて、[6]濱名《はまな》に着《つ》き、
富士の麓《ふもと》に出てゝ函根を越《こ》し、
遂に[7]花の都《みやこ》へは着《つき》たりき。
[8]愛《あい》といひ戀《こひ》といふには科《しな》あれど、
吾等雙個《ふたり》の愛は[9]精神《たま》にあり、
花の美くしさは美くしけれど、
吾が花嫁の美《び》は、[10]其蕊《しべ》にあり。
梅《うめ》が枝《へ》にさへずる鳥は多情なれ、
吾が情はたゞ[11]赤き心にあり。
彼れの柔《よわ》き手は吾が肩《かた》にありて、
余は幾度《いくたび》か[12]神に祈《いのり》を捧《さゝげ》たり。
去れどつれなくも[13]風に妬《ねた》まれて、
[14]愛も望みも花も萎《しを》れてけり。
一夜の[15]契《ちぎり》りも結ばずして

めて「ちぎ」に訂正されている。

16　鬱状態に閉塞されている余の内部世界に「花嫁」と「花婿」の幻影が想い描かれているので。

17　幻影は双方とも自己の内部に描かれているので。

18　幻影――マンダラ―を描いている余の心は、どちらに加担したらいいのかとまどってしまう。

【第五】　所詮は幻影に過ぎないにしても三人の壮士は勇豪な少年であり、清浄な魂は獄舎から天空へと飛翔していく。そして自分の魂も閉塞状態を脱して、跡を追ってきた少女の魂と共に花園に舞い行くのであった。

1　関東・奥羽。

2　中国地方。

花婿《はなむこ》と花嫁《はなよめ》は獄舎《ひとや》にあり。
獄舎《ひとや》は狭《せま》し
狭き[16]中にも両世界《りやふせかい》――
彼方の世界に余の半身《はんしん》あり、
此方の世界に余の半身あり、
彼方[17]が宿《やど》か此方が宿か？
余[18]の魂《たま》は日夜《にちや》獨り迷ふなり！

第五

あとの三個《みたり》は少年の壮士なり、
或は東奥[1]、或は中國[2]より出てぬ、
彼等は壮士の中にも余が愛する
眞に勇豪なる少年にてありぬ。
去れど見よ彼等の腕《うで》の縛らるゝを！
流石に怒れる色もあらはれぬ――

怒れる色！　何を怒りてか？
　[3]自由の神は世に居《い》まさぬ！
[4]兎は言へ、猶《な》ほ彼等の魂《たま》は縛られず、
[5]磊落に遠近《おちこち》の山川に舞ひつらん、
彼の富士山の[6]頂《いたゞき》に汝の魂《たま》は留《とゞま》りて、
[7]雲に駕し月に戯れてありつらん、
[8]嗚呼何[9]ぞ穢《きた》なき此の獄舎の中に、
汝の清浄《せいしやう》なる魂《たま》が暫時《しはし》も居《お》らん！
斯く云ふ我が魂《たま》も[10]獄中にはあらずして
日々夜々《ひゞやゝ》輕るく獄窻を逃伸びつ
余が愛する少女の魂《たま》も跡《あと》を追ひ
[11]諸共に、昔の花園《はなその》に舞《ま》ひ行きつ
塵《ちり》なく汚《けがれ》なき[12]地の上にはふバイヲレット
其名もゆかしきフォゲットミイナッド
其他種々《いろ〳〵》の花を優《やさ》しく摘《つ》みつ
ひとふさは我胸にさしかざし

3　近代化が推し進められている現実社会では、自由を求めて戦うことが困難なありさまである。
4　行動することができず社会が閉塞状態に陥っていても、変わりなく。
5　気が大きく朗らかで小事にこだわらないさま。
6　日本の中枢に。
7　自由に飛翔して。
8　ものに感じて発する声。
9　どうして。
10　魂は個体から飛翔して自然と共鳴できるという存在感覚が謳われている場面。→〔補注10〕**「心」の現象の究明――「魂」の飛翔**
11　余の跡を追って少女の魂も、以前に花摘みをしたすみれや忘れな草が咲きそろっている花園に舞い飛んで行った。
12　「にはふ」について『校本』には「地の上に這ふ」と注記されている。

13　こんな事実があったのではない。ふと、現実感覚が蘇ってしまっての嘆息。
14　改めて幻影のなかに自我を働かせて、花嫁を呼び迎える。
15　ああ自分は鬱状態に拘束されていて、花嫁や壮士は幻影でしかない。
16　現世にありながら実在感覚から隔てられているので。

［第六］　内部世界に閉塞されていると実在感が希薄になっていく。ある夜、おぼろの光を月と思いなして過去の月景色を回想するけれどもリアリティはよみがえらない。［第六］から［第十］にかけては、マンダラを形象していた自我の作用が必然の成り行きで希薄になっていく情調が委曲を尽して謳いあげられていく。

1　「物」は人間が感知しうる対称。自我が現実と対応している普通の状況と、内部世界に閉塞されている状況との感覚的な差異の指摘。
2　内部世界に閉塞されていると。鬱状態に拘束されていると。
3　昼間から夜へといった時刻の変化に対する感覚は乏しかった。
4　どうしてかと言うと。

他のひとふさは我が愛に與へつ
[13]ホッ！　是《こ》は夢ふる！
[14]見よ！　我花嫁は此方を向くよ！
其の痛ましき姿《すがた》！
[15]嗚呼爰は獄舎《ひとや》
[16]此世の地獄ふる。

第六

世界の大陽と獄舎《ひとや》の大陽とは物異《ものかわ》[1]れり
[2]此中には日[3]と夜との差別の薄かりき、
[4]何ぜ……　余は晝眠《ひるね》[5]る事を慣《ふれ》として
夜の靜《しづか》ふる時を覺《さ》め居《ゐ》たりき、
[6]ひと夜《よ》。余は暫時《しばし》の坐睡《ざすい》[7]を貪《むさぼ》りて
起き上り、[8]厭《いと》わしき眼を強《し》いて開き
見廻《まわ》せば暗さは常の如く暗けれど、

5　昼夜が転倒してしまって。
6　ある夜。
7　いねむりをしていて。
8　眠い眼を無理に開いて。
9　それでも差し込んでくるほのかな光。
10　この光は月の光なのだと、恣意的に思い定めて。
11　仮説を受け入れれば。
12　湧き上がってくる様々の思い出の場面。
13　ためしにお聞きしますが。
14　今日の月の光と昨日の月の光とに差異があるだろうか。
15　影を踏んでも覆っても清浄な月光に変わりはない。
16　以前、富士山に登って。参考、透谷は明治一七年七月下旬、八王子近郊の川口村に大矢正夫を訪ねて秋山国三郎宅に二泊した後、富士登山に向かっている。
17　月に近い山頂で。
18　隅田川の船遊びで。
19　桜の花の下でも。
20　清浄な月の光の美しさに出会ったことである。
21　いま「さし入るおぼろの光」も同じ月の光に相違ない。
22　しかし自分にはそのように見えない。
23　しかし自分にはそのような感慨が蘇らない。
24　過去の情景に想いを馳せても。
25　自分はいま、月光のリアリティを感じることが出来ない。

[第七]　またある夜にはマンダラの持続が困難に感じられるので、花嫁の姿に想いを馳せるけれども動きのある幻影を喚起できない。

[9]なほさし入るおぼろの光……[10]是れは月！
[11]月と認《み》れば余が胸に絶《た》[12]へぬ思ひの種《たね》、
[13]借に問ふ、[14]今日《けふ》の月は昨日《きのふ》の月なりや？
然り！　[15]踏《ふ》めども消《け》せども消《き》へぬ明光《ひかり》の月。
嗚呼少《わか》かりし時、[16]曾つて富嶽《ふがく》に攀上《よぢのぼ》り、
[17]近かく、其頂上《いたゞき》に相見たる美くしの月
美の女王！　曾つて又た[18]墨田《すみだ》に舸《ふね》を投げ、
[19]花の懐《ふところ》にも　[20]汝《なんぢ》とは契《ちぎり》をこめたりき。
[21]仝じ月なりん！　[22]去れど余には見へず。
仝じ光なりん！　[23]去れど余には來らず。
[24]呼べど招けども[25]ふ
汝は吾が友ならず。

第七

[1]牢番は疲れて快《よ》く眠り。

1　牢番をマンダラのなかに描き出して、牢番と共に意中の人を鳥瞰しようとしている。
2　腰に付けている鋭利な刀。
3　花嫁は余が、動きのある幻影を求めていることを感知出来ない。
4　獣毛を加工した敷物。
5　幻影が静止している状態が持続されるなら、平穏な心情を保っているのだから。
6　拘束されている苦しみを思い起こさせないようにと。
7　花嫁を見詰めていた視点を窓枠の方に移動させて。
8　ふと窓の下に来てしまった。この箇所、「鐵窗」は幻影の中の光景であるが「窗下に來れり」とあるのは、余の具体的な行為と読みとれよう。
9　「窗下」に来たのは、幻影――マンダラの消失を意図したからではない。
10　月の光に意中の人の姿がほのみえて。
11　それにしても花嫁の姿はしたわしい。

[2]腰なる秋水のいと重し。
[3]意中の人は知らず余の醒《さめ》たるを………
眠の極樂……[4]尙ほ彼はいと快《こゝろよ》し
嗚呼二枚の毛氈の寢床《とこ》にも
此の神女の眠りはいと安し！
余は幾度も輕るく足を踏み、
愛人の眠りを攪《さま》さんとせし。
左れど眠の中に[5]憂《うさ》のなきものを、
覺《さま》させて、[6]其《そ》を再び招かせじ、
[7]眼を鐵窻の方に回《か》へし
余は[8]來《く》るともなく窻下《そうか》に來れり
[9]逃路を得んが爲ならず
唯だ足に任せて來りしなり
[10]もれ入る月のひかり
[11]ても其姿の懷《なつ》かしき！

【第八】　幻影の維持存続を志して、マンダラで想い描いた西国の故郷での過去の日々を偲んで獄窓に身を寄せていると、我が家の「菊の香り」が幻影の中に見舞い来たように感じたものの、余はなおマンダラの情調に依存しようとしていて実在と対応できる心境に到達していない。

1　平衡状態を持続するために恣意的に幻影の喚起を図り、内部にはかって想い描いた日々の残像が回灯籠のように写し出されていく。
2　少年の頃は毎日が新鮮であった。
3　マンダラで故郷と幻想した西国の自然の情景に。
4　とりわけ、母と花嫁と三人で植えたあの花とも。
5　『校本』では「思へぱ」は、誤植と認めて「思へば」に訂正されている。『校本』では「隙」のルビは「すき」とも読めるが、「ひま」と確定したとある。
6　もの静かに。
7　外界に近い窓辺に身を寄せて。
8　リアリテイのある情調との応接を期待して。
9　窓辺に身を寄せた成果があった。
10　以下の四行から、「我家の庭」に咲いている菊の香りが、今、故郷として幻影を描いている西の国にまで到達して、リアリティを付与してくれたように感じたのである。
11　「我家」に咲いている「菊の香！」と。
12　「聳える」はそそり立つの意で、鼻をうごめかした。
13　「第十四」に登場する「妻」と住んでいる家。
14　余の苦悩、平衡状態を維持しようとして苦しんでいるのを思いやって。
15　幻影の中にまで。
16　残念なことに。

第八

[1]想ひは奔る、往[2]きし昔は日々に新なり
[3]彼山、彼水、彼庭、彼花に余が心は殘れり、
[4]彼の花！　余と余が母と余が花嫁と
もろともに植《う》へにし花にも別れてけり、
[5]思へぱ、余は暇《いとま》を告ぐる隙《すき》もなかりしなり。
誰れに氣兼《きがね》するにもあらねど、[6]ひそひそ
余は[7]獄窻の元に身を寄せてぞ
何にもあれ世[8]界の音信《おとづれ》のあれかしと
[9]待つに甲斐あり！　[10]是は何物ぞ？
送り來れるゆかしき[11]菊の香《かほり》！
余は思わずも[12]鼻を聳へたり、
こは[13]我家《わがや》の庭の菊の[14]我を忘れで、
遠く[15]西の國まで余を見舞ふなり。
あゝ我を思ふ友！
[16]恨むらくはこの香《かほり》

17　余は鬱状態に拘束されているので、実在感覚を味わうことができない。

［第九］　またある朝には、花嫁の姿も三人の壮士の幻影も想い描けなくなってしまう。マンダラは消失してしまったのである。

1　鬱状態に陥っている日常が示されている。

2　マンダラが崩壊してしまい、花嫁のイメージを喚起することができない。

3　余が眠っている間に、獄舎を移動させられたのであろう。

4　それにしても可愛そうに。

5　「一隻」は一対のものの片方を数える語。せめて一目だけでも。

6　「何せ」の強調。なにしろ。なんせ。

7　言葉は交わせないのだから、せめて別れの合図なりと交感したかったのに。

8　茫漠とした内部世界の広がり、マンダラが描き出されていた薄闇の中に、孤独に立ちつくしている様子。

9　「第三」から「第八」までに想い描くことのできた

[17]我手には觸れぬなり。

第九

またひとあさ余は[1]晩く醒《さ》め、
高く壁を傳ひてはひ登る日の光《め》
余は吾花嫁の方に先づ眼を送れば、
こは如何に！　[2]影もなき吾が花嫁！
[3]思ふに彼は他の獄舎《ひとや》に送られけん、
余が睡眠《ねむり》の中に移されたりけん、
[4]とはあわれなり！　[5]一目なりと一せきなりと、
[6](何ぜ、言葉を交《か》わす事は許されざれば)
[7]永別《わかれ》の印《しるし》をかわす事もかなわざりけん！
三個《みたり》の壯士もみな影を留《と》めぬなり、
[8]ひとり此廣間《ひろま》に余を殘したり。
[9]朝寝《あさね》の中に見たる夢の僞なりき。

幻影は、実体のないものであった。
10　平衡状態をもたらしていた幻影、マンダラは喪失してしまった。
11　私の花嫁への愛も。
12　私の思念の形代であった三人の壮士たちも。

[第十]　現実社会から逃避して内部世界に変革の幻影を描いて平衡状態を醸し出していた自我の作用が希薄になり、無意識の領域との対応を余儀なくされていく情調が巧みに描き出されていく。

1　退屈して。ある期間、現実との対応を放棄していたので。
2　現実感覚が次第に希薄になっていく様子が謳い上げられていく。
3　鬱状態に陥って内部世界の暗黒になじんでしまい。
4　リアリティを喪失して。
5　鬱状態に拘束されてしまった。
6　「罪」は、「第二」冒頭の二行から近代化が推し進められている現実を許容出来ない感情、「望」は、自由な民権社会実現への希望。
7　「世界」は空間で「星辰」は時間。時空の存在も。
8　ものさびしいばかり。「死」―非在―が意識されたときの情調。
9　無意識の最深部からのもの哀しい響きばかり。
10　内部世界に想い描いた―マンダラの花嫁との愛の幻影も。

噫偽りの夢[10]！　皆な往けり！
　往けり、我愛[11]も！
　また同盟[12]の眞友も！

第十

倦《う》[1]み來りて、記憶[2]も歳月も皆ふ去りぬ、
　寒くふり暖《あつ》くふり、春、秋、と過ぎぬ。
暗[3]さ物憂《う》さにも余は感情[4]を失ひて
　今[5]は唯だ膝《ひざ》を組む事のみ知りぬ。
罪[6]も望も、世界[7]も星辰も皆盡きて、
余にはあらゆる者皆、……無《む》に歸して
たゞ[8]寂寥、……微《かす》かふる呼吸
　生[9]死の闇《やみ》の響《ひゞき》ふる。
甘[10]き愛の花嫁も、身[11]を抛ちし國事も
忘れては、も[12]ふ夢とも又た現とも！

11　民権運動に邁進していた事も。
12　いまでは夢だったのか現実だったのかとの区別さえできない。
13　余が現在閉じこもっている部屋の壁。具体的には［第十二］と［第十三］との間に挿入されている画図から予想できる狭い寝室の壁。

［第十一］　実在感覚が希薄になり、幻影の展開を企てることも出来なくなった余の内奥——無意識の領域から蝙蝠（エロス）が、親しげに憔悴している精神の間隙をついて現れてくる。
1　鬱状態に沈潜してしまっているから。
2　『校本』では「倦」のルビ「う」は、誤植と認めて「うみ」に訂正されている。
3　憔悴していても鶏や鳥の姿を思いやることは出来たが、ある夜見舞い来た蝙蝠は、嘗て想像以外では出会ったことのないものであった。
4　ある宵。
5　眠りに就こうとしたけれども。
6　疲れていて容易に安らげない。
7　『校本』では「半分」のルビ「なかぱ」は、誤植と認めて「なかば」に訂正されている。半死半生の状態の時。
8　以下のような蝙蝠の来訪を願っていなかったのに。
9　人間存在の中枢にあるもの。魂。
10　予期に反して。

[13]嗚呼数歩を運《はこ》べばすなわち壁《かべ》。
三回《みたび》まわれば疲《つか》る、流石に余が足も——

第十一

余には[1]日と夜との區別なし
去れど余の倦《う》[2]たる耳にも聞きし、
曉《あけ》の鶏《にわとり》や、また塒《ねぐら》に急《いそ》く烏《からす》の聲、
兎は言へ[3]其形…想像の外《ほか》には曾つて見さりし。
[4]ひと宵《よひ》余は早くより木の枕を
窻下に推し當て、　[5]眠りの神を
祈れども、まだこの[6]疲れたる腦は安《やすま》らず、
[7]半分《なかぱ》眠り——且つ死し、なほ半分《なかぱ》は
生きてあり、——[8]とは願はぬものを。
突如《とつしよ》窓を叩《たゝ》いて余が[9]靈を呼ぶ者あり
[10]あやにくに余は[11]過にし花嫁を思出たり、

11 マンダラで想い描いていた花嫁。
12 どうしたことか。
13 思いがけなかった。
14 鬱状態に陥ってから何年も経過したのに。
15 世界とやや抽象化したのは、蝙蝠は無意識の領域の存在であるから。→〔補注11〕**内部世界との対応（二）――「蝙蝠」と作品の文脈**
16 いま陥っている状況にとって有効な存在だろうか。
17 「蝙蝠」は、現実社会の存在でないことのそれとない指摘。
18 何もすることのない自分を。
19 敢えて花嫁の化身と思ってみると。
20 マンダラで想い描いた社会の変革や、花嫁との幸せな生活は実現されないで。
21 不吉な姿に化身して。
22 それにしても愛着が感じられて。
23 蝙蝠（エロス）は、余に固有な無意識の領域の存在であるから。

【第十二】「蝙蝠」はエロスの本性に従って余に近づくけれども、「花嫁」――愛にかかわる存在として受け入れることには戸惑いがあって放ちやってしまう。

弱き腰を引立て、窓に飛上らんと企てしに、
[12]こは如何に！　何者……余が顔を撃たり！
[13]計らざりき、[14]幾年月の久しきに、
始めて[15]世界の生物《せいぶつ》が見舞ひ來れり。
彼は獄舎の中を狹しと思はず、
梁《はり》の上梁の下俯仰自由に羽《は》を伸ばす、
[16]能き友なりや、[17]こは大陽に嫌はれし蝙蝠《かふもり》、
[18]我無聊を訪來れり、獄舎の中を厭はず、
[19]想ひ見る！　此は我花嫁の化身ならずや
嗚呼[20]約せし事望みし事は遂に來らず、
[21]忌《いま》わしき形を假りて、我を慕ひ來《く》るとは！
[22]ても可憐《あわれ》な！　[23]余は蝙蝠《かふもり》を去らしめず。

第十二

余には穢《きた》なき衣類のみなれば、

1　「與る」については、『校本』に「「やる」と読んで、訂正しない」とある。投げ出すと。以下、「余」と余の内なる存在でありながら固有な力を持つエロスとの微妙な応援が叙述されていく。

2　注目されたので喜んで。

3　エロスの力に引きよせられて、何となく近づいて。

4　「死」の領域に拘引する魅惑的な声で。

5　固有な力を持った存在であるから。

6　怖がることはない。

7　逆に、自分は閉塞状態に陥っていて行動できない状態である。

8　これは紛れもない蝙蝠。

9　こんな恐ろしい容姿のはずがない。エロスは「死」や「滅」への嗜好を持った無意識の領域の深層の存在である。

10　以下、正体がなお判然としないままに、戸惑いの心境が記されていく。

11　もしも。

12　親しくなれたら、しばらく牢獄――自身が閉ざされている内部世界に留めておくのに。

13　情けないことに、自分には蝙蝠を留め置く力さえない。

14　余と蝙蝠との関係は微妙であって、放ちやったのは

是を脱《ぬ》ぎ、蝙蝠に投げ與[1]るれば、
彼は喜[2]びて衣類と共に床《ゆか》に落たり、
余ハは[3]い寄りて是を抑《をさ》ゆれば、
蝙蝠は泣《な》けり、ザモ[4]悲しき聲にて、
何ぜなれば、彼はなほ自[5]由を持つ身なれば。
恐[6]るゝな！　捕[7]ふる人は自由を失ひたれ、
卿《おんみ》を捕ふるに…野心は絶へて無ければ。
嗚呼！　是《こ》[8]は一の蝙蝠《かふもり》！
余が花嫁は斯《かゝ》[9]る悪《に》くき顔にては！
左れど余は彼[10]を逃げ去らしめず、
何[11]ぜ……此生物は余が友となり得れば。
好[12]し……　暫時《しばし》獄中に留め置かんに、
左れど如何にせん？　彼を留め置くに
吾に力なきか、此は獸を留置くにさへ？
傷《いた》[13]ましや！　なほ自由あり、此獸《けもの》には。
　余[14]は彼を放ちやれり、

余の心中に鬱状態から解放されたいという希求が存在していたからである。

15　余の拘引を断念して消失していった。

1　この挿絵は寓意に充ちている。『校本』には、「次き」について「同時代的表記法と認めて、清書のまま直さない」とある。

2　尾形月耕。「彫刻師」とは、木の板に文字や画を彫りつけて印刷用の版を制作した人。

自由の獣……彼は喜んで、疾く[15]獄窓を逃げ出たり。

[1]次きの畫は甚しき失策でありました、是れでも著名なる畫家と熱心なる彫[2]刻師との手に成りたる者です。　野邊の夕景色としか見へませぬが、獄舎の中と見て下さらねば困ります。

〔挿絵の読解〕

挿絵は寓意に充ちている。

画図の中央には憔悴した男が羽織りをひろげて立ち上がっていて、蝙蝠が出現している場面に相違ないが、透谷は画家や彫刻師にどんな注文を出したのか。「次きの書は甚だしき失策でありました」という独白は受け入れられないし、「野邊の夕景色としか見えませぬが、獄舎の中と見て下さらねば困ります」と言われても困る。

背景が平坦に墨色で塗りつぶされているのは、内部世界の茫漠とした闇を暗示してのものであり、手鏡の中に写し出されている端麗な容姿の女性像は、「余」の内部で「蝙蝠」の出現を契機にして、マンダラの「花嫁」から実在している「妻」の肖像へと変移していくもののように思われる。寝床から立ち上がった男の足元に見開きの書籍が描かれているのは、「余」が閉塞されているのが獄舎でないことの明示であって、挿絵には作品の詩空間の絵解きが企てられている。

［第十三］ 蝙蝠の出現を招いた心情への不安から、とまどいながら過去の記憶に思いを馳せたところ、幻影でないリアリティのある故郷の自然の情景が現出して、余は現実感覚を回復していく。

1 残念なことにこんな事態に陥っても、過去の記憶が消えないで残っているのである。蝙蝠が去って寂寥とした不安は解消されたのだが、この時点では、マンダラに依存したい――現実認識を抑圧したままで平衡状態を保持していたいという情調が払拭されていない。

2 幼い頃に感じることができた生き生きしていた故郷のありさま。

3 鬱状態に閉ざされていても、現実感覚が回復して。

4 画のようであっても画ではない、リアリテイのある生の原質を育んだ生まれ故郷。→**［補注12］「故郷！」について――透谷の基本語彙**

5 世に入れられない自身の将来が。

6 現実社会と格闘して変化したとしても。

7 自分は長い間、生の展開を閉ざされて鬱状態に陥っていたが、自然の情景や推移していくようすはそのままだろうか。

8 少年の頃、大地への愛を抱いて慣れ親しんだ。

第十三

1 恨むらくは昔の記臆の消へざるを、
2 若き昔時《むかし》……其の樂しき故郷！
3 暗らき中にも、回想の眼はいと明《あか》るく、
4 畫と見へて畫にはあらぬ我が故郷！
雪を戴《いただ》きし冬の山、霞《かすみ》をこめし溪《たに》の水、
よも變らじ其美くしさは、昨日《きのふ》と今日《けふ》、
5 ――我身獨りの行末が……如何に
6 浮世と共に變り果てんとも！
嗚呼蒼天！ なほ其處に鷲は舞ふや？
嗚呼深淵！ なほ其處に魚ば躍るや？
春？ 秋？ 花？ 月？
7 是等の物がまだ存《あ》るや？
8 曾つて我が愛と共に逍遙せし、
樂しき野山の影は如何にせし？
摘《つ》みし野花？ 聽きし溪《たに》の樂器？

9　有るとか無いとかではなくて、故郷のイメージは嘗ての感じそのままに自分の中に存在している。
10　社会の動向などに無関心で自然と交歓できた故郷の生活。

［第十四］　余には、春を待つ気配がめばえて鶯の声が聞こえてくる。そして獄舎に訪れた「鶯」は愛する妻の化身に相違ないと、妻との出会いをもたらしてくれた神への感謝の念も湧き上がってくる。けれども、鶯は他界してしまった妻の霊ではないかという思いも払拭できない。

1　「殺」は意味を強める助辞。非常になやますこと。
2　壁を突き抜けてくる。［第三］には「其壁の隙又た穴をもぐりて」とある。
3　寒いので瞼が凍てついて。
4　いつかは春が来るだろうと。体内に春の気が兆し始めている。
5　そう思い当たる事も見あたらなくても。
6　めぐりあわせが悪い自分であるけれども。
7　天空に思いを馳せて、閉塞された状況であるけれど

あゝ是等は余の最も親愛せる友なりし！
有る——無し——の答は無用なり、
[9]常に余が想像には現然たり、
羽あらば歸りたし、も一度、
[10]貧《まづ》しく平和なる昔《むかし》のいほり。

第十四

冬は嚴《きび》しく余を[1]惱殺す、
[2]壁を穿つ日光も暖を送らず、
日は短し！　して夜はいと長し！
[3]寒さ瞼《まぶた》を凍らせて眠りも成らず。
然れども、[4]いつかは春の歸り來らんに、
[5]好し、顧みる物はなしとも、[6]破運の余に、
だゞ何心なく春は待ちわぶる思ひする、
余は[7]獄舎の中より春を招きたり、高き天《そら》に。

も春の気配を招き寄せた。
8　鶯の来訪によって！。鶯は春の象徴。
9　梅の樹があるならば。
10　やっと。
11　驚かないで。
12　次のように思い始めた。
13　「眞に」とあるのは、［第十二］の「蝙蝠」を意識してのもの。蝙蝠ではなくて愛する妻の化身に相違ないと。→**〔補注13〕作品のモチーフ――「鶯」（妻）の意味**
14　［第二］の冒頭に叙述されているような憔悴した姿。具象化すれば挿絵に描かれている姿。
15　妻と了解できたあとで聞こえてきた歌声は、何年も閉塞状態に陥っていた重苦しさを振り払うようにすがすがしいものであった。
16　「幾年月」は作品の構成に留意すれば、［第三］で「獄舎」に「迷入」って以来、内部世界に拘束されて

遂に余は春の來るを告られたり、
　鶯《うぐひす》[8]に！　鐵窓の外に鳴く鶯に！
知らず、そこに如何なる樹があるや？
梅か？　梅[9]ならば、香《かほり》の風に送らる可きに。
　美くしい聲！　やよ鶯よ！
余は飛び起きて。
　僅[10]に鐵窓に攀ぢ上るに
鶯は此響《ひゞき》には驚[11]ろかで。
　獄舎の軒《のき》にとまれり、いと靜に！
余は再[12]び疑ひそめたり……此鳥こそは
　眞[13]に、愛する妻の化身ならんに。
鶯は余が幽[14]靈の姿を振り向きて
　飛び去らんとはなさずして
再[15]び歌ひ出でたる聲のすゞしさ！
　余[16]が幾年月の鬱《うさ》を拂ひて。
卿《おんみ》の美くしき衣は神[17]の恵みなる。

いた期間。透谷の実体験では、明治一七年暮れ近く民権運動の実体に疑問をいだいて韜晦した姿勢を余儀なくされてから、二〇年夏、石坂ミナとの恋愛の過程で、雑駁であったアンビションを克服して現実社会と対応していこうという意欲が回復するまでの期間。

17　造化・自然の中枢にあって、超越した力を持つ存在。

18　あなたが人生の指針にとまどって、閉塞状態に陥っていた私と出会ったのも。

19　そうなのだ、神はあなたとの出会いを私にもたらしてくれて。

20　実在感覚が回復して妻を思いやっているのであるが、無意識の領域からくみ上げてしまった根源的な不安は容易には払拭できない。以下の六行には、もしかしたら妻は他界していて「鶯」は妻の「靈」の化身であると仮定しての感慨が叙述されていく。

21　妻が他界しているならば鶯はその生まれ変わりである。

22　わたしはやはり解放されることなく、鬱状態に拘束されたままで苦しみもだえるのだろうか。

23　もし妻が他界しているならば。

24　道理である。

25　このようにして、以前、韜晦した心情に陥っていた自分を救ってくれたのと同じように、鶯の姿になって閉塞状態に陥っている自分を慰めてくれるのは。

26　真に愛情のある行為であると。

卿の美くしき調子も神の恵みなる、
卿[18]がこの獄舎に足を留《と》めるのも
また神の……是《こ》は余に與ふる恵なる。
然[19]り！　神は鶯を送りて、
余が不幸を慰むる厚き心なる！
嗚呼夢に似てなほ夢ならぬ、
余が身にも……神の心は及ぶなる。
思[20]ひ出す……我妻は此世に存るや否？
彼[21]れ若し逝きたらんには其化身なり、
我[22]愛はなほ全しく獄裡に呻吟《さまよ》ふや？
若[23]し然らば此鳥こそ彼れが靈《たま》の化身なり。
自由、高尚、美妙なる彼れの精靈《たま》が
この美くしき鳥に化せるは[24]ことわりなり、
斯[25]くして、再び余が憂鬱を訪ひ來る——
誠《まこと》[26]の愛の友！　余の眼に涙は充ちてけり。

[第十五]　鶯の歌は「皆な余を慰むる愛の言葉なり！」と聴き取れるものの、なお鬱状態から逃れられない余には、鶯は幻影として想い描いた「花嫁」かとも思われて、無意識の深淵からくみ上げてしまった寂寥感に再び沈潜してしまう。

1　鶯は妻が生活している現実世界から訪れているのか、あるいは妻は他界していて天国からの来訪なのか。

2　神の使いであるように受け止められるものの。『校本』では、透谷の用字として「去れど」と「左れど」の両方を認めている。

3　その一方で親しげな様子に注目すると、[第三]で幻影として描いた唐丸籠から逃れてきた花嫁ではないかとも思われて。

4　もしも鶯が花嫁の化身であるなら。

5　閉塞状態で花嫁の幻影を想い描いたわたしの心情を哀れに感じて。

6　拘束されているわたしを慰めようとしてやってきてくれたのか。

7　時勢の展開から疎外されてしまっている自分にも。

8　鶯よ、あなたが「妻」か「花嫁」のいずれの化身であるにしても、解放されているのに。

9　わたしは死が訪れるまで解放されないだろう。

10　あなたの歌は、生の展開を閉ざされて鬱状態に拘引されている私を救済することは出来ないだろう。

第十五

鶯は再び歌ひ出でたり、
　余は其の歌の意を解《と》き得るなり、
百種の言葉を聴き取れば、
　皆な余を慰むる愛の言葉なり！
[1]浮世よりか、將た天國より來りしか？
余には神の使とのみ見ゆるなり。
嗚呼[2]去りながら—其の[3]練《な》れたる態度《ありさま》
恰かも籠の中より逃れ來れりとも——
　[4]若し然らは……[5]余が同情を憐みて
　來りしか、余が[6]伴《とも》たらんと思ひて？
鳥の愛！　[7]世に捨てられし此身にも！
[8]鶯よ！　卿 は 籠 を 出 で た れ ど、
　[9]余は死に至るまでは許されじ
余を泣かしめ、又た笑《え》ましむれど、
[10]卿の歌は、余の不幸を救ひ得じ。

11　あなたが「花嫁」であるにしても、そうでなくて妻が化身した「鶯」であるにしても！
12　ああ悲しいことに。
13　逃げさったところからすると、やはり自分が帰還できない現世の存在である。
14　鶯が妻の化身であるならば。
15　どうして居なくなることがあろうか。
16　［第十四］で回復しかけていた自我は再び実在感覚を喪失して、茫漠とした無意識の深淵を前にしておののいている。
17　無意識の深淵には様々の情調が跋扈していて、「死」へ拘引する階段も開かれている。
18　内部世界の深奥の茫漠とした闇。
19　透谷は「死」の情調と近接しがちな資質の所有者であった。
20　鬱状態から容易に回復できなくて「死」の情調に浸透されているので。
21　「死」よ、何時現実に自分を訪れるのか。
22　わたしはこれまでに、あなたと、格別な出会いをしたことがなかったのに。

我[11]が花嫁よ、……否な鶯よ！
お[12]ゝ悲しや、彼は逃げ去れり
　嗚呼[13]是れも亦た浮世の動物なり。
若[14]し我妻ならば、[15]何《な》ど逃去らん
余[16]を再び此寂寥《せきれふ》に打ち捨てゝ、
この[17]惨憺たる墓所に残して
——暗[18]らき、空しき墓所《はかしよ》——
其處《そこ》には腐れたる空氣、
濕《しめ》りたる床のいと冷《つめ》たき、
余は[19]爰を墓所と定めたり、
生[20]ながら既に葬られたればなり。
　死[21]や、汝何《い》時《つ》來る？
　永く待たすなよ、待つ人を、
余[22]は汝に犯せる罪のなき者を！

第十六

鶯は余を捨てゝ去り
余は[1]更に快鬱に沈みたり。
[2]春は都に如何なるや？
[3]確《たしか》かに、都は今が花なり！
[4]斯く余が想像《おもひ》中央《なかば》に
久し振にて[5]獄吏は入り來れり。
[6]遂に余は放《ゆる》されて、
[7]大赦の大慈《めぐみ》を感謝せり。
門を出れば、[8]多くの朋友、
集《つど》ひ、余を迎へ來れり、
中にも[9]余が最愛の花嫁は、
走り來りて余の手を握《にぎ》りたり、
彼れが眼《め》にも余が眼にも仝じ涙――
又た多數の朋友は喜んで踏舞せり、
[10]先きの可愛《かわ》ゆき鶯も爰に來りて

〔第十六〕　都に春が訪れたある日、余は大赦令によって多くの朋友たちの出迎えを受けて開放されていく。神の恵みによって、現実社会と対応できる心境がよみがえったのである。

1　いっそう鬱状態に落ち込んだ。

2　春が来て都の様子はどんなだろうか。

3　『校本』では「確」のルビ「たしか」は、誤植と認めて「たし」に訂正されている。

4　このように想像していた時に。〔第十三〕で「書と見えて」画ではないリアリティのある「故郷」の情景が蘇り、〔第十四〕で春の気配を感じ、「妻」との出会いの意味するものを了解することが出来た「余」は、鬱状態から解放されようとしていたのである。

5　鬱状態は消失して。

6　ようやくにして実在感覚が回復して。

7　「大赦」は恩赦の一種。政令で定めた罪に対する刑罰の執行を赦免すること。「慈」はめぐみ深いこと。ここでは「現実社会と対応できる心情がよみがえったことを、妻との出会いをもたらしてくれた慈悲深い神に感謝した」の意。→**〔補注14〕「大赦の大慈」について――終章・〔第十六〕での力業**

8　志を同じくする友人。民権運動の推進者。「自序」で謂う「吾等の同志」。

9　時勢の展開にたいして韜晦した姿勢を余儀なくされていた、余の心情を解放に導いてくれた「花嫁」でもある妻は。

10　〔第十四〕で獄舎を訪れた「鶯」も。

再び美妙の調《しら》べを、衆《みふ》[11]に聞かせたり。

11　自由な精神の所有者である民衆に。

明治廿二年四月七日印刷
仝　年四月九日出版

版權所有

著者　神奈川縣士族　北村門太郎
東京々橋區彌左衛門町七番地

發行兼印刷者　神奈川縣士族　近藤音次郎
東京々橋區銀座四丁目十二番地

印刷者　濵田傳三郎
東京芝區琴平町二番地

發行所　春祥堂
東京々橋區銀座四丁目十二番地

〔補　注〕

補1　「自序」を口語体で記した思惑

「自序」は、本文の完成後に制作されている。

透谷の新体詩に対する見解と固有な文学観がうかがえるが、読み進めていくといくつかのアポリアに出会う。

透谷は近代文学の鬼門であるという発言にも出会う。さらに、野山嘉正は「透谷の詩的実験が歴史的に孤絶している」（「透谷詩のゆくえ」）と述べていて、透谷は歴史的状況から離脱して自己を劇化して超越を志向したという見解と見受けられるが、透谷が時勢とどのように対峙していたかについては、この始まり、詩人・透谷の誕生の時点から見解ははてしなく分岐していく。

ここには「余は此「楚囚の詩」が江湖に容れられる事を要しませぬ」とあって、透谷の特異な姿勢はうかがえるが、「自序」が口語体で記されているのはどうしてなのか。

この点について絓秀実の『日本近代文学の〈誕生〉』（太田出版）には、透谷には明治二〇年代の言文一致運動にコミットする意志は認められないという見解から「この「自序」における言文一致と、作品における非言文一致という対照は、詩人・透谷のフォルマリスト的な自覚をあらわしていて興味深い」とある。

未定稿であるが『富士山遊びの記臆』（明治一八年）の文体が戯作調であり、署名も「桃紅処士」と芭蕉のひそみに倣っているのは、時勢——歴史的状況との距離を意識していたからである。そして冒頭・「第一」に認められる、「余」が「法」との対応を「誤つて」牢獄に閉塞されているという韜晦した思念の表出にいたる経緯を考慮すると、「自序」を口語体で記したのは、視点をひとまず所謂・俗語革命が行われている現実社会の側に移行して、新体詩への見解、さらには今制作し終えた『楚囚之詩』を客体視することによって、自身の文学観の意味するところを明らかにしておきたいという思惑があったのではと推察される。

この作品はあなた方の文脈に移行すれば、このような考えで制作したのであると読み解くことが出来て、時勢にたいするイロニーは「自序」でも継承されている。

補2　新体詩の展開

『新体詩抄 初編』が出版されたのは、明治一五年（一八八二年）七月。

新体詩（新体ノ詩）が模索されていた期間は、『新体詩 聖書 讃美歌集』（新日本古典文学大系 明治編 岩波書店）に「新体詩」として収録されている最後の作品、『新体梅花詩集』の制作時が明治二四年（一八九一年）三月であるところなどから、日本近代文学の外郭が整えられていく時期と符合しているとしてよかろう。

所謂・新体詩は、どのように形成されていったのか。「自序」の中程に「狹隘ふる古來の詩歌を進歩せしめて」とある箇所に立ち止まると、「古來の詩歌」と違った詩体の試みは、江戸時代中期の各務支考（一六六五―一七三一）の仮名詩や与謝蕪村（一七一六―八三）の「春風馬堤曲」・「澱河歌」等にさかのぼれないこともない。

さて『新体詩抄 初編』であるが、後世の人々にはほとんど読まれていないにしても、近代化の過程で果たした役割は大きかったのである。撰者は、外山正一・矢田部良吉・井上哲次郎。イギリス・フランスの翻訳詩一三篇と創作詩六篇が収められていて新体詩の始祖とされている。三人はいずれも東京帝国大学教授。進化論の肯定者であり新体制の典型的なイデオローグである。

外郭を紹介すると、巻頭には三人の新しい詩体に対する見解・「新體詩抄序」が仰々しく掲げられている。要諦は「我邦人ノ從來平常ノ語ヲ用ヒテ詩歌ヲ作ル〻少ナキヲ嘆シ西洋ノ風ニ模倣シテ一種新体ノ詩ヲ作リ出セリ」とある、尙今居士・矢田部良吉の見識にとりまとめられている。

次いで、凡例が四点、記されている。

一均シク是レ志ヲ言フナリ、而シテ支那ニテハ之ヲ詩ト云ヒ、本邦ニテハ之ヲ歌ト云ヒ、未ダ歌ト詩トヲ総稱スルノ名アルヲ聞カズ、此書ニ載スル所ハ、詩ニアラス、歌ニアラス、而シテ之ヲ詩と云フハ、泰西ノ「ポエトリー」ト云フ語即チ歌ト詩トヲ総稱スルノ名ニ當ツルノミ、古ヨリイハユル詩ニアラザルナリ、

一和歌ノ長キ者ハ、其体或ハ五七、或ハ七五ナリ、而シテ此書ニ載スル所モ亦七五ナリ、七五ハ七五ト雖モ、古ノ法則ニ拘ハル者ニアラス、且ツ夫レ此外種々ノ新体ヲ求メント欲ス、故ニ之ヲ新体と稱スルナリ、

二つを転記したのは、前文では西洋で用いられている「詩」という概念が「漢詩」や「和歌」と相違していると定義されているからであり、後文を転載したのは、創作詩も翻訳詩も七五律で記してしまった弁解が述べられているが、七五律は古来、日本人が愛し定型とした快いリズムとして、さらに言えば貴族文化の伝統を継承している和歌的抒情として今日に及んでいるからである。

編者たちの目論見は、新しい時代を構成する人たちを対象にした文学の創造であった。

「泰西ノ「ポエトリー」ト云フ語」については、早速、坪内逍遙の『小説神髄』（明治一八～一九年）で援用されている。この論考の意義は、「詩（ポエトリー）」という概念を「我が國の詩歌に似たるよりも、むしろ小説に似たるもの

にて、専ら人世の情態をば寫しいだすを主とするものなり」と受容して、「小説」を美術として近代社会の機構の中に位置づけたことである。そして「小説《せうせつ》の主眼《しゆがん》」では、「小説《せうせつ》の主脳《しゆなう》ハ人情《にんじやう》なり、世態風俗《せいたいふうぞく》これに次《つ》ぐ」として「外《そと》に現《あらは》るゝ外部《ぐわいぶ》の行爲《おこなひ》」と「内《うち》に蔵《かく》れたる思想《おもひ》」の二現象を描き出すのが小説家の務めとされている。

『新体詩抄』がどのように時代の人々に影響したかについては、明治三〇年（一八九七年）に刊行された『抒情詩』（宮崎八百吉編）に収められている「獨歩吟」の「序」が参考になる。国木田独歩（一八七一―一九〇八）は、『新体詩抄』の出た明治一五年には一二歳。日本近代文学の先達の一人であり、徳富蘇峰の民友社に出入りして明治二七年には、日清戦争の従軍記者となり「海軍従軍記」を「国民新聞」に発表していたのである。

この「序」で独歩は日本に詩歌の発達した形式がなかったと嘆息したあとに、『新体詩抄』の意義を認めて次のように述べている。

> 斯る時、井上外山兩博士等の主唱編輯にかゝはる「新體詩抄」出づ。嘲笑は四方より起りき。而も此覺束なき小冊子は草間をくゞりて流るゝ水の如く、いつの間にか山村の校舎にまで普及し、『われは官軍わが敵は』てふ没趣味の軍歌すら到る處の小學校生徒をして足並み揃へて高唱せしめき。又た其のグレーの「チヤルチヤード」の翻譯の如きは日本に珍らしき清爽高潔なる情想を以てして幾多の少年に吹き込みたり。斯くて文界の長老等が思ひもかけぬ感化を此小冊子が全國の少年に及ぼしたる事は、當時一少年なりし余の如き者ならでは知り難き現象なりとす。

「嘲笑は四方より起りき」とあるのは、和歌・漢詩など旧文学を擁護している側からの用語の卑属・格調の拙劣・

題材の拡散に対する非難で、編者たちにもそれなりの自覚があったようである。「グレー」云々とあるのは、編中に「グレー氏墳上感懐の詩（尙今居士）」として収められているイギリスの詩人・グレー（一七一六―七一）の「墓畔の哀歌」についての称賛である。この一文の要点は、レベルの低い小冊子が管理機構の末端、山村の学校にまで普及して「軍歌」までも歌われたという指摘である。「没趣味の軍歌」とは、外山正一の「抜刀隊の詩」であるが、「我ハ官軍我敵ハ　天地容れざる朝敵ぞ」という、あからさまに体制を擁護している冒頭の一句に注目すると、収録作品は外山正一の「ブルウムフヰールド氏兵士歸郷の詩」・「テニソン氏輕騎隊進擊ノ詩」・「ロングフェルロー氏人生の詩」・「シエーキスピール氏ヘンリー第四世中の一段」はもとより、矢田部良吉の「カンプベル氏英國海軍の詩」・「テニソン氏船將の詩」にしても、国家や組織体に属している国民や民衆の志気を鼓舞している作品が主流を占めている。土井晩翠・蒲原有明・岩野泡鳴等の称賛が伝えられているグレーの詩にしても、国の安危に身に委ねた古人への哀歌なのである。

　ちなみに「獨歩吟」は「嗚呼詩歌なき國民は必ず窒塞す。其血は腐り其涙は濁らん。歌へよ、吾國民。新躰詩は爾のものとなれり。今や余は必ずしも歐詩を羨まず」と締めくくられている。

　このあたりから『新体詩抄』のはたした役割が見えてくる。「新体ノ詩」は、明治国家の共通の言語、国語として全国に浸透していったのである。「国民とはイメージとして心に描かれた想像の政治共同体《イマジンド・ポリティカル・コミュニティ》である」（『想像の共同体』）というベネディクト・アンダーソンの定義を参考にすれば、「国民」という概念がイメージとして津々浦々の人々にそれとなく提示されて受け入れられていったのである。編者の一人・井上哲次郎は、与謝野鉄幹の詩歌集『東西南北』（明治二九年）の「序」で「吾人は已《すで》に擬古体の和歌を排し、又支那人の余唾に本《もと》づく漢詩を廃して、別に我心情をあらはすべきものを求め、遂に新體詩と稱する國詩を作りだせり」と述べている。「国語」――国民全体の言語表出をカバーできる言語的統一体の形成については、「言文一致」の経過が注目されているが、国家という幻影、視点を拡張すればナショナリズムの国民への浸透は、『新体詩抄』の時点でとり謀られていて、体制の意向と一体化していく主体――近代的自我の形成を企てていくことになる所謂・俗語革命は緒についていたのである。

もう一点、新体詩の展開の過程で忽るがせに出来ないのは、ポエトリーという概念の導入が、近代化に応じているとすれば、近代社会の制度が整えられた二〇年代に入ると「国民」意識の浸透につれて、日本社会には「国体」（くにがら）が継承されていたとする〈愛国〉に連なる国風化路線・復古主義が現れてきたことである。大局的には、本居宣長の万世一系の天皇が存在しているとして、記紀神話を世界観に転化して仮構された言説、「やまとことば」の創出に端緒が求めたれようが、大日本帝国憲法が発布されたこの時節に、七五律の大和詞が言語規範として俗語革命の中に位置を占めて、所謂・伝統文化が「国体」の一要素として組み込まれていったのである。

新国文運動の主導者となった落合直文（一八六一―一九〇三）の「和歌」を「国歌」といい換えているような歴史観が典型であるが、落合の「孝女白菊の歌」（明治二一～二二年）や「楠公の歌」（明治二六年）は、教科書に教材として採用されている。落合の作品は五七律であるが、近代詩の成立・展開という経緯の過程で画期的だったのは、『楚囚之詩』が制作されてから四ヶ月後の明治二二年の八月、森鷗外を中心とするS．S．S．の訳詩集「於母影」が発表されたことである。収められている作品は一七編、詩人はバイロン・シュィクスピア・ゲーテ・ハイネ等に明の高青丘を加えた一二人、訳者は「新声社」（S．S．S．）の同人で森鷗外・井上通泰・小金井きみ子・市村瓚次郎・落合直文の五名である。

次に転載するのは、巻頭の「いねよかし」の「その一」である。

けさたちいでし故里は
青海原にかくれけり
夜嵐ふきて艫きしれば
おどろきてたつ村千どり
波にかくるゝ夕日影
逐ひつゝはしる船のあし
のこる日影もわかれゆけ
わが故郷もいねよかし

この翻訳も含めて、時代の詩人たちに清新に映じたのは「マンフレット一節」（Ⅱ『蓬萊曲』（補3）に全文を掲載）であり、所謂・新体詩の規範となっていったと言っても過言ではない。付言しておくと、「いねよかし」はバイロン（一七八八―一八二四）の「チャイルドド・ハロルドの告別」の冒頭で、ハイネのドイツ訳からの重訳。「マンフレット一節」は、詩劇『マンフレット』の（一幕一場）で、やはりハイネのドイツ訳からの重訳である。

両訳詩とも詞想と表現には、日本詩歌の伝統的な情調が振り分けられている。

野山嘉正は「於母影」で表出されている詩空間について「和語の精錬と西洋詩の発想との渾融の可能性であった。その結果として詩形が生まれるのであって、その逆ではない」（『日本近代詩歌史』）と述べているが、鷗外の力業によって七五律の大和詞が西洋詩の発想とも融合可能な言語規範として近代の言語空間に移入されていったのである。そして「純乎たる日本の詩想」を継承しているとの自負もうかがえる、先掲の国木田独歩・松岡国男・田山花袋・宮崎湖処子など新進の人たちの『抒情詩』（明治三〇年）へと進展して、五七律を基調としたスタイルが定められいくのである。

新体詩は、〈近代〉という新たな社会に応じた「詩」――ポエトリーという概念と、〈愛国〉に連なる伝統――具体的には和歌的抒情の継承によって近代社会に受け入れられていったのである。

補3　透谷の「新体詩」に対する見解

なかほどに「吾等の同志」とあるのは、如何にも唐突である。

冒頭部分に「如何ょも非常の改革、至大艱難の事業ふれば」とあるところからは、透谷の苦心と意識の確かさが読みとれよう。

参考までに紹介しておくと、『楚囚之詩』出版から三ヶ月を経た七月の「女学雑誌」（一七〇号）には、「「日本之言語」を讀む」という小論が投稿して掲載されていて、ここには「文學の進むによりて無論言語は進む可く、言語の進みに因つて文學も亦進まずんばあらず」と、文学と言語の関係が説き明かされている。そして各国に必ずある詩が我が国にないのは「言語の不完全なる事其主因ならずして何ぞや」と、新体詩の問題に言及されている。透谷は創作者の思想に応じて言語空間あるいは詩形が変化していく、文学（思想）と言語（抒情）との関係を掌握していたのである。また一年後になるけれども「誰か眞に今日の日本を知る者ぞ」と、自信が表明されている「文學史の第一着ハ出たり」（「女学雑誌」二一一号）には、「文學は空漠たる想像より成れるにあらず、實は「時代」なる者の精勉して鑄作せる記念碑なり」と、時代状況と確かな対応を成し遂げているという自負の念を読みとることのできる文学観が示されている。

「自序」に立ち戻ると「或時は翻譯して見たり」とあるので、『楚囚之詩』の外郭・構成、スタンザに区分されていて長編であるところは、バイロンの『シヨンの囚人』に倣ったとしてよかろう。そして「然るに近頃文學社界ヿ新体詩とか變体詩とかの議論が囂《（かまびす）》しく起りまして」とあるところからしても、透谷は「新体ノ詩」を創出しようとしている文学社会の動静を凝視していたのである。

注目を要するのは、末尾の段落で「元より是は吾國語の所謂歌でも詩でもありませぬ、寧ろ小説に似て居るのです」と述べているところなのだが、このような断定にはどのような思念が予測されるのか。

ここに「小説に似て居るのです」とあるのは、『新体詩抄』の「凡例」に記されている「泰西ノ「ポエトリー」」という概念を坪内逍遙が受容して、「小説」を美術として近代社会の機構の中に位置づけた言説に従ってのものであろう。明治一八年に東京専門学校専修英語科に再入学している透谷は、逍遙と面識があった。逍遙は温厚な人柄であり、後に『蓬莱曲』を持参して訪問したりしているのである。二人は地位の違いはあっても、新しい社会に文学の自立を企てていこうという認識を共有していたのである。しかし、逍遙の近代社会の到来を謳歌している『当世書生気質』の叙述に対して、疑問を表明している『富士山遊びの記憶』の冒頭部分からしても、時勢観は違っていたのである。それがどの程度のものかは、翌二三年の「當世文學《たうせいぶんがく》の潮《うしほ》摸様《もやう》」（「女学雑誌」一九四号）にあからさまに示されている。

冒頭「春《はる》の舎《ヤ》の隠居書生氣質《いんきよしよせいかたぎ》を著《あら》はし都《と》會《くわい》の文讀《ふみよ》む者《もの》の眼《め》を醒《さ》ましてより文學《ぶんがく》なる者世《ものよ》の問題《もんだい》となれり」と、『当世書生氣質』が都会の知識人に受け入れられたと逍遙の業績が讃えられている。次いで末広鉄腸の「雪中梅《せっちうばい》」・東海散士の「佳人《かじん》の奇遇《きぐう》」・山田美妙の「裸美人《らびじん》」・尾崎紅葉の「色懺悔《いろざんげ》」・新声社（S，S，S）の「おも影《かげ》」・饗庭篁村の「むら竹《たけ》」と作品が列挙されて、「當代《とうだい》の文學《ぶんがく》は有望得意《ゆうぼうとくい》なる歡樂者《くわんらくしや》の爲《ため》めに盖《おほ》はれつゝあるなり」と、作者たちの視点への疑問が投げかけられている。そしてこの一文の要点は「彼等《かれら》世外《せいぐわい》に超然《ちようねん》たり、世外《せいぐわい》より世内《せいない》を見《み》れば紅塵《こうぢん》深《ふか》く重《かさな》りて厭《いと》ふ可《べ》き者多《ものをほ》し」と、逍遙も鷗外も含まれている当代の作家たちは、透谷が受けとめている「世」からすれば「世外《せいぐわい》」に存在していると差異が明示されているところである。当代の文学に満足できない理由として、今の社会は満足できる状況ではないのに「彼等《かれら》は得意《とくい》と思《おも》ひて歡喜《くわんき》の筆《ふで》を弄《ろう》す」と、社会の表層の展開に自足して底辺の現実を見ようとしない姿勢が辛辣に批判されている。そして「今《いま》は慷慨《こうがい》する者《もの》を要《えう》するの日《ひ》なるに彼等《かれら》は笑談《しようだん》すれども一滴《いつてき》の涙《なみだ》はあらず」との批判が綴られて、「然《しか》れども誰《たれ》か時代《じだい》を慮《おもんばか》るの小説家詩人《せうせつかしゞん》は無《なき》や滔々《とうく》たる文學家《ぶんがくか》中何《ちうなん》ぞ一滴《いつてき》の涙《なみだ》（新著蓮《しんちよれん》の涙《なみだ》とは異《こと》なれり）を眞《まこと》に國家《こくか》の爲《ため》に流《なが》す者《もの》なきや」との嘆息も記されている。透谷の視座は、明治一七年、自由民権運動の末端に参加して運動の指導者層が負債農民の対処しようとしない現実に遭遇して以来、近代化政策によって搾取対象にされていく民衆の側に定められていて揺らいでいなかったのである。

「自序」の末尾の段落に「元とより是は吾國語の所謂歌でも詩でもありませぬ、寧ろ小説に似て居るのです」とあるのは、今、時勢の展開を謳歌している人たちによって行われている俗語革命、「国語」の形成も、和歌的抒情を継承して制作されている「新体詩」も受け入れられないものの、固有の言語空間を形象することができたという宣言と受けとめられる。そして「寧ろ小説に似て居るのです」と締めくくられているのは、逍遙の言説を借りて『楚囚之詩』の内容に立ち入れば、「本尊」である「余」が閉塞されざるを得ない「外部」の状況と「内部」に秘めている変革の希求を、「狹隘ふる古來の詩歌」の詩空間を克服して表象し終えたという自負があったからに相違ない。

透谷は被支配層の人々が置かれている状況に思いをはせる文学者や、支配権力から自立して自らの可能性を開いていこうとする民衆を「吾等の同志」として期待をよせていたのである。しかし、それが「自序」がアポリアであり透谷が近代文学の鬼門であるとされている所以なのだが、戦後社会でも戦後社会は第二の開国であるなどと言われて近代化が改めて肯定された日本社会では、支配・指導者層に居を占めた人たち、所謂・近代的自我の確立を目指したエリートたちは出世主義・官僚主義・体制順応主義に陥って、社会の現実を民衆の側から顧みようとしなかったのである。

国家と資本の論理は強力であって、透谷の思念は孤絶を余儀なくされて『楚囚之詩』の「余」の姿勢も、社会状況への違和を内に秘めているとは読みとられていない。

透谷が「新体詩」に寄せている期待は、「世内《せいない》」にある人たち、当代の多くの人々が陥っている状況を、それらの人々に受け入れられる言語で表象して時勢のありさまを問いただしていくことであった。

年若い透谷が当代の文学者に性急に求めていた、「世内《せいない》」の民衆への配慮や、近代化への問いかけは、その後の新体詩から口語自由詩への展開の過程で必ずしも放置されているわけではない。

紹介しておきたいのは、時代が隔たるけれども萩原朔太郎（一八八六―一九四二）の応答、評論の一節と二・三の作品である。

はじめに新体詩の展開に対する批判を「歌壇・歌論論争」（大正一一～一二年）から転載しておくと、ここでは「今日の所謂詩、即ち明治以來の新體詩や自由詩が、果して西洋の詩を日本に移植し得たらうか」と問いかけて「然るに明治の新體詩は、西洋文藝の詩藻を取つて、これを日本語の韻文に飜案した。しかもその詩形は、萬葉時代の昔から傳統してゐる五七調や七五調で、何等新しい創造の物ではなかつた。つまり新體詩人の爲た仕事は、日本固來の傳統的詩形であつた長歌や今様の形式に、西洋風の新しい内容を盛つたので、（中略）それ自ら純然たる國風情調の和歌に過ぎない」と分析し「我々は島崎藤村や薄田泣菫から、如何にしてもキーツやハイネの詩を思情し得ない。キーツやハイネの本質する西洋詩と、七五調で飜案された新體詩とは、全然別物の詩に属して居る。新體詩からうけるものは、本質的情趣に於て、全く昔の今様や長歌と共通して居る」とのべて「西洋近代の新しい詩藻を輸入して、これを國語の詩に移す爲には、長歌や今様の詩形でなく、新日本の新しい文明が生んだところの、新しい韻律の形式を創造せねばならなかつた」と結ばれている。

萩原朔太郎は、口語自由詩を完成して新風を樹立した近代詩人。西洋にあこがれを抱きながらもフランスに行くことなく、西洋近代への幻想に揺曳されながらも、日本の近代社会にあることもしくは近代的自我の形成に参画することができなくて、生の原初の地――故郷を眺望して、支配権力と関わりのない市井の民（民衆）が秘めている「生」の原質との靭帯を失わなかった漂泊者である。多作であった諸作品も饒舌であった諸評論も、振幅が自在であって一貫して読み解き難い面がある。しかし、清岡卓行編の『猫町 他一七編』（岩波文庫）に収められている散文類を、「猫町」他二編の短編小説・「郵便局」「群衆の中に居て」「大井町」などの散文詩・随筆「秋と漫歩」と読み進めていくと、ここに収録されていない、「群衆の中を求めて歩く」「軍隊」「郵便局の窓口で」「小出新道」「漂泊者の歌」といった近代国民国家に在ることの違和が謳い出されている作品へと導かれていく。

次に転載するのは、『青猫』の末尾に収められている「軍隊」の第二連である。

軍隊

通行する軍隊の印象

この兇逞な機械の行くところ
どこでも風景は褪色し
黄色くなり
日は空に沈鬱して
意志は重たく壓倒される。
　づしり、づしり、ばたり、ばたり
お一、二、お一、二。

第一連で軍隊は、「この重量ある機械は／地面をどつしりと壓へつける」と社会機構の中に「機械」として位置づけられている。そして第二連では、そのもたらすものは自然の破壊――風景の褪色と、人間の抑圧――意志の圧倒であると謳いあげられていく。

軍隊が近代化の過程で官僚・学校・病院等と共に国家によって整えられた制度であるのは云うまでもない。重要な国家の装置であり、今日でも盛んにおこなわれている軍事パレードは国威の発揚に相違ないが、その実体とはいかなるものなのか。『青猫』が刊行されたのは、一九二三年（大正一二年）。巻末に賦されている「自由詩のリズムに就いて」には、「詩は言葉の音樂である」、「かくて心内の節奏と言葉の節奏とは一致する。内部の韻律と外部の韻律とが符節する。之れ實に自由詩の本領である」と記されていて、「軍隊」には、外部の韻律、戦争機械が跳梁している状況にたいする内部の的確な応答が認められるのである。

紹介しておきたいもう一つの作品は、『猫町　他一七編』に収録されている『日清戦争異聞（原田重吉の夢）』という、魯迅（一八八一―一九三六）の作品を偲ばせる簡潔な短編小説である。朔太郎の個人誌「生理」（昭和一〇年一二月）に発表されたが、「生理」は発禁になっている。

（上）には貧しい農家に生まれた原田重吉が出征して、平壌の玄武門で支那の用兵に突撃して金鵄勲章をもらうまでの経過が記されている。（下）には戦争がすんでから田舎の土いじりに満足することが出来なくなって、都会で零落していく後半生が素描されて「公園のベンチの上でそのまま永久に死んでしまった。丁度昔、彼が玄武門で戦争したり、夢の中で賭博をしたりした、憐れな、身すぼらしい日傭人《ひようとり》の支那傭兵と同じように、そっくりの様子をして」と結ばれている。

原田重吉は教育もなく奴隷のように育った男で「軍隊において、彼の最大の名誉と自尊心とを培養された」とも、模範的な軍人で「無智的な本能の敵愾心《てきがいしん》で、チャンチャン坊主を憎悪していた」とも記されている。金鵄勲章の授与が、今日まで継承されている褒章制度の典型であるのはいうまでもない。無垢な原田重吉が近代社会の規範や倫理に翻弄されて根元的な生、土いじりから隔離されていく物語であるが、一五年戦争の最中のこの時節に朔太郎を駆り立てたのはどのような思惑があってのことなのか。

原田重吉は、近代社会の落し子だったのである。この作品に対して飯島耕一は『萩原朔太郎』（みすず書房）で、反戦小説と受けとめて「朔太郎が戦争というものに対して、基本的にどのように考えていたかを、はっきりと示している」と述べている。また『日清戦争異聞　萩原朔太郎が描いた戦争』（樋口覚）には、「近代日本がその後に経験する間断なき戦争の最初の「戦後」に関する寓話的な神話であり、軍神や英霊というものに対する後世から見た懐疑の書である」とあるが、朔太郎はより大局的な視点に就いていたのではなかったか。この小説に呈示されているのは、重吉を根源的な「生」から疎外してしまった社会の表層を覆い尽くしている〈近代化〉の総体に対する異議申し立てではなかったか。
漂泊者・朔太郎も透谷と同じように、自然な「生」のありかたから遊離していくことができないヒュウマニティの所有者だったのである。

補4　題意について

題意については、『春秋左氏伝』の「成公九年」の段に、晋に囚われの身となった楚の鐘儀が「自国の冠をつけていた」（「南冠而繫者也　有司對曰、鄭人所レ獻楚囚也」）とあるところから、「牢獄に拘束されても故郷を忘れない心情の歌」との解説が多い。

しかし、作品の中で「故郷」がモチーフと直接的な関わりがあると考えられないこと、題名が「楚囚之詩」である点に留意すると、楽人の家柄である鐘儀が南（楚）の音楽を奏したのにたいして、范文子が「生国の音楽を奏するのは、故国のならわし、自己を培ったものを忘れないものである」（「文子曰、楚囚君子也。言稱二先職一、不レ背レ本也。樂操二土風一、不レ忘レ舊也」）と、鐘儀が囚われの身となっても「信」を貫いている姿勢を称賛している箇所を受容しているとした方が適切である。題意を「父祖の時代から時勢が推移して、生の展開を閉ざされる状況に陥ってもなお、かって自己を培った自由民権運動の精神を持ち続けているものの詩」と受けとめると、妻との出会いをもたらしてくれた神に感謝して、「吾等の同志」とともに現実社会に対処していこうという決意が読み取れる作品内容と符合してくる。

作品中でも、それが幻影に過ぎないにしても民権壮士の不羈な精神が讃えられているし、透谷は民権運動の精神をラジカルに受けとめて純粋な理念として保有し続けたのである。

補5　スタンザ・句読点・脚韻について

第一は四行のスタンザ（連）二つで構成されている。第二以下についても厳密ではないが、四行ごとのスタンザを基本にして構成されている。

句読点は、「第二」では、「〻」（白ゴマ点）二ヶ所・「、」（黒ゴマ点）一ヶ所と「。」（句点）一ヶ所の計四点が施されているが、「〻」には、句点「、」と現在普通に使用されている読点「〻」との中間の役割が課せられている。

脚韻については、母音を単位としてかなりの配慮が施されている。参考までに紹介しておくと、『北村透谷・徳冨蘆花集』（日本近代文学大系9　角川書店）に収められている「北村透谷集注釈　佐藤善也」の「補注」欄には、脚韻について綿密な整理が施されている。

補6　『シヨンの囚人』との関係

透谷には文章表現や作品制作の過程で、他者が使用した語句や語彙の借用、作品の形式・内容への依存などがかなりの程度で認められる。

新たな表象、俗語の革命が模索され、否応なく西洋の文物への対応が必須であったこの時期、許容される面もあろう。透谷の場合、おおよう語句や語彙は固有な文体に溶解し、作品の形式や内容は独自の文脈に換骨奪胎されているとしても、なにがしかの究明が要請されている問題であるのは否定できない。

とりわけ『楚囚之詩』については、例えば「バイロンの「シヨンの囚人」に着想を得た叙事詩的なストーリーが枠組みとなっている。即ち、獄中の政治犯の葛藤と釈放である」（『明治詩史論　透谷・羽衣・敏を視座として』九里順子）といったように受けとめられている。また、佐藤善也の『注釈』でも、大阪事件に巻き込まれて獄中にある大矢へ想いなどに「統一した形式を与える刺激となったのがバイロンの「シヨンの囚人」」であるという見解から、引用ないしは借用したと想われる箇所が数十箇所指摘されている。

『シヨンの囚人』との関係はどの程度のものなのか。［第二］の冒頭部分の八行は、『シヨンの囚人』の冒頭から着想を得たとされているので、とりあえず双方を転載する。

　　　第二
余が髪《かみ》は何時《いつ》の間《ま》にか伸《の》びていと長し、
前額《ひたい》を盖《おゝ》ひ眼を遮《さへぎ》りていと重し、
肉は落ち骨出で胸は常に枯れ、
沈《しづ》み、萎《しほ》れ、縮《ちゞ》み、あゝ物憂《ものう》し、
　歳月《さいげつ》を重《かさ》ねし故にあらず、
　又た疾病に苦む爲ならず、
浦島《うらしま》が歸郷の其《そ》れにも
　はて似付かふもあらず、

Ⅰ

わたしの髪は白い、だが歳とったためではない、
にはかに恐怖に襲われた人のように
ただ一夜で
白くなったのでもない。
わたしの手足は歪《ゆが》んだが、苦役のためではなく、
いまわしい無為の休息によってそこなわれたのだ。

『楚囚之詩』では「余」の『シヨンの囚人』では「わたし」の相貌の推移が記されている。透谷が『シヨンの囚人』のこの箇所を、利用・あるいは借用しているのを否定しない。しかし、借用したのは、一つには「〜」したのは「〜」ではない、という起伏のある表現が参考になったからではなかったか。もう一点は「わたし」の髪が白くなったのに長い拘束の時間が暗示されているのにヒントを得て、「余」の相貌は「浦島《うらしま》が帰郷」するまでに要したような長い時間ではなくて、「楚囚」となってから時日を経ていない間に変化を余儀なくされたことを強調したかったからであろう。

冷静な視点に立って作品を鳥瞰すれば明白であるけれども、［第二］の冒頭を書き記していく透谷の脳裏に写し出されていたのは、『シヨンの囚人』のストーリーなどではなくて、［第十二］と［第十三］の間に挿入されている挿絵に描かれている、鬱状態に陥って正常な生活からはずれてしまった「余」の相貌だったに相違ない。『シヨンの囚人』

に自由のために反逆し幽閉されている苦悩が描かれているにしても、『楚囚之詩』に謳われている情調は、近代化が推し進められていく時勢に違和感を増幅して、内部世界に沈潜してしまわざるを得なっかた透谷固有の感慨である。制作にあたって『シヨンの囚人』の統一した長編詩の形式を参考にしているに相違ないが、個別の表現が利用されたり借用されているにしても、読み解かなければならないのはどのような文脈の中に使用されているかであって、『シヨンの囚人』の感慨と『楚囚之詩』の情調との関係を『シヨンの囚人』の側から求めることは的はずれである。

なお、バイロン（一七八八―一八二四）が『シヨンの囚人』を制作したのは、一八一六年。透谷の読んだテキストは、スウィントンの『英文学研究』所収のものだったと論究されている（「『蓬萊曲』と『マンフレッド』の比較研究」太田三郎「国語と国文学」昭和二五・五）。

また、『シヨンの囚人』の訳文は『古城哀詩』（岡本成渓訳　相原書店）から引用した。

補7　「大陽」について

『校本』には、次のように注記されている。

「大陽」という表記法は、『楚囚之詩』に四ヵ所、『蓬萊曲』に一ヵ所あり、透谷の表記は「大陽」を一貫して使用している。この表記法に寄せた透谷の愛着に意味を認めて「大」と「太」との間にある、置換不能な、イメージ上の差異をよみとるべきではなかろうか。たとえば、「太初」という表現はありえても「大初」という表現はないのである。ここは「大陽」を生かしたい。

補8　「楚囚」意識の根底にあるもの

［第二］の後半部「噫此ハ何の科《とが》ぞや」に続いて記されている八行には、［第一］で「政治の罪人《つみびと》として捕ハれたり」とあるのが、どのような状況の喩なのかが説明されている。

　たゞ國の前途を計りてなり！
噫此ハ何の結果ぞや？
　此の世の民に盡したればなり！
　　去れど獨り余ならず、
吾が祖父は骨を戰野に暴《さら》せり、
吾が父も國の爲めに生命《いのち》を捨てたり、
　余が代《よ》には楚囚となりて、
　とこしなへに母に離るなり。

　この一節は四行目の「去れど獨り余ならず」に注目すると、「余」も祖父や父が「國の前途」を計り「民に盡した」のと同じような生き方を志したのであったが、「余が代《よ》」――近代化が推し進められている現実社会では、そのような選択肢が存在しない状況になってしまい、「楚囚となりて」――自由を奪われて、本質的な生を享受できないありさまであると読み取れよう。

［第一］から［第二］に受け継がれている閉塞感は、どのように受けとめられるのか。参考までに紹介すると、『我牢獄』（明治二五年）の冒頭部分には、類似した存在感覚が記されている。

もし我《われ》にいかなる罪《つみ》あるかを問《と》はゞ我《われ》は答《こた》ふる事《こと》を得《え》ざるなり、然《しか》れども我《われ》は牢獄《ろうごく》の中《うち》にあり。もし我《われ》を拘縛《こうばく》する者《もの》の誰《たれ》なるかを問《と》はゞ我《われ》は是《これ》を知《し》らずと答《こた》ふるの外《ほか》なかるべし。

罪があるかないか解らないのに「牢獄」に「拘縛《こうばく》」されているという存在感覚は、［第一］・［第二］に謳われている情調から帰納できるものである。しかし、表層だけを受け入れれば、透谷の思念が歴史的状況から乖離しているからと受けとめられなくもない。

そして『楚囚之詩』、詩人透谷の誕生の時点で必要なのは、透谷に「罪人《つみびと》」・「楚囚」あろいは「牢獄」意識をもたらした状況認識について、さらには透谷の思想形成の過程の意味するものを明らかにしておくことである。

そこで考察しておきたいのは、明治一七年、民権運動に参加して味わった原体験が、透谷の心中でどのように咀嚼され保持されていたかということである。

原体験とは、民権運動の指導者層が困民の現状に対処しようとしない現実に出会って、アンビションの変更を余儀なくさせられた体験であるが、その感慨は持続されていて、『楚囚之詩』制作から一年後の明治二三年二月二七日の「日記」の一節には、「渡守日記」という成立しなかった作品の構想が記されていて、「渡守」の「翁曰」として次のような一文がある。

「一度吾れ人間の最下流に居れり。爰に居りて世界の慘憺の甚しきを見たり、其相喰ふ所相噛む所のすべては吾眼中に集まれり、政治を説く者は虚然之を説き宗教をいふ者は恍然之を言ひ、而して此下流まで達せず」。

さらに「甲武の邊境に一川あり、吾聞く此處に一隱仙の住めるありと。川のほとりに小藁屋あり彼れ一棹に據りて衣食す。彼れ說き出でゝ人類の兇惡を攻擊す」と付け加えられているところからしても、この記述には一七年夏、八王子近郊で味わった感慨が凝縮されているとして誤りはない。

ここに記されている「世界の慘憺」がどのような現実であったかについては、色川大吉の「明治の豪農の精神構造」（『新編　明治精神史』）に克明に論証されているが、明治一七年八月、窮状を訴えて立ち上がった負債農民の要求に、豪農民権家も神奈川自由党の指導者層も対処できなかったのである。

「政治を說く者は虛然之を說き宗教をいふ者は恍然之を言ひ、而して此下流まで達せず」とは、この混乱のさなかの二四日、板垣総理一行が来訪して多摩川で納涼遊船会を行い、二五日に青梅の駒木野の釜が淵で演説したことをさしている。色川は「この数日の党員たちの動きを見ていると、自由党とはいったい何かという疑問がふたたび起る。人民の窮状とはおよそ無縁な党、少なくとも直接には人民の騒擾と関係しない党。（中略）民権家の仕事とはもっと崇高な、全国的、政治的問題であって、それは演説などの方法によって遂行されるものだと思いこまれていたのかもしれない」と述べているが、このあたりから透谷のラジカルな思念と、板垣や自由党員が謂うところの〈民主〉――近代化についての思惑の相違は明白になってくる。

とはいえ、板垣退助は戦後社会でも福沢諭吉と共に日本の近代社会を導いた双璧として称賛されている。

そこで参考までに提示したいのは、『自由党史』（上）（明治四三年刊）に「板垣退助の会津滅亡の感」として記されている箇所である。ここには天下屈指の雄藩である会津に官軍の兵士として攻め入ったところ、「庶民難を避《さ》けて遁散《とんさん》し、豪《ごう》も累世《るいぜい》の君恩に酬《むく》ゆるの概《がい》なく、君國の滅亡を見て風馬牛《ふうばぎゅう》の感を」為していたので、「皇國をして萬國に對抗し、富强の大業を興《おこ》さしめんには、全國億兆《おくちょう》をして各自に報國の責《せめ》を懐《いだ》かしめ、人民平均の制度を創立するに若《し》くはなし」とある。日本が万国——先進西洋諸国に対抗するためには、国民が各自に「報國の責《せ》め」を抱くことが要請されているのである。

板垣の会津での感慨は、〈民主〉——人民平均の制度・四民平等を方便にした庶民・民衆に対する権力への恭順の要請と受けとめられる。そしてこの論旨には、四民平等を説いた福沢諭吉は言うまでもなく『新体詩抄 初編』を編纂した三博士はもとより坪内逍遙にしても、近代化の推進者たちが抱いている、一般の民衆にたいする高慢な姿勢との類似が認められはしまいか。イデオローグたちは「萬國に對抗」するために富国強兵政策を至上の命題として受け入れていて、困窮に陥っていく人たちへの配慮を認めることは出来ない。

ナショナリズムが現代社会に及ぼした影響が広範な角度で論じられている『想像の共同体』（NTT出版）で、アンダーソン（一九三六―）は「ナショナリズムは国民の自意識の覚醒ではない。ナショナリズムは、もともと存在しないところに国民を発明することだ」というゲルナーの規定を援用して、「国民とはイメージとして心に描かれた想像の政治共同体《イマジンド・ポリティカル・コミュニティ》である——そしてそれは、本来的に限定され、かつ主権的なもの［最高の意志決定主体］として想像される」と述べているが、近代化に伴って顕現した「国民」という概念は、想像力の産物であって民衆の側から発想されたものではなかったのである。

透谷も「国民」という語彙を使用しているが、透谷の謂う「国民」とは、近代化政策によって搾取対象にされていく民衆の現実を視界に留めた上での日本人の総体であって、イメージとして都合良く想像された「国民」ではない。

板垣の謂う「累世《るいせい》の君恩」とか「皇國」といった概念は、イデオローグたちが自己保全のために支配の具として構築した幻影であるにしても、やがて日本の国民は、会津藩の「庶民」が関わりを持たなかった戦禍に巻き込まれてしまうのである。

「板垣退助の会津滅亡の感」が、近代化の推進者として偶像化されている板垣の原体験の所産であったとするならば、作品として成立しなかったにしても渡守の翁に、民衆の生活実態とかかわろうとしなかった民権運動の指導者層・なかんずく板垣の応答を念頭に置いて、「人類の兇悪」——窮状に陥った負債農民にたいするイデオローグたちの非人間的な応答を攻撃させている透谷の思念には、確かな存在理由があったとしなければならない。

もう一点、「楚囚」意識の根底にある思念について触れておく。

それは「哀願書」に記されている、「弱肉强食ノ狀ヲ憂ヒテ此弊根ヲ掃除スルヲ以テ男子ノ事業ト定メタリキ」という卓抜な認識・あるいは決意から直線的に帰納することができると思われる。次に転記するのは「[石坂ミナ宛書簡草稿]　一八八七年十二月十四日」の冒頭部分に記されている一節である。この草稿は「全く閑暇の身となりて脳髄の作用ハおごそかに唯一方に傾きけり」と書きはじめられていて、脳髄の作用がどのような方向に集中したかについて「人の心ハ至つて弱」く「此世ハ情と慾」とに流れるものであると述べた後に、次のように叙述されている。

……情の力ハいと强きも之れが奔飛するにまかせなバ世ハ開け行かぬ方はるか増なるべし、むしろ昧蒙野蠻の時代こそよかんめれ、世の文化に趣きて有要の生活的機具の數多出で來たりて、多少幸福と便利とを增進したるが如きも是れが爲めに我等が受くる損害ハ、決して一二に止まらざるべし、昔しハ腕力のみの勝負に優劣を爭ひしも、今ハ寸刻も安からぬ腦力の競爭時代と變じ來れり、昔しハ質朴を以て普通の性質となせしを以て人の心ハ正しくして寧ろ高尚なりしも今ハ驕奢を以て本尊と定め人の心ハ曲折看ぬき難し、今ハ世人の喜ぶ所の情ハ自然の情にあらずして花の香をぬすむ情なり……

そして終末観も吐露されている。

……盖し未來の結果を想像する時ハ、再びのあの大洪水を來たすか然らざればあまたのくりすとを出すにあらざれば、到底社界の破滅を免れざらん、權力ハ次第に一方に集り、生産の成果ハ只一部の種屬に籠絡せられ、社界党ハ日一日に増加し、無産の輩ハ遂に有産の輩に勝ち、曲ハ正を打ち邪ハ直を滅ぼすの時も遠からずして來るべし、……

草稿を書き進めていく透谷の脳髄で明滅しているのは、近代化政策が浸透して生産力が向上した結果、能力の競争時代が到来して人の「心」が「自然」の情から遊離して行くのではないかという不安である。

そして「あまたのくりすとを出すにあらざれば、到底社界の破滅を免れざらん」と終末観が吐露されている。終末観の表出に到る危機意識の類例をもとめると、社会批判的な性格と世直し思想において民衆宗教の中でもとりわけ独自な性格があると論じられている、大本教の創始者出口ナオが神がかりして、明治二五年の正月に「是では国は、立ちては行かんから、神が表《おもて》に現れて、三千世界の立替え立直しを致すぞよ」と述べて「寒き世にあらしのひどき夜になりて　ひのでのもとを待ちかねるぞよ」(『大本』講談社)などと歌っているのが思いあたる。〈神がかり〉とは、自己統御によって抑圧されてきた無意識の世界が、意識の世界まで噴出してきてあたらしい統合をもとめるものであり、〈神がかり〉によって自己制御のかげにかくれていた本心があきらかにされるのである。

困民の要求に応じようとしなかった民権運動の指導者層の対応から、近代化が内包している資本主義システムの中枢に居を占めている弱肉強食の状の浸透を感じ取っていた透谷の慧眼は、三年を経た二〇年末には、生活的機具の増加・商品の流通がもたらしていく時空の変位を、人の「心」——人間存在が内部に保有している自然に、影響を及ぼしかねない時勢の到来と受けとめていたのである。出口ナオなど民衆宗教の創始者たちが透谷が謂う「世内《せいない》」の人々であるのはいうまでもない。出口ナオも時空の変位を感じることが出来る、支配の構造を内面化しない質朴な民衆の心を持っていたから危機意識を表出しているのである。近代化の進展につれて日本の民衆は社会の表層から切り捨てられていくけれども、透谷の謂う「心」、人間存在が内包している自然が変異を来すのではないかという危惧の念の意味するものについては改めて顧みる必要があろう。

透谷の思念が時代の思潮と分岐して、歴史的状況から乖離していると見受けられるのは、民衆の現実を思いやり自然な「心」の状態に覚醒していたからであって、孤高にロマン主義に傾倒したり観念に依存したりしていたからではない。

「第二」の最終行「とこしふへに母に離るふり」とは、近代化が推し進められている状況への異議申し立てなのだが、透谷は体験にもとづいた確固とした現実認識を内に秘めていたのである。

「祖父」も「父」も民衆の一人として謳われていることは説明を要しないし、この後の透谷が「一種の攘夷思想」（明治二五年）を経て「徳川氏時代の平民的理想」（明治二五年）で、「地底の水脈」——民衆が形象した自由な精神の伝統を尋ねあてていく事からもこの一節は重要である。

補9　内部世界との対応（一）

［第三］には「余」は「つたふくも」獄舎に迷い入ってしまったと記されているが、それにしても「この獄舎《ひとや》は廣く且空しくて」から予測されるのはどのような情景なのか。四つのしきりが境になって、「四人の罪人《つみびと》」が唐丸籠に閉じこめられているという説明に「獄舎《ひとや》」のリアリテイが求められるだろうか。

茫漠とした広がりの中に「四つのしきり」があり、壮士が「四人」である点に注目すると「曼陀羅」〔仏〕mandala――密教で宇宙の真理を表わすために、仏菩薩を一定の枠の中に配置して図示したもの――が想起されてくる。［第三］から［第五］にかけて四人の壮士、一人は花嫁の、自由を求める不羈な心情や郷里から都への道行きが謳い上げられているが、いずれの記述も類型的なのはどうしてなのか。さらに花嫁についても縷々言辞が費やされていても、他者として存在している量感が込められていない。

次に示すのは、C・Gユングの『個性化とマンダラ』（みすず書房）から、「マンダラ」――中心をもった四者性の構造が説明されている部分、訳者・林道義の「解説」からの抜粋である。

　ユングはマンダラは往々にして、心が困難や葛藤に苦しんでいるときに現われて、心の平衡と秩序を作りだすのに役立つと述べている。中心をもった四者性の構造が、人格を秩序づけ、安定をもたらすのである。ただしその平衡も、けっして周囲の無意識の大海と溶け合うことによる安定ではなく、しっかりとした枠に守られた「個体」としての秩序である点を見落としてはならない。周囲に迎合し、他人と「神秘的融即」した安定ではなく、自立した「個体」の確立を前提として平衡が目指されているのである。

透谷はフロイト（一八五六―一九三五）やユング（一八七五―一九六一）がおこなった内部世界の分析や掌握を知るよしもなかったのだが、稀有なことに少年期から鬱状態に閉ざされる気質の所有者であった透谷は、固有に内部世界、心の領域の存在に覚醒して、ミナとの恋愛ではアンビションの属性を克服して創作主体を形成し、『楚囚之詩』制作の時点では、現実認識を抑圧して鬱状態に閉ざされた時点での内部感覚と、無意識の領域に潜在している普遍的な情調を論理化して掌握していたのである。

補10　「心」の現象の究明――魂の飛翔

〔第五〕には「我が魂《たま》」が獄中から逃れて、「愛する少女の魂《たま》」と共に「昔の花園《はなぞの》に舞《ま》ひ行きつ」と魂の躍動が謳われている。このような「心」の現象の掌握は、「心」が飛翔して自然と共鳴することが出来るという存在感覚がうかがえる箇所として注目しておく必要があろう。

二つほど類似している記載を記しておくと、『我牢獄』（明治二五年）に次のような一節がある。

　奇《く》しきかな我《われ》は吾天地《わがてんち》を牢獄《ろうごく》と観《くわん》ずると共《とも》に我《わが》靈魂《れいこん》の半塊《はんくわい》を牢獄《ろうごく》の外《ほか》に置《お》くが如《ごと》き心地《こゝち》することあり。牢《ろう》獄《ごく》の外《ほか》に三千乃至《せんないし》三萬《まん》の世界《せかい》ありとも我《われ》には差等《さとう》なし、我《われ》は我牢獄以外《わがろうごくいぐわい》を我《わ》が故郷《こきやう》と呼《よ》ぶが故《ゆゑ》に我《わ》が想思《そうし》の赴《おもむ》くところは廣闊《こうくわつ》なる一大世界《いちだいせかい》あるのみ、而《しか》して此大世界《このだいせかい》に我《われ》れは吾《わ》が悲戀《ひれん》を湊中《そうちう》すべき者《もの》を有《ゆう》せり。

難解な一節であるが大まかに解読すると、「私は牢獄に閉ざされていると意識する一方で、霊魂が故郷——自身の願いを充たしてくれる原初の地に飛翔していくという心地を感じる事がある」と、意訳できるかと思われる。
また、「人生に相渉るとは何の謂ぞ」（明治二六年）では、次のような叙述に出会う。

……眼を擧げて大、大、大の虚界を視よ、彼處に登攀《たふはん》して清凉宮を捕握せよ、清凉宮を捕握したらば携へ歸りて俗界の衆生に其一滴の水を飲ましめよ、彼等は活きむ、嗚呼彼等庶幾くは活きんか。

「清凉宮」とは絶対的なイデアの存在している聖地と受けとめられて、人間存在が保有している「霊力」——自然と交歓することのできる能力を肯定している叙述と受けとめられる。

補11　内部世界との対応（二）——「蝙蝠」と作品の文脈

「蝙蝠《かふもり》」についても『シヨンの囚人』の最終連の次の箇所から示唆を得ているという解説がある。

ここでわたしは蜘蛛《くも》たちとも親しくなり
鈍い手仕事をしているのを見まもり、
また月の光を浴びて戯れている野鼠をも見た。
わたしにも彼等と同じ感慨があってよい筈。

われわれはみなひとつ処に住んで親しく、
そしてわたしはこれらのものの活殺の権を握っていた。

しかし、受け入れがたいのは、制作に到る思念についての省察や作品の文脈への言及が認められない点である。表層面での符合の範囲では、作品のモチーフに近づくことは出来ない。「蝙蝠《かふもり》」について配慮を要するのは、透谷が内部世界、人間存在が内包している自然の情調と綿密な対応を成し遂げている点である。

作品の構成に従って「蝙蝠《かふもり》」の登場に到る経緯を追うと、現実社会の展開から疎外されて閉塞状態に陥ってしまった「余」は、現実認識を抑圧して内部世界に変革のマンダラ、民権運動のラジカルな幻影を想い描いて平衡状態を醸し出していたのであるが、現実から遊離した幻影は必然のなりゆきで希薄になっていく。〔第八〕では「世界の音信《おとづれ》あれかしと」と、実在感の回復が企てられているがかなえられない。そして〔第九〕に到ると「噫偽りの夢！　皆な往けり！」と、マンダラは消滅してしまう。〔第十〕には、現実との対応から隔てられて鬱状態に閉塞されている不安な心情が「余にはあらゆる者皆、……無に帰して／たゞ寂寥、……微《かす》かなる呼吸／生死の闇《やみ》の響《ひゞき》なる」と記されて、〔第十二〕で「半分眠《なかば》り――且つ死し、なほ半分《なかば》は／生きてあり」という状況に陥いった時、「突如《とつじょ》窓を叩《た》いて余が靈を呼ぶ者あり」として「蝙蝠《かふもり》」が現れる。

いったい「蝙蝠《かふもり》」とは、どのような存在なのか。「蝙蝠《かふもり》」は鬱状態に閉塞されて、現実への帰還の試みも空しく意識の作用が希薄になって幻影を描くことも出来なくなった時点で、「生死の闇《やみ》の響《ひゝき》」のする、「余」の「靈」が存在している内部世界の無意識の領域から立ち現れているのである。

参考までに意識と無意識の関係について、『個性化とマンダラ』の「2　意識、無意識、および個性化」から、いくつかの見解を抽出しておく。

一、自我は心の全体を表現していない。自我は意識の中心でしかあり得ない。

一、無意識的な過程は、意識的自我の一部分ではないとしても、全体としての個体に属している。

一、無意識は、中枢のない心的過程の総体である。無意識を無と呼ぶが、それは潜在している現実である。

一、人間は無意識のうちに、祖先の系列の中で発達してきた心的構造をア・プリオリな所与として保持している。

一、意識は無意識的な心から派生したものであり、無意識は意識よりも古く、意識とともに、あるいは意識にもかかわらず機能しつづける。

多角的に施されている解説から要点と思われる箇所を抽出したのは、この作品で認められる内部世界を詩空間とする手法が『蓬莱曲』でも継承されているからである。ここでは指摘するにとどめるけれども、「第二齣　第二場　蓬莱原の二」には、「わが内なる諸々《もろく》の奇《く》しきことがらは／必らず究めて残すことあらず」として、無意識の領域からくみ上げた情調が面々と記されている。そして「第二齣　第四場　蓬莱原の四　坑中」では、「素雄」が「死の坑《あな》」、無意識の領域の深奥に陥った時に、エロスの化身かと思わせる「戀の魅」が現れている。「戀の魅」は「凡そ死の使者《つかひ》数《あま》多《た》あるうちに、われは「戀」／てふ魔《ま》にて、世に行きて痴愚《おろか》なるものを捉《とら》／へ来る役目《やくめ》に従《したが》ふなり」とも、「心空《こゝろむな》しき男　女《をのこをみな》を／尋《たづ》ねありく」とも記されていて、実在との対応を喪失した存在を「死」の領域に拘引していく「魔」であり『楚囚之詩』に移行すれば「蝙蝠《かふもり》」である。

「蝙蝠《かふもり》」を無意識の領域に「死」（タナトス）とともに共存しているエロスの化身と受けとめると、「第十一」から

［第十二］にかけて委曲を尽して謳いあげられている「蝙蝠《かふもり》」の叙述の意味するところが了承されてくる。まず「靈を呼ぶ者」であり「獄舎の中を」厭わず飛び回るのは、「余」の内部の存在だからであり、「花嫁を思出」したり「花嫁の化身」と思ったりするのは、自我が幻影として形象した「花嫁」の残像が作用しているからである。蝙蝠が「我」を慕い、「余は彼を逃げ去らしめず」と相思の関係にあるのは、蝙蝠が「余」の全体としての個体に属しているからであり、「サモ悲しき聲」で泣くのは、「余」を自身の領域に拘引しようとしているからである。そして「悪《に》くき顔」をしているのは、存在を死と破滅の側に導いていくエロスの化身だからである。［第十一］から［第十二］にかけて、「余」は危機的状況に陥っていたのである。『楚囚之詩』のクライマックスの場面であり、［第十二］の直後に「余」がどのような状況に陥っているかが暗示されている挿絵が挿入されている理由も了解できる。「余」が「蝙蝠《かふもり》」を放ちやったのは、［第十三］で明らかにされていくように、年若い「余」は「生」への意欲を確固として保有していたからである。

補12　「故郷！」について――透谷の基本語彙

透谷の詩・文には、格別な量感が付与されている語句があって「楚囚」「牢獄」「霊」「琵琶」「幻境」「地底の水脈」などを列挙することができる。

「故郷」もそうした基本語彙の一つであるが、この［第十三］での「故郷！」については、指摘しておかなければならない事があって、［第十三］での「故郷！」は、［第四］や［第八］の「故郷」と同じではない。

［第四］には花嫁は「余と故郷を全じふし」と謳われているが、既に触れているように「花嫁」は、「余」が心中に

描いている幻影に過ぎない。幻影――マンダラの持続が困難になってきた［第八］で、「余」は「心が殘」っている「彼山、彼水、彼庭、彼花」に「想ひ」を馳せるけれども、「故郷」は幻影の内なる土地であって、「世界」への帰還、実在感の回復はなし遂げられていない。

［第四］・［第八］の「故郷」にたいして、［第十三］で「若き昔時《むかし》……其の樂しき故郷！」と謳われている「故郷」は「畫と見へて畫にはあらぬ」リアリティのある、「余」が自然と交歓しつつ生育した「故郷」である。「故郷」とは、生の原質が存在しているところであり、［第十三］はリアリティの回復が予兆されている重要な一段である。

［第四］・［第八］と［第十三］では、「故郷」の意味が使い分けられているが、「Ⅲ」で解説する『三日幻境』（明治二五年）の冒頭部分でも、「追懐《レコレクション》」の故郷と「希望《ホープ》」の故郷とが書き分けられている。

補13　作品のモチーフ――「鶯」（妻）の意味

「透谷の想像力の琴線は『シヨン城の虜囚』の詩想や心象、文体や詩的韻律に殆ど照応している感がある」という見解で論じられている「透谷とバイロンの詩的交響」（安徳軍一『透谷と近代日本』翰林書房）には、［第十四］と［第十五］の「「鶯」来訪の場面」は「バイロンの原詩では第10連（49行）に対応する部分である」と記されている。「バイロンの原詩では」と言われてはとまどうけれども、たしかに第10連には、牢獄に青い翼の小鳥が訪れて主人公をなぐさめている場面が謳われている。

しかし、ここで作品の文脈に留意すると、「花嫁」が内部世界に想い描いたマンダラの中の幻影であり「蝙蝠《かふもり》」が無意識の領域に形象された存在であるのと同じように、「鶯」も［第十四］の中ほどに「此鳥ころは／眞に、愛する妻の化身ならんに」と紹介されていて単なる小鳥ではない。［第十三］でリアリティを回復することができた「余」には、妻の存在の意味するものが蘇っているのである。

郷《おんみ》の美くしき衣は神の惠みある、
郷の美くしき調子も神の惠ある、
郷がこの獄舍に足を留《と》めるのも
また神の……是《こ》は余に與ふる惠みある、
　然り！　神は鶯を送りて、
余が不幸を慰むる厚き心ある！
　嗚呼夢に似てなほ夢ならぬ、
余が身にも……神の心は及ぶある。

［第十四］後半部からの抜粋である。この八行が『楚囚之詩』の中枢部分であるが、妻との関係についての説明が欠落していることもあって、独りよがりの了解で叙述されていて、この範囲では作品の読解、さらにはモチーフの掌握にも齟齬をきたしてしまう。

だが、ここで冒頭の二節の意味するところを考察したのと同じように、足跡に配慮して補助線を導入すると文脈は了解できてくる。この箇所は明治二〇年の後半期、民権運動の現実に疑問をいだいてアンビションを中空に浮遊させて韜晦した姿勢を余儀なくさせていた透谷が、石坂ミナとの恋愛の過程で自由な精神の存在に覚醒して、キリスト教の神をも受容して「社界の眞相」（「厭世詩家と女性」）と対処できる心境を回復していった経緯と符合しているのである。

掲載箇所の前文には、鶯の歌は「余が幾年月の鬱《うさ》」を払うように受けとめられたと記されているが、「余が幾年月の鬱《うさ》」とは、「この身ハ用なき世に生れ出でたる甲斐なさハ」（『富士山遊びの記憶』）といったように現実社会の展開との間に距離を設けていた、明治一八年初頭あたりからの約二年間が該当しよう。「神」については「余ハ又た是より眞神の功徳を感じ出せり、是より眞神の忠義なる臣下たらん事をも決意せり」（「《北村門太郎の》一生中最も慘憺たる一週間」）などという記載もあり、二一年三月に日本基督一致教会所属の数寄屋橋教会で受洗に入会しているところからキリストが意識されていると受けとめられなくもない。しかし、透谷におけるキリスト教は、「（明治日本においても）多くの作家がキリスト教を経由している」、「彼ら（旧幕臣系）の内面性が、立身出世という強制力のもとに出てきた」（『近代文学の終り』柄谷行人）といった一般的な範疇にはおさまらない。透谷には「則ち斷然從來三年間執着せし宗教的生涯を打破し」（「日記」明治二六年一月一日）というキリスト者という自覚が認められる発言があるにしても、自身のアンビションをキリストに仮託している特異なキリスト者であって、ここに謳われている、現実世界の状況に絶望していた「余」に「鶯」（妻）との出会いをもたらしてくれた「神」は、キリストと限定するよりも超越した力を持っている自然の運行とした方がわかりやすい。「余」は今、現実に対応していく意欲を回復してくれた神の恵み――自然の運行に感謝しているのである。

作品のモチーフは、維新後の社会は自然な生の展開を妨げているけれども、自身は今、鬱状態を克服して祖父や父の意志を継いで民とともに、現実社会と対応していくという意欲を感じているというアンビションの回復に求められる。民とともにと云うのは、「第二」に「此世の民に盡したればふり！」とあり、終章・「第十六」が「衆《みな》に聞かせたり」と結ばれているからであるが、透谷はラジカルな民権社会実現への意欲と、民権運動の末端で出会った原体験を終生手放さなかったのである。

もう一点、「第十四」から「第十五」にかけて立ち入って置かなければならない特異な情調――固有な内部感情がある。

それは、「余」は「愛する妻」への思いが意識されて閉塞状態から回復されつつあるのに、「思ひ出す……我妻は此世に存るや否?」、「我愛はなほ全しく獄裡に呻吟《さまよ》ふや?」と、不安定な心情がなお存続している点についてである。さらに「第十五」では、その歌は「皆な余を慰むる愛の言葉なり!」と了解していたのに、「鶯」が去ってしまうと「鶯」は幻影として描いていた「花嫁」の残像ではなかったかと動揺し、そのうえ「寂寥《せきれふ》」とした情調も蘇ってしまい「――暗らき、空しき墓所《はかしよ》――」「死や、汝何時《いつ》來る?」と、死との近接が謳われている。

死が表象されているのは「死という主題」あるいは「死の本能」(タナトス)は、生けるもののうちに現前するものであり、無意識の領域の深奥にから「エロス」を先達として、「蝙蝠《かふもり》」を形象化した時点で立ち現れてしまったのである。エロスとタナトスは「エロスは反復されるべきものであり、反復のなかでしか生きられないものであるのに対して、(先験的原理としての)タナトスは、エロスに反復を与えるものであり、エロスを反復に服従させるものである」(『差異と反復』ジル・ドゥルーズ)などと区別されているが、タナトスは固有な力で「余」の内奥に居を占めてしまったのである。

この傾向・タナトスへの意識は、自己表出がうかがえる以後の諸作品でも指摘できるけれども、透谷の存在感覚ないしは個体の情調は、生が内包している無意識の領域、タナトス(死)への観想をも包含しているのが特徴である。

補14 「大赦の大慈」について――終章・[第十六]での力業

この年の二月一一日、大日本帝国憲法が発布されて同日大赦令が公布されている。

この日には、〈民主〉近代化・憲法発布と、〈愛国〉国粋・勅命による民権運動家多数の出獄との紐帯が取り結ばれていたのである。

終章・[第十六]には、都の春の気配を想い遣っていたとき久し振りに「獄吏」がやってきて「遂ゝ余は放《ゆる》されて、／大赦の大慈《めぐみ》を感謝せり」とある。

『シヨンの囚人』に着想をえて獄中の政治犯の葛藤と釈放が描かれているとする論考では、「大赦の大慈《めぐみ》を感謝せり」とあるのは、二月一一日の大赦令を意識しての感懐であるとして、透谷の現実認識あるいは天皇制についての姿勢が論じられている。その論旨は透谷観を示すものであり、さらには近・現代に対する論者の歴史観を窺うことの出来るものに相違なくても、終章を書き進める過程での透谷は、憲法の公布とそれに伴って行われた大赦令による民権運動家の出獄という社会状況を告知する意図があったとは考えられない。

「自序」には「又た此篇の楚囚は今日の時代に意を寓したものではありませぬから獄舎の摸様なども必らず違つて居ます」とある。そして五月一一日の「国民之友」に掲載されている自筆と思われる広告文に、「此著は國事の犯罪人が獄中にありての感情と境遇とを穿てる者なり」と記されているのは、大赦令が公布された際の現実社会の様相――大衆の迎合ぶりを、作品内容の側にいくばくかでも拘引して利用しようとしたからではなかったかと思われる。

二月一一日の大赦令への意識があって、終章を構成していることを否定しないが、「遂ゝ余は放《ゆる》されて」とあるは閉塞状態を克服できたことであって、「大赦の大慈《めぐみ》」を「余」にもたらしてくれたのは、[第十四]に「郷がこの獄舎に足を留《と》めるのも／また神の……是《こ》は余に與ふる惠ふる」とあるように神であって、「余」は「愛する妻の化身」と思われる「鶯」を送ってくれた「神」——自然の運行をつかさどる超越的な存在の「大慈《めぐみ》」に感謝しているのである。

終章での力業というのは、「門を出」た——現実社会を対応する意欲を回復できた「余」を迎えてくれたのが「多數の朋友」と記され、「先きの可愛《かわ》ゆき鶯」——妻の化身である鶯もやってきて「再び美妙の調《しら》べを、衆《みな》に聞かせたり」と、自身の位相が民衆と共にあることが謳われているからである。「多數の朋友」や「衆《みな》」（民衆）とあるのは、冒頭の二節で暗示してある自身の視座との同化を意図してのものである。そして、おそらくは実感を伴っていなかったにしても、「自序」に記されている「吾等の同志」も「多數の朋友」と呼応して発想されていて、終章には自身の心情への強引な付会が読みとれるのである。

透谷の「生」のありか・問題意識については、四月一日から「再び自傳を記述することを始めんと思ふなり」と「日記」が記し始められていて、その冒頭、四月一日の後半部に次のような叙述があるので参考までに転載しておく。

實に余が眼前には一大時辰機あるなり、實に此時辰機が余をして一時一刻も安然として寢床に横らしめざるなり。嗚呼余が前後左右を見よ、驚く可き余の運命は萎縮したるにあらずや、自ら悟れよ、自ら慮《おもんぱか》れよ、……獨立の身事遂に如何んして可ならんとする？

大仰な状況把握でとり留めもないが「實に余が眼前には一大時辰機あるなり」と、今や変革の時勢が到来しているのにと切歯扼腕しているのは、それが近代化が推し進められている現実社会の状況に対してどれほど尊大であったにしても、透谷は維新後の社会に対して、やがては「平民的共和思想」（「一種の攘夷思想」）あるいは「日本民権」

(「日本文学史骨」)が実現されている社会への希求といった形に凝縮されていく理想を抱いていて、そうした思惑と現実との落差に絶句しているのである。「獨立の心事遂に如何して可ならんとする？」とは、もはや可能性が閉ざされているにしても、現状に対処できる思念を形象していくことが課題だったからである。

『楚囚之詩』の発行は四月九日、完成直後にこのような見解が記されたのは、現実社会に対処している心境を表象し終えたからであろう。『楚囚之詩』を読み解くには補助線の導入が必要であり、透谷のアイデンティティへの配慮が要請されているけれども、状況認識も内部世界に対する存在論的究明も窺うことの出来る貴重な作品である。

Ⅱ 『蓬萊曲』

1　略歴（二）

『蓬萊曲』の完成は一八九一年（明治二四年）の五月、『楚囚之詩』を出版してから満二年後である。この時日は一八八九年（明治二二年）二月に大日本帝国憲法が発布されてからの二年間に該当するが、この期間には、今日まで継承されている中央集権的な国家の管理機構が整えられている。一八八九年には町村合併が進行し、一八九〇年の五月には府県制・郡制が公布されている。第一回総選挙は七月、第一回通常議会が招集されたのは一一月二五日、軍人勅諭（明治一五年）に継ぐ天皇の国民への直接の訓諭、「教育ニ関スル勅語」は一〇月三〇日に発布されている。

産業や技術の領域でも一八八九年七月には東海道線の新橋・神戸間が全通、三菱造船所での日本最初の鋼鉄客船の建造、大阪砲兵工廠では製鋼作業が実施され、一八九〇年末には東京横浜間の電話交換の開始等々近代化の進展もめざましい。新しい制度の裏面、近代化政策の背後の事象にも立ち入っておくと、総選挙が行われ民党側の勝利に終わっても議員の多くは大地主で民意を代表していたのではない。鉄道の敷設に象徴される殖産興業の進展も、農民階級の没落を背景にした低賃金労働と悲惨な労働条件に支えられていたのである。そして一八八九年には凶作、翌一八九〇年には日本最初の経済恐慌が起こり各地で米騒動が頻発している。足尾銅山の鉱毒で渡良瀬川の魚類が死滅したのもこの年のことで、自然環境の破壊も露呈し始めている。

文学の面では維新後の社会で自己形成をなし遂げた人たちの作品が主流を占めるようになっている。一八八九年（明治二二年）には幸田露伴の『風流仏』、一八九〇年には森鷗外の『舞姫』尾崎紅葉の『伽羅枕』が発表されているが、「新体ノ詩」の展開に視点を据えると、一八八九年（明治二二年）八月の「国民之友」（第五八号）の夏期付録に掲載された森鷗外・落合直文ら新声社同人の訳詩集「於母影」の影響は大きかったのである。

『楚囚之詩』制作の時点で、時勢と対応して行こうという意欲のうかがえる透谷にとって、一八八九年（明治二二年）春からの二年間はどのような時日であったのか。『蓬莱曲』からは自己主体の成立もうかがうことができて、民権運動に係わりを持った体験の意味するところを咀嚼して固有な思想を形象していく貴重な時間だったのである。

「日記」（透谷子漫録摘集）などから足跡を記しておく。

一八八九年（明治二二年）二〇歳

四月一日　日記（「透谷子漫録」）の記載を始める。このころにはカナダ・メジスト派の牧師・イビーの助手として、翻訳・原稿の下書き・日本語教師などをしていた。（桜井明石「透谷子を追懐す」）

八月初旬　英国平和教会の前書記ウィリアム・ジョンスが、木挽町の厚生館で日本最初の平和主義講演を行う。（「ウィリアム・ジョンス氏演説筆記」『透谷全集』第三巻）

一〇月一日　フレンド派のジョージ・ブレスウェイトが水戸に伝導旅行にいき、米崎で集会。透谷が通訳者だったらしい。（『基督友会五十年史』）
一一月　普連土教会員の加藤万治を中心にして、透谷も参加して「日本平和会」を結成、会則を配り会員を募集した。（「基督教新聞」三三一号）
一八九〇年（明治二三年）二二歳
二月二四日「イビー先生方休業なり」（「日記」）。二七日の「日記」には「渡守日記」の構想が記されている。
四月　このころ水戸で、コーサンド・米国から来日したモーリス夫婦・普連土教会の人々との写真がある。（『透谷全集』第二巻）
八月一日　四月から「日記」は中断されていたらしく、この日の「日記」に「天香君」についての筆が進んだとあるところから、『蓬莱曲』の構想は四月ごろから練られていたと思われる。
九月一日「此日湖處子來る、久野氏も來る平和會議の爲なり」（「日記」）
九月二一日「コーサンド氏より書簡來りて是より同氏の飜譯を爲すべき旨を傳ふ」（「日記」）
一一月一九日　普連土女学校の英語教師に就任。（「普連土女學校沿革」）
一一月二三日「芝公園地内三十八号」に転居。（「日記」）
一八九一年（明治二四年）二三歳
一月一九日「イビー氏飜譯の仕事始まる」（「日記」）
二月一五日「新渡戸夫婦に教會にて面す」（「日記」）

四月一日　ブレスウェイト、築地居留地五十一番地から横浜山手十四番地へ転居。（「基督教新聞」）
五月二日　「「蓬萊曲」全く脱稿。十日印刷にかゝる」（「日記」）
五月二九日　「「蓬萊曲」印刷成る」（「日記」）

この期間の主な著作
「「日本之言語」を讀む」　女學雜誌一七〇號（一二年七月）
「當世文學の潮摸様」　女學雜誌一九四號（二三年一月）
「時勢に感あり」　女學雜誌二〇三號（二三年三月）
「泣かん乎笑はん乎」　女學雜誌二一〇號（二三年四月）
「文學史の第一着ハ出たり」　女學雜誌二一一號（二三年五月）

2　『蓬萊曲』制作まで

『楚囚之詩』制作直後から書きはじめられている「日記」の四月一日の箇所に「獨立の身事遂に如何んして可ならんとする?」と記されていたように、この間の課題は、アンビションに逆らって展開していく時勢に対処できる思念を形成していくことであった。
この期間、イビー・ブレスウェイト・コーサンドに通訳・翻訳の仕事などに雇用されているのは、生活の糧を得るためだったに相違ない。しかし、伝道の使命を帯びて来日していたイギリス・フレンド派の家柄の出身であるブレスウェイト、アメリカ・フィラデルフィアのフレンド婦人外国伝道協会から派遣されたコーサンド、ブレスウェイトの姉の夫であり赤坂病院を経営して慈善事業に尽力したドクトル・ホイットニーとのあいだには、雇用関係を超えた思想面での共感が予想される。フレンド派とは、ジョージ・フォックスが一七世紀に創始したキリスト教の一派で、教理の中心は内的光明説で人は聖霊によって真理を体得できるとされている。そして山上の垂訓を遵守して、戦争に反対して兵役を拒否し誓いをしない。原則として教職者を置かないで、各人は霊に感じて祈りかつ語る。この派はイギリス・アメリカに帰依者が多く、第二次世界大戦でもその節を守り通しているし、ヴェトナム戦争でも反戦平和の姿勢を貫いている。

透谷の思想形成とフレンド派の人たちとの関係については、それほど考慮されていない。しかし、『楚囚之詩』で表出した詩空間にいくばくかの不安があったとするならば、精神の作用を重んじているフレンド派の教理は、内部世界の存在を保証するものであったと思われる。そして何よりも三人の人たちの教義に忠実なヒュウマニスト・平和主義者として、あるいは聖書的信仰を持った医者として日本の現実に対処している姿勢は、民衆の生活を顧みようとしない現実社会の展開に焦躁感を抱いていた透谷の思念を充たすものであったに相違ない。明治二〇年夏、ミナとの恋愛の過程でキリスト教に回心した透谷は、「余ハ先きに天下の事成す可からずと思ひしハ、人の力にて成す能ハざるを悟りしなり、然れども、此に至りて始めて神の力を借つて成さんとするの、新しき望を起さしめたり」（「石坂ミナ宛書簡」一八八八年一月二十一日）と、キリスト乃至はキリスト教にありうべき社会への変革の可能性を仮託しているが、そのようなキリスト教を独力で探し当てたのである。ブレスウェイトの伝道旅行に同道しているのも、思想的に共感できたからと思われる。

そして二二年八月のウイリアム・ジョンスの平和講演から三ヶ月後に結成されて、二五年には機関誌「平和」を編集・発行していくことになる「日本平和会」への参加が社会的な行為であるのは言うまでもない。

明治二六年の「日記」には、「從來三年間執着せし宗教的生涯」（一一月一日）と記されているが、自由民権運動の実体に疑問をいだいてアンビションを中空に浮遊させていた透谷は、明治二二年から二三年にかけて現実社会とコミットできる生活の場を獲得していたのである。中央集権的な管理機構が整えられていくとき、在野の精神は辺境に追いやられてしまう。「日記」（四月一日）の文言を借りれば運命は「萎縮」せざるを得ない。しかし、百二十年を経た今日から眺望すれば、フレンド派は小会派であるにしても変革の思想を伝統的に貫いて近代ナショナリズムの矛盾と対決できる稀有な宗派だったのである。透谷は明治権力の緩衝地帯に巧みに着地して「獨立の身事」、固有な思想を形成していくことのできる場に就いたのである。

明治二三年（一八九〇年）の前半期、「女学雑誌」に相次いで掲載されている四編の評論のうち「當世文《とうせいぶん》學《がく》の潮《うしほ》摸様《もやう》」には、この時期に発表された逍遙以下の文学作品が一般の人たち、「世内《せいない》」の人々（民衆）の立場を考慮しようとしていない「世外《せいぐわい》に超然《ちようねん》」としている内容であると弾劾されている。次の「時勢に感あり」では、近代化が推し進められている表層の現実から置き去りにされている人たちの生のさまを

「暗《く》らきに棲《す》み暗《く》らきに迷《まよ》ふ」一匹の魚にたとえて「汝《なんぢ》が前《まへ》に粉砕《ふんさい》す可《べ》き悪組織《あくそしき》の社界《しやかい》あらずや」と、時勢にたいする激しい違和感を表出して読者に決起を促している。三番目の「泣かん乎笑はん乎」には、「諸民」は、国会・政党・選挙・新劇場の建設・地方制度の整備・等々に一喜一憂しているけれども、「過ぐる数歳は鬱憂多く諸民樂しむ者少なかりし」という状況であり、「公伯の益す昌へて農民の日に凋衰するを見ずや」との嘆息が記されている。

五月に発表されている「文學史の第一着ハ出たり」は、文学論に相違ないがこの時期の透谷の思念の根幹がうかがえる内容である。

　今ま歐洲の歴史は文學史の討究によりて局面を一變せんとす、眞正の内部將さに從來の外部と共に照然たらんとす。文學は空漠たる想像より成れるにあらず、實は「時代」なる者の精勉して鑄作せる紀念碑なり……

ここに「眞正の内部將さに從來の外部と共に照然たらんとす」と、内部世界への関心が記されているのは、直後に「テイン氏言へるあり、（中略）唯だ須らく内部に入る可しと」とあるところから、テエヌ（一八二八―九三）の説を引用したとされているが、『楚囚之詩』の詩空間、さらにはフレンド派の教理との出会いを配慮すると、テエヌの発言を援用して内部世界への注目を喚起していると受けとめられる。もう一点、おろそかにできないのは「文學は空漠たる想像より成れるにあらず、實は「時代」なる者の精勉して鑄作せる紀念碑なり」とある一文である。透谷については、近代的自我・あるいは近代的人間観を確立したとか、想世界・あるいは観念の世界に逃避して自己の劇化を企てたといった見解に出会うけれども、透谷は観念に依存したり霊肉二元論を信奉したりしていない。「泣かん乎笑はん乎」に「過ぐる數歳は鬱憂多く諸民樂しむ者少なかりし」とあるのは、明治政府が富国強兵のスローガンのもとに資本の本源的な蓄積をはじめて、農民を中心とする一般大衆が強行的な近代化の犠牲にされていった事実と符合しているし、泣いたり笑ったりして時勢に翻弄されていく民衆の姿には、維新期から民権運動の時期あたりまで抱くことのできた可能意識を喪失して、新しい制度に収攬されていく過程でのとまどいが人民の性情として巧みに描かれている。透谷は現実社会としっかり対応していたのである。自信の程は次の一文に明白である。

誰れか眞に今日の日本を知る者ぞ、誰れか眞に昨日の日本を知る者ぞ、又た誰か眞に明日の日本を知る者ぞ、多くの政治家あり、議論家あり又た國粹家あり、而して眞に日本なる一國を形成する原質を詳かにする者は稀れなり、其人民の性情を窺はんと欲するが如きは絶へてあらず、此に於いて余が文學史を望むの情一倍して來る、余が小説史稿を讀みて感ずる所斯くの如し。

しかし、透谷の認識は受け入れられていない。次に転載するのは、二三年一月に発表されている森鷗外の「明治二十二年批評家の詩眼」(『鷗外全集』第二二巻)の一節で、透谷の発言が引用されている箇所である。

女學記者が今は慷慨する者を要する日なるに、今の小説家は談笑すれども一滴の涙あらずといひしは、時弊に中りし言にもあるべけれど、若これを誤解して、强ひて慷慨の心を發すべき詩を求め、世潮の如何をのみ顧み、時勢の傾向を追うて著作に從事するものあらば、是又極めて非ならむ。去年の批評には詩人に向ひて傾向的需求をなしたること多かりきと覺えられぬ。

鷗外はこの評論で文学の進歩のための批評の役割を説いている。そして「當世文學《とうせいぶんがく》の潮摸様《うしほもやう》」で論じられている「今は慷慨《こうがい》する者《もの》を要《えう》するの日《ひ》なるに」以下の見解について、「時弊に中」っているにしてもそのような「慷慨の心」の発現は、新しい時代の文学の展開にとって「極めて非」であると、時流に逆らうような言辞を労しないように諌めているのである。鷗外が求めているのは、近代化に伴って現象していく変位に応じることのできる文学である。鷗外の姿勢あるいは思念に異を唱えようとするのではないけれども、この論旨には、制度あるいは権力の意向に加担している体制の側からの排除の論理の走りがうかがえる点も指摘しておきたいのである。

確かにこの時節に諸制度が確立されて、近代化路線は今日まで問いただす必要のない国是として機能していると言っても過言ではない。例えば、柄谷行人の『日本近代文学の起源』には、夏目漱石・正岡子規・二葉亭四迷・西田幾多郎と共に透谷も明治政府と異なる理想を抱いていた人物として列挙されているが、漱石以下の人たちは近代化そのものに問いを抱いていたのではない。ところが透谷は、制度がもたらしていく状況、近代化の趨勢に疑問を抱いてしまったのである。

『楚囚之詩』から読み取ることができる民衆の視点に立って現実社会に対処していこうという問題意識は、「日記」に記されている「渡守日記」の構想はもとより四評論でも継承されていて揺らいでいない。二三年の後半期から、二四年五月に『蓬莱曲』が完成に至るまでの著述は残されていない。「日記」も四月から中断していたらしく、『蓬莱曲』はほぼ一年の歳月を費やして制作されたのである。

八月からの「日記」には制作の過程と思われる記述や、他の作品の目論見も多々見受けられるが、格別な記載は、九月九日の段に「「新蓬莱」なるものを書き初めたり」とあるところである。作品のモチーフは、維新後四半世紀を経過しようとしている「新蓬莱」——日本国でどのような事態が進行しているかを問い糾す事であり、全存在を賭して作品を形象し終えている。

3　作品の概略

『楚囚之詩』には現実社会と対応していこうという意欲、アンビションの回帰が謳われていた。『蓬莱曲』が発行されたのは満二年を経た一八九一年（明治二四年）の五月、ほぼ一年を費やして制作されている。

舞台はひとまず蓬莱山。（子爵、修行者）と注記されている「柳田素雄」には、透谷の全存在が移し植えられている。モチーフは維新後四半世紀を経過しようとしている日本国のありさまを問い糺すことであり、どのような状況下でどのような生を送ることを余儀なくされているかが謳いあげられていく。

戯曲形式の劇詩で三齣八場に「蓬莱曲別篇（未定稿）」「慈航湖」が附されている。

詩空間は『楚囚之詩』と同じように内部世界に設定されている。それぞれの場面が主人公・柳田素雄のセリフで始まり「独白」の場面が多いのはそのためである。そして素雄のさすらいの旅路や蓬莱山麓での道行きが謳い継がれているのは能楽を思わせる。

「曲中の人物」に立ち入ると、修行者である柳田素雄は「第一齣」ではシテの役割であり、勝山清兵衛（柳田の従者）はワキとして設定されている。また「大魔王、鬼王若干、小鬼若干」と紹介されている魔や鬼は、魔は――不思議な力を持ち、悪事を成すもの、鬼は――怖ろしい形をして人にたたりをする怪物、といった範囲で了解できるうえに、蓬莱山頂から眺望されるのは、一切衆生の生死輪廻する三種の世界――三界諸天であって、仏教説話などに継承されている民衆的な風土を基盤にして、侵略者である「魔」や「鬼」のなにものたるかが問い糺されていく。

詩空間のアポリアは、「序」の冒頭に「靈山を不祥なる舞臺に假り來つて」とあり、後文に「靈嶽を假り來つて幽冥界に擬し半狂半眞ふる柳田素雄を悲死せしむるに至れるなり」とあるように、自然、蓬莱山の情景と素雄の内部世界の情調とが重複あるいは重層して描き出されている点である。そのような表象を可能にしたのは、透谷が人間存在に内包されている意識や能力、意識と無意識の領域の存在論的な究明をなし遂げていて、人間存在を自然の内なるものであるとする存在感覚を保有していたからである。具体的に立ち入ると、「琵琶」には人間存在に内包されている認識能力を喚起する役割が与えられていて、「第二齣」に登場する「源六（樵夫）」は、素雄に固有な無意識の領域の情調の理解者として形象されている。

作品を概括すると「序」に「余が胸中に蟠據せる感概の幾分を寒燈の下に」とあるように、「第一齣」

の前半部では内部世界に写し出されていくさすらいの日々の回想が記され、「第二齣」・「第三齣」では、現実認識を抑圧した領域・さらには無意識の領域に出現する奇怪な幻影を縦糸にして、巧みに現実社会の状況と素雄の思念との差異が明らかにされていく。

「第一齣」で蓬莱山麓に到着した素雄は、「わが燈火《ともし》なる可き星《ほし》も現《あら》はれよ」と、なお充足した境地に到りついていない。「都《みやこ》を出で〻／わがさすらへは春《はる》いくつ秋《あき》いくつ」以下、「世を、我物顔《わがものがほ》なる怪《あや》しの／鬼《おに》」たちに囲まれた「牢獄《ひとや》ながらの世」を逃げ延びた、さすらいの日々が謳い継がれているが、その間に恋人は他界してしまい、「物《もの》の理《り》、世《よ》の態《さま》も」究め「未來《のち》の世《よ》」のことまで展望できる力を身につけたにしても、世の変貌のさまを思い遣ると安眠できないありさまである。

ほぼ心境を語り終えた素雄に「おろかなるかな、われを知らずや」と呼びかけたのは、世をののしる素雄に感応した「怪《あや》しの神《かみ》」であった。怪しの神は霊山への登頂を促し、素雄はその正体をわきまえているが、今、素雄には自身に内在している霊力、「塵ならぬ靈《たま》」への意識が欠けていて対決は「第三齣」まで猶予される。そして昨夜の夢に「露姫」が現われたという従者・清兵衛の発言に促されて、人の世に絶望している素雄は「生命《いのち》の谷《たに》に魂《たま》を投《な》げいれん」と、「死」の情調を内包している内部世界への下降をくわだてる。

以上が「第一齣」のあらましであるが、素雄のさすらいの意味するものは何か。「鬼」たちが我物顔をしている「牢獄《ひとや》ながらの世」とは、どのような状況なのか。

その点については、「第二齣　第四場」に「六とせの往日《むかし》に早なりし、世に激《げき》するこ／とありて家出《いへで》の心急《いそが》はしく世をはかなみつ」とあるところから解きほぐされてくる。透谷の著述は実体験に忠実に記述されている傾向があって、「六とせの往日《むかし》」は自由民権運動の実態に疑問を懐いて明治一七年暮れ「一二《いちに》の同盟《どうめい》と共《とも》に世塵《せじん》を避《さ》けて一切物外《いっさいぶつがい》の人《ひと》とならんと企《くわだ》てき」（『三日幻境』）と川口村に赴いた時日と符合している。さらに『三日幻境』には、「われは函嶺《かんれい》の東《ひがし》に生まれたけれども「希望《ホープ》」は我《われ》に他《ほか》の故郷《こきょう》を強《し》ゆる如《ごと》し」とあって、素雄に仮構されているさすらいの旅は、透谷が自覚的に思想形成を始めた川口村滞在を起点としているのである。

透谷がどのように近代化が推し進められていく現実社会と対応して状況認識を形成してきたかについては、「哀願書」・『富士山遊びの記臆』・「［石坂ミナ宛書簡草稿］」一八八七年十二月十四日」などにうかがえる、西洋文明の受容・浸透にたいする違和感の表出から、「余が代《よ》には楚囚とふりて」とある『楚囚之詩』を経て、生活の場を明治権力の緩衝地帯に定めて「而して眞に日本なる一國を形成する原質を詳かにする者は稀れなり」（「文学史の第一着ハ出たり」）と時勢観への自信を表明している二三年の四評論に至る経緯を解明してきたが、透谷の視座は近代化政策の背後で困窮な生活に陥っていく民衆の側に定められていて揺らいでいない。六年に及んでいる素雄のさすらいは、透谷が現実社会の展開に疑問を抱いて固有な思念を形成してきた時日と符合しているのである。そして「鬼」たちあるいは「魔霊《まもの》の軍兵《つはもの》」とは、政府の近代化政策を呵責無く受け入れて時勢を謳歌している人たちであり、透谷は維新後四半世紀を経過しようとしている現実のありさまを、本質的な生を享受できない「牢獄《ひとや》ながらの世」と受けとめていたのである。

「第二齣」では、蓬萊原の茫漠としている情景を内部世界の寂寥としている情調と重複させて、第一場から第五場にかけて素雄が内部世界の深奥に拘引されていくありさまが委曲を尽くして形象されている。そして第二場には現実社会のイデオローグー「蓬萊山の道士鶴翁」との対話が仮構されていて、典型的な権力への追従者の規範と素雄の思念との差異が明らかにされている。

第一場の冒頭に「おさらばよ！ 烟《けふり》の中《なか》に消《き》えよ浮世《うきよ》、（中略）これよりは罵《のゝし》らじ、われにも物《もの》を思《おも》はせそ」とあるのは、現実社会を対象にしている自我の抑圧が企てられているからである。はたして内部世界は神が原で「浮世《うきよ》の塵《ちり》」を払い尽くせば神の時にめぐりあえるのか。「琵琶」をかき鳴らすと「仙姫《やまひめ》」が舞い降りてくる。仙姫とは琵琶の作用によって内部世界に描き出された「露姫」の幻影であって、露姫の実在感に近づけない素雄は腹を立てて「もふ汝《いまし》にも益《えう》はなし、／うち破《やぶ》りてん」と琵琶をとりあげる。すると琵琶は「鏗然」と鳴り響いて舞台は第二場に移る。

ここでは先ず「光」──現実社会の有様と、「暗《やみ》」──内部世界とを究明した「おのれてふもの」が、「世を逃れ」て、世との間に距離を設けているのは「このおのれてふ物思はするもの、このおの／れてふあやしきもの、このおのれてふ滿ち／足らはぬがちなるものを」──現実社会のありさまに問を発することのできる生命体を捨て去ることができないからであると、素雄の現世への愛着が明らかにされている。このような素雄に対して鶴翁は、「おのれてふもの」は自儘者・法則不案内・向不見であるとして「自然《しぜん》に逆《さから》はぬを基《もと》」としている「道術《みちのじゆつ》」──状況を受け入れて権力者に迎合していく処世法を説くけれども、素雄は「詐謀《たばかり》の道《みち》」であるとして受け入れない。そして素雄が根底に抱いている時勢の展開に対する違和、近代化の推進者たちは「人の世の態《さま》」──下層で生活に苦しんでいる人たちがいる現実をどうして顧みようとしないのかという疑問を提出すると、そのような意識が欠落している鶴翁は「稀有《けう》なるかな、わが術《じゆつ》は然《しか》らん者／に施《ほどこ》さん由《よし》なし」と立ち去ってしまう。

第三場は「廣野」とされていて、改めて時代状況からの孤立を意識した素雄は「未《いま》だひとたびも得踏入《えふみいら》ぬは死《し》の關《せき》の彼方《かなた》なり」と、無意識の深奥に踏み込んでしまう。そこには「源六」と名付けられている分身、素雄に固有な無意識の領域の案内者が登場して「死の坑《あな》」（エロスやタナトスの領域）に陥ることを諫めるけれども、素雄は「死は歸へるなれ！」とたじろがない。はたして第四場では「われは「戀」／てふ魔《ま》にて」と名乗る「一醜魅」（エロス）が出現して、「露が身を戀《こひ》しと思はゞ尋《たづ》ね來《こ》よ／すみれ咲くなる谷の下《した》みち」と「死の坑《あな》」へと素雄を誘っていく。第五場「死の坑《あな》」への道程で、瀑水や白龍・清涼宮など自然の霊性を分かち持っている存在と出会った素雄には認識能力が蘇って、琵琶に想いを馳せると「仙姫」の歌もきこえてくる。エロスから解放される兆しが暗示されているが、仙姫の本体はエロスであって「仙姫洞」――死の坑に拘引されてしまう。

「第三齣」では「大魔王」が登場して、魔性の本質、「牢獄《ひとや》ながらの世」の実態が明らかにされている。そして「生」を展開させていく場の喪失を意識した素雄は、「死は歸へるなれ」と生の原初の地へと帰還していく。

第一場「仙姫洞」で素雄は、万物が眠る静寂の時に平安な眠りが訪れないところから、此処にいるのが露姫ではなくて「わが想《さふ》と、わが戀《こひ》と、わが迷《まよひ》とが」内部世界につくりだした幻影であることに気づく。ここで恋する者を痴愚と嘲笑する「青鬼」を登場させているのは場面転換の妙であり、「美《び》なし、情《じやふ》なし、わが胸には」と語る青鬼は、生きていくためにヒューマニテイを剥奪された小役人の典型としてユーモラスに造型されている。

さて自身に内在している「塵ならぬ靈《たま》」、認識能力に覚醒した素雄は、大魔王との対決を志す。第二場「蓬萊山頂」では、三界諸天の山容に接して自我はパセチックに高揚するけれども、聖地でありたいと願っていた蓬萊山は「われらの主《しゆ》なる大魔王《おほきみ》、こゝを攻取《せめと》りて／年經《としへ》たり。（中略）かしこきものには富《とみ》と榮《えい》華《ぐわ》を給《たま》ふことを知／らずや」というありさまに変貌していたのである。大魔王は鬼王たちの「萬《よろ》づ世《よ》に生《い》きよ、わが魔王《きみ》！／萬《よろ》づ歳《とし》、萬《よろ》づ歳君《としきみ》が物《もの》なれ！」という思わせぶりな喚声に迎えられて登場するが、素雄との対話は道士鶴翁との場合と同様かみ合わない。素雄が個の哲学を問いただしているのに対して、「魔」の掟には他者への配慮は含まれていないからであるが、その面目は次の二つの場面に示されている。

一つは「都《みやこ》」――かってこの地に存在していた共同体を配下の鬼たちが焼き尽くす場面を写し出して、神や仏に変わって「神よりも彊《つよ》きも／の」が彼の権威を奪い取ったのであると、世の変遷――新時代の到来を告げているところであり、二つ目は「其彊き者を知らば汝《な》は降り拜《いつ》くや」という脅迫に対して、「もとよりなり」と応じた素雄の甘言に乗じられて、「暗《やみ》をひろげ、死《し》を使《つか》ひ、始めより終りまで／世を暴《あら》し、世を玩弄《もてあそ》ぶもの斯く言ふわれぞ」と、「魔性」の本質を暴露してしまっているところである。このような魔王に対して素雄は「汝《いまし》が雲《くも》の住居《すまひ》、汝が飛行《ひぎやふ》の術《じゆつ》、汝《いまし》が制御《せいぎよ》の／權《ちから》はわが友《とも》とするに足《たれ》ど」とすべてを否定しているのではないが、その力がヒューマニテイを欠いた「詛《のろ》ひの業《わざ》」や「破壞《はくわい》の業《わざ》」であるならば「過《か》／去未來永劫《こみらいえいごふ》の我《わ》が仇《あだ》ぞ」と、その支配のありようを見透していて揺るがない。

いっとき、素雄の視力を奪った大魔王は「わが力知らずや」と姿を隠し、生命体に死が内包されていることを改めて意識した素雄は、「世か、還《かへ》るか、世に?・」と煩悶するけれども、「われ世を家《いへ》とせず、世よ汝《いまし》もわれを待《また》／ぬ可し」と、変貌した社会「牢獄《ひとや》ながらの世」での生を断念して、「琵琶」――自身に内在している自然と共に、他界に赴いてしまう。「慈航湖《じこふのうみ》」は「蓬萊曲別篇（未定稿）」と記されていて仰々しいが、「第一齣」での予言は成就されて、素雄は「菩提所《おくつき》」、極楽で露姫に迎えられるのであって、作品の補遺としての役割をおろそかにしてはならない。

素雄は生の原初の地に帰還してしまう。日本国、「日記」に記されている「新蓬萊」には「住むべき家《いへ》」も「爲すべき業《わざ》」も求められないからなのだが、透谷の現実社会に対する拒否の姿勢は厳しかったのである。この作品には「都《みやこ》」、維新以前の社会に継承されていた良質な規範が、近代化を推進する陣営によって消失されているという危機意識が表明されている。

間違いなく今日まで受け継がれている、大魔王や鶴翁に仮託されている権力者やイデオローグのヒューマニティを欠いた姿勢を弾劾できたのは、透谷が内部世界の現象を存在論的に掌握した固有な哲学を保有していたからである。透谷は維新後の社会におとずれた時空の変位に翻弄されなかった、稀有な存在だったのである。そして「第三齣」の大魔王についての叙述に注目すると、「牢獄《ひとや》ながらの世」を現出している背後にある本尊、資本主義社会のシステムを的確に把握していて、「第一齣」に「物《もの》の理《り》、世《よ》の態《さま》も（中略）未來《のち》の世《よ》の事《こと》まで／自《おの》づから神《しん》に入りてぞ悟《さと》りにき」とあるのは、人間の殺戮と自然破壊をもたらしていくことになる資本主義体制の魔性を了解してしまったとの謂に相違ない。

帰還を前にしての「われ世を家《いへ》とせず、世よ汝《いまし》もわれを待《また》ぬ可し」は、孤独でもの悲しい。透谷は残された生涯で、「わが燈火《ともし》なる可き星《ほし》」を視界に留めていて、それなりの結実をなし遂げているのであるが、この悲哀をどのような視点で受けとめることが出来るかが、『蓬萊曲』読解のさらには透谷の存在に近づく道程であろう。

本文と頭注

下段は初版本の表紙である。

本文は、日本近代文学館所蔵の初版本透谷蟬羽著『蓬萊曲』である。

頭中欄については、『楚囚之詩』と同じ。

［蓬萊曲］　明治二四年五月二九日東京京橋区弥左衛門町七番地養真堂より発行。発行者丸山垣穂は透谷の弟、養真堂は北村家。紙装菊判二段組の仮綴本。序文二頁と、本文六七頁（第一齣～第三齣までの六二頁と蓬萊曲別篇五頁）。定価一六銭。扉に透谷蟬羽著、内題に蟬羽子著、奥付に北村門太郎とある。

［序］

1　「蓬萊」は中国の伝説で東海中にあって仙人が住み不老不死の地とされている霊山、転じて富士。『富士山遊びの記臆』（明治一八年）の中の漢詩には「身在蓬萊高嶽上」とある。「蓬萊」は「日記」に「「新蓬萊」なるもの書き初めたり」（明治二三年九月九日）とあるところからも日本。「曲」は漢詩の一体で思うことをつぶさに述べるもの。『楚囚之詩』の出版から二年を経て、維新後四半世紀を経過しようとしている日本の現実をつまびらかにすることを意図して制作されている。

2　脱稿の頃、桜井明石を訪ねて批評を求めている。参考、桜井明石には「透谷子を追懐す」（『明治文学研究』〈特輯　北村透谷〉　昭和九年）がある。

3　問いつめて言うには。

4　めでたいしるしの雲。

5　後文には「仙翁樂しく棲める」とある。「盤桓」はゆきつもどりつすること。仙人がたのしく徘徊するところ。

6　どうして。

7　蓬萊山をわけのわからない出来事の起こる場として。

8　異様な想いを抱いている者。

9　「戲曲」は雑戲の歌曲の意。雑戲とは古代に中国から伝えられたさまざまの技芸。ここでの「戲曲」は上

序

蓬萊曲[1]将に稿を脱せんとす、友人[2]某來りて之を一讀し詰[3]て曰く、蓬萊山は古來瑞雲[4]の靉靆くところ、樂仙[5]の盤桓するところ、汝何すれぞ[6]濫に靈山[7]を不祥なる舞臺に假り來つて狂想者[8]を悲死せしむる。又た何すれぞわが邦固有の戲曲[9]の躰を破つて擅に新奇[10]を衒はんとはする。

余は直に之を遮つて曰く、わが蓬萊曲は戲曲の躰を爲すと雖も敢て舞臺に曲げられん[11]との野思[12]あるにあらず、余が亂雜なる[13]詩躰は詩と謂へ[14]詩と謂はざれ余が深く關する所にあらず、韻文[15]の戰争は江湖[16]に文壇の亘將あり、唯た余が[17]此篇を作す所以の者は、余が胸中[18]に蟠據[19]せる感慨の幾分を寒燈の下に、彼の蠶娘[20]の營々として纖絲

演する目的で書かれた演劇の台本の意で、怨念を抱いている亡霊が出現するステレオタイプの謡曲。
10 目新しさをひけらかそうとするのか。内部世界を詩空間として制作したことへの自信の表明。
11 上演されよう。『注釈』には「曲（きよく）を動詞にしたもの。透谷の造語。「舞台に曲（ステーヂャイズ）すべき」（「日記」明治24・6・9）とあって、訳語であることがわかる」とある。
12 野望・野心などから、身の程をわきまえない思い。
13 まとまりのない詩句のありさまは。
14 前文に「戯曲の躰を爲すと雖も」とあり、『蓬萊曲』は詩劇として受容されたいと言う意向があったと思われる。
15 新体の詩についての見解は。
16 文壇には優れた論客がいるので、その人たちにゆだねておけばよい。
17 わたしがこの作品を制作した理由は。
18 心にわだかまっている感情。
19 『校本』では「蹯」を、誤植と認めて「蟠」に訂正されている。
20 かいこが。
21 あらわれ漏らす。
22 かいこが繭を作るのは。
23 昼間の激しい仕事の後で。参考、『蓬萊曲』制作の頃、イビー・ブレスウェイト・コーサンドに、通訳・翻訳の仕事などで雇用されていた。
24 生半可な詩文を制作するのは。
25 お金を借りて。
26 書き損じて不用の紙にしてしまうに過ぎないとわきまえている。
27 「大東」は日本。富士山は日本人の詩情を喚起する。

を其口より延べ出る如く余が筆端に[21]露洩せしむるに過ぎざるのみ、然も[22]彼れが勞むるは家を造りて之に入らんとするなれども余が[23]晝間劇務の後に[24]滴々半烹の句を成すところの者は徒に余をして[25]債を起して價ある白紙[26]を反古と化せしむるに止まらんを知る。[27]蓬萊山は大東に詩の精を迸發する、[28]千古不變の泉源を置けり、[29]田夫も之に對しては[30]インスピレイションを感じ、學童も之に對して詩人となる、余も亦た彼等と同じく[31]蓬萊嶽に對する詩人となれること久し、回顧すれば[32]十有六歳の夏なりし[33]孤笻[34]其絶巓に登りたりし時に余は始めて世に[35]鬼神なる者の存するを信ぜんとせし事ありし。[36]崎嶇たる人生の行路遂に余をして彼の[37]瑞雲横はり仙翁樂しく棲めると言ふ[38]靈嶽を假り來つて幽冥界に擬し半狂半眞なる柳田素雄を[39]悲死せしむるに至れるなり。友人再び曰く、然らば汝は魔鬼魅魎の類を信ずるや。余答へて曰く、信ずるにもあらず、信ぜざるにもあらず悲哀極つて[40]頓眠する時に神女を夢み、[41]劇熱を病んで壁上に怪物の横行するを見るが如きのみ。友人乃ち放笑して去る。此に於て童子をして[42]燈に油を加へしめ筆を走らせて談話の概畧を記し以て序に代ふ。

透谷橋外の小楼に於て

明治二十四晩春　[43]蟬羽子識

28 遠い昔から変わらない水源が存在している。
29 農夫。
30 天来の着想。ひらめき。霊感。
31 日本社会の現実に対して以前から問いを持っていた。
32 透谷が富士山に登ったのは、明治一七年夏、満一六歳。
33 「笻」はつえ。杖に身を託して。参考、『富士山遊びの記憶』（明治一八年）の冒頭部分に、「杖を語らひたどりあゆむこそ誠の本意と申すべけれ」とある。
34 頂上に。
35 「鬼神」は死者の霊魂と天地の神霊。超人的な能力を有する存在。宇宙の超越的な感慨と交歓できるのを。
36 これまでの険しい人生の体験。
37 仙人や古老。
38 崇高な蓬莱山のありさまを、薄暗い内部世界の情調に移し植えて。自然の崇高な風姿と内部世界を融合させて。
39 「魔」は人の善事を妨げる悪神、特に欲界第六天の魔王。「鬼」は天つ神にたいして、地上などの悪神。「魅」はもののけ、人の心をひきつけ惑わす。「魑」は山川の精。作品には「大魔王」「鬼」「戀の魅」など、民衆説話で馴染みのある異類が登場する。
40 頓死・頓智などから、ふと眠りに堕ちた際に。
41 高熱を発したときに、壁に怪物が現われる。参考、「松島に於て芭蕉翁を讀む」（明治二五年）・『宿魂鏡』（明治二六年）には、そのような幻影が描かれている。
42 ランプに灯油を継ぎ足たせて。
43 他の作品では「哀詞序」（明治二六年）・「露のいのち」（明治二六年）に蟬羽子の号が用いられている。

蓬萊曲

蟬羽子 著

曲中の人物

[1]鶴翁　（蓬萊山の道士）
[2]源六　（樵夫）
[3]雪丸　（仙童）
[4]柳田素雄　（子爵、修行者）
[5]勝山清兵衛　（柳田の従者）
[6]露姫　（仙姫）
[7]大魔王。[8]鬼王若干。小鬼若干。
[9]戀の魅。[10]青鬼。等。

曲中の人物

1　（道士）は道義を体得した人士。大魔王の支配に忠実なイデオローグ。

2　素雄の無意識の領域の存在で情調の推移をわきまえている分身。（樵夫）とあるのは、蓬萊原の風景が素雄の内部世界の情調と融合して表現されているから。

3　（仙姫）に付き添っている童子。

4　この作品の詩空間は素雄の内部世界に設定されている。それぞれの場面が素雄のセリフで始まり独白の場面が多いのはそのためである。（子爵、修行者）とされているが、子爵であることに留意されている箇所はない。

5　素雄の父に依頼されて家出した素雄に同伴している。

6　素雄の恋人。家出してほど経ていない年の秋、死の知らせがとどく。「慈航湖」で素雄を迎に出る。（仙姫）は、素雄の内部世界に写し出される露姫のイマージュ。

7　伝統的な神仏を滅ぼして君臨している新たな支配者。「おほきみ」とルビが賦されている。

8　鬼は現実社会の権力に加担している人たち。

9　素雄の内部世界の最深部「死の坑」にいるエロス。

10　人間の愛情を理解できない最下級の鬼。

第一齣（一場）

（前半）　ある春の宵、蓬萊山麓に到着した素雄はなお自己の思念の展望――「わが燈火なる可き星」を見出していない。牢獄と感じざるをえない世に距離を置いたさすらいの日々の足跡や心境が一三小節に区分して謳い継がれているが、その間に恋人は他界してしまい、書を読み世の道理を極めても空虚感はいやますばかり。時勢に迎合できない孤独な「われ」は、我物顔の「魔霊の軍兵」に取り囲まれて平穏な眠りに就くこともできない。↓**〔補注1〕「第一齣」前半部「一三小節」の解読**

1　中国の戯曲の一幕。江戸時代の小説などのくぎり。段。
2　森は生命の故郷でもある。
3　この作品が薄闇の中で展開するのは、詩空間が素雄の内部世界に設定されているからである。
4　東洋の弦楽器の一。『富士山遊の記臆』の「杖」と同じように、素雄の主体に内在していて認識能力を喚起するものとして設定されている。
5　素雄の心緒が高揚していないので弦を弾いても音律が整わない。
6　「……蓬）（萊嶽……」とあるが、『校本』では、（蓬萊嶽……）と改行されている。
7　「眄」は恨み視ること。
8　登場人物の右下部には、白ゴマ点（「﹆」）が付されている。
9　外界の情景と内部の情調とが重層して表出されていて、蓬萊山麓に到着してなお素雄の心のわだかまりはとけていない。
10　自己の人生の指針を示してくれる星。人生の指標となる思念。↓**〔補注2〕「発想の源泉」について↓**

第一齣[1]　（一場）

蓬萊山麓の森の中[2]
日没後[3]
（柳田素雄琵琶[4]を抱きて森中に徘徊し）
（従者勝山清兵衛少し晩れて來る。素）
（雄琵琶を取出て一弾調を成さず[5]仰で蓬[6]）
（萊嶽の方を眺眄[7]する所）

素[8]。
雲《くも》[9]の絶間《たえま》もあれよかし、
わが[10]燈火《ともし》なる可き星《ほし》も現《あら》はれよ、
　この身さながら浮萍《うきくさ》の
西《にし》[11]に東《ひがし》に漂《たゞよ》ふひまのあけくれに
なぐさめなりし[12]斯《こ》の靈山《みやま》、
　いかなれば[13]今宵《こよひ》しも、麓《ふもと》に着《つ》きて
見《み》えぬ、悲《かな》しきかな〱。
戀《こひ》[14]しき御姿《みすがた》の見《み》えぬはいかに、

〔補注3〕冒頭の二行について ――「於母影」（「マンフレット一節」）との関係

11 漂泊の旅をつづけていた朝な夕なに。
12 日本の象徴である富士山を眺めて安らいでいたの意であるが、「靈山」は認識能力を内在している内部世界の喩でもあって、さすらいの日々には、問いを抱いて内省するのが慰めであったの意。
13 今宵、麓に着いたのにどうして。
14 なぜ蓬莱山、維新から四半世紀を経過しようとしている日本国は、その容姿を現さないのか。

1 今宵やっと山麓に到着したのに期待は裏切られて、穏やかな心境になれない。（一）は、段落を示す符号。『楚囚之詩』では用いられていない。
2 以下九行には、期間や場所が明示されないままに、さすらいの旅のありさまが概括して回想されていく。謡曲の道行き文にならって縁語・掛詞の技巧は駆使されているが、歌枕にまつわる抒情や貴族的な情調に依存した表現は一切用いられていない。
3 わたしの漂泊の旅は何年になることか。→〔補注4〕

〔補注4〕柳田素雄の「さすらへ」――芭蕉の受容

4 どんどん過ぎていく年月を。
5 歳月がすぎていくのと軽いわらじを履き捨てて行くのを掛けた。
6 擦り切れたかどうか確かめることもなく。
7 さすらいの旅路を顧みると。
8 以下三〇行には、謡曲に謳い込められている無常観を根底にしている叙述が続けられているが、どんな理由で世を牢獄と感じてさすらいの旅におもむいたのか、少しづつ読者の推察を促しながら曲は展開されていく。
9 夢のような人生の行路をここまでたどり着いたが。

[1]わが心、千々《ちゞ》に碎《くだ》くるこの夕暮《ゆふぐれ》」
　　　　[2]都《みやこ》を出で、
[3]わがさすらへは春《はる》いくつ秋《あき》いくつ、
[4]守《まも》る關《せき》なき歳月《としつき》を、[5]輕《かろ》しとて仇《あだ》し
草《くさ》わらんじ。[6]會釋《えしやく》なく履《は》きては
捨《す》て、履《は》きては捨《す》て、踏《ふ》みてはのこし
踏《ふ》みてはのこす其迹《あと》は
[7]越《こ》え來《き》し方《かた》を眺《なが》むれば
　白浪《しらなみ》立《た》ち消《き》ゆ大海原《おほうなばら》
　泡沫《みなは》の如くに失行《うせゆ》く浮世《うきよ》。」
[8]牢獄《ひとや》ながらの世は逃げ延《の》びて
　幾夜《いくよ》旅寝《たびね》の草枕《くさまくら》、
[9]夢路《ゆめぢ》はる〱たどりたどれど
　賴《たの》まれぬものは行末《ゆくすゑ》なり。
折々《をり〱》に[10]音《おと》づるゝと覺《おぼ》しきは
[11]彼《か》の岸《きし》に咲《さ》けるめでたき[12]法《のり》の華《はな》、

10 訪れるような気がする、自分の感慨が近づいていくような気がするのは。
11 彼岸。悟りの世界。
12 仏の教え。
13 やっともだえながらつかもうとすると。
14 掌握することが出来ない。茫漠とした心境の告白。
15 人生が水の流れに例えられている。
16 あてにするものもない。
17 「緩瀬」は造語。

18 いつになったら真に安らぐだろうか。

19 海女が刈る海草の根のような煩悩が断ち切れないで。
20 残念なことに彼岸への思いはせき止めてられてしまうのである。

21 薄い旅衣が。

[13]からくも悶《もだ》え手探《てさぐ》れば、こはいかに、
　まことゝ見《み》しもの、これも[14]夢《ゆめ》の中《なか》なる。」
[15]浮世《うきよ》の水《みづ》は何所《いづこ》とも知《しら》ず流《なが》れ行《ゆ》く、
　われも亦た流るゝ儘《まゝ》の旅《たび》の身《み》を、
　　寄《よ》せて息《やす》めん[16]たのめもなし。
早瀬《はやせ》[17]緩瀬《おそせ》と變《かは》るは水のならひなる、
　變《かは》れど止まることはなし、
わが旅もまた急《いそ》ぐ急《いそ》がぬ折《をり》こそあれ
　[18]いつかはまことに静《しづ》まらん。
その稍《やゝ》しづまる渚《みぎは》には、
　[19]蜑《あま》の刈藻《かるも》の根《ね》を絶《た》たで、
　　[20]うたてや意《おもひ》をしがらむなる。」
あちこちのめづらしき山、めづらしき水、
　愛《め》づるが中《うち》こそ稍安《やゝやす》く、
[21]蟬《せみ》の羽《は》のひえわたる寝床《とこ》にも眠りけれ、
　眠るといふも眼《まなこ》のみ、

1　世間の人たちが思いやりのないのを。参考、明治二三年の「當世文學の潮摸様」以下の四評論には、指導的な立場の人々が民衆の窮状に思いやりのないありさまが指摘されている。

2　怒りを持って見つめたり嘆いたり愚痴を言ったりしたことであった。

3　自分の見解が受け入れられない。それほど嫌われているのだから。

4　現実社会との関わりを放棄するのはたやすいけれど。

5　脱出を図ろうとすると、自己を実社会に押しとどめようとするのは、誰のどんな意向が作用しているのか。参考、『我牢獄』（明治二五年）には「余を圍むには堅固なる鐵塀あり、余を繋ぐには鋼鐵の連鎖あり」とある。

6　意見が違って非難する人たちもいる。

7　世の中に違和を感じてさすらいの旅に出たとき。「第二齣　第四場」には、「六とせの往日に早やなりし、世に激するこ／とありて家出の心急はしく世をはかなみつ」とある。

8　しかたなく別れた。

9　風が花を散らすように、無常な宿命が命を奪い去って。

10　死者の仲間に入ってしまった。

11　「菩提」は〔仏〕極楽に往生して仏果を得ること。露姫の居る墓場（奥津城）だけが自分を待っているようである。「蓬萊曲別篇　慈航湖」で、素雄は彼岸に往生している露姫に迎えられる。

12　行ってしまえ。この世からあの世に行きなさい。以下六行には、「第二齣」で表象されていく内部世界の最深部に居を占めている「死」――エロスやタナトスからの誘いが暗示されている。

心は常《つね》に明《あき》らけく、[1]世の無《む》情《じやふ》をば
　[2]睨《にら》みつ慨《なげ》きつ喞《かこ》ちけれ。
[3]左程にきらはるゝわれなれば、
　[4]逃《に》げ出《いで》んこそ易《やす》けれど
[5]わが出《いづ》る路《みち》にはくろがねの
　連鎖《くさり》は誰《た》がいかなる心ぞ。
去らばとて留《とゞ》まらんとすれば
　[6]笞《しもと》を擧《あ》げて追《お》ふものぞある。」
　　[7]家出《いへで》せ志時《とき》
[8]つらく別れし戀人《こひびと》は、はかなくも、
　[9]無《む》常《じやふ》の風の誘《さそ》ひ來《き》て
[10]無《な》き人《ひと》の數《かず》に入れりと聞きしより
　花のみやこも故郷《ふるさと》も
空《むな》しくなりて、われをのまむとする
　[11]菩提所《おくつき》のみぞ待つなる可し。」
[12]去《い》ねよ、去《い》ねよ、彼世《あのよ》には[13]汝《な》が友《とも》の

13　あなたに内包されている無意識の領域の情調が。
14　「あくがれ」は魂が肉体から離れるような心境。
15　招いているのに。
16　ののしる声。
17　「第二齣　第四場」では、「われは「死」の使者ふるが」という「「戀」／てふ魔」が出現している。
18　去りたいと思う。
19　そうした思いは前から続いているのであるが。
20　どうしたものか。
21　深奥からの誘いを意識すると内部世界に閉塞されようとも思わない。
22　現世では自分を受け容れてくれない人ばかり。
23　後も前も。
24　見誤られるだろう。
25　世間と距離を置いている自分には。
26　新衣は「にいごろも」の意。仕立てた着物をまとっているいとまはない。
27　「鞭」も「笞」もむちで厳しい非難。世間からの非難をあまり意識しない折りには。「遠ければ」は強く感じない時には。この第9小節には、書を読み「物の理、世の態」を窮めて「未來の世」の事まで洞察できるようになったと、「世」がいかなるものであるかについて分析し終えたとの自信が表明されている。
28　『校本』では「籠」のルビ「こめ」は、誤植と認めて「こ」に訂正されている。
29　さまよい歩く。
30　現実社会との関係が希薄に感じられる所では。

　待ちあくがれて[14]招《まね》[15]くものを
と罵《の》[16]る聲は、「死」[17]のつかひよりや出《いづ》らん、
　われも世を去らまくほしき[18]
思[19]ひ出の昨日今日《きのふけふ》にはあらなくに如何《いかに》[20]せん
　招《まね》[21]けば「死」もわが友ならず。」
いづこ[22]を見ても鞭持《しもとも》つ鬼《おに》、
　わが[23]脊《せ》、わが面《も》を圍《かこ》むなり、
往《ゆ》け往《ゆ》けと追《お》はるゝ儘《まゝ》に
　行衛定《ゆくえさだ》めぬ旅衣《たびごろも》、
汚《けが》れやつれて見《み》る影《かげ》もなき態《さま》
　鬼《おに》の姿《すがた》にも[24]まがうべし。
左れば[25]とて世を避《さく》る身《み》は
　何《な》どか新衣《にいぎ》[26]のひまあらん。」
　世《よ》の[27]鞭笞《しもと》稍《や》や遠《とほ》ければ
深山霞立籠《みやまかすみたちこめ》[28]めて空《むな》[29]しく迷《まよは》す夕《よべ》もあり、
浮世《うきよ》[30]の風《かぜ》こやみするところには

朝霧渡《あさぎりわた》れる水《みづ》の音《ね》に驚《おどろ》き覺《さむ》る折《をり》もあり、
いづこを宿《やど》と定めねば
[1]追《お》はれぬ時は心も急《せ》かず夢《ゆめ》[2]は現《うつゝ》と
かはりつゝ、
[3]書取《ふみとり》上《あ》げて眠《ねふり》[4]を驅《か》りつ
[5]燈火《ともしび》の疲《つか》れはてゝ、自《おのづか》らに消ゆるまで。
書《ふみ》の無《な》き折《をり》はまた
狂《くる》ふまで讀《よ》む自然《かみ》[6]の書《ふみ》、世のあやしき奥《おく》、
物《もの》の理《り》、世《よ》の態《さま》も
[7]早《は》や荒方《あらかた》は窮《きは》め學《まな》びつ、生命《いのち》の終《をは》り、
未來《のち》の世《よ》の事《こと》まで
[8]自《おの》づから神《しん》に入りてぞ悟《さと》りにき。」
[9]指屈《ゆびかゞ》むれば盡《つ》き難《がた》き
[10]名所《などころ》の數々《かぞ〱》に、[11]昔《むかし》と今《いま》を訪《と》[12]ひはたし
月《つき》をも花《はな》をも厭《あき》ぬるほどに眺《あが》めにき。
さても西[13]の都《みやこ》の麗《うる》はしきも、

1 社会との違和を意識しない時には。
2 現実感覚が回復して。
3 書物。
4 眠気を追い払った。「驅る」は追い立てる。
5 燈火が消えていくように、疲れて眠くなるまで。
6 人知を超えた自然の運行の掟。
7 もう「世」の状況、近代化が推し進められている現実社会の意味するものについては究明してしまった。
8 ひとりでに人知の領域を超えて体得してしまった。
9 指を折って数えていくと数え尽くせないほどの。以下の第10小節・第11小節には、状況の推移を「未來の世」までも見通してしまった絶望感からの感懐が記されている。
10 多くの景勝地や古跡などで有名な所。
11 過去のものと現在のものを。
12 訪ね尽くし。
13 京都。

14 東京隅田川の堤、桜の名所での船遊び。

15 自身にとって真の慰安には成り得なかった。

16 南国の果て。

17 最も北の国。

18 わたしはもう、珍しさや楽しさに感動できない。

19 現世の美も悲しみも、今となっては何の効果もない。

20 自然や城郭などとの対面も、自分にとっては空しいだけである。

また[14]東方《ひんがし》の花《はな》の堤《つゝみ》の
屋形《やかた》の船《ふね》の酔心地《よひごゝち》。おもひかへせば
[15]仇《あだ》なりし夢《ゆめ》なりし幻《まぼろし》なりし。
[16]南《みなみ》の末《すゑ》にたゞよひし時《とき》には烟《けむり》熕《は》く山《やま》
[17]北《きた》の極《はて》をあさりし時には凍氷《こほり》の丘《をか》、
　めづらし、めづらしと
たゝへ喜《よろこ》びしが。これも亦た瞬刻《ひとゝき》
の慰快《なぐさめ》なりし。今は早《は》や、夢《ゆめ》にも
上《のぼ》らず、回想《おもひ》も動《うご》かず。
　[18]われには早《は》や珍《めづ》らしき
者あらず、樂《たの》しき者あらず、
　この世《よ》、この世《よ》、美《うつ》くしき
この世《よ》の悲しきかな、[19]抑今《そもいま》は何者《なにもの》ぞ。
山を河を、野《の》を里《さと》を、殿《みや》を城《しろ》を、
載《の》せ餘《あま》し置飾《おきかざ》りても、[20]わが眼《め》には
空虚《むなし》とのみぞ見ゆるなる。」

空しくも見ゆるかな山と[1]積《つ》む書《ふみ》の中、
　われに來《こ》よとや。[2]招《まね》かずもがな、[3]
何に樂《たの》しからん、其《そ》が中《なか》に、[4]蠹《しみ》ならぬわれ。
空《むな》しくも見ゆるかな、[5]美《うつ》くしき戀心《こひごころ》、
　われに來《こ》よとや。招《まね》かずもがな、
何《な》に嬉《うれ》しからん、[6]狂《くる》ふばかり欺《あざむ》かるゝを。
空《むな》しくも見ゆるかな、[7]いかめしき家《いへ》づくり、
　われに來よとや。招かずもがな、
何に喜《よろこ》ばん、人をひれ伏《ふ》せて、[8]鬼《おに》ならぬわれ。
[9]位《くらゐ》も爵《しやく》もあらずもがな、わが爲《ため》には。」
　[10]去《さ》は去《さり》ながら[11]捨てし世の
いまはしき繩《なは》は我《われ》を、なほ幾重《いくへ》
　　　　　　　巻《ま》きつ繋《つな》ぎつ、
[12]逃《にが》しはやらじこの漢《をのこ》、と罵《の》る聲の
　いづれよりともなくきこゆるなり。
[13]ぬぐへども、ぬぐへども、わが精神《たま》の鏡《かゞみ》の

1　書物の渉猟に。
2　わたしに夢中になれと言うのか。
3　「もがな」は「～であるといいなあ」の意で、誘わないでほしい。
4　わたしは紙魚ではないので、書を読んでもその効用が具体的に求められなくては、楽しくない。
5　美しい恋愛も。
6　恋については、「第三齣　第二場」にも「戀てふ者も果なき夢の迹、これもいつはれるたのしみと悲しみ初にき」とある。→**〔補注5〕透谷の「恋愛」に対する見解**
7　社会的な成功者になって立派な家を建てること。
8　「鬼」は体制に恭順な支配層の人たち。社会の規範に従うことの出来ない自分は社会での栄達を望んでいない。
9　地位や権威もない方がよい。
10　それはそうだが。以下二〇行（第12・13小節）には、さすらへの旅を終えて蓬莱山麓に到着した現在の心境が謳われている。
11　距離を置いている現実社会のいやな規範は。
12　お前のような考えの者を許すことはできないという、非難の声が。
13　精神を平穏な状態に保とうとしても、容易に回復できない。

14 自分の内部世界には。
15 残念なことに。
16 以前、現実社会と対応して活動していた頃にかいま見た夢や希望ばかりが写し出されて。→〔補注6〕**「過ぎこし方」の意味するもの**
17 未来への展望を開くことが出来ない。
18 さすらいの旅を終えても「わが燈火なる可き星」を見出すことが出来ない。
19 真理・あるいは展望が開けたかと想っても、すぐに漁り火のように立ち消えてしまう。
20 体制に迎合することが出来なくて。
21 世間に充ち満ちている権力の意向に恭順な人たちになってしまわないで。
22 日本に住んで居るすべての人々を一様に。
23 従わせて。
24 「世」は現実社会。世の中で我が物顔にふるまっている得体が知れない追従者たちの。
25 支配のなかに居るので。
26 孤独な自分は悲しくて平安な眠りに就くことが出来ない。
27 （シマシの転）すこしの間。

くもりを如何《いかに》せん。
14其の鏡《かゞみ》には15つれなくも、
16過《す》ぎこし方のみ明《あき》らかに、
17行手《ゆくて》は悲《かな》し暗《やみ》の暗《やみ》。
その常暗《とこやみ》の中《なか》を尋《たづ》ねめぐり、あさりまはりて
18いまだ眞理《みち》の光《ひかり》見《み》ず、
19見《み》るは唯《たゞ》いつはりの、立消《たちき》ゆる漁火《いざりび》のみ。」
悲《かな》しきはこの身《み》なり、20世《よ》に従《したが》ひ難《がた》くて、
21世に充《み》つる魔靈《まもの》の軍兵《つはもの》になり終《を》はらで。
22在家《ざいけ》も出家《しゆつけ》もおしなべて
23うち靡《なび》かせて、24世を、我物顔《わがものがほ》なる怪《あや》しの
鬼《おに》の、25圍《かこ》みの中《うち》にあればぞよ、
四邊《あたり》は暗《くら》く人は眠《ねむ》るに、
26われひとりねの床《とこ》に涙《なみだ》の露雫《つゆしづく》。」
（清兵衛素雄が袖をひきて）
27暫時《しばし》、しばし、
清。

（後半） ほぼ心境を語り終えた素雄に、従者・清兵衛は「怪しき聲」がすると呼びかける。「空中の聲」は世を罵る素雄に感応した霊山の主であった。声の主はおのれが何物であるかを述べ、素雄にもその正体は見えているがここでの対決は猶予されている。「怪しの神」は姿を隠し、夕べの夢に露姫が現れたという清兵衛の発言に促されて現実社会に絶望している素雄は、もしも世にあることの苦悩から逃れられるならばと、他者との関わりのない固有な内部世界の闇の中に閉塞されていく。

1 不思議な。
2 鳴るのだろうか。
3 聞くことができない。
4 その声は。
5 「鬼神」は死者の霊魂と天地の神霊。人の耳目では接しえない、超人的な能力を有する存在。
6 素雄は蓬莱山は霊山でありたいという信念に支えられているが、声の主が蓬莱山に君臨していることの伏線になっている。
7 逃れようとしても人力では。
8 どうしておまえは。
9 「鬼神」を「おに神」と俗化して畏怖感を和らげている。

素。　心を注《と》め玉へや怪《あや》[1]しき聲《こゑ》のするに。

清。　何に、怪しき聲とや、
　　われは聞《き》かず、其は何《なん》の聲ぞや。
　　近《ちか》き彼方《あなた》の森《もり》を襲《おそ》ふ風《かぜ》の鳴《な》[2]るにもや。

素。　否左《いなさ》ならず……あら復《ま》た聞《き》こゆ……
　　今聞《いまきこ》ゆるに。はて何所《いづこ》なる、怪しきかな。

清。　我はえきかず[3]、そは[4]いづこに？

素。　何所とも知らず……彼方此方《あなたこなた》につぶやく聲。

清。　彼方此方に？　つぶやくこゑ？　あやし！

素。　然《さ》なり然《さ》なり、聲すなり、われも今聞きぬ。
　　いかに、いかに、如何なる者の聲ならん、
　　[5]鬼神《きしん》の類《たぐひ》や近《ちか》づける。さもあらずば、
　　[6]御山《みやま》の靈《かみ》や迎《むか》へ出《い》でぬるか。

清。　[7]走りても兎《と》てもいまは詮《せん》なし、
　　怖《おそ》ろしき目《め》に會《あ》ひなんも計られず。

素。　[8]何にを清兵衛《いまし》は恐るゝぞ、[9]おに神《かみ》は

爰《こゝ》のみならじ、[10]何所《いづこ》にも住《す》むなるを。
　静《しづ》まれよ、われは今、
彼を[11]呼《よ》び出《い》でん、いかなる様《さま》の者なりや。
　あら聲すなり、聲すなり、
われに語ると覺《おぼ》ゆるぞ、おもしろし。
何《いづ》れより來りしや、[13]さかしらしくも世《よ》を罵《のゝし》る

[12]空中の聲。

[14]壯者《わかもの》、[15]塵《ちり》をあつめて造《つく》られながら！
[16]世《よ》の鬼《おに》に惱《なや》められて、[17]世《よ》を逃《のが》れんともがくとや、
[18]あら笑止《せふし》！　[19]いつまでの旅路《たびぢ》に思ひを遂《と》げん。
[20]五十《いそ》の年月《としつき》[21]長《なが》し短《みぢ》かし問《と》ふひまも
　暴風雨《あらし》吹《ふ》き起《おこ》り、[22]秋《あき》の氣《き》躍《をど》り、
　波《なみ》に呑《の》まるゝ[23]捨《すて》小舟《おぶね》、散《ち》り落《お》つる樹《こ》の葉《は》。
[24]死《し》の波《なみ》寄《よ》する時《とき》いかん、身《み》の秋《あき》來《た》る折いかん、
あはれ、あはれ塵《ちり》を蒐《あつ》めし[25]空蟬《うつせみ》の五尺《ごしやく》、
　[26]なほ傲《ほこ》り顔《が》に、[27]狹《せま》き世《よ》を旅《た》び渡《わた》り、
[28]暫時《しばし》留《とゞ》まる春《はる》の駒《こま》に、

10　現実社会の何処にもいるのに。
11　呼び出そう。
12　以下の発言によって、蓬莱山と仮構されている日本に君臨していることがそれとなく示されている。
13　かしこそうに現実社会の悪口を言う。
14　年若い人。
15　はかない、死を内包している存在であるのに。
16　私の支配に従っている鬼たちに従わないで。
17　現実社会から距離を置こうとして苦しんでいるとか。
18　気の毒なことに。
19　いつまで世を逃れて漂泊の旅を続けても、平安な心境に到達することはできない。
20　五〇年の人生。
21　長いとか短いとかいっているその間にも。
22　凋落の気配が浸透し。
23　頼りのない身の上。
24　死が近づいた時。人生の終わりの時。
25　「空蟬」は「現人」（ウツシ（現）オミ（臣）の約、ウツソミがさらにウツセミに転じた）の当て字。矮小なこの世の人間であるのに。
26　それでもなお自己の主張を曲げないで。
27　問を抱いて世間を漂泊し。
28　のんびりと春の野にいる若駒に。

素。　[1]むちあげて、[2]おのれの終《をは》りを急《いそ》がする。
[3]おかしくも嘲《あざけ》るかな、
[4]抑《そ》も何物《なにもの》にてか、[5]定《さだ》まれる人《ひと》の運命《いのち》を
[6]おのれを外《よそ》に譏《そしる》るらん。

空中の聲。　おろかなるかな、われを知らずや、
[7]この靈山《れいざん》に棲《す》み馴《な》れて、[8]世の神々《かみ〴〵》を
下女下男《しもめしもを》と召使《めしつか》ひ、ひれふさするもの
われなるを知らずや。

素。　怪しきことを言ふものかな。
[9]さては[10]神々《かみ〴〵》の上の神《かみ》なるは汝《いまし》か、
[11]まことや、[12]痴愚《おこ》なるは神《かみ》と呼べるもの、
[13]世に禍危《まがつみ》の業《わざ》をのみなし、正《たゞ》しき者を
滅《ほろ》びさせ、僞《いつ》はれるものを昌《さかえ》させ、
[14]なほ神《かみ》とは自から名告《なの》るなり！

空中の聲。　まだ罵《のゝし》るや塵《ちり》の生物《いきもの》！
狹《せま》き世《よ》の旅《たび》は早《は》や爲《な》さずとも、

1　駒は元気なので勇みはやる。
2　どうして生を終焉へと急きたてるのか。
3　妙な視点から非難することだな。
4　いったい何物のつもりで。
5　不条理な人間存在を。
6　自分のことを度外視して悪し様に言うのだろうか。『校本』では「譏」のルビ「そしる」は、誤植と認めて「そし」に訂正されている。
7　霊山は蓬莱山であるが、ここでは日本が意識されていて維新後二四年を経た日本の支配体制が視界に止められている。
8　日本古来の神々を。
9　それでは。
10　神々の上に君臨しているのは。
11　ほんとうに、そうなのだ。
12　おろかなのは自身を神と呼んではばからない存在である。
13　「禍危」は「禍霊」（「まがつひ」は災害・凶事をおこす霊力の意）。世の中に災いや凶事ばかり引き起こし。
14　それでもなお崇高な存在であるとしてはばからない。

15 私の領域にやってきなさい。

16 「神氣」は神がかりの状態。崇高な私の支配を受け入れれば。

17 民衆の権利が認められる社会を実現しようなどという誤った理想から醒めるだろう。

18 登ってきなさい。

19 内部世界に存在している認識力を昂揚させて。

20 ここは俗世間、支配者がとどまるところではない。

21 なんといぶかしい神であることよ。

22 もう消えてしまったのか。

23 めったにない、特別な。聖地としての蓬萊山の幻影を抱きながらも怪しの神への疑問が増幅してくる。

24 「星」は素雄の思念の展開を導くもの。

25 星だろうか、そうではあるまい。

26 以前から蓬萊山頂――日本国の支配のありさまを見極めたいと思っていたが。

素。

[15]わが住む山に登《のぼ》れかし。[16]高《たか》き神氣《かみげ》を
受《う》けなば[17]誤《あや》まれる理《り》の夢《ゆめ》の覺《さ》めもやせん。
雪《ゆき》を蹈《ふ》みて[18]登《のぼ》らずや[19]神《かみ》の力《ちから》もて。
　　語らんことは彼方にて。
おさらばよ、[20]爰《こゝ》は浮世《うきよ》、長《なが》くは談《かた》らじ。
[21]あな怪《あや》しの神《かみ》よ、はや去《い》ぬるか、
まだゝくひまに顯《あら》はれて[22]早《は》や消《け》ぬるか、
[23]めづらしき聲、めづらしき罵言《のゝしり》、
いづれに失《う》せて行《ゆ》きぬるや。
濃《こ》き雲《くも》を離《はな》れて現《あら》はるゝ[24]星《ほし》ひとつ、
[25]それか？　それならじ、それも早《は》や隱《かく》れぬ、
何所《いづこ》にや去りけん、も一度《ひとたび》顯《あら》はれずや、
いなよ、早や呼び返へすべき術《すべ》はあらじ。」
御雪《みゆき》を蹈《ふ》み登《のぼ》れと言《い》へり。
　　神《かみ》の力《ちから》もて登《のぼ》れと言《い》へり。
[26]かねての望みはありながら、

清。

いかでわれ、このわれが、[1]
神《かみ》[2]の力《ちから》なくて登《のぼ》るべきや雪《ゆき》の御《み》山に。」
清兵衛《わがともよ》[3]、これをいかにす可き?
父君《ちゝぎみ》[4]に托《ゆだ》ねられて都《みやこ》[5]を跡《あと》に旅鳥《たびどり》の、
　ねぐらをどこと白波《しらふみ》[6]の
打《う》[7]ちかへし打《う》ちかへす君《きみ》が心《こゝろ》の荒磯《あらいそ》を、
主《しゆ》[8]なればこそ、…… 頼《たのみ》なればこそ、……
わが身は艮《よ》[9]しや深山路《みやまぢ》の
苔《こけ》[10]の袂《たもと》に老《お》ひ朽《く》ちぬとも、
君《きみ》が身《み》に恙《つゝが》[11]あらせじと祈《いの》りつ
願《ね》[12]ぎつ歳月《としつき》空《むな》[13]しく過《すぎ》にけり。」
君のありこし[14]不滿《ふまん》、不平《ふへい》、不和《ふわ》の
はじめ[15]、をはり知《し》れるこの身、
兎《と》ても世《よ》[16]には歸《かへ》り玉はじと、
　涙《なみだ》ながらに思ひあきらめても
さて[17]悲しきかな、君が心の荒《あら》[18]らくして

1　どうして自分が。
2　霊力がないのに登ることができるだろうか。
3　素雄と清兵衛は能のシテ・ワキの関係に設定されている。
4　お父様から頼まれて。以下八行の清兵衛の独白は、謡曲の道行き文の調べ、縁語・掛詞のつづら折りで連ねられている。
5　都から旅立って。
6　何処に泊まるか定めないままに。参考、謡曲『鵜飼』には、「行く末いつと白波の」とある。
7　白波がいつも打ち寄せる荒磯のような、あなたの荒涼とした心を。
8　主筋のお方だから。
9　たとい〜であったにしても。
10　「苔の袂」は、世捨て人の衣服の袂。漂泊のお供のままで老いさらばえても。
11　異状がないようにと。
12　「願ぎ」は「祈ぎ」で祈願を掛けるの意。
13　歳月が経過してしまった。
14　昔から今まで継続している。『注釈』には「「あり來（く）」の未然形に過去の助動詞「き」がついたもの」とある。
15　素雄の過去現在を知り尽くしているので。
16　現実社会での生活に復帰されることはあるまいと。素雄の「さすらへ」の決意が確固たるものであることが示されている。『校本』では「歸」のルビ「かへ」は、誤植と認めて「か」に訂正されている。
17　それにしても。
18　『校本』では「荒」のルビ「あら」は、誤植と認めて「あ」に訂正されている。

19　「怪しの神」を招いてしまうとは。
20　夢の吉兆を占うにつけても。
21　昨夜の夢が気がかりであった丁度その時。
22　怪しの神の罵詈雑言のこわいろは。
23　腰が抜けて歩けなくなるほど恐ろしかった。
24　妙なことがあるならば。
25　どうして。

悪魔《あくま》[19]を呼《よ》びて朋友《ともだち》となすとは！
　今宵《こよひ》いかなる故《ゆゑ》やらん
樫《かし》の根《ね》を枕《まくら》の昨夜《ゆふべ》の夢裡《ゆめうら》[20]も、
　[21]こゝろにかゝる折しもや、今の悪鬼《あくき》の
罵《の》[22]り嘲《ちやう》ずる聲音《こはね》、わが健《つよ》き足《あし》の、
　歩《あゆ》[23]めぬほどに怖《おそ》ろしや、怖《おそ》ろしや。」
素。昨夜《ゆふべ》の夢と？　[24]おかしきこともあらば
　何《な》[25]どか今《いま》まで隠《かく》しつる。」
清。否《いな》、おかしきことならず、おそろしき
　目《め》に會《あ》ひぬ。
素。其の恐ろしきことこそおかしきなれ
　いざ語《かた》れ、語《かた》らずや。
清。きみは彼方《かなた》の樫《かし》の根《ね》を、
われはこなたの樫《かし》の根《ね》を、枕《まくら》となして、
　狼《おほかみ》の遠吠絶《とほぼえたえ》て、息《やす》めば心《こゝろ》は早《は》や眠《ねむ》り、
眠《ねむ》ると思へばまた覺《さ》めて、

眠《ねむ》る覺《さむ》[1]むるの境《さかひ》もわかずなりしころ、
世を去り玉ひしと聞きつる
露姫《つゆひめ》……の、端《はし》[2]なくも、わが枕邊《まくらべ》に
佇《たゝず》まれける。」

素。何《な》に、露《つゆ》！ 露姫《つゆひめ》とや！
露《つゆ》がいかに……姫《ひめ》がいかにせし。」

清。姫《ひめ》は[3]やつれ衰《おと》ろへし姿《すがた》して、
「素雄《もとを》[4]どのを何《な》どよこさぬ」
と、ひと言《こと》は聞《き》ゝしも、あとは野風《のかぜ》[5]
のそよ吹《ふ》くのみ。」

素。笑《おか》[6]しや、夢《ゆめ》はいつはり多し。
其《そ》[7]を心にかけなば、世には、
まことはなかりなん。
姫《ひめ》がこと、われも思はぬにはあらねども
空蟬《うつせみ》[8]のからは此世《このよ》に止まれど、魂魄《こんぱく》[9]は
飛《と》んで億萬里《をくまんり》外《ぐわい》にあるものを。

1 『校本』では「覺」のルビ「さむ」は、誤植と認めて「さ」に訂正されている。
2 思いがけず。
3 もの悲しい憔悴した姿で。
4 素雄どのをなぜわたしの所によこしてくれないのですか。
5 寂寥とした野を吹く風ばかり。
6 そんな夢は信じられない。
7 夢を信じていると。
8 姫の亡骸は。
9 死者の魂は。

[10]つら〳〵思へば、このわれも、
[11]世の形骸《むくろ》だに脱《ぬ》ぎ得たらんには、
[12]姫が清《き》よき魂《たま》の飜々《ほんぽん》たる胡蝶《こちやふ》をば、
追《お》ふて舞《ま》ふ可し空高《そらたか》く。
人の世の[13]塵《ちり》の境《さかひ》を離《はな》れ得《え》で
今日《けふ》までも、[14]愚《おろか》や墟坑《あな》に呻吟《うごめき》けり。
[15]とても限《かぎ》りなき苦悶《くもん》をば
こよひ解《と》き去り、形骸《むくろ》をば
[16]世に捨てゝ行かんや。[17]「死《し》」とも「滅《ほろび》」とも
世《よ》の名《な》を付けて、[18]われを忘《わす》れさせ、
彼方《かなた》の御山《みやま》の底《そこ》の無《な》き
[19]生命《いのち》の谷《たに》に[20]魂《たま》を投《な》げいれん。」

清。「死」とや、「滅《ほろび》」とや? 其は恐ろしき
者なりかし。　わが君これを願《ねぎ》玉ふ
あな悲し護《まも》り玉へや[21]神《かみ》よ佛《ほとけ》よ

素。[22]徒《いた》らに神《かみ》の名《な》を呼《よ》びそ。

10　つくづく思い直せば。夢の話に冷静に応答していた素雄の自我は、ここから露姫の幻影を想い描いて内部世界に拘引されていく。素雄は現世への絶望を担い続けているので、安寧な心情への希求、自我が現実との対応を放棄して閉塞状態に陥っていく危険は常に胚胎しているのである。

11　肉体の拘束を脱することができたならば。

12　胡蝶のようにひるがえって舞い飛んでいる露姫の魂を。

13　「塵境」は、〔仏〕六根の対象となる色・声・香・味・触・法の六塵。俗世間。

14　「墟坑」は現実社会。愚かにも現実社会の中で呻き苦しんでいたことである。

15　どんなにしても逃れられない苦しみを。

16　この世に残していきたいものだ。現実認識を抑圧して、実在感覚を消失させることをもくろんでいる。

17　世間から「死」と言われ「滅」と非難されようが。

18　自己が現実社会と対応して負っている苦悩を恣意的に消失させて。

19　人間存在が内包している生命の故郷に。

20　魂そのものと化して到達したいものである。

21　日本に古来から君臨している神や仏よ。

22　『校本』では「従」のルビ「いた」は、誤植と認めて「いたづ」に訂正されている。

死《し》は恐るべき者ならず、
　[1]暫《しば》しが程《ほど》の別《わか》れの悲《かな》しみのみ。
わが如《ごと》く[2]世に縁《ちなみ》なきものは、
[3]死こそ歸《かへ》ると同《おな》じ喜《よろこ》びなれ。去るならず
別《わか》るゝならず。[4]めぐり會《あ》ふ人もあるべし
[5]うれしとこそは思ふ可けれ。
　[6]世にありて、
[7]梁《うつばり》を走《は》せ、佛壇《ぶつだん》に潜《ひそ》み、
棚《たな》を掠《かす》め、鍋《なべ》を覗《うかゞ》ふ業《わざ》、
　鼠《ねずみ》はなせど、人《ひと》の事《わざ》ならじ。
[8]鐵《てつ》の鎖《くさり》につながれて、窓《まど》には風《かぜ》も通《かよ》はさぬ
[9]囚牢《ひとや》の中《なか》に、[10]世の人安々《やすく》眠《ねむ》れども、
[11]悲《かな》しみ覺《おぼ》えし身にはまどろまれず、
　したしむものは寂《さび》しく懸《かゝ》る軒《のき》の月《つき》。
軒下《のきした》に狹《せ》まく穢《む》さき籠《かご》の中《うち》、
擦餌《すりえ》に育《そだ》てあげられし鶯《うぐひす》の、

1　しばらくの間の。
2　現実社会と妥協できない者にとっては。
3　死は生の原初の地への帰還なので。「第二齣　第三場」には「死は歸るなれ！」とある。
4　「慈航湖」での露姫との出会いが暗示されている。
5　むしろ喜ばしいことと思うのがふさわしい。
6　実社会で生活して。以下一三行には、牢屋の中にいるのと変わりない実社会での人々の生のさまが指摘されている。
7　横木の上を走り。
8　自由な行動を制限されて。
9　粗末な牢屋のような住居に。
10　一般の民衆は自足して平安な眠りについているが。
11　現実社会の矛盾した構成に気づいてしまっている自分は。

12　籠に閉ざされている鶯が飼い主の期待に応えて、美しい声を時々挙げるように、拘束されている民衆もたまには権力者の要請に応えるけれども。
13　一寸した要求を充たすために。
14　世の人と同じように拘束されたり閉じこめられている状況から。
15　今宵でなければ何時脱出する機会が訪れるだろうか。今、素雄の自我は「怪しの神」に出会ったこともあって、現実社会への嫌悪が増幅して内部世界に逃避しようとしている。
16　内部世界は固有な世界であり、他者との関係は消失してしまうので。
17　魔であろうと鬼であるうと。「第二齣」に登場する鶴翁や、「第三齣」に登場する大魔王や鬼達を意識しての発言。
18　悲しい思いをするようにしむけられることである。
19　年老いたあなたのご両親でもある、私のご主人夫婦が。

春《はる》になれば鳴《な》かぬや何《な》ぜ鳴かぬと責《せめ》られて、
聲[12]は折々《をり〳〵》揚《あ》げしかど
　庭面《にはのも》[13]の梅《うめ》が香欲《かほし》くて鳴《なき》しのみ。」
この[14]囚牢《ひとや》、この籠《かご》を、
こよ[15]ひならねば何時《いつ》破《やぶ》るべき！
おさらばよ清兵衛《わがとも》！
この囚牢《ひとや》、この籠《かご》にもおさらばよ！
これ[16]よりはわれわが君ぞ！
魔《ま》[17]にもあれ鬼《おに》にもあれ、來《きた》れかし來《きた》れかし
わが道案内《みちしるべ》させてん、
早や行かん、おさらばよ！

清。

待ちたまへ、わが君《きみ》よ、
　悲《かな》[18]しき思出をせらるゝかな、
みやこには戀《こひ》し戀しと父母《たらちね》の
老[19]ひたる君や待《ま》ち詫《わ》び玉ふなるに。
　そを捨てゝ何地《いづこ》へ渡《わた》り玉ふぞや。

素。
[1]要《えう》なきことは言はずもあれ、[2]この世
わが物ならず。わが物ならず[3]かぞいろも。
　戀《こ》ひし親《した》しの睦《むつ》みとて
[4]母《おも》が落《おと》せしひとしづくとても
　思へば[5]長からぬ世の寶《たから》ぞ。」
[6]誰《た》が抑《そ》も何心にてや造《つく》りたりけん、
　[7]このわれ、塵《ちり》のわれ、ひとやの中《うち》のわれ、
くらさ、さびしさ、やましさ、かなしさを
　[8]知《し》らず顔《がほ》なる造《つく》りぬしや誰《た》れ？
　　（素雄行んとす）

清。
こはいかに、わが君狂《きみくる》ひたまふか？
　いづこへや行き玉ふなる。

素。
狂ひはせず、[9]靜《しづ》かに家《いへ》に歸るなれ、
われを捨ておけ。[10]汝《いまし》は行きて、
[11]ひとやのうちの家《いへ》を守れかし。
[12]おさらばよ、[13]かねて背《そむ》きしたらちねにも！

1 そんなことは言はなくてもよい。以下九行は、現世との決別の辞と受け止められるが、言辞はなめらかとは言い難い。
2 現世はもう自分とは関わりがない。
3 「かぞいろ」は古語で両親の意。両親も自分と関わりがない。
4 母が生み落としてくれたにしても。
5 短いこの世の縁に過ぎない。
6 誰がいったいどんな意向で。
7 はかない存在であるわたしを。
8 世にあることの様々な苦しみに関与しようとしない創造主とはどんな存在なのか。
9 前出の「死こそ歸ると同じ喜びなれ」と同じ発想。生の原初の地に帰還していくのである。
10 あなたは都に帰って。
11 俗世間の生活を大切にしなさい。
12 さようなら。
13 長い間心配させた両親とも。

14 それはだめだ。

15 いま、自分が行こうとしているのは、茫漠としている内部世界であって同伴者は必要ない。

16 さあ、その時は来てしまった。

17 どのような情景が開示されるのか、進んでいくしか道は残されていない。

清。 否、いづこへなりと従《したが》はしてよ、
　　君が為には何にか惜《おし》まん。
素。 [14]否よ、否よ、われひとりならでは……
　　[15]雲《くも》の中《うち》には伴《つれ》は要なし。
　　[16]いざや、いざや、別《わか》れぞ、別れぞ、
　　[17]生別《いきわか》れとも、死別《しにわか》れとも
　　　ならばなれ！

第二齣

第一場　蓬萊原之一

（第一場）　蓬萊原は茫漠としている内部世界の喩でもあって、素雄は自我――現実認識の抑圧を企てる。はたしてここは神が原で約束の地なのか、もの寂しさを感じて琵琶をかき鳴らすと、空中に唱歌の声がして仙姫があらわれる。姫は出自を明らかにするが、露姫ではないかと思った素雄には「始めて世のあはれをわれに教へしもの」という感慨が呼び覚まされてくる。ところが仙姫は心象に写し出された露姫のイマージュであって、対話は成立しない。業を煮やした素雄が「彼を呼出し汝は罪負へよ」と琵琶を取り上げると、琵琶は「鏗然」と固有な力で鳴り響いて舞台は第二場に移る。

1　蓬萊原は内部世界の喩として形象されている。
2　『校本』では「烟」は、誤植と認めて「烟」に訂正されている。ルビ「けふり」は、透谷の用字癖と認めて直さないとある。烟は茫漠としている内部世界の薄闇。現実認識の抑圧を意識的に企てている。
3　長く生活し旅にも親しんだ現実社会よ。
4　これからは批判したりしない。
5　その代わり自分の現実感覚も希薄にして煩悶から解放してほしい。
6　「片身に」は互いにの意。違和を増幅してきた現実社会に和解を呼びかけている。
7　自分が煩悶してきた人生の過程も消失してほしい。
8　以下三一行には、さすらいの日々のやや牧歌的な出来事の回想が叙述されていて、自我の煩悶が沈静していることが示されている。
9　手のひらに棘が食い込んで歯ぎしりをさせられ、眠りを妨げられた野ばらよ。

第二齣

第一場　蓬萊原之一

（柳田素雄琵琶を抱きてたゞひとり）

（この原を過るところ。）[1]

素。　おさらばよ！　[2]烟《けふり》の中《なか》に消《き》えよ浮世《うきよ》、
おさらばよ！　[3]住《す》み古《ふ》りし旅馴《たびな》れし
　　塵《ちり》の世《よ》。
[4]これよりは罵《のゝし》らじ、[5]われにも物《もの》を思《おも》はせそ、
[6]かたみに忘れん、敵意《かたきごゝろ》も恨《うらみ》ごゝろも、
　[7]わが在《あ》りし跡《あと》も無《な》からせよ。」
　　[8]思ひぞ出づる、
終日《ひねもす》歩《あゆ》みの疲《つか》れに、假《かり》の宿《やど》なる
　草叢《くさむら》に、しばしまどろめば、
[9]齒《は》を切《か》ませ、眼《め》をひらかせし野《の》ばら！
[10]その花《はな》のゆかりに、[11]あやしくも

10　野ばらのせいで。
11　妙なことに。
12　手のひらが血で斑に染まっていたような日もあった。
13　木の枝をそのまま杖にして。
14　「熟」は接頭語で、明け方の雲を眺めて深く十分に眠り。
15　気が付くと、杖には花の蔓が巻き付いていたので。
16　放っておいたのは。
17　今ではどうなっているのだろうか。
18　棘のある灌木の茂みの下に。
19　「そも」は「そもさん」の略。さあ朽ちはてているのだろうか。
20　不幸なのは自分ばかりとの思いは誤りで。

ひと夜《よさ》を眠《ねむ》りもやらず過ごせしを、
　明くる朝《あした》は無殘刺《むざんとげ》ゆゑに、
[12]わが掌《て》に紅《べに》の斑《まだら》見《み》し。」
　　　木《き》の枝《えだ》を、
其《そ》[13]が儘《まゝ》なる旅《たび》の杖《つゑ》、投《な》げ置《お》きて
　ひとむら繁《しげ》き花《はな》の野《の》に、
　　横[14]雲眺《よこぐもなが》めて熟《うま》ねむり。
日紅《ひあか》〳〵と登《のぼ》れるころに起出《おきい》でて、
見《み》[15]ればわが杖花《つゑはな》の蔓《つる》にまとはれて、
　　　われと共には起《た》たざりけり。
　　[16]うち捨《す》てたるは人なき山路《やまぢ》、
今《いま》[17]はいかに、[18]おどろがもとに
　朽《くち》[19]ちはてゝあらんそも。」
[20]われのみと思ひは差《たが》ひて。
　情《つれ》なき人に飼《か》はれてや、
あはれ小狗《こいぬ》の痩《や》せさらばへたるが、

わが前に悲しく尾《を》を垂《た》れて
物欲《ものほ》し氣《げ》に鳴《な》きしにわれも
[1]物言《ものい》はぬ涙《なみだ》を催《もよふ》して
糧《かて》を分ちて取らしつゝ、
旅路《たびぢ》の伴《とも》とせし事もありき。
彼狗今《かのいぬいま》はいかになりし、
[2]桀《けつ》にや飼《か》はれて堯《ぎやふ》に吠《ほ》ゆる
たぐひとなりもやしてん。」
實《げ》に思ひ出れば限無《かぎりな》し、
みな共に彼方の烟《けふり》に埋《うづ》もれよ。」
[3]こゝ新《あた》らしき世なる可し
[4]夜陰《やいん》の中にも物《もの》の景色變《けしきかは》りて見《み》ゆ、
[5]雪《ゆき》の御山《みやま》よりおくる山おろし
高《たか》き所《ところ》に[6]雲《くも》の宿《やど》をあらすらん、
見《み》るが内《うち》に濃雲淡《こきくもあは》く[7]なりもてゆきつ
おもしろやたちまちに[8]星の天《そら》」！

1　同情して。
2　「桀」は夏の君主で暴君の典型、「堯」は伝説上の聖王。『注釈』には「「桀の犬、堯に吠ゆ」というのは、悪主人でも忠義を尽くすの意だが、ここでは新しい主人に飼われて旧主人を忘れるに転用している」とある。
3　いま自分が感じている情調は新たな世界の兆しに相違ない。以下四四行には、到達した聖地と思われるその地の風景と、蓬莱山に想いを馳せていく心境、さらにはそれとない実在感覚の消滅が謳い継がれていく。
4　夜の暗闇のなかでも物の様子が違って見える。自我は内部世界に沈潜していく。
5　雪の山から冷たい風が吹き下ろしてくる。
6　雲が留まる所を用意しているのだろう。
7　変化していった。
8　空に星が輝いている。

9　裾野は果てしない草原で。茫漠とした内部世界のそれとない表出。

10　「けふり」は、この場の冒頭にある「烟の中に消えよ浮き世」に照応。けぶりの向こう側が下界、現実社会。

11　下界から上界に登ってきた。

12　かねてから目指していた聖地。

13　崇高な時の中に身を置いているのだろう。

14　浮き世、現実世界では。

15　不吉な現象として不安を抱いた流れ星も。

16　それとなく内部世界の茫漠とした情調を示している。

17　促しているようである。

御山《みやま》を遶《めぐ》りてひろがれる
　[9]裾野原《すそのはら》、見渡《みわた》す限《かぎ》り草《くさ》ばかり、
さてかすかに見ゆる遠山々《とほやま〱》、
　それに交《まじ》はる[10]模糊《もこ》たるけふりは
上界《じやふくわい》、下界《げくわい》の墻《かき》にやあらん。
　その[11]墻《かき》を踰《こ》え來しわが身の
　　今立つところは[12]神《かみ》が原、
　　拂《はら》ひ盡《つく》せる浮世《うきよ》の塵《ちり》。」
　　[13]いまは神《かみ》の時《とき》にもあらん、
[14]外方《とのも》にては怖ろしとまでに聞きし
　雪崩《なだれ》の音《おと》も全《ま》たく止み、
世にありし頃《ころ》には[15]胸《むね》とゞろきし流星《りゆふせい》も
　今眺《み》る天《そら》には絶《た》えて落《お》ちず。
誰《た》が連《つら》ねけん、[16]限《かぎり》なき虚空《こくう》を隙《ひま》もなく
美《うつ》くしき星の華《はな》を咲《さ》かせて、歌人《うたびと》に、
　おもしろき曲《うた》うたへよと[17]促《うふが》すなる。

1 世で抱いていた強烈な違和感が消失して。
2 世への違和感でいらだっていたわたしもなよなよとして。
3 水際に生えているおだやかな柳。
4 身体を吹き飛ばすようにして。
5 下界には「怪しの神」などがいて。
6 崇高な神が。
7 清らかな神の幻影が眼に浮かぶことである。
8 岩に降り積もっている白雪。
9 自分が目指しているのは。
10 現世の雑踏は消えていくことである。
11 たなびいたり消えたりする低い雲の向こうに。

こゝに來りてわが胸《むね》は、
[1]燃《も》ゆる火焔《ほのほ》の消《き》えかゝり、世《よ》ならぬ春風《はるかぜ》
そよ〳〵吹《ふ》くに、[2]流石《さすが》にわれも嫋《たわ》ゝにて、
かつて笑《わら》ひし[3]岸《きし》の柳《やなぎ》の今はわが身なる
吹《ふ》けよ神風《かみかぜ》、ひるがへし
[4]ひるがへし連《つ》れ行《ゆ》けよ。」
見上れば雲の外《そと》なる蓬萊《ほうらい》の山《やま》、
雲《くも》の上《うへ》は白雪《しらゆき》、雲の下は春《はる》の綠《みどり》、
[5]下には卑《いや》しき神《かみ》の住《す》みて
上には[6]尊《とほ》きものや住《す》むらん。
[7]まぼろしの眼《め》に入るや聖《きよ》き靈《み》躰《すがた》、
星《ほし》を隣《となり》にほゝえむらし。
美しきかな[8]いはほの白妙《しろたへ》、
[9]わが蹈行《ふみゆ》くは彼方《かなた》ぞや〳〵。」
[10]いぬるかし、いぬるかし浮世の響《ひゞき》、
[11]立《たち》消《き》ゆる下雲《したぐも》の彼方《あなた》に靜《しづ》まりぬ。

聞《きゝ》[12]慣《なれ》し詛《のろひ》の車 輾《くるまきし》るおと、
憂《うき》[13]目《め》見《み》し罪《つみ》の火《ひ》燃《も》ゆるさま、
早《は》[14]やわが傍《かたはら》にあらずなりぬ。
吹《ふ》く春風《はるかぜ》に送《おく》られて
何[15]に白雲《しらくも》の彼方《かなた》を的《あて》に、
心《こゝろ》[16]の駒《こま》の手綱《たづな》弛《ゆる》めていざ歩《ゆか》む。」

（再び立止まりて）

わ[17]が琵琶《びは》の音《ね》しばらくきかず
戀《こひ》しきものは汝《なれ》なるを。
こ[18]の寂《さび》しさ、このをもしろさに、
好《よ》[19]しや昔《むかし》の戀妻《こひづま》と、
野《の》の月《つき》を窓《まど》の内《うち》までのぞかせて
歌《うた》ひつ彈《ひ》きつ[20]むつれしころの
たのしさはなしとも、
心《こゝ》[21]地《ち》さは〳〵物《もの》に思《おも》ひの繋《かゝ》らぬ今宵《こよひ》、
あたりの草花《くさばな》に耳《みゝ》[22]かしがせ、

12　いつも聞いていた「いけいけ」と自分を追い立てる鬼たちの、車のきしるような不快な声。
13　つらい思いをさせられた「魔靈の軍兵」、権力の追従者たちの行為。
14　もう自分の意識から消えてしまった。
15　なんとか白雲の靡いている彼方を目当にして。
16　逸る気持ちを落ち着かせて。
17　以下五二行には、素雄の「朋友」であり「分半者」――内部世界の存在である琵琶との関係が叙述されていく。→〔**補注7**〕「**琵琶**」**の役割**
18　「寂しさ」には、リアリティを喪失した内部世界の情調がそれとなく示されている。参考、『楚囚之詩』では「第十」「第十五」に、内部世界の情調が「寂寥」と記されている。
19　たとえ。
20　親しんでいた頃の。
21　心地がさわやかで現実社会への煩悶が消えてしまった今宵。
22　耳を傾けさせ。

空《そら》を歩《ゆ》く鬼神《おにかみ》の靈精《たま》[1]をも
驚《おど》ろかしてん〱。」
(背《せ》より琵琶を取下ろし熟視《とくとみ》[2])
これなるかな、これなるかな、この琵琶よ
いつしも變《かは》らぬわが友《とも》[3]は。
朽《く》[4]ち行《ゆ》き、廢《すた》れはつる味氣無《あじきな》き世に
ほろびの身《み》、塵《ちり》の身《み》を、あはれと
音《ね》[5]に慰《なぐさ》むるもの。
弱《よわ》きわが心《こゝろ》、狹《せま》きわが胸《むね》の、たのみなき
末來《すえ》をはかなみて消《き》[6]えまほしと
祈《いの》り願《ねぎ》しときよ、この琵琶が、
[7]わがむねの門叩《かどたゝ》きそめけり。
これよりは朝暮《あけくれ》[8]の世浪寄《よのなみよ》する憂時《うきとき》も、
月に浮《うか》るゝ小夜中《さよなか》も、花《はな》の霞《かすみ》の其中《そのなか》も
[9]ひと時離《ときはな》れぬ連《つれ》となりけり。
ひとり寐《ね》の、眠《ねむ》りの成《な》らぬ

1 「怪しの神」が意識されていて「靈精」とあるのは琵琶には霊性——認識能力を喚起させる作用があるから。
2 「熟視」は意訓、よくよく眺めて。
3 内面での対話の相手は。
4 近代化が推進されて人倫が頽廃していく現実社会で。参考、「泣かん乎笑はん乎」(明治二三年)には、「此間に世と共に泣かず世と共に笑はずして冥暗の中に勢源を握攪する者あらば國の志幸なり」とある。
5 指針を示してくれるもの。
6 死んでしまいたいと。参考、『三日幻境』(明治二五年)には、「天地の間に生まれたるこの身を訝かりて自殺を企てし事も幾回なりしか」とある。
7 わたしの心を晴れやかにして勇気づけてくれた。
8 明け暮れ世の煩悶を意識する苦しい時も。
9 ひと時も。

10　眠れないままに歯を食いしばる程の苦悩も。
11　心を込めて音をたかくして。
12　内に潜んでいる悲哀が浄化され。
13　はやい調べを音を抑へて奏でると。
14　「蜷渦」は蛇が身体を渦巻状に巻くこと。蛇に道を塞がれても。
15　高い弦の響きで毒気を払ってしまい。
16　不吉な夜鳴く鴉。
17　ほととぎす。死出の山から来て鳴くとされて「しでのたおさ」も別名の一つ。
18　心緒は平穏でなくても。
19　精神を集中させて。
20　『校本』では「奉」は、誤植と認めて「奏」に訂正されている。
21　「忽如」は意訓、「現世」は〔仏〕（げんぜ）現在の世、「眞如」は〔仏〕ものの真実のすがた。一瞬にして真理への展望が開ける。
22　私の精神。「第一齣」に「わが精神の鏡のくもり」とある。

暗《やみ》の夜《よ》に、[10]覺《さ》めながら切齒《はぎし》る苦惱《なやみ》も
　起《お》き出《い》でゝこの琵琶を取上《とりあ》げ、
[11]切々《せつ〳〵》と揚《あ》げて彈《ひ》けば、[12]陰《かく》るゝ悲《かなしみ》湧上《わきあが》り
[13]嘈々《そふ〳〵》と抑《おさ》へてひけば重《かさ》ね積《つも》れる憂《うき》は消《き》ゆ。
　毒《どく》を吐《は》く大蛇《おろち》の[14]蟠渦《とぐろ》に途塞《みちせか》れ
こわさ、かなしさ、なさけなさを
この琵琶よ！　[15]一調高《いつちやうたか》く、毒氛散《どくけふりち》らせ、
大蛇《をろち》の形《かたち》見えずならせぬ。
この琵琶よ！　この琵琶よ！
[16]夜《よ》鴉《がらす》苦《くる》しく枯梢《かれえ》に叫《さけ》ぶ夜半《よは》も、
[17]鳴血鳥窻《ちになくとりまど》を掠《かす》めて飛行《とびゆ》く時《をり》も、
　汝《いまし》をたのみて、[18]調亂《ちやうみだ》れながら、
[19]わが魂《たま》の手《て》を盡《つく》して[20]奏《かな》でぬれば
[21]忽如現世《たちまちげんせ》も眞如《しんによ》のひかり！
　まばゆきばかりの其光《ひかり》に、
かき眩《くら》まされていつしか再《ま》た曇《くも》る、[22]わが

1　琵琶の音によって精神の鏡は透明になり、平穏な心境が蘇る。
2　「いたずら」で、うまくいかない。
3　恋愛に苦しんだ時にも。
4　わたしを導いてくれた。
5　近代化に伴って顕著になってきた競争心に対しても。
6　冷静な判断をもたらしてくれた。
7　人倫に悖る欲望。
8　確固とした判断をもたらしてくれた。
9　それにしてもとげとげしく平穏でない現世で。
10　「つれ」は同伴者。内部での対話者。
11　山の麓には「怪しの神」がいると聞いている。
12　玄を響かせる。この響きが素雄の内奥に作用して、露姫のイマージュ、仙姫を出現させる。

魂鏡《たまかがみ》、これをしもまた琵琶《いまし》の音《ね》に、
[1]再び回《か》へすほとけの面《おも》！
世の人のいた[2]づらなる戀《こひ》[3]の闇路《やみぢ》も、
　この琵琶やわが[4]燈火《ともし》なりし、
世の人の空《むな》しき慾《よく》[5]の争《あらそ》ひにも
　この琵琶やわれを[6]靜《しづ》めにき、
世の人の様々《さまぐ》[7]の狂《くる》ひの業《わざ》にも
　この琵琶やわれを[8]定めにき。
[9]さても險《けは》しき世に、いかでわが琵琶の如《ごと》
　わが悲哀《かなしみ》にもわが歡喜《よろこび》にも
　　朋友《とも》となり分半者《つれ》[10]となる者や無《なか》らん。
　（調を整ふ）
[11]みやまの裾《すそ》には鬼神《おにかみ》棲《す》むと聞けり、
鳴れよ、鳴れよ、驚かすまで！
　（[12]かき鳴らす）
いかなる曲《うた》をや彈《ひ》かん、

誰《た》が作《さく》をや彈《ひ》かん、どの詩人《うたびと》のを、
（[13]默量しつゝありて）
何《ど》の曲《うた》をや彈《ひ》かん、どの曲《うた》を。
（空中に[14]唱歌の聲あり）
素。あらあやしいづれより送《おく》るぞ妙《たへ》なる聲《こゑ》、
此方《こなた》の森《もり》の千代《ちよ》の松《まつ》、風《かぜ》に浮れて
歌《うた》ひ出《いづ》るか、
彼方《かなた》の雪《ゆき》の巖間《いはま》より落《おつ》る雪解《ゆきげ》の
水音《みづおと》が、わが琵琶の音《ね》を浮《うか》べて
[15]自然《おのづから》なる歌曲《うた》よむか。
[16]左なくば[17]天津乙女《あまつおとめ》や降《くだ》り來《き》て
虛空《そら》よりもたらす[18]天歌《あまうた》かも。
歌《うた》へかし！ 歌《うた》へかし！
さてわが琵琶を合《あは》せてん。
（仙姬[19]內にて歌ふ）
歌。きみ思ひ、きみ待つ夜《よは》の更け易く、

13 しばらく躊躇して。
14 「しょうが」で、楽に合わせて歌を歌うこと。
15 自然に歌のように聞こえてくるのか。
16 そうでないならば。
17 天女。
18 「天つ風」などから天の歌。
19 「内」は舞台裏の意。→**〔補注8〕「露姫」と〔仙姫〕との関係。**

ひとりさまよふ野《の》[1]やひろし。
彼方なる丘《をか》の上《へ》に咲く草花を
たをりきつゝも連《つれ》なき身《み》、
誰が胸にかざし眺めん由もなく、
思はずも揉《も》めば散りける花片《はなびら》を、
[2]また集《あつ》むれど花ならず。

＊　＊　＊　＊　＊

＊　＊　＊　＊　＊

（仙姫過ぐ、二頭の鹿之に随ふ）

素、
怪しきかな、怪しきかな、人の來《き》ぬ！
獣《けもの》ひとつだに住まぬところと思ひしに。
　さても其《そ》の人は、其人《そのひと》は
[3]あやしの光《ひかり》を先《さき》に立て、
美しや、美しや山乙女《やまをとめ》！
　やさしめづらしの鹿《かせぎ》[4]もともに。
われけふ迄《まで》の長《なが》[5]のへめぐりに

1　茫漠たる空間の暗示。

2　孤独で寂寥としている仙姫の存在には「死」の影が色濃い。透谷の抒情の真髄がうかがえる歌曲。

3　不思議な光に先導されて。

4　「かせぎ」は鹿の異名。

5　長いさすらいの旅路で。

この姫のごときを見ざりけり、
前《さき》に聞きし歌は、[6]ことはりや
この姫《ひめ》の朱唇《くちびる》洩《も》れし者《もの》なれば。
[7]あな知《し》らず顔《がほ》に過《すぐ》るやわが前《まへ》を、
露《つゆ》も見《み》ぬ[8]淺茅生《あさぢふ》に[9]足元《あしもと》珠玉《たま》を轉《まろば》して。
知《し》るや知《し》らずやわが[10]在《を》るを、
[11]何にめづらしとてか天《そら》のみ仰《あほ》ぐ、
數《かぞ》ふればとて、よも星《ほし》の數《かず》は盡《つき》じ。
[12]鹿《かせぎ》もなどてや心なき、ひい――との其聲は、
誰《たれ》を呼《よぶ》らん、誰《たれ》を戀《こひ》しと慕《した》ふらん」
（琴を置捨て歩み寄り）
それなる[13]山姫《やまひめ》に物申《ものもふ》さん、
[14]これは登山《とふざん》のものよ、もの問《と》はん。
姫。あらおどろかされぬるよ。
素。許《ゆる》せかし許《ゆる》せかし、[15]はからぬところの
めぐりあひ、思はぬ琵琶の合《あは》せ歌《うた》、

6　理解出来ることである。
7　あら。
8　『校本』では「淺茅生」は、誤植と認めて「淺茅生」に訂正されている。「淺茅生」はチガヤのまばらに生えた所。露も降りていないあれはてた野原に。
9　足元の光に導かれて。
10　自分が居るのを。
11　何かめづらしいものでもあるのか。
12　鹿もどうして思いやりがないのだろうか。
13　ここで「山姫」と呼びかけているのは、素雄はいま、内部世界に写し出されている蓬萊原の情調に同化しているからである。
14　わたしは登山してきたものです。
15　思いもかけない。

1　どうしてあんな歌を唄はれたのかを。
2　聞かないままで。
3　「なめ」で、ぶれい。
4　ここは現実とは違う領域であるのに。私はあなたの内部世界に描きだされている幻影に過ぎないのに、どうしてあなたは。
5　間違いなく。
6　それにしても。
7　この人が弾いた曲だったのだろう。
8　『校本』では「琶琶」は、誤植と認めて「琵琶」に訂正されている。
9　天に在る私の住みかから誘い出されて。仙姫は露姫のイマージュであり、素雄が茫漠とした内部世界の薄闇の中にイマージュを喚起できたのは、「琵琶」の作用によって認識能力が発揮されたからである。仙姫の住みかは素雄の無意識の領域に存在している「死の坑」（仙姫洞）であり、仙姫はエロスの化身。
10　この蓬萊原で。
11　下手な演奏で。
12　「怪しの神」を驚かすつもりが、天上に鳴り響いてしまい。
13　「あまつ」は天にあるの意。あなたの平安な眠りの。
14　有名な蓬萊原。内部世界のはてしない薄闇。
15　目の届く限りの物寂しい野原に。このあたりから平安な情調に自足していた素雄に、孤独な仙姫の物寂しげな姿や寂寞としている野の景色などから、蓬萊原の意味するところが少しづつ浸透していくようすが謳われていく。
16　あなたはどうして。
17　こんなに物寂しい蓬萊原に住んでいるのですか。

その歌《うた》[1]のこゝろ、[2]さて問《と》はで
別《わか》れんことのをしさに、
[3]無禮《ねめ》とは知れど君留《とゞ》めぬ。」

姫。

其聲は人の世のものらしや、[4]こゝは世ならぬ
ところなるに、いかにして君、……
[5]まがふ方なく世の人なるよ！　[6]さても
[7]この人の調《しら》べやらん、先《さき》に聞《き》ゝし[8]琵琶の
天高《あまたか》く鳴《な》り渡《わた》りて、[9]彼所《かしこ》の家《いへ》のわが住《すまひ》を
迷《まよ》ひ出《い》でゝ[10]この原《はら》に君に逢《あ》ふかな。

素。

恥《はづ》かしや[11]未熟《みじゆく》のしらべごと、
[12]思はぬところまで鳴《な》りさはぎて、
きみが妙《たへ》なる[13]天津《あまつ》褥《しとね》のさまたげをしぬ。
さても亦めづらしや
こゝは[14]名にしあふ廣野《ひろの》[15]目《め》も迥《はる》に、
幾十里《いくそみち》に亘《わた》る寂寥《さびしさ》を、
[16]きみいかに、ひとり[17]このわたりに棲玉《すみたま》ふ。

18　夕方に打ち鳴らされる寺院のつりがねの音。

19　夕方に鐘の音が聞こえる奈良も東国も、あの浮雲の下のはるかな彼方。

20　下界ではは正しいことが行われていないので。

21　下界で不幸なめに出会ったのだろうか。

22　鬼が人の形をしていても、人が鬼の心を持っていても。

23　美しいあなたをこんな寂しい野に住まわせることはないでしょうに。

24　ここは世、下界ではありませんから。

25　愛とか詛いと言う感情はありませんから。

26　それにしても気がかりである。

27　嘗てのわたしの妻に。

28　人生の何のものたるかを教えてくれたひと。

夜《よ》は更《ふ》けて世に聞馴《きゝな》れし夕梵《ゆふぼん》[18]の
　鐘《かね》の音《ね》も、奈良《なら》も吾妻《あづま》も彼方《かなた》の天《そら》。
　　その天《そら》の、[19]あの浮雲《うきくも》の下《した》よ〳〵
[20]麻《あさ》にからめる世のもつれ！
　さては、さては、わが美《うつく》しの姫《ひめ》も、
[21]あの世に詛《のろは》れてや、おやはらからにも離《はな》れてや
　鷹隼《たかはやぶさ》に追れし小鳥《ことり》かも。
いな、いな、いな、[22]鬼が人とて、人が鬼とて
　[23]左はむごくせじこの花《はな》を、この玉《たま》を。

姫。

ほゝ何《なん》の怪しむことかは、鬼《おに》が人とて
人が鬼《おに》とて、[24]世のものならねば
──[25]愛《めづ》るもなく、詛《のら》ふもなきものを。」

素。

[26]はていぶかし、その聲音《こはね》の
　[27]むかしのわが妹《いも》に能く肖《に》つる。」
わが妹《いも》よ、わが妹《いも》よ、彼《かれ》ぞ、彼《かれ》ぞ、
[28]始《はじ》めて世のあはれをわれに教《をし》へしもの。

狂《くる》[1]ふが上《うへ》に狂《くる》はせたりしもの。
また彼《かれ》のみよ、
われに優《やさ》しさ教《をし》へしもの、
われに樂《たの》しさ覺《おぼ》えさせしもの、
左《さ》は言《いひ》ながら冷渡《ひえわた》る
さびしき墳墓《おくつき》に入りてより[2]早《は》や幾《いく》とせ。
[3]天《あま》が下《した》に[4]新《あた》らしきものは無《な》き歳々《としぐ》の
[5]梓弓春《あづさゆみはる》の足早《あしはや》み、行《ゆ》く秋《あき》の[6]飛鳥川《あすかがは》
枯梢枯葉《かれえかれは》も[7]しがらまぬ。
思ひ思ひ廻《めぐ》らせば
行《ゆ》く水《みづ》の流《なが》れ流れて[8]彼《か》の一葉《ひとは》、今は
いづくの江海《えうみ》に漂《たゞよ》ふやらん闇《やみ》の先《さ》き。」
[9]或夜《ひとよ》寢覺《ねざめ》の夢《ゆめ》まくら
おどろき起てば、君《きみ》がすがた
[10]燈火《ともし》の裡《うら》に消《き》え行《ゆ》くを、
[11]呼止《よびとめ》かねて[12]明石潟《あかしがた》、

1 わたしの心緒を、現世へのアンビションを回帰させることによって惨憺とした心境にしたひと。(「補注5」参照)
2 もう何年になるのだろう。
3 世の中に。
4 妻の死によって全てに感興を失った歳月は。
5 「梓弓」は梓の木で造った丸木の弓で、弓の縁語から「ひく」「いる」「はる」「本」「末」「弦」「おす」「寄る」「たつ」「音」等にかかる。『注釈』には「「梓弓春立ちしより年月の射るが如くも思ふゆるかな」(『古今集』凡河内躬恒)、」等を踏まえているとある。
6 「飛鳥川」は淵瀬の定まらないことで知られ、世の無常のたとえとして歌に詠まれている。『注釈』には「「飛鳥川しがらみ渡しせかませば流るゝ水ものどかにあらまし」(『拾遺集』柿本人麿)等を踏まえている」とある。
7 「しがらむ」は、杭を打ち並べて水流をせき止めるの意で、春も秋も時は容赦なく過ぎ去っていく。
8 妻は。
9 ある夜、ふと目覚めるとあなたが枕頭に現れて。
10 行灯の向こう側に。
11 呼び止めることができなくて。
12 「明石潟」は掛詞で、夜を明かし難くの意。

展轉反側《ねがへりねがへ》る牀《とこ》の中《うち》、
　曉《あけ》の烏《からす》の音《ね》、待《ま》たれし。」

（はるかに牧笛を聞く）

姫。わがわらべならん、あの笛《ふえ》は。

[13]（仙童雪丸來る）

雪。わが姫はこゝに在《いま》すか。彼方此方《あちらこちら》と
索《たづ》ねくたびれぬ。いざ來《き》まさずや。

（素雄を顧みて）

こゝなる人《ひと》は何者ぞ？

姫。めづらしき旅《たび》の客《ひと》なる。

雪。[14]おもしろき物語《ものがたり》にてもありしや。
いざ、姫君《ひめぎみ》よ、[15]まからふよ。

素。（姫に向ひて）
[16]さても君《きみ》が身《み》は、
樂《たの》しき境遇《ありさま》ならずや。

姫。[17]左ればよ、[18]自《みづか》らは樂《たの》し苦《くる》しを覺《おぼ》えねど、

13　仙姫に仕える童子。

14　格別な関係などあったのですか。

15　行きましょう。

16　それにしてもあなたの身の上は。

17　そうですね。

18　自分には楽しいとか苦しいといった感覚はないけれど。

1　野に出て。
2　草花を求めて歩く。
3　「かずきて」で、ものを自分の上にかぶせて。
4　落ち葉に。
5　山の実。
6　私があなたを想う苦しさに比べて。
7　いま、対応している幻影が「露姫」に相違ないとの確信が昂揚して。
8　あなただけが時間を超越したような境遇で安らいでいるのは。

素。

日《ひ》となく夜《よ》となく[1]野遊《のあそ》びして
疲《つか》るゝまでは[2]あさりありく。
　　また疲《つか》るれば、
森《もり》の樹蔭《こかげ》に自然《しぜん》がしつらへし
草《くさ》の菴《いほり》、蓬《よもぎ》を[3]被《かつ》ぎて床《とこ》となせば、
夜風《よかぜ》いさゝか寒《さふ》しとも、
うつくしき樂《たの》しき夢《ゆめ》のみ結《むす》ぶなれ。
紅々《あか〱》と[4]樹落《このは》に朝日《あさひ》のうつるとき、
起出《おきいづ》れば鹿《かせぎ》の集《あつ》むる
　　[5]山樹《やまぎ》の果香《みかふ》ばし
足《た》らぬときは自《みづか》らも立出《たちいで》て、
　　掘《ほ》りとる草《くさ》の根甘《ねあま》し。」
其《そ》は樂《たの》しさの極《きは》みなり。
わが苦《くる》しさに、[6]戀《こひ》の苦《くる》しさに引代《ひきか》へて、
[7]露姫《つゆひめ》！　露姫《つゆひめ》！　汝《いまし》のみが
[8]老《お》ゆるも知らぬ平穏《やすらか》は？

姫。　露姫と！
　　そはいかなる人なりや？
素。　かくすまじ、かくすまじ、
　　汝《いまし》こそわが戀人《こひびと》ならずや。
　　　（仙姫も仙童も鹿も去る）
素。　喃《のふ》[9]、喃《のふ》、待《ま》てや露姫！
　　ひとことだにも、われを思《おも》ふと言はずして、
　　復《ま》[10]た新《あた》らしき物思《ものおも》ひせよとや。
　　ひ[11]とことをのこせ、われを愛《あい》すと、
　　愛《あい》せずや戀《こひ》せずや、喃《のふ》、喃《のふ》、露姫《つゆひめ》！
　　腹立《はらだ》しや腹立しや、この琵琶よ、
　　彼《かれ》[12]を呼出《よびいで》し汝《いまし》は罪負《つみお》へよ、
　　もふ汝《いまし》にも益《えう》[13]はなし、
　　うち破《やぶ》りてん、
　　　（琵琶を取上れば鏗然[14]響あり）
　　否[15]、否、否、汝《いまし》は破らじ

9　「喃」は、〈国訓〉（なう）。人に呼びかける声。

10　あらためて今までとは違う恋の苦しみを味わえというのか。

11　一言だけでも、私への愛を告げてほしい。

12　露姫の幻影を呼び出した責任をとりなさい！

13　役に立たない。

14　「鏗然」はかん高い音の出るさま。琵琶を打ち破ろうとして持ち上げると、琵琶は固有な力で鳴り響いたのである。

15　いや、いや、おまえを壊したりはしない。琵琶の甲高い響きによって、素雄の自我は正常に機能し始めたのである。

16　あなたの作用によって生じる内面的な苦悩を耐え忍ぼう。

第二場　蓬莱原の二

（第二場）　琵琶の固有な力によって素雄の自我――認識能力は蘇り、内部世界に現実社会のイデオローグ、道士・鶴翁を形象することによって現実社会の指導的な見解と素雄の思念との差異が明らかにされていく。はじめに素雄が思想形成の基盤である内部世界とどのように対応しているかが説明され、次いで世と距離を置いている姿勢が、現実社会に愛着をいだいている自己主体――おのれてふもの――を放棄したくないからであると明らかにされていく。鶴翁は権力に恭順な対応を促すけれども、素雄は受け容れない。そして素雄が支配層の人々の民衆への思いやりのなさを指摘した時点で、そのようなヒューマンな思考回路を持っていない鶴翁は去り、絶望を増幅してしまった素雄は再び現実からの逃避、自我の一層の抑圧を企てる。**→〔補注9〕「おのれてふもの」――透谷の主体**

1　蓬莱原は日本国で、道士はイデオローグ。

2　鶴翁と素雄が連れ立って登場するのは琵琶の作用によって、素雄の認識能力が高度に躍動しているからである。

3　鶴翁との対話を内部世界に仮構することによって、現実認識の相違が明らかにされていく。

16 わが腸《はらわた》の破るゝに任《まか》せなん。

第二場　蓬莱原の二

（[1]蓬莱原の道士鶴翁と柳田素雄連立[2]ちて出づ。雲重く垂れて夜は暗黒[3]）

素。

[4]わが眼はあやしくも[5]わが内《うち》をのみ見て外《よそ》は見ず。[6]わが内なる諸々《もろ〳〵》の奇《く》しきことがらは必らず究めて残すことあらず。[7]且つあやしむ、[8]光にありて内《うち》をのみ注視《みつめ》たりしわが眼《め》の、[9]いま暗《くらき》に向ひては[10]内を捨《すて》外《そと》なるものを明らかに見きはめんとぞすなる。

4　わたしの視点は奇異なことに。
5　内部世界とばかり対応していて外界・現実社会は見ていない。
6　内部世界にあらわれる様々な奇妙な現象や、無意識の領域に遺伝的に継承されている様々な情念は。
7　また一方では、おかしなことに。
8　現実生活において。
9　今、内部世界に沈潜していると。
10　内部と対応するよりも逆に、現実認識を明確にしようとする意識が働いているようである。素雄の認識能力は、琵琶の力によって高揚している。
11　以下八行には、内部世界の存在として「忌はしきもの」「嫌はしき者」「醜きもの」「激しき性の者」が指摘されている。参考、「序」には「余が胸中に蟠踞せる感慨の幾分を寒灯の下に、（中略）余が筆端に露洩せしむるに過ぎざるのみ」とある。
12　内部世界の様々な現象との対応を避けているのではない。
13　光の領域・外界の、言い換えれば現実社会との対応にたいそう苦しんで。
14　現実社会との間に距離を置いているのである。
15　だからどうして。
16　内部世界が恐ろしかったのは。
17　現実社会の進展を許容出来なくなってからは。
18　内部世界との対応は、現実社会から疎外された自己を慰安する効果があった。参考、『楚囚之詩』、「第二」から「第五」にかけては、内部世界に民権運動の壮士の幻影を描いて自足している心情が描かれている。
19　自分が慣れ親しんでいる。
20　外界に対して閉じたままで居る。
21　しっかり見開いて。

[11]暗《やみ》のなかには忌《いま》はしきもの這《は》へるを認《み》る、
然れどもおのれは彼を怖るゝものならず、
暗の中《なか》には嫌《きら》はしき者住めるを認《み》る、
然れども己れは彼を厭ふ者ならず。
暗の中《なか》には醜《みにく》きもの居《を》れるを認《み》る、
然れども己れは彼を退《しりぞ》くる者ならず。
暗の中《うち》には激《はげ》しき性《さが》の者歩むを認《み》る、
然れども己れは彼の[12]前を逃《に》ぐる者ならず。
わが内《うち》をのみ見る眼は[13]光《ひかり》にこそ外《よそ》の、この
世のものにも甚《いた》く悩みて[14]そこを逃れけれ、
[15]いかで暗《やみ》の中にわが敵を見ん。
[16]暗《やみ》を厭《いと》ふは己れが幼《をさな》かりしときのみ、
[17]光りの中に敵《あだ》を得てしより[18]暗は却《たゞ》われを
隠《かく》すに便《たより》あるのみ。
[21]今[19]己れが友なる暗に己れの[20]閉ぢくちたりし
眼《まなこ》を圓《まろ》く開きて、

今日《けふ》迄《まで》[1]おのれを病《や》ませ疾《わづら》はせたりし種々《さま〲》の[2]光《ひかり》に住める異形《いぎやふ》の者の[3]悪氣《にくげ》なく眠れる態《さま》を見る中《なか》に、……[4]またおのれは今暗《やみ》に住めるあやしきものどもの樂しみ遊べるさまを見る中に、[5]たゞひとことの足らぬ心地ぞする。

鶴。

其はいかなる事ぞや。世の人に[6]煩累《わづらひ》あるは常なり。然れども凡そ[7]わが道《みち》の術にて愈さぬものはなし。きみが足らぬと言へるはいかなる事ぞ、語り聞せよ、己れは之を[8]立どころに愈してん。

素。

[9]われ未だわが足らぬところを愈す者にあはず。[10]そもわが足らはぬはわがおのれの中《うち》より出ればなり。世は己れに向ひて[11]空しき紙の如し、そが中に有らゆる者はいたづらなるものゝ[12]仇《あだ》なる墨のすさみなれ、然れども

1　自分を困らせたり苦しめた。
2　現実社会で呵責なく活動している追従者たちの。
3　悪意無く自足して無反省な様子を見ていると。
4　またわたしは今、内部世界に閉じこもって無意識の領域に抑圧されている様々な感懐が跋扈する様子を見ているると。素雄の精神は琵琶の作用によって高揚して、冷静で客観的な視点に立つことが出来ている。
5　この範囲でなお、自足できない気持ちがしている。
6　煩い
7　道義を体得している私の方法。
8　即座に治癒してあげよう。
9　わたしはこれまでわたしの感じている欠如を癒してくれる人に出会ったことはない。
10　それは自分の生のあり方に対する、自身の応答からから生じているからである。
11　無意味な存在。
12　世の中の現象は無駄なもてあそびに過ぎない。

己れが目には墨の色は唯だ其のおもてに浮
べるのみにて、[13]其の中《うち》こそは空しき紙なる
をうつすなれ。
われ世の中に敵《あだ》をもてりき、われ世の中に
きらはしきものをもてりき、然れども[14]こは
わが世を逃れしまこと理由《ことわけ》ならず。
[15]わが世を捨つるは[16]紙一片《かみひとひら》を置《す》つるに異ならず。
唯だこのおのれを捨て、[17]このおのれを——
このおのれてふ[18]物思はするもの、このおの
れてふ[19]あやしきもの、このおのれてふ[20]満ち
足らはぬがちなるものを[21]捨てゝ去《い》なんこそ
かたけれ。
これ、これ若き旅人《たびゞと》、その、おのれてふも
のを御《ぎよ》することを[22]難《かた》んずるも[23]是非なけれ。
わが道の術《じゆつ》とは[24]そこぞそこぞ、
そのおのれてふものは[25]自儘者《じまゝもの》。そのおのれ
鶴。

13　その現象の奥には。
14　世の中に対するこのような見解が、わたしが漂泊の旅に出ている真の理由ではない。
15　世への関心を持たない、世捨人になるのは。
16　紙一枚を捨てるほどに簡単であるが。
17　このような自己主体を。
18　現実社会に問いを発するもの。
19　不可解な内部世界を持つもの。
20　常に欠如を意識し続けているもの。
21　そのような自己主体とのかかわりを放棄して、世への関心を持たない人になることは出来ない。世を逃れているのは愛着があるからであると、素雄の世との関係が明らかにされている。
22　「難んずる」は難事であるの意で、自己を制御するのが難しいのも。
23　仕方のないことである。
24　その自己主体についてなのだ。
25　わがまま者。

てふものは[1]法則不案内《おきてしらず》。そのおのれてふものは[2]向不見《むかふみず》。聞けよかし、わが道《みちの》術《じゆつ》は外ならず、[3]自然《しぜん》に逆《さから》はぬを基《もと》となすのみ。[4]そのおのれてふ自儘者《じまゝもの》は種々《さま〱》の[5]趣好《たしみ》あるものよ。[6]石塊《いしくれ》を拝むも彼なり、酒に沈むも彼なり、佳人に樂しむも彼なり、[7]墨に現《げん》ずる山水に醉ふも彼なり、[8]蠹《しみ》と同《とも》に書庫《ふみぐら》に眠るも彼なり。[9]無邪氣《つみなげ》のおのれかな、[10]是《こ》はわが道《みちの》術《じゆつ》にて濟度《さいど》しつるものどもなればなる。世にはまたくさ〱の苦しみあれば、[11]われは「[12]望《のぞみ》」てふものをわが術にて世の人の[13]懷裡《ふところ》に投げ入れ。[14]なやみ恨めるものゝ蒼《あをざ》めし頬《ほゝ》に血の色を顯はし。またわが術にて世の、[15]見えずして權勢《ちから》つよきものゝ繫縛《なわめ》をほどく[16]「自由《じゆう》」てふものを[17]憤《いか》り慨《なげ》けるものゝ手に渡

1 社会規範を知らない者。
2 無鉄砲な行動や思考の人。
3 「おのれてふもの」の現実への問いかけを、自儘者・法則不案内・向不見と翻弄したうえで、自分の道術は体制の意向に順応して穏やかなのを基本にしているの意。
4 その自己主張の内実は。
5 「趣好」はたしなみで、趣味や好みの範囲に過ぎない。
6 偶像を崇拝する。
7 現実とかかわりのない水墨画に熱中する。
8 役に立たない学問に耽る。
9 自己を意識しているといってもたわいない自覚に過ぎない。「おのれてふもの」の問いかけを、趣味の次元に平準化したうえで、単純な欲望に過ぎないと付会している。
10 「済度」は仏・菩薩が苦海にある衆生を済い出して涅槃に度らせること。こんなことを言うのは、私の道術で迷いから解放した体験があるからである。
11 わたしの済度の方法を具体的にすると。
12 現実社会の中で巧くやっていくことの出来る生き方。
13 「ふところ」で胸中。
14 苦しんだり現実社会を恨んでいる人たちの。
15 解らないうちに権力者の意向を懐柔する。
16 上手なやり方を。
17 社会のありかたに疑問を持つて煩悶している人の。

18　「仏」は「済度」に応じていて悟りを得た者の意であるが、鶴翁の道術では、問題意識を喪失して体制に迎合していくことの出来る思考への転換が要請されている。
19　もうその程度でいい。以下六行には、鶴翁の道術に絶望した素雄の心中に現実社会との対応から生じる煩悶から逃れて天空に飛翔したいという、パセティクな内部感覚が彷彿として湧き上がってくる様子が記されている。
20　私の存在感覚は。
21　「まよいぼし」の音読で惑星のこと。生命体の躍動を流星の燃焼の激しさに例えている。
22　いいかげんな道術で。
23　問題意識を喪失させられてしまうような性質ではない。
24　あなたの説く権力者の意向に従う自由などは。
25　あなたの謂う巧く生きていく望みなどは。
26　「老嫗」で老婆。
27　あなたの説く思想も宗教も芸術や美も。哲学には近代化政策の中枢に隠然と居を占めている資本主義の倫理が、偶像には天皇制国体が、美術や美人には民衆の生活のさまに配慮しようとしていない文学者達の作品が該当しよう。
28　身を託すような内容ではない。
29　私の意志の赴くのは。
30　以下四行は「休めよ」以下の六行と呼応して、実在感を超克したいというパセチックな思いが繰り返されている。
31　『校本』では「見」のルビ「よ」は、誤植と認めて「み」に訂正されている。

素。

し、嬉《たの》しみの聲を高く擧げしむる。斯くして
[18]佛《ほとけ》とならぬものはなし。
[19]休《や》めよ休《や》めよ、[20]わが時間《とき》は迅《はや》きこと彼方《かなた》の
　峯《みね》を驅《か》けまはる電光《いかづち》に似《に》て。わが誕生《うまれ》とわ
　が最後《さいご》とは地《ち》に近《ちかづ》ける[21]迷星《めいせい》の火《ひ》となりて走《はし》
　り下《くだ》り消《き》え失《う》する暇《ひま》よりも速《はや》く。わが物を
　思ふは恰《あたか》も秋《あき》の蟬《せみ》の樹《き》に倚《よ》りて小息《こやみ》なき聲《こゑ》
　を振《ふ》り立《た》つるが如《ごと》くにして
汝《いまし》が說《と》く[22]詐謟《たばかり》の道《みち》にて[23]佛《ほとけ》となる可き性《さが》なら
　ず。
[24]自由《じゆふ》？　これ頑童《わらべ》の戲具《きぐ》のみ！
[25]望《のぞみ》？　これ[26]老《お》ひたる嫗《もの》の寢醒《ねざめ》の囈言《うわこと》のみ！
[27]哲學《てつがく》も偶像《ぐうざう》も美術《びじゆつ》も亦美人《びじん》も、[28]わが身《み》を托《よ》
　する宿《やど》ならず。唯《たゞ》[29]わが意《おもひ》は
[30]見よ、あれなる空間《くうかん》を馳《は》する雲《くも》なり。
[31]見《よ》よ、あれなる峯《みね》を包《つゝ》める精氣《せいき》なり。

雲《くも》もなほ己《おの》れがまことの願《ねぎ》ならず、精氣《せいき》も
なほまこと己《おの》れが願《ねぎ》ならず、
[1]然《しか》はあれども[2]人界《にんぐわい》とこの「己れ」とを離《はな》る
ゝばかり今《いま》の樂《たの》しき欲望《のぞみ》なるべけれ。

鶴。

[3]あはれなる不滿《ふまん》を訴《い》ふものかな。[4]人界《にんぐわい》を離《はな》
るゝは、[5]身《み》を人界に置《お》きてもかなはぬ事や
ある。好《よ》し人界を離れ[6]得《う》るとも、
汝《いまし》が如きは[7]まことの安慰《やすみ》ある者ならじ。
考《おも》へよ、[8]蒼穹《あをそら》にも[9]星くずの數《かぞ》は限《かぎり》なく、
[10]爭《あらそひ》は日《ひ》として夜《よ》として絶間《たえま》なく、
碎《くだ》かれて、[11]敗《やぶ》られて落《お》ち來《く》る者は
多からずや、
[12]好《よ》しや汝《いまし》が光《ひかり》を放《はな》つ者となり得《え》て、
[13]高《たか》く彼方《かなた》に懸《かゝ》るとも、[14]汝《いまし》の願《ねぎ》は盈《み》
つまじきぞ。

素。

[15]われ願《ねぎ》を盈《み》すが欲《のぞみ》ならず。われ願《ねぎ》てふものを

1 そうであるが、わかりやすく謂えば。
2 人間界から「己」が飛翔してしまうことだけが。
3 可愛そうな。情けない。
4 人間界を超越して悟りの境地に入るには。
5 身体を現世に留めたままでも。
6 『校本』では「得」のルビ「うる」は、誤植と認めて「う」に訂正されている。
7 真からの平安が得られないだろう。
8 おおぞら。
9 たくさんの星があるように。
10 現実社会での争いは昼も夜も行われて。
11 敗北させられて零落する者は大勢いるだろう。
12 たといお前が力の所有者と成ることができて。
13 天上界に、最高位に君臨できたとしても。
14 民衆の至福を希うお前の願は達成されないだろう。
15 わたしは願いを達成しようと望んでいるのではない。以下一〇行には、鶴翁の応答に苛立っている心情が披瀝されている。

16 『校本』では「唯」のルビ「た」は、誤植と認めてルビ「たゞ」に訂正されている。
17 時空を超越して。
18 「ほうきぼし」は彗星。ガス体から成る太陽系内の天体。
19 自身の軌道を。ほうきぼしは楕円軌道を描く。
20 勝手に動いて、不意に出現して走り去って行くように。
21 さらに「所業なき・僞形・詐猾・醜惡・塵芥」の世と重複されているのは、天空への飛翔の想いに身を委ねたとき、現世への違和が増幅したのである。
22 どうしてこのように乱れた世にあって、自分の心を一時なりとも休ませることができようか。パセティクに心境を駆り立てた時点で、素雄にはこれまでに叙述する機会がなかった思念の根底にある現実認識、民衆の実体への想いが彷彿として湧上がり、以下二五行の叙述へと引き継がれていく。
23 地中のむさ苦しいところに。
24 蚯蚓。→**〔補注10〕「近代社会」(西洋文明)の倫理への問いかけ──「人の世の態」について**
25 釣り針に刺して。
26 無知な民衆がみみずに似ているのを。
27 この上ない住まいと思う。

蓄《たくは》へず。われ盈《み》つる欲《か》くるを意《おもひ》に止《とゞ》めず。
[16]唯《た》わが心《こゝろ》は、[17]時《とき》に離《はな》れ間《ひま》に隔《へだ》り、
[19]恰も彼《か》の[18]芒星《ほうきぼし》と呼《よ》ばるゝ君《きみ》の、
己《おの》れの軌道《みち》を、[20]何に物煩《ものわづらひ》なく驅奔《かけはし》る如きを
こそ樂しまんとするなれ。
[21]この退屈《たいくつ》の世、この所業《わざ》なきの世、この僞《ぎ》
形《けい》の世、この詐猾《さかつ》の世、この醜惡《しゆうあく》の世、
この塵芥《ぢんかい》の世[22]いかで已《おの》れの心をひと時息《ときやす》む
可き。
[23]地《ち》のいと穢《むさ》きほとりに樂《たの》しく棲《す》みて夜《よ》に入
れば悲《かな》し氣《げ》におもしろき音《ね》を爲す[24]地龍子《みゝづ》を、
頑童《わらべら》等は[25]鉤《はり》の頭《かしら》に苦しめて、魚《うを》を欺《あざ》むく料《しろ》
となせど、われは[26]世の頑兒《わらべら》が遂《つひ》に彼に似《に》た
るを憐《あは》れむなり。彼も己《おの》れを料《はか》らず頑童《わらべら》も
己れを知《し》らず。彼《かれ》も其住《すむ》ところを美くしき
家と思ひ、これも己れの宿《やど》を[27]此上《こよ》なきとこ

ろと思ふ。彼も其聲《こゑ》をおもしろしと夜すがら鳴きつ、[1]これも其情《こゝろ》を樂しと短《みじか》き世に傲《ほこ》り。[2]夜の白《しら》むまではおのれを見る眼《まなこ》さへあらず。

[3]おのれは怪しむ、人間《ひと》が[4]智徳《ちとく》の窓《まど》なり、

美《び》の門《かど》なりとほめちぎる[5]雙《そう》の眼《め》の、

まことに開《ひら》けるものなりや？

[6]開《ひら》かば、いづれを觀《み》る？　[7]まことに開かば

觀《み》る可きに、[8]あはれ人の世の態《さま》を。

その穢《けが》れたる鼻孔《はな》を、その爛《たゞ》れたる口《くち》を、

その渇《かわ》ける狀《さま》を、その餓《う》ゆる態《さま》を。

その膿《う》める腸《はらわた》を、その壞《くづ》れたる內神《うち》を。

聖《きよ》しとて、氣高《けだか》しとて、嚴格《おごそか》なりとて、

萬類《よろづのもの》の長《おさ》なりとて[9]傲《ほこ》り驕《おご》れる人類《ひと》は

[10]わが涙《なみだ》の色を紅《くれなひ》になすもの。

[11]いかでいかでわか[12]安慰《やすみ》を人の世に得ん、

1　民衆も自分の境遇に自足して、短い生存の期間いい気になって。

2　「白む」は衰える。生命が終わり近くなるまで、自身の生を内省する視点を持っていない。

3　以下の点について、わたしは疑問に思う。

4　知徳を受け容れ、美を感じる器官として。

5　ほんとうに人間が誇りにしている二つの眼は、社会の現状を見ているのだろうか。

6　もし開いているならば、何処を観ているのか。

7　本当に開いているなら凝視しなければならないのに。

8　いまの世の人々が心身共に醜悪な状況に陥っているありさまを。

9　そのような現実を放棄して、万物の霊長としていい気になっている支配層の人々は。

10　わたしを悲しませて血の涙を流させるもの。

11　どうして。

12　弱者の立場を考慮しようとしない世のありさまを見るにつけ、どうしても現実社会の中では安らいだ気分になれない。

13 なんとかして。

14 あなたの優れた方法で。

15 社会の現状に切歯扼腕している心を平穏な状態にしてほしい。

16 意外な考えに出会うことだな。

17 お前のような民衆の立場からの視点を持つ者に加担するわけにはいかない。

18 お前はわたしの道術を受け入れる思考の持ち主ではない。

19 わたしにはお前のような支配の論理を受け容れない者に対してしてやることはない。

20 勝手にしなさい。

21 「ちまた」は世間。お前が存在している古い道徳の領域では、世を離れて逝く所は極楽か地獄の二つの道のどちらかである。それとなく露姫のもとに帰還していく結末が暗示されている。

22 以下、鶴翁との対話を形象していた自我の働きが希薄になり、無意識の領域に拘引されて露姫への関心がよみがえってくる。

23 えっ！。驚き怪しむ声。

鶴翁。

[13]いかでいかで、道師《だふし》[14]が優《やさ》しき術《じゆつ》にて
[15]この暴《あ》れたる心の風《かぜ》を靜《しづ》め得ん。
[16]希有《けう》なるかな。わが術《じゆつ》は[17]然《しか》らん者
に施《ほどこ》さん由《よし》なし。
[18]汝《いまし》はおのれを頼《たの》みて生く可き者ならず、
またおのれをたのみて死《し》ぬ可き者ならず、
[19]わがいましに爲す可き事あらず、
往《ゆ》きね、往《ゆ》きて汝《いまし》が心の[20]儘《まゝ》になせよ、
極樂《ごくらく》——地獄《ぢごく》——[21]岐《ちまた》は明《あき》らかに
この二道《ふたつ》に別る。其の何《いづ》れをも汝《いまし》が
擇《えら》ぶまゝならん。

（[22]鶴翁去る）

素。

咄[23]！　わが行く可きところ
この二道《ふたみち》の外なきや？
極樂？　地獄？　抑《そ》もわが
露姫は何方《いづれ》へや行《ゆ》きし？

汝《いまし》[1]が逝《い》にし世は何方《いづれ》? そこぞ
わが行く可きところなる。[2]地獄、極樂は
わが深《ふか》く意《おもひ》に注《と》むるものならじ。
汝《いまし》あらば地獄《ぢごく》いかで地獄ならん。
汝《いまし》なくば極樂《ごくらく》いかで極樂ならん。
わが汝《いまし》を思ふは戀のいたづら心《ごころ》にはあらず。
[3]われ、まことに汝《いまし》なくば笑ふ可き機《をり》なければなり。
露姫! 露姫! いづれにあるや、
いづくに待つや、いづくに臥《ふ》するや。
思へば奇《く》[4]しき戀なるかな。

1 あなたは、どちらの世に逝ったのか。
2 地獄とか極楽とかは、わたしは深く考えたことのない所である。
3 あなたがいないと楽しいときがないからである。
4 不思議な

素。

第三場　蓬萊原之三、廣野[1]

[2]われ我心《わが》を知る能はず。われわが足の行く
所を定むる能はず。[3]何を願ひて[4]こゝなる荒《あれ》
野《の》に入り來りしや。
わが願ふところ如何《いかん》？　[5]わが思ふ所如何？
大地《おほつち》を開かしめ、蒼海《あをうみ》を乾《かわ》かして、
過ぎし世々の出來事《できごと》と、其中《うち》に働《はたら》きし巨人《こじん》
どもを呼出でゝおもしろき物語《ものがたり》をなさんか。
[6]こはわが力《ちから》ならず。
然《しか》はあれども、然はあれども、[7]これを爲《なさ》では、
[8]死せるものを呼活《よびいか》さでは、わが美くしの者、
わが慰籍《なぐさめ》の者、[9]わが露姫を
呼び出づることかなはじ。
[10]仙姫《やまひめ》と化《な》りて其の姿《すがた》を現はせし露姫、[11]物を
得言はず、露姫よ露姫よ、[12]きみが妹《いも》よと言
ひ得ぬは、[13]「死」なる惡鬼《あくき》のつきまとへば

第三場　蓬萊原之三、廣野

（第三場）　近代社会のイデオローグの思念を咀嚼した素雄は、あらためて現実世界との違和を増幅して内部世界の深奥に踏み入ってしまう。そして無意識の領域にあって、情調の推移をわきまえている分身として形象されている「源六」（樵夫）から「死の坑」の説明をうけても、「死は歸へるなれ」とたじろがない。

1　茫漠とした内部世界の広がりの表象。
2　自分で自分の心の意向を掌握できない。内部世界の固有な力に翻弄されている。
3　鶴翁のようなヒューマニティを欠いた倫理が支配している現実社会にあることの苦悩から逃れて、閉塞状態に陥ってしまったのである。
4　「第一場」では「神が原、／拂ひ盡せる浮世の塵」といった解放の兆しがあったが、ここでは無意識の深奥の情調が次第に体感されてくる。
5　以下五行には、パセチックに高揚してしまった精神の大言壮語が記されている。
6　一方にはそのような願望があるにしても。
7　次のことをしなければ。
8　死んだ人を呼び出して生き返らすことができなくては。
9　露姫と出会えることはできないであろう。
10　「第一場」で仙姫に化身して現れた露姫が。
11　ものを言うことができなくて。
12　あなたの妻ですと言えなかったのは。
13　「死」の領域を支配している悪鬼が。

なり。

われ輕《かる》き草鞋《くさわらんじ》に足跡《そくせき》到らぬところなけれど、[1]未《いま》だひとたびも得蹈入《えふみいら》ぬは死《し》の關《せき》の彼方《あなた》なり。」

こよひしも、[2]死せる者を呼活《よびいく》ることの[3]いよ難《かた》からば、[4]われから、好《よ》し、死《し》の關《せき》を蹈踰《ふみこ》えん。

然なり！　然なり！


（[5]樵夫源六出づ）


源。其處《そこ》なるは何人ぞや。

素。われは諸國遍歴《しょこくへんれき》の者《もの》。

源。いづこより來り、いづこへや行玉ふぞ。

素。[6]われ來りしところ知らず、行くところをも知らぬなり。

風《かぜ》は北より來れど、其の行くところは南なるにあらず、[7]北に歸る可き爲なり。

われも亦行くところあるに似たれど、まことは元《もと》に歸るのみ。

1　これまでに一度も訪れたことのないのは、死の情調であるエロスやタナトスが偏在している内部世界の領域である。
2　死の領域にいる露姫を呼び迎えることは。
3　ますます困難なので。
4　自分から、そうだ、関を超えて「死」の領域に入っていこう。
5　素雄の無意識の領域に存在していて、素雄の情調の転変をわきまえている存在。
6　無意識の領域の固有な力に翻弄されているので。
7　風が北から吹くのは、循環して元に戻るためである。

源。　元に歸《かへ》るとは、いづれに行かふずるなる。
素。　知らずや、[8]「死」するは歸《か》へるなるを。
源。　[9]ヱ、！　「死」するは歸へるなりとは！
[10]彼處《かしこ》の無底坑《そこふしあな》より微《かすか》に聞《きこ》ゆる[11]梭《おさ》の音《おと》を君何《ふん》と聞玉ふぞ。
　　　　[12]あれこそは名にしあふ
死《し》の坑《あな》なれ。人の彼處《かしこ》に落つるものあれば
再び還らぬ別れなり。[13]誰れ言ふとなく彼《あ》の
坑の中には美くしき姫ありて誰《た》が爲めに織《お》
る[14]衣《きぬ》ならん梭《おさ》の音《おと》。
[15]ほのかに聞けば彼《あ》の梭の音《ね》は、
[16]變はり無き歌《うた》を唱《とな》ふとなむ。
恨《うら》める男《ひと》のありて、[17]其男《ひと》の來《こ》ん迄《まで》は彼《か》の坑《あな》
に梭の音《ね》を絶《た》たぬ可しとよ。
足《た》れり、足れり、もふ說くなかれ、
素。　其の坑こそはわが到るべきところなれ。

8　「死」の情調と同化することは「生」の原初の地への帰還であるのを。
9　「死」を受け入れている素雄の発言に驚いている。
10　それならば申し上げますが、あそこが「死」や「滅」が蟠踞している無意識の領域の最深部で。
11　「梭」は織機の付属具。機織りの音。「死」の伴侶であるエロスの誘いを。
12　あれが「死の坑」です。誰しもの「生」が内包している「死」が存在しているところです。
13　はっきりしたことではないが。
14　『校本』では「衣」のルビ「きね」は、誤植と認めて「きぬ」に訂正されている。
15　うわさ話では。
16　精神の安定を欠いて無意識の領域に拘引される男がいて。
17　その男――素雄が坑に落ちるまでは。「死の坑」は各人に固有な場であるから。

源。　何を言はるゝぞ、其處《そこ》は恐しき地獄《ぢごく》の道《みち》なるを知り玉はぬや。

素。　否《いな》、否《ひな》、地獄を恐るゝものと思ふや。

源。　恐ろしや、恐ろしや。

素。　何をか恐れん、[1]わが恐るゝところは世なりかし。死は歸へるなれ、死は歸へるなれ！[2]おさらばよ！

第四場　蓬萊原の四、[1]坑中。

素。　[2]暗《やみ》の源《みなもと》なる死の[3]坑《あな》よ！人生《じんせ》の凡ての業根《ごふこん》を[4]燒盡《やきつく》して、[5]人を

1　自分が恐れているのは頽廃している現世である。

2　現世への違和を喚起して、自己を深奥へと駆り立てていく。

第四場　蓬萊原の四、坑中。

（第四場）　無意識の深淵に拘引されている素雄は、「死の坑」からきこえる「梭の音」に疑問を感じて立ち止まる。すると、そこには「「死」の使者」であり「「戀」てふ魔」であると名乗る一醜魅が登場して、素雄の願いに

応じて露姫に化身する。もはやエロスの掌中にある素雄は、六年に及んでいる露姫への想いを語り継ぐけれども、「「戀」てふ魔」である露姫は、梭を弾いて「露が身を戀しと思はゞ尋ね來よ／すみれ咲くなる谷の下みち」と、素雄を自身の住みかへと誘っていく。

1　無意識の領域の最深部。
2　自身が閉塞されている茫漠とした薄闇の奥、「死」や「滅」の情調が蟠踞しているところ。
3　業の根元としての無明煩悩。「業」は行為・行動で心や言語のはたらきを含む。「無明」は真理に暗いこと。一切の迷妄・煩悩の根源。
4　生存していた間の因縁を消滅して。
5　人間を救済してくれると聞いている。
6　自分と他者。我も人も。
7　さまざまの感情を断絶して。
8　善と悪の分かれ道。
9　誰しも平等に安らかでもの静かな眠りに。
10　「死」に呼びかけている。
11　強く破る。
12　「喞（かこ）つ」は思いわびてなげく様子。
13　おまえにどんな資格があって。「死」へ拘引される力は各人固有に感じられるもので、資質・体験などによって多様に現象する。

善《ぜん》ならしむると聞ける死の坑よ！
[6]吾人《われひと》の限なき[7]情緒《きづな》を斷切《たちき》りて、
黒暗《くらやみ》のうちに入らしむると言ふなる
死の坑よ！
[8]善惡《よしあし》の岐《ちまた》を蹈みたがへしも蹈み守りしも一《いち》[9]
様並等《やうびやふだふ》に安寂《あんじやく》なる眠《ねふり》に就かしむると聞ける
死の坑よ！
われ[10]汝《いまし》に問ふことあり。
汝《いまし》が中に、ひとりの姫を、日となく夜となく休《やす》まぬ梭《おさ》の音《ね》を作《なさ》しむるはいかに。
　[11]いまも其の梭の音《ね》は
わが耳を擘裂《つんざ》く如くにきこゆるなる。
恨めるごとく、哀しむごとく、訴ふる如く
責むるごとく、歎く如く、[12]喞つごとし。
「死」よ！　[13]汝《いまし》いかなる權《ちから》ありて、
この音《おと》を、この樂《がく》を、この歌《うた》を、この詩《し》を

作《な》さしむる。
暗《やみ》の暗なる死《し》よ！　われ[1]汝《いまし》を愛す、
然れども、汝《いまし》がこの[2]梭の音《おと》の理由《ことわけ》を、
[3]詳《つば》らにわれに語らぬうちは
われ我身《わがみ》を[4]汝《いまし》に任さじ。

（[5]醜魅出づ）

素。流石に、暗の源泉《みなもと》なる死の坑の鬼《おに》なるかな、みにくき面《つら》なるよ。汝《いまし》は何者ぞ。

魅。われは「死」の使者《つかひ》ふるが、汝《なれ》の問《とひ》に答へんとて出で來れるなり。

素。おもしろし、おもしろし、左らば語れよ。

魅。[6]凡そ死の使者數多《つかひあまた》あるうちに、われは[7]「戀」てふ魔《ま》にて。世に行きて[8]痴愚《おろか》なるものを捉《とら》へ來る役目《やくめ》に從《したが》ふなり。

われ眞實《まこと》は君が今視る如き醜《みに》くき[9]魅《おに》なれど、

1　「死」は自身の内部の存在でもあるから。
2　どうしてこのような音色になるのかその理由を。
3　「委曲」でつまびらかに。
4　おまえの誘いに応じて「死の坑」に入っていかない。
5　ばけもの。「死の坑」に蟠踞しているエロスの化身で「死」の使者。
6　人間を「死」の領域に拘引する様々の要因の中で。
7　人間の「戀」という感情にかかわっている魔物で。
8　おろかもの。内面的な欠如を強く意識している素雄のような存在。
9　「魅」は、ばけもので人の心をひきつけ迷わす。「おに」とルビが付されているのは、「世」にも出没するから。

素。

世に行きて働《はた》らく時は、
[10]希《まれ》に美くしき姿《すがた》と化《な》りて[11]心空《こゝろむな》しき男 女《をのこをみな》を
尋《たづ》ねありく、
これに會《あ》ふときは、先づ[12]其眼《まなこ》をわが魔術《まのじゆつ》に
て眩《くら》ませ置《お》きつ、然して後《のち》に[13]其胸《むね》に乗入る
なり。わが乗入る後は[14]賢《かしこ》きものも愚《おろか》になり、
[15]愚《おろか》なる者も痴賢《かしこ》くなる。
待て待て、さては汝《いまし》にぞある、戀の魅と聞
きつる鬼《おに》は。
鬼《おに》よ、[16]われ語《かた》る可きことあれば――われ語
る可きことあれど、汝《いまし》が醜《みに》くき面《つら》見ては、
流石《さすが》にわれも語り難きぞ。[17]汝《いまし》が魔術《まじゆつ》もて暫《しば》
らく美《うる》はしき者となりてわが前に現はれよ。
[18]われ戀《こひ》てふものを嫌《きら》はぬにあらねど、[19]其戀《こひ》
の本性《ほんせい》を極《きは》めぬにもあらねど、[20]止み難きは
露姫を思ふの情！

10　めったにいない美人に化けて。
11　平穏な心境でない男女を。パセチックな心境に陥って「戀」の属性であるエロスに依存しようとしている男女を。
12　美しい姿に化身して誘惑してから。
13　心に作用を及ぼして行く。
14　魔術に翻弄されて本来の人格が形成されなくなってしまい。
15　『校本』では「愚なる者も痴賢く」は、誤植と認めて「痴愚「おろか」なる者も賢「かしこ」く」に訂正されている。
16　わたしは露姫に愛を語りたいのだが。
17　醜いお前には語りにくいので、美しい姿に化身してほしい。
18　わたしは恋を嫌っていないのでもなく。
19　恋の本性を極めていないのでもないが。
20　たといその姿が偽りの幻影に過ぎないにしても、露姫に出会いたいのである。この時点での素雄はエロスに翻弄されている。

美くしき戀《こひ》しの姫の姿《すがた》となりて、いまわが
前に現はれよ。
（醜魅消去りて後《しりへ》なる襖《ふすま》を開けば露姫）
（機に向ひて梭を止む）

素。

露姫よ、露姫よ！
これを[1]二度目《ふたゝびめ》なる今宵《こよひ》の逢瀬《あふせ》。
何ど物言はぬ。
露姫よ、露姫よ！　わが汝《いまし》を愛するは世に
言ふ戀にはあらぬかし。
何ど物言はぬ。
露よ露よ、わが汝《いまし》を思ふは、[2]世の物を思ふ
の情《なさけ》にはあらぬかし。
[3]紅蓮大紅蓮《ぐれんだいぐれん》、[4]浄園浄池《じやふえんじやふち》ありとも、汝《いまし》なくて
われに何の樂《たのしみ》かあらん。
何ど物言はぬ。
其のやつれし姿《すがた》は、[5]われを恨める心なりや。

1　「第一場」での出会に次いでの出会い。

2　通常の思慕ではない。

3　紅蓮地獄に堕ちても。「紅蓮地獄」は八寒地獄の第七。ここに堕ちたものは酷寒のために皮膚が裂けて血が流れ、紅色の蓮花に似るという。

4　浄土の庭園に移り住んでも。

5　私を恨んでのことなのか。

6　以下五三行には、さすらいの日々での露姫への想いが謳い継がれていく。
7　もう六年前のことになつた。ここで漸く、さすらいの旅が六年続いていることが明らかにされる。
8　社会の動向に我慢できなくなって。
9　さすらいの旅に出ようという気持ちが高じて。
10　世とのかかわりを避けてしまった。参考、『三日幻境』（明治二五年）には、民権運動の現実に失望して明治一八年初頭、川口村に移り住んだ心境が「一二の同盟と共に世塵を避けて一切物外の人とならんと企てき」と記されている。
11　自己への問いを抱きながら。
12　「如法」は教理に従っていることで、方法が解らないままに。
13　急いで旅の衣装を裁断させて。
14　露姫が涙とともに旅衣を縫い。
15　露姫が袖に縫いこんだ形見の小櫛を踏み折って。露姫への未練を断って。
16　「なし」は掛詞で「思ひ残すこと」なし。梨の杖を。
17　杖を頼りにして。参考、『富士山遊びの記憶』には「杖を語らひたどりあゆむ」とあって、杖は主体を導くものとして形象されている。
18　あちらこちらに。
19　世の有様も人の生き様も、学んだけれども、はっきりとは掌握しないままに。
20　露姫への愛着も、わたしを引き留める力が足らなくて。
21　あてのないさすらいの日々。
22　自分はどうして世をこんなに嫌悪したのだろうか。

[6]思出《おもひいづ》れば
[7]六とせの往日《むかし》に早やなりし、[8]世に激《げき》するこ
とありて[9]家出《いへで》の心急《いそが》はしく[10]世をはかなみつ、
[11]己れを迷ひつ[12]如法闇夜《によほふあんや》、
　[13]せかし裁《たゝ》せし旅衣《たびごろも》、
[14]露《つゆ》の玉《たま》をぬひこめて、[15]袖に隠《かく》るゝ小櫛《をぐし》をば
蹈折《ふみを》りて思ひ殘《のこ》すこと
[16]梨子《なし》の杖《つゑ》ひとつ。[17]これに生命《いのち》の導《しるべ》させ、
[18]をちこちにさまよひて長の年月《としつき》、
[19]小夜月《さよづき》のおぼろの中《なか》に世の態《さま》も、
人の態も學び學びて早やくも疲れぬ。」
[20]戀てふものゝ綱手《つなで》の力《ちから》足らなくて、
世の荒浪《あらなみ》に流れ出でゝは[21]捨小舟《すておぶね》、
寄せてはかへり、かへりてはまた寄する
無情《むじやふ》の波《なみ》。
　[22]このわれ何《な》どか世をし惡《にく》まんや、

[1]世も亦左程《さほど》にはわれを悪まざ
りし者を、
[2]あやしくも、いつの間《ま》やらん、
世はわが敵《てき》となり、われは世の仇《あだ》と化《な》りぬ。
彼《かれ》が寄《よ》するや我《われ》が寄《よ》するや、
誰《た》が撃つや鼓《つゞみ》、誰《た》が閃《ひらめか》すや劒《つるぎ》、
見えぬが内に恐ろしき戰《たゝかひ》とはなりはてぬ。
[3]この戰爭《たゝかひ》はわれを狂《くる》はして、
[4]出家《しゆつけ》の旅《たび》も住家《じゆふけ》と同《おな》じく、
苦痛《くつふ》の中《うち》に悶《もだ》へしめ。[5]ひとの樂《たのしみ》はわが樂ならず。ひとの榮譽《ほまれ》はわが榮譽ならず。人の慾《よく》、人の望《のぞみ》は、わが慾《よく》わが望《のぞみ》ならず。人の喜《よろこび》、人の悲《かなしみ》はわが喜《よろこび》、わが悲《かなしみ》ならずなりゆけり。
[6]今更思《いまさちおも》へば譯《わけ》も無《な》き
人の笑《わら》ひも泣《な》きもせぬところに、われは

1　そうでなかったら、世もそれほど自分を嫌わなかったろうに。

2　妙なことに。

3　世との対決はわたしの理念を通俗的な価値観から遠ざけてしまい。

4　さすらいの旅の毎日も、家にいたときと同じように苦しみ悶え。

5　以下に「榮譽」「慾」「望」「喜」についても一般的な人との価値観の相違が指摘されている。

6　『校本』では「今更」のルビ「いまさち」は、誤植と認めて「いまさら」に訂正されている。また『校本』では「思へば」は、同時代的表記法により「思へは」に訂正されている。

7　「おとがひ」は、したあご。「おとがいを解く」は、あごのはずれるほど大口をあけてひどく笑う。
8　ある年の秋、風の便りに。
9　あなたの死の知らせを受けたのだった。
10　死の便りを受けて以来。
11　『校本』では「凍」のルビ「むこ」は、誤植と認めて「いて」に訂正されている。
12　もう死んで逝かれたのか。
13　「かつら」は「かずら」の変化。「正木」はニシキギ科の常緑低木。「かずら」は鬘で蔓草や花などを頭髪の飾りとしたもの。古代これを割いて鬘とし神事に用いた。秋に蔓草が幹を離れて散るように。
14　葛の葉が舞い散るように。
15　ああ、可哀想に。
16　死者のたましい。
17　いまは、何処に留まっているのだろうか。
18　修行の旅の間は。

[7]おとがひ解《とき》もしたり血涙《ちのなみだ》流《なが》しもしぬ。」
　露姫！　露姫！　何ど物言《ものい》はぬ。」
[8]秋風《あきかぜ》の松《まつ》の葉越《はご》しに鳴《な》る聲を聞けば、[9]きみが
終りを音信《おとづる》るなりけり。
悲しやな、悲しやな、わが胸に
　[10]これより[11]凍《むこ》つく冬氷《ふゆごふり》。
[12]早や散りたまひしか、
[13]正木《まさき》のかつら幹離《みきはな》れ、
招きもせぬ秋《あき》は疾《と》く寄せて[14]葛葉《くぜのは》の飜々《ひら〱》と落ち散りたまひしか、[15]あな無殘！
　露姫！　露姫！　何ど物言はぬ。」
散りにし後《のち》の露姫は、[16]魂魄《たましひ》わが旅寝《たびね》の天《そら》に
舞《ま》ひ來らで、
　いな來りしかども、夢にのみ。
[17]いづくの宿《やど》に身《み》を置《お》くなる。
[18]浮世《うきよ》の旅《たび》の修行《しゆぎやふ》の間《ひま》を、

[1]しばしは離《はな》れ乖《そむ》くとも
[2]いつかは元《もと》の比翼《ひよく》の空《そら》、
[3]高砂《たかさご》の尾上《をのへ》の松《まつ》を下《した》に見《み》て
[4]連れ飛ぶべしと思ひきに、
げにつれなき別れなりし。」
露姫！　露姫！　何ど物言はぬ。
（露姫梭《おさ》を彈《はぢ》）
（きて歌ふ）

露。

[5]露なれば、露なれば、
消え行く可しと豫《かね》て知る、
露なれば、露なれば
草葉《くさば》の陰《かげ》を宿《やど》と知る。」
露なれば、露なれば
月澄《す》む野邊《のべ》に置《お》く可しと知る、
露なれば、露なれば
ひとたび消えても再《ま》た結《むす》ぶなれ。」

1　しばしは離れていたとしても。

2　修行が終われば以前と同じむつまじい生活。

3　高砂市高砂神社境内の黒松と赤松とが癒着している相生の松。参考、謡曲などに頻出。

4　飛ぶは「比翼の空」から、仲良く生きていこうと。

5　わたしは露姫と名付けられているはかない存在なのだから。以下一〇行は、露姫に化身している「戀の魅」が「いづくの宿に身を置くなる」という素雄の問に応じて、はかない存在であるから消えていくのが宿命であると、言葉巧みに素雄を「死の坑」に誘っていく歌である。

露が身を戀《こひ》しと思はゞ尋《たづ》ね來《こ》よ
すみれ咲くなる谷の下《した》みち。」

第五場　蓬萊原の五。

（素雄懸瀑《けんばく》[1]に對する崖徑に立つ）

素。

雪解《ゆきげ》[2]に層《かさ》める瀑水《たきみづ》何を憤《いか》りて轟《とゞ》ろきわたれる。
まろび落ちころげ下《くだ》るたきつ瀬《せ》[3]何を追ふて
電火《いかづち》[4]よりもはやく落る。
湧《わ》き騰《あが》り捲登《まきのぼ》る瀑烟《たきけふり》何《なに》を包《つゝ》まんとて狂ひまはれる。」
われは見る、白龍《はくりやふ》[5]の水を離《はな》れて奔躍跳舞《はしりおどりはねまふ》を。

第五場　蓬萊原の五

（第五場）「仙姫洞」（死の坑）への道程。素雄は滝つ瀬のほとりで、白竜に水底に伴ってほしいと頼むけれども聞き入れられない。中天には月が輝いていて崖を登る仙姫の姿も視界に留められ、琵琶に想いを馳せると（仙姫の歌）も聞こえてくる。内部世界に仙姫を形象できたのは、自然の霊性を保有している滝つ瀬や白竜、月の光に感応して、素雄に認識能力が蘇っているからである。しかし、エロスの化身である仙姫は「來れかし、來れかし、ためらはで」と素雄を「わが洞」に導いていく。

1　激しく流れ落ちている滝に面しているけわしくそばだった小道。
2　雪解けで勢いが増している滝の流れ。
3　急流。
4　「雷」（イカ（厳）ツ（助詞）チ（霊）の意）かみなり。
5　天帝の使者。霊力を持っている存在。

白龍！　白龍！　われ汝稱《いましよ》ぶに、
暫し靜まらずや。
[1]われ興無《きやうな》き世に生れて、[2]幽欝《ゆふうつ》を友《とも》
　とする故に、
あたりに騒《さわ》ぐ小鳥《ことり》の聲もわれを
慰むる者ならず。
また[3]孤棲《ひとりすむ》山の奥にも、わが心には休みなく
[4]騒がしき響《ひゞき》の絶《とだえ》ねば
聲なく渡る杜鵑《ほとゝぎす》も、わが耳には百　雷《もゝのふるかみ》合
せて落る如くにて、
[5]長き夜をまばたき少なく窓《まど》を睨《にら》みて
[6]わが身の滅《ほろ》びを近寄せし。
[7]滅《ほろ》びもわが物ならず、招けば背《そびら》を向けて走
[8]るまどろしさに、
[9]われ已《おの》れを促《うなが》しつ[10]世の繩《なわ》を斷《たち》切《き》りて、
[11]美《うる》はしき自然《しぜん》の中に入らんとせし。

1　生の展開が閉ざされているつまらない時代に生まれて。自我の作用が蘇って体験が問い正されて行く。
2　鬱状態に沈みがちなので。
3　一人で山の奥で修行していても。
4　心中での葛藤が絶えないので。
5　一晩中まばたきもしないで窓の彼方を凝視して。
6　身体・形骸の消滅を試みた。
7　形骸の消滅という企ても行ってみると不可能な試みで。
8　手間がかかって遅い。捗らないので。
9　自分を、次のような行動に駆り立てた。
10　世との係わりを断ち切って。
11　超越的な自然の運行との同一化を志した。

自然《しぜん》も亦われを迎《むか》へず喜《よろこ》ばず罵《のゝし》りて言へ
り、[12]死す可き者よ、何ど夙《と》く死なぬと。
白龍《はくりやふ》！　白龍《はくりやふ》！　[13]今《いま》汝《いまし》を囑《たの》まん事あり、
むごく悲しく世のあらゆる者に捨られし
このわれを、汝《いまし》こそわが友なれや、抱きて
[14]渦《うづ》まき怒れる底《そこ》無《な》き水に伴はずや。
龍《たつ》よ龍よ、[15]鬼に従はず神に従はぬ龍よ、
[16]われ、このわれを汝《いまし》に任してむ。

（默坐稍久し）
（雲を開きて[17]月皎々と中天に
（照り、雄鹿雌鹿相追ふて崖
（を登り來り、續いて[18]仙姫も）
（蘿《つた》にすがりて登る。）

美《び》なるかな、美《び》なるかな、[19]白玉《はくぎよく》の盤《ばん》、
美《び》なるかな、美《び》なるかな、[20]清涼宮《せいりやふきゆふ》、
月輪《つき》よ、汝《いまし》を思ふごとに、見る毎に、

12　死の定めから逃れられない宿命なのだから。
13　「囑む」は力を貸してもらえるよう相手にすがるの意。あなたの力を貸してほしいことがあるのだ。
14　荒れ狂っているたきつ瀬の水底まで連れて行ってほしい。
15　現実世界を超越した存在である龍よ。
16　わたしの命運をお前に委ねたい。
17　月の光の明るく輝くさま。
18　エロスが化身している露姫が仙姫として映し出されているのは、素雄が内部に保有している認識能力が、滝つ瀬・白龍・月光など霊性を保有している自然と共鳴して、「第一場」で琵琶の作用で露姫のイマージュを描くことができた時のように蘇っているからである。
19　月の形容。
20　月の異名。自然美の極致としての清涼宮

素。

1　「衾」を「しとね」と読ませているのは、寝るとき身体を覆う夜具と下に敷く敷物（しとね）を一語で表した。

2　幾そたび。「そ」は「十」で、数の多いこと。月の清らかな夜に、琵琶を弾き明かしたことが何回もあった。

3　白竜はたきつ瀬の水底に伴ってくれなかった。白竜の面目は飛翔する事で受け容れられない。

4　白竜に受けいれられなくて、地底・深淵への嗜好から解き放されて。

5　清涼な月光のもとで告白したいことが。

6　琵琶の作用によって現出する声である。

7　以下一六行、第一節は月の賛歌。二節から四節はそれとない素雄への誘い。仙姫は琵琶の力で写し出されていても、本体は「戀の魅」が化身した露姫。

8　月。

雲に桟橋《かけはし》なきを怨《うら》むかし。
　暗《くら》き夜《よ》の寒《さむ》き衾《しとね》[1]、
浦のしほ風吹くときに、
われ汝《いまし》を招《よ》びてわが琵琶を
夜と共にかなで明せしことい[2]くそたび。
今もわれ、[3]命ずることを白龍聴《き》かず、
[4]白龍聴かずして、わが胸に
[5]汝《いまし》に聞かす可き訴《うつたへ》ごとの積《つも》り起りぬ。
いでわが琵琶に。
　（仙姫歌はんとす）
素。
其の歌は誰《た》ぞや誰《た》ぞや、
歌へや歌へや、其聲は戀しき者なり、
其聲は、[6]わが琵琶の慕ふ聲《もの》なり。
　[7]（仙姫の歌）
美くしや[8]大空《おほぞら》歩むひかりのひめ、
　物をおそれずひとりたび。

9　仙姫の住まいは茫漠とした蓬莱原。
10　天に舞昇るには羽衣が必要。
11　あなたが恋しくても舞い上がることはできない。
12　空しい願いであるが致し方がない。
13　大空を行く月の旅は楽しいに相違ないけれど。
14　「洞」には深淵が暗示されている。
15　草花を束ねて差し上げましょう。
16　月は聴いてくれただろうか。
17　役に立たない願い事をしたことである。

星《ほし》をあたりに散り失《い》なせ、
　雲を行手《ゆくて》に消《き》えしむる。」
9われもひとり住《す》むなり、この山に、
　寂《さび》しと思ふけふこよひ。
松《まつ》が枝《え》傳《つた》ひて降《お》り玉はずや、
　かたり明《あか》さむ短夜《みじかよ》を。」
10羽衣《はごろも》無《な》き身《み》をいかにせん、
　11君を戀《こ》ふとて舞《ま》ひ難《がた》し、
つばさ並べて舞《ま》ひたらばと
　12仇《あだ》し思《おも》ひぞ是非《ぜひ》なけれ。」
13大空《おほぞら》たのしき旅《たび》なめれ、
　こゝにも樂しきことぞある、
來まさずや、來まさずや、14わが洞《いへ》に、
　15草花束《くさばなたば》ねてまゐらせん。」
16月や聴《き》かぬ。17いたづらなる願《ねぎ》を
するかな。　松《まつ》が枝《え》悪《に》くし
姫。

其陰《かげ》に、光を残《のこ》して入りにけり。

　左らば[1]わなみも洞《いへ》に帰り、
寝待《ねまた》ば明日《あす》の大陽《ひ》は出でん。

　鹿《かせぎ》よ[2]左こそ疲れけめ、
　こよひのいとま取らしてん。」

(雄鹿雌鹿去る)

(素雄仙姫に歩み寄りて)

素。[3]仙姫《やまひめ》よ再《ふた》び逢ひまゐらする。

姫。先程《さき》の旅客《たびゝと》ならずや、いといとふ悲しき顔《おも》色《もち》におはすはいかに。

素。然《しか》なり。われ白龍の騰降《のぼりくだり》するを見て、己《おの》れを連れて水底《みなそこ》に沈めよと命ぜしに聴かず。われ月を見て[4]君が歌ひしごとく、雲に桟橋《かけはし》を得て登り行かむとすれども得ず。猛《たけりお》落つる瀑浪《たきふみ》、[5]岩根《いはね》を揺《ゆる》ぎて砕《くだ》け砕《くだ》け湧《わ》くうしほ。これを見る己《おの》れが胸も其の如く、

1　自分も。

2　さぞ疲れただろう。

3　「第一場」で会話をした。

4　あなたも「つばさ並べて舞ひたらば」と歌ったように。

5　「揺ぎ」は自動詞であるが、他動詞「揺がす」の意。岩の根本を揺り動かして砕け、滝壺からは滝煙りが湧き上がり。

内《うち》[6]の亂《みだ》れ故に、外《おもて》[7]には悲しさ溢《あふ》るゝなれ。
然《しか》れども、然れども、わが悲《かなしみ》を拭《ぬぐ》ふ道《みち》なきにあらず、拭《ぬぐ》ふ道なきにあらず。

姫。其《そ》はいかなる事ぞや。

素。[8]露姫なる！　露姫なる！　己《おの》れが悲《かなしみ》を拭《ぬぐ》ふ可きものは。
仙姫《やまひめ》よ、仙姫よ、露姫は君に其儘《そのまゝ》似たる者よ、仙姫よ、仙姫よ、君は其儘露姫なるよ。
露姫！　露姫！　わが汝《いまし》思ふ心知らずや。
いましなくてはこの琵琶も、この琵琶も悲《かなし》さを鳴《な》るのみなる。
[9]この琵琶が招《よ》び出たる仙姫《やまひめ》は
露よ、露よ、いましに甚《いた》く似たる。
いましならぬか、露よ、露よ！

姫。其の露姫に似たると云ふ、
君が戀人《こひびと》に似たると云ふ

6　内部世界で様々な感慨が入り乱れているので。
7　悲しい顔色になっているのである。
8　現実社会から逃れて無意識の深淵に拘引されているわたしの悲しみを救抜できるのは、露姫よ、あなたの実像と出会うことなのだ。
9　琵琶の作用で、内部世界に形象されている露姫の仮像である仙姫は。

素。[1]わなみも今宵《こよひ》は、何故《なぜ》か寂《さび》しき心地のする。
何ど寂びしとは言ふ。

姫。[2]寂びしと思ふ心地けふまでは覺《おぼ》えざりし。
何故《なにゆゑ》とも知らず寂しきなり。
　わが洞《いへ》には焚火《たきび》の用意もあり、
……今朝《けさ》集《あつ》めし、よもぎもあれば……
いざ[3]まれびとよ來れかし、
來れかし、來れかし、ためらはで。

1　「第一場」の会話には「自らは樂し苦しを覺えねど」とあった。

2　仙姫は「戀の魅」の本性にしたがって「死の坑」へと、素雄を巧みに拘引していく。

3　他から訪れてきた人。

第三齣

第一場　仙姫洞

（第一場）　仙姫洞　寂寥としている仙姫洞で素雄は、平穏な眠りにつけないところからここにいるのは露姫の仮像・仙姫でも露姫でもなくて、自身の現実社会との違和が内部世界に描き出した幻影であるのに気づく。そこに大魔王の下僚・青鬼を登場させているのは場面転換の妙であり、人間存在が内包している霊性に覚醒した素雄は、六年に及んでいるさすらいの旅で咀嚼した現実認識を問いただすために蓬萊山への登頂を企てる。

1　仙姫洞から外に出てきて。以下一二行は「眠」を擬人化して問いかけている。
2　「汝」で「眠り」を指している。
3　どうして。
4　耐えられない心地がしたことである。
5　仙姫洞以外の蓬萊原は、眠りに就いているのに。

第三齣

第一場　仙姫洞

（素雄仙姫洞の外[1]に立出て）

素。
眠《ねふり》！[2] いましをあやしきものと
今ぞ知る。[3]何ど仙姫《やまひめ》にのみ臨《きた》りて
われには臨《きた》らぬ。
いまし來らねばわれひとり夢の如くに
醒《さ》めてこの洞《いほ》のうちには[4]得堪《えた》へぬ心地
すなる。
　こゝに立出《たちいづ》ればむら雲の、
行衛《ゆくへ》も知らず月のみさえまさりて、
草も花も、樹も土《つち》も眠らぬはなき。
眠《ねふり》！　あやしきはいましなり、[5]この原の
なべての物を安ませて、何どわれひとり
を安ませぬ。」

[1]なほあやしきは露姫なり。[2]我が安まぬ
胸《むね》の彼《かれ》には通《かよ》はずやある、彼《かれ》がむかしの
戀はいかにせし？
[3]眠《ねふり》てふもの戀の友《とも》ならじ。[4]彼《か》れの戀、
ありしまゝなれば、[5]いかでおのれを
[6]斯くまでに寂《さび》しき洞《いほ》に覺《さ》めて
あらせん。

（素雄再び洞に入る）

[7]さても美《うる》はしや仙姫《やまひめ》。いづこの寶《たから》の
山よりぞ、このめづらしき[8]珠玉《たま》を取りもて
來《き》て、[9]誰《た》がたくみの業《わざ》にてや彫《え》り成せるぞ
この姫を？
[10]蔽《おほ》へるよもぎのなくもがな。[11]蔭《かげ》なせる
松の樹梢《こぞえ》をば殘りなく折り去りて、滿々《まん〱》
たるあの月をこゝに下《おろ》し來りて
天《てん》が成せる眞《まこと》の美《び》をしらべ盡《つく》さまし。

1　やはり不可解なのはここにいる露姫である。
2　わたしのいらだたしい気分が露姫に通じないことがあろうか。
3　眠りが恋の要素であるはずがない。
4　露姫のわたしへの想いが、以前と変わらないのであるならば。
5　どうしてわたしを。
6　このように物寂しい洞に。仙姫洞は無意識の領域の深奥にあり、「死」の寂寥感が濃密に充満している。
7　以下二二行は、洞に眠る仙姫を彫像と見立てての賛辞が綴られている。
8　彫刻の素材を見つけ出してきて。
9　誰が技巧を凝らしてこんなにも美しい仙姫の彫像を制作したのか。参考、仙姫像には、露伴の『風流佛』（明治二二年）で、失恋した珠運が制作する彫像との類似が認められる。
10　「第二齣　第一場」には「蓬を被ぎて床となせば」とある。
11　蔭になっている。

12　永遠の春の気が漂い。
13　あけがたの。
14　赤く輝く雲と紛う程である。
15　かたい黄金さえも。
16　「たなごころの中」で、思いのままになることのたとえ。
17　人知を超えて、荘厳である。
18　威厳のある美なので、露姫との違和を感じざるを得ない。

堅く結べる其の花の口元《くちもと》には、時代《ときよ》[12]をし
知らぬ春含《はるふく》み、
其唇頭《くちびる》にはしの[13]ゝめの、丹《あか》[14]き雲を
迷はせり。
黄金《こがね》[15]のかたきもいかでかは、其の暖かき
吐氣《いき》に會《あ》ふて解《とけ》ざらん。
緩《ゆる》くは握れど、きみが掌中《たなゝか》[16]には、盡《つき》ぬ
終《をは》らぬ平和《へいわ》と至善《しぜん》、
かたくは閉づれどきみが眼中《まなゝか》には、不老《おひぞ》
不死《しなぜ》の詩歌《しか》と權威《けんゐ》をあつむるとぞ
見ゆる。
黒髪《くろかみ》のひと節二節《すじふたすぢ》、きみが前額《ひたひ》には
天地《あめつち》に盈《み》つる美《び》を凝《こ》らすとおぼし。」
[17]靈《れい》ぞ神《しん》ぞ、おごそかなる」！
[18]抑《そ》も誰《たれ》やらんこの姫は？　わが露姫
か？　いな、われ然らぬを悟りぬ。

然[1]らぬか、然らぬか、わが露姫の姿《すがた》なるを
いかにせん。
是《これ》幻《まぼろし》なる可きや？　これ現《うつゝ》なる可きや？
これ實《まこと》なる可きや？　これ僞《いつはり》なる可きや？
わ[2]が想《さふ》と、わ[3]が戀《こひ》と、わ[4]が迷《まよひ》とが、ともに
わ[5]が爲《ため》のたくみとなりて
こ[6]の原に、露姫を、こ[7]の原の氣《き》より
つくりいでしや？
誰《たれ》[8]知《し》らぬものぞなきわが想《さふ》の態《さま》、戀《こひ》
の態《さま》、迷《まよひ》の態《さま》、悪魔、わ[9]が敵《あだ》なる悪魔
まで詳《つまびらか》にこれを知るならめ。
悪魔、彼《かれ》か、こゝに露姫を活《いか》し出《いで》しは。
然れどもこの露姫はもとの露姫ならず、
わ[10]が戀《こひ》せし露姫は斯《かゝ》[11]る情《つれ》なき姫には
あらざりき。
（あたりを見廻《みまは》して）

1　そうでないのか、いや。
2　現世への期待。
3　現世への希い。
4　不安定な精神状態。
5　わたしの内部でイマージュを合成して。
6　内部世界の深奥に。
7　無意識の領域の寂寥とした気配の中で、エロスやタナトスに翻弄されて、このような露姫像を造り出してしまったのだ！。「わが想と」以下の四行で、自我を抑圧した素雄の内部世界への彷徨は総括されている。以後の素雄には「第一齣」と同程度の実在感覚がよみがえっている。
8　この時点までに、わたしの現世への期待や希いや不安定な精神状態は謳い継がれているので。
9　やがて敵対することになる大魔王でさえ、わたしの苦悩については詳しく了解しているに相違ない。
10　わたしが出会いを希っていた露姫は。
11　このような感情の乏しい。

12　笑うべきことであるが、他者に誤りがあるというのではない。
13　自分自身に由来しているのに。
14　消えてしまえ。
15　「第一齣　第四場」で「われは「戀」てふ魔にて」と名のって登場しているエロスの力によって。
16　卑しいエロスに翻弄されているのは情けない。
17　どれほどの因縁があるのだろうか。
18　いつの間にかエロスの力に拘引されてしまい。
19　「第一齣　第三場」で、樵夫源六が「其処は恐ろしき地獄の道」と述べているところから、無意識の領域の深奥で。
20　「咫尺」は近い距離。内部世界の深淵に落ちこんで自己の位置が解らなくなることがよくあった。
21　自我の作用が回復してきた素雄には、イマージュは残存していてもそれは単なる見掛けにすぎない。

[12]笑止《せうし》、笑止《〳〵》、誰《たれ》に科《とが》あらん、われを迷はせし
もの、[13]このおのれの外《ほか》ならぬに。われを眠
らせぬもの、このおのれの外ならぬに。
[14]逝《い》ねよ逝《い》ねよむかしの記憶《きおく》。[15]戀てふ
魔魅《まもの》に、このおのれを、あたら[16]卑下《ひげ》なる
迷悶《まよひ》の僕《しもべ》となすは悲し。
戀《こひ》！　いましとわれと[17]いかばかりのちなみ
かある？　いくたびか汝《いまし》を退《しりぞ》けて、わが
肉を腐《くさ》らすもの汝《いまし》なれと罵《のゝし》りながら、
この身《み》[18]いつしか汝《いまし》が愛《いと》しき朋《とも》と
なる。いまし故《ゆゑ》には、[19]地《ぢ》獄《ごく》と極樂《ごくらく》の
境《さかひ》に[20]咫《し》尺《せき》を辨《わきま》えぬ霧《きり》を重《かさ》ぬる
ことを常《つね》なる。
露姫起きよ！　露姫起きよ！
[21]見よ、この露姫《つゆひめ》は性《しやふ》なき珠《たま》なり。
露姫！　露姫！　何《ふ》ど起きぬ。

1　お前が存在している世の煩いのない領域では。「第二齣　第一場」には「自らは樂し苦しを覺えねど」という仙姫の発言がある。

2　お前のすみかで。

3　辛いことや悲しいことの合間に。

4　無邪気な幼児のように平安な心境になるためでなくて。

5　魅惑的な寝姿は。

6　ほほえんでいる露姫像を見ているうちに、幻影に惑いそうになっている。

7　無意識の領域を探索し、「死の坑」を探り、天空に想いを馳せて探し求めた露姫は。

8　自分自身に内在する「想」と「戀」と「迷」が作り上げた幻影で、心の乱れや不安を癒してくれるものではなかった。

何が故に眠る？
安息《やすみ》てふもの、汝《いまし》[1]が無意無慾《むいむよく》の世
には用《よふ》なかる可きに。
何を夢見《ゆめみ》て眠る？
世の煩累《わづらひ》も戀のもつれもなきい[2]ましが
仙棲《やまぜみ》に。
何を樂しみて眠る？
[3]憂悲《うきかなしみ》のひまにしばしの慰籍《なくさめ》を求めて
[4]うつくしき嬰兒《みどりご》になる爲《ため》ならで。
眠れよ人よ、眠れる人よ、抑《そ》も誰《た》がためぞ、
その快《こゝろ》よげなる莞然《ほゝえめ》[5]る顔容《おもて》は？
[6]露姫か、あらぬか、抑《そ》もわが戀人《こひびと》か？
あらぬか？
[7]わが暗《やみ》に求め、光《ひかり》に呼《よ》び、天《あめ》にあさり地《ち》
に探《さぐ》れる露姫は、
[8]このくるしき胸《むね》の、亂るゝ絃《いと》をおさむる

者にはあらぬ。
（高らかに笑ふ聲松樹の中より起る）
素。叱！　何者ぞ？　[9]そも眠れる天地《てんち》の
寂寞《じやくまく》を破りて怪しき笑ひ聲《こゑ》をなすは？
（松樹を傳ひて降れるは一青鬼[10]）
青鬼。われよ、おかしさに得堪《えた》へで笑ひし者は。
素。何者ぞ、何者ぞ？　鬼か、鬼か、
めづらしや。
[11]さても汝《いまし》が顔色《かほいろ》の蒼《あほ》く苦《にが》きことよ、
何《な》に悲しきことありて然《しか》はなれる。
其《そ》は後に更《さら》に問はん。抑《そ》も何が故に
わが前に笑ひしぞ。
青鬼。わが笑ひしは、[12]いましが爲すことの、あまり
におかしければなり。
素。何が故におかしきや。
戀てふものを知らずや。[13]わが狂へるは、事《こと》

9　それにしても、いまわたしが内省している深層の静寂な心境を破壊して。
10　「仙姫洞」での素雄の自我はエロスの拘束から漸次解き放されているが、「青鬼」の登場を境にして詩空間も現実感覚が機能する領域へと変異していく。
11　会話の進展につれて了解されてくるが、青鬼は最下級の権力への奉仕者として、貧しくヒューマニティを剝奪された存在として描かれている。
12　エロスに翻弄されて仙姫洞を出たり入ったりしているお前の行為が。
13　自分が露姫の幻影に異様な執着をしたのは、理由がなかったわけではない。

故《ゆゑ》なくしてならず。
青鬼。戀とはいかなる痴愚《しれもの》を[1]迷はす雲ならん、
其雲の中《うち》に迷へる者を見る毎《ごと》に、
われおかしさに得堪へで思はずも笑ひ
嘲《あざけ》るなり。
[2]人之れを呼びて[3]神聖《きよき》ものとなす。
是《これ》をよろこばぬものなく、これを願はぬも
のなし。その爲すところを見れば暗きあた
りに手《て》を取合ひて、
きみなくばわがいのちもなにかせんと言ふ
に、答へてわれも亦《また》きみ故にこそながらふ
れと。[4]愚《ぐ》なるかな、[5]明朝《あす》は死ぬ可きいのち
を、[6]戀てふものに一夜《ひとよさ》を千歳《ちとせ》も更らじと契《ちぎ》
るこそ。
われ數多《かぞおほ》き小女《をとめ》の、小暗き窓の下風《したかぜ》の通ひ
もせぬあたりにて[7]人に知《しら》れぬ露の玉《たま》をこぼ

1　誘い込む情調なのか。
2　人間どもは。
3　尊くて侵しがたいもの。
4　愚かな行為である。
5　明日の命が定かでないのに。
6　恋において、今宵の気持は千年も変わらないと約束するのは。
7　人知れず泣いているのを。

すを見き。これを問へば戀ゆゑと。われいく
千度《ちたび》少年《わかもの》の悲し氣の面《おも》して燈《ともしび》の油《あぶら》盡《つ》きに
しあとに膝《ひざ》[8]を組み思ひを廻らす者を見き。
これを問へば戀ゆゑぞと。
また山をも[9]抜きたる喜《よろこび》にやと思はるゝ程
に傲《ほこ》り樂しむ者を見き。これを問へば戀の
成りし故ぞと。
死するも生くるも戀故《こひゆゑ》に、春も秋も戀故に、
泣くも笑ふも戀故に——其戀てふ者は人を
樂《たの》しますとは聞けど、わが見るとろを言へ
ば、樂《たの》しますにあらで苦しますなり。假《かり》[10]な
る、僞《いつはり》なる、まぼろしなる戀てふもの故に
——人の美《うる》はしき顔《おも》は價《あたひ》なき動物《いきもの》のひとつ
と見ゆるぞあはれ！
素。
扨は一度《ひとたび》も戀てふものを味《あぢ》[11]はぬ鬼よな、汝《いまし》[12]
が蒼《あを》き面《つら》にては、誰《た》[13]が戀衣《こひごろも》縫《ぬ》ふおろかをせ

8　恋の破局を悲しんでいる姿を。
9　「山をも抜きたる」は『史記』（項羽本紀）「力抜㆑山気蓋㆑世」より、山を抜き通すほどの強大な力。恋が成就したに違いないと。
10　かりそめの、つくりごとの、幻影のように定かでない恋のせいで。
11　『校本』では「味」のルビ「あぢ」は、誤植と認めて「あぢは」に訂正されている。
12　お前のように青白い顔色では。
13　お前に恋をするような愚かな女性はいない。

ん、[1]何《な》ど變化《へんげ》の術をもて、美くしき男《をのこ》となりて、世に來り、優《やさ》しき乙女《をとめ》の門《かど》に立たずや。

青鬼。[2]戯むれぞ。われ戀てふものに狂ふ愚《おろか》あらず。わが婦《をみな》を見るときは、[3]其の何が故に優《やさ》しきかを疑はぬ事なし。

[4]美《び》なし、情《じやふ》なし、わが胸には。いかで汝《いまし》が迷へるこゝろをくむを得ん。

[5]來《こ》よ、この仙姫《やまひめ》を呼覺《よびさま》して[6]彼《かれ》が戀心《こひごゝろ》いかならんを尋ぬべし。

（素雄推し止め）

素。[7]其仙姫《やまひめ》はわが物《もの》なれば汝《いまし》が荒《す》さべる手を觸《つ》けしむること能はず。眠れるひとよ、眠《ねふれ》るうちに[8]怖ろしき夢をや見ん、[9]これも是非《ぜひ》なし、わが戀人《こひゞと》よ、われは今去《いまいぬ》可きぞ、今去《いぬ》可きぞ、眠れよ眠れよ、覺《さ》むること勿れ。

（素雄行かんとし、鬼を顧みて）

1　どうしてお前にできる変化の術で。

2　いい加減なことを言うな。

3　女性がどんな思惑があって優しい姿をしているかを推察しないことはない。

4　わたしは美とか情愛などヒューマンな情調を持ち合わせていない。青鬼は現実社会を生き延びていく過程でヒューマニティを剥奪されてしまっている。

5　それでは洞で眠っている仙姫を起こして。

6　エロスの化身である仙姫の意図を、お前を「死の坑」に拘引しょうとした本心を尋ねるがよかろう。

7　仙姫は自分が内部世界に形象した幻影だから。

8　「死」の使いである「「戀」てふ魔」の化身でもあるから。

9　怖ろしい夢を見ているとしても、致し方ない。

青鬼。鬼よ、來れ、[10]汝《いまし》と共《とも》に山に登《のぼ》らん。

山に登ることは、[11]鬼《おに》と魔《ま》の外《ほか》かなはじ、汝《いまし》
いかにして登る權《ちから》を得んや。

素。おろかや、[12]われ人の世に屬《つく》とは言へども[13]風を御《ぎよ》し雲を攫《つか》むことを難しとする者ならず。

青鬼。然れども汝《いまし》は[14]塵《ちり》の兒《こ》なり、いかでか[15]精《たま》なるもの〻爲《す》る業《わざ》を爲《な》し得ん。

素。われ塵《ちり》の兒《こ》なりと雖、塵ならぬ[16]靈《たま》をも持てり。[17]この靈《たま》を洗ひ清めんために、いで御山《みやま》に登らん。

青鬼。然らばひとり[18]行きぬ。[19]われは止《とゞ》まる可き。

素。[20]何ど行かぬ？

青鬼。御山《みやま》には[21]わが權《ちから》の元《もと》なる王《きみ》住みて、われには[22]山の根《ね》を守れと命じ玉ひて登ることを許されず。[23]こ〻には、鬼と魔が身を養ふ可き、[24]氣の中の物——

10　お前と一緒に山に登ろう。山は蓬萊山で素雄の心中には六年に及ぶ漂泊を余儀なくされた、現実社会のありようを問いただしたいという使命感が確固として芽生えたのである。
11　「鬼」は地位の高い者、「魔」は権力の体質を分有している者。権力者と対面することは、身分の高い者か追従者でなければできない。
12　被支配者であっても。
13　超越的な能力がないわけではない。
14　普通の人間である。「第一齣」で「空中の聲」は「まだ罵るや塵の生物！」と述べている。
15　優れた支配者の。
16　「靈」は内部世界に存在する認識能力。→〔補注11〕
「塵ならぬ靈」について
17　自分の現実社会に対する認識や判断が正しいかどうかを確かめるために、さあ蓬萊山に登ろう。
18　『校本』では「行きぬ」は、誤植と認めて「行きね」に訂正されている。
19　わたしは止まっていよう。
20　どうして一緒に行かないのか。
21　われわれの権力の中枢に君臨する王がいて。
22　末端で奉仕せよ。
23　山の麓では。私のような低い身分では。
24　鬼の食料、鬼は気の中に流れる精で身を養っている。

（そも鬼の食《くら》ふものは見ゆる肉にあらずして氣の中に流るゝ精《せい》なればなり）――を得ること易からずして、わが軀《から》を肥《こや》すに由なく、[1]いたづらに世のおかしき者を、多く見て多く笑ふのみ。

素。

[2]左ればこそ、いましが顔《おも》の蒼《あお》ざめて見ゆるなれ。實《げ》にあはれなる鬼よ。

[3]鬼の中《うち》にも汝《いまし》が如き幸《さち》なき者を見るは[4]わが期《おも》はざりしところなる。

然れども貸《か》す[5]可き力《ちから》なし、われも[6]鬼の世にわが爲す可きところなく、汝《いまし》も鬼ならぬわれに借る可きものはなからん。

往け、[7]樹蔭《こかげ》に入りて[8]再《ふた》び形《かたち》なきものとなれよ。

[9]然れども、われ必らず汝《いまし》を誡《いまし》めん、この仙姫《やまひめ》を覺《さ》ます勿れ。

1 所在なさに素雄のように世のありさまに問いを持つ者を。

2 食料が不足したり、ヒューマニティを欠いているから。

3 支配層に属する者の中にお前のように経済的に恵まれていない者がいるとは。

4 わたしの予期していなかったことである。

5 助けてあげることは出来ない。

6 鬼達の領域に私が手を貸す余地はない。

7 青鬼は松の樹から降りてきたので。

8 自身の領域に帰還していけ。

9 今は消えてゆくにしても、後日必ずお前の過ちを注意しよう。

（青鬼は樹に登り、素雄は去る）

第二場　蓬萊山頂

（柳田素雄山頂に達して四望眺矚する所）[1]

素。
大地は渺々《びやう〵》[2]、天は漠々《ばく〵》[3]、
[4]三界諸天《さんぐわいしよてん》の境際《きよふさい》[5]明《あき》らかなり。
[6]萬景萬色《ばんけいばんしき》一様《ひとつ》になりて廣《ひろ》がりつ、
[7]山河《さんが》都邑《とゆう》無差別《むしやべつ》[8]夜陰《やいん》の中《うち》。」
[9]六道《ろくだふ》八維《はちい》雲《くも》に隠《かく》れ雲《くも》に現《あら》はれつ、
凡《すべ》てわが脚下《きやくか》に瞰《み》おろすなり。
鐵圍《てつい》[10]――金剛《こんこう》[11]――須彌《すみ》[12]。――幻現二界《がんげんにくわい》[13]の中《うち》
に眺《み》る。

第二場　蓬萊山頂

（第二場）　劈頭、荘厳な蓬萊山に登頂した素雄は精神の高揚を感じる。しかし、形骸を脱ぎ去ることはできないし、蓬萊山には伝統的な神仏の権威を奪い取った「かしこきものには富と榮華」を与えるという大魔王が君臨していたのである。大魔王と対決した素雄は、世にあることの苦悩や世への愛着を告白するが聞き入れられない。逆に大魔王は「都」、かつての共同体を火の海に沈めたうえに、「世を暴し、世を玩弄ぶもの斯く言ふわれぞ」と予言的な言辞を弄して立ち去っていく。

一方、自我の抑圧を企てること、「迷悶の僕となる」ことの空しさを了承し、改めて世の変貌と追従者ばかりの状況において思念の孤立を意識した素雄は、「われ世を家とせず、世よ汝もわれを待ぬ可し」と、自身に内在している「死」、タナトスに身を委ねて、琵琶に導かれて生の原初の地へと帰還していく。

1　「四望」は四方を眺めること。「眺矚」はながめみること。眺望。

2　ほのかに見えるさま。
3　広々としてとりとめのないさま。
4　一切衆生の生死輪廻する三種の世界、欲界・色界・無色界と三界にある諸種の天。欲界に六欲天、色界には十八天、無色界には四天があるとする。
5　「境」も「際」も、さかい・きわ。
6　あらゆる景色。
7　山と川、都も村も。
8　一様に暗闇の中にある。
9　「六道」は、欲界の地獄・餓鬼・畜生・修羅・人間・天上の六界。八維は八方。「維」は地の果てを繋いでいる綱。
10　須弥世界の外郭なす山々。
11　須弥山を囲繞している七金山。
12　仏教の世界説で、世界の中心にそびえ立つという高山。日月がその周囲を回転している。
13　『校本』では「幻現二界」のルビ「がんげんにくわい」は、誤植と認めて「げんげんにくわい」に訂正されている。また「にくわい」は、透谷の用字癖と認めて直さないとある。幻か現実か解らないままに眺められる。

1　無限に広大な仏の教えも。
2　奥深く捕らえがたい自然も。
3　蓬莱山にやって来てその意味するところが理解できる。
4　利口ぶった権力の追従者、役に立たない世知。それとない現実社会への批判。
5　今までの認識からの飛翔。
6　自身への鼓舞。
7　崩れそうな岩。
8　世界は今終焉するのだろうか。

[1]無邊《むへん》無涯《むがい》無方《むほふ》の佛法《ぶつほう》も、[2]玄々《げん〱》無色《むしき》の自然《しぜん》も、
[3]この靈山《れいざん》に於《おい》てこそ悟《さと》るなれ。
[4]こざかしき小鬼《こおに》！　無益《むやく》なる世の智慧《ちゑ》！
[5]大地大《だいちだい》ならず、蒼天高《さふてんたか》からず！
[6]我眼《わがまなこ》！　我心眼《しんがん》！　今神《しん》に入れよ、
　この瞬時《ひととき》をわが生命《いのち》の鍵《かぎ》とせん。」
　いで御雪《みゆき》を蹈立《ふみた》てゝ彼方《かなた》なる危巖《いはほ》の上《うへ》に立《た》たむ。
　　　　[7]（危巖の上に登る）
　　　　（雪崩《なだれ》の響凄《すさ》まし）
[8]大地今崩壞《くづる》るや？
[9]用《よふ》なき大地今崩壞《くづる》や？
くづるゝも惜《をし》からず。いな、いな、いな、
聞《き》くは雪崩《ふだれ》の響《ひゞき》なり。」
　　　　（俯瞰して）
底《そこ》は見《み》えず[10]斷崖幾千仭《だんがいいくせんじん》、

9　これまで違和を増幅してきた大地が。
10　「仞」は長さの単位で、一仞は七尺。谷が非常に深いこと。
11　荒々しく恐ろしい神。
12　自然の中で霊力のある雷神も。
13　素雄が立っている深い谷を隔てたこの山側には。
14　軽いもののたとえ。
15　人間の世は既に消滅してしまって。
16　神でないとすれば、どうしてこのような高揚した精神状態を味わえるのだろうか。
17　ことの意外に驚き怪しむ声。
18　どうしたことだ！自分は。
19　「依々」はもとのままの意。やはり肉体を伴っている。
20　死すべき人間の身体。
21　やはり宇宙を創造して支配する、全知全能の絶対者は存在する。

　　誰《た》が立掛《たてかけ》しぞこの壁《かべ》を。
[11]鬼神《おにかみ》とても、よもやこゝをば飛登《とびのぼ》らじ、
[12]電光《いかづち》とても鳴神《なるかみ》とても、[13]この山側《やまがは》には
住《す》まざらむ。
思《おも》へばわが身《み》[14]は羽毛《うもふ》ならぬに、
雪さへ積れるこの巌《いはほ》の、角《かど》に
立つとは如何《いかに》、如何《いかに》。
人か？　神《かみ》か？　[15]人の世は夙《と》く去《さ》りて
神《かみ》の世や來れる？
[16]神ならねば、いかで、この業《わざ》は？
神かわれ？　われ神か？　咄！
[17]咄！　[18]いかでこのわれ！
[19]依々《なほ》形骸《むくろ》あり！　形骸《むくろ》、形骸《むくろ》！
[20]塵の形骸《むくろ》！　昨日《きのふ》の儘《まゝ》の塵の
形骸《むくろ》！　咄、なほ人なる。
われ神ならず。[21]天地の神は父《ちゝ》なる。

いで父を呼《よ》ばむ、神《かみ》を祈《いの》らむ。

（巖上に危坐[1]して祈請[2]す）

[3]天地に盈《み》つる靈《れい》、照覧《しやうらん》あれ照覧あれ、
[4]日を鑄《い》り、月を圓《まろ》めしもの、耳を傾《かたむ》け玉へ、
[5]われ世の形骸《むくろ》を脫ぎ去らんと願《ねが》ふこと久し。
靈山《れいざん》に上《のぼ》りて、魂《たま》は、魂は淨《きよ》められしかども、
未《いま》だ存《のこ》る形骸《むくろ》やわが仇《あだ》[6]の巣《す》なる。
[7]惡鬼夜叉《あくきやしや》に攻《せ》め立《たて》られて今迄の生命《いのち》は、長《あが》[8]
き一夜《ひとよ》の、寢《い》ねられぬ暗《やみ》の中《うち》。
脫去《ぬぎさ》らしてよ、この形骸《むくろ》、この形骸《むくろ》！
[9]雪《そゝ》ぐ可き恥辱《はぢ》の山高《やまたか》み。
[10]拂《はら》ふ可《べ》き迷《まよひ》の虛空《そら》廣《ひろ》み。
形骸《むくろ》ゆゑぞ、形骸ゆゑぞ、
脫去《ぬぎさ》らしてよ、この形骸《むくろ》、この形骸《むくろ》」！

（鬼王三個部下若干を率ひて出づ）

第一鬼王。 叱！ 愚《おろか》の物《もの》よ！ 何をか祈る？

1 「危」は高いの意で、正しく座ること。
2 祈願。
3 「盈つる」は偏在しているで、日本的な自然観。
4 創造主。
5 自分は長い間、肉体から精神を飛翔させて現実社会で味わった辛酸を消却してしまおうと願っていた。
6 自分を苦しめる感慨の集まっているところ。精神が身体から飛翔すれば、安寧な境地になれるのではないかという願望があり、自我を抑圧して内部世界への沈潜が試みられているが、精神も生命体の内なるものであって願望はかなえられない。
7 現実社会では意見を異にする人々に苦しめられて
8 たとえて言えば夜の闇のなかで長い一夜を過ごしたようなものである。
9 「そそぐ」は「すすぐ」の意で、洗い清めたい、いやな出来事はたくさんあり。
10 忘れてしまいたい逡巡した体験は限りない。

（素雄飛起きて）
素。　誰《た》ぞ、誰《た》ぞ、おろかと嘲《あざけ》るは？
第一鬼王。　われよ、このわれよ、さても愚《おろか》[11]の片《もの》！
塵[12]にて造られながら形骸《むくろ》を厭《いと》ふとは。
往け、往け、再[13]び世に還《かへ》りて
草小屋《くさごや》[14]の陰《かげ》に隠《かく》れよかし。
素。　咄！　罵《のゝし》るか、生々《なま〳〵》[15]しき鬼奴《おにめ》！
第二鬼王。　愚《お》ろかなる物！　静まれや！
[16]この山の魔《かみ》に従《したが》はぬか、
この山の鬼《おに》[17]の眷族《けんぞく》にならずや。
素。　咄！　悪鬼《あくき》われを知らずや！
義《ぎ》[18]の兒《こ》ぞよ！　汝《いまし》とは異《こと》なる性《うまれ》ぞよ！
第三鬼王。　蹂躙《ふみにじ》[19]れ！　蹶《け》[20]踢《たを》せ！
粉末《こな》[21]にして、細塵《ちり》になして、地下《ちげ》[22]に
投《なげ》ふぞ。[23]こざかしき少年《わかもの》思ひ[24]知らせでは。」
（小鬼共哄然《どつと》笑ふ）

11　「片」と記したのは、軽蔑を明示するため。
12　人間でありながら。
13　漂泊をやめて世間と和解して。
14　貧しい家でお前にふさわしい生活をするが良い。
15　あからさまに本性を出した鬼め。
16　蓬莱山の掟に。
17　われわれ鬼の仲間にならないか。
18　自分は道理を弁えている者だ。
19　「蹂践（ふみにじ）れ」は漢語の意訓。
20　「蹶（てき）」はける、「踢（けつ）」は倒すの意。
21　『校本』では「紛末」は、誤植と認めて「粉末」に訂正されている。
22　俗世間に送り帰してしまえ。
23　りこうぶっている。
24　分を弁えさせなくては。

素。

鍼默《つぐめ》[1]！　小鬼共《こおにども》！　神に背《そむ》きて[2]
[3]人を詛《のろ》ひ、[4]世を逆行《さかゆ》かす白徒《しれもの》！
[5]さばきの日《ひ》を待《ま》ちて、汝《なれ》を、汝《なれ》を、熱火《ねつくわ》[6]に
投げ入れふぞ。
[7]怪《あや》しきかな、[8]この靈山《れいざん》に惡鬼《あくき》を見んとは。
[9]左ては靈山《みやま》も賴《たのみ》なき澆李《すゑ》になり果《はて》しや。」

（小鬼共再びどつと笑ふ）

第一鬼王。

神[10]とや？　おろかなるかな、神なるものは[11]
早や地の上には臨《のぞ》まぬを知らずや。
われらの主《しゆ》なる大魔王《おほきみ》[12]、こゝを攻取《せめと》りて[13]
年經《としへ》たり。
汝《いまし》がごと愚《ぐ》なる物《もの》は悶《もだ》へ滅《ほろ》びさせ、
[14]かしこきものには富《とみ》と榮華《えいぐわ》を給《たま》ふことを知
らずや。
さばきの日とや？　[15]あら不愍《ふびん》なるかな、
[16]けふこのごろの裁判《さばき》を知らで、いたづらに

1　「鍼黙（だまれ）」は漢語の意訓。
2　創造主の意向に反して。
3　人々に災いを引き起こし。
4　「逆」はぎゃくの意、「伯徒」は、「痴者」でおろかな者の意。世を悪い方向に導くおろかな者。
5　「さばき」は宗教で神の審判。最後の審判の日には。
6　熱い炎。かっかと燃える火。
7　それにしても納得できない。
8　聖地であるはずの蓬莱山に悪鬼がいるとは。
9　それでは蓬莱山も現実社会と同じように、希望のもてない末世に成り終えてしまったのだろうか。『校本』では「澆李」は、誤植と認めて「澆季」に訂正されている。
10　なに、神がどうしたというのか。
11　この地、日本社会であがめられていた神や仏は、今ではもう影響力が失墜しているのを知らないのか。
12　「おほきみ」はひとまず天皇の尊称。民冨を収奪して国家独占の資本主義体制を構築していく近代日本の中枢に君臨する存在。↓**〔補注12〕天皇制に対する透谷の見解**
13　この地、日本を征服してもう何年か経過している。
14　従順な者には、資本主義の掟に従って富と身分の栄達をくださる。
15　かわいそうなことに。
16　最近、大魔王が君臨してからの支配。

17　首を長くして、かなえられない未来を待っているのか。
18　わたしと議論する相手ではない。
19　『校本』では「生」のルビ「なき」は誤植と認めて「なま」に訂正されている。
20　一緒にたたきのめして。
21　働きについては。
22　もうその辺りでいい。
23　ほつておけ。
24　民の一人に過ぎないが見所がある。
25　気骨があるので、ここへ呼んだのだ。
26　万世一系の皇統の支配への賛辞。

素。　[17]頸《うなぢ》延べて知らぬ未來《のち》を待つや。」
煩《わづら》はし、汝《な》が如き、わが[18]言葉《ことば》敵《かたき》ならず、
往《ゆ》け、われ魔王《まわふ》を待たむ。

小鬼の一個。　往《ゆ》け小鬼《こおに》ども――！
しれもの奴《め》、[19]生《なき》ざかしき漢《おのこ》、
[20]諸共《もろとも》に撃《う》ち砕《くだ》きてこの岩《いは》より投《なげ》ふぞ。
いざ、いざ皆のもの――來れ、來れ。」

（大魔王出づ）

大魔王。　またしても小鬼共《こおにども》の[21]働《はた》らき立《たて》、[22]無益《むやく》〳〵、
[23]うち捨てよ、引去《ひきさ》れよ、鬼共。
この男《おのこ》、[24]塵《ちり》とは言へど面白《おもしろ》き、
[25]骨《ほね》のあればぞ、こゝへは呼びしなれ。
早や往け、引き退《しりぞ》けよ」！

鬼王共一聲に。　王《きみ》のおほせぞ、
わが大王《おほきみ》のおほせぞ、みな愼《つゝし》みて聽《き》けよ。
[26]萬《よろ》づ世《よ》に生《い》きよ、わが魔王《きみ》！

（鬼王小鬼皆去る）

大魔王。　萬《よろ》づ歳《とし》、萬《よろ》づ歳君《としきみ》が物《もの》なれ！[1]

素。　塵！　われを覺《おぼ》ゆるやいかに。

大魔王。　然り、汝《なれ》[2]は山門《さんもん》に現れし者よ、聲のみは彼處《かしこ》にて聞きし。

[3]汝《いまし》がことはわれ始め終り盡《み》な知る。世を憤《いか》[4]り、世を笑ひ、世を罵《のゝし》り、世を去り、[5]戀人を捨て、なほ足らずして己れの滅《ほろび》を欲《ねが》ふは[6][7]愍然塵《あはれちり》の子かな！　抑《そ》[8]も何故に斯くはなりし。

素。　[9]わが悲《かな》しみは、魔王《まわふ》よ。汝《いまし》が知る所ならず。[10]わが憤《いかり》は、魔王よ、汝《いまし》が喜《よろこ》び躍《おど》る所ならずや。[11]わが笑ふ者、わが罵る者、[12]人生《じんせ》の深《ふか》き奥《おく》を思ひ念《めぐ》らせばなり。

大魔王。　[13]おかしやな。おかしやな。王候《わふこふ》貴族《きぞく》は、珍寶權威《ちんぽふけんい》を得《う》れば、

1　万歳、万歳、千代に八千代に。支配の根幹は時間の支配、その具象化が元号。

2　「第一齣」で蓬莱山麓で対話した者だ。

3　お前のことはすべて了解している。権力者の威圧的な言辞。参考、「住民票コード」は支配権力の浸透の一例。

4　わたしが支配している社会に違和を感じて憤慨したり嘲笑したり罵ったりしたあげく。

5　さすらへの旅に出て、現実社会との間に距離をおき。

6　無意識の領域に沈潜して「死」や「滅」との同化を企てたりしているのは。

7　お前の生のあり方に同情しているのだ。

8　一体どうしてそのような自己形成をしてしまったのか。

9　わたしが感じている社会の展開に対する悲しみは、魔王よ、お前が推察できないものである。

10　わたしが憤慨しているのは、魔王よ、お前の立場からすれば、達成を謳歌していることではないのか。

11　わたしが、お前の支配を受け容れている人たちの生き方や人格形成を嘲笑したり罵ったりするのは。

12　人間存在が内包している自由を求める精神について論理的に探求しているからである。

13　お前の言説は理解できない。以下一五行には、大魔王の高慢な支配の姿勢が謳い挙げられていく。

勇《いさ》み喜《よろこ》びて世を此上《こよ》なき者と思ふ。
[14]商估《あきふど》は黄金《こがね》の光《ひかり》の輝《かゞやき》々を見れば、
苦《く》もなく疚《やまひ》もなく笑ひ興《きやふ》して世《よ》を渡《わた》る。
[15]農家《たつくり》は秋《あき》の穂並《ほなみ》の美くしきを見《み》れば
[16]濁酒三杯《だくしゆさんばい》の樂《たの》しさ忘れずと言へり。
少女《こむすめ》は[17]賤《しづ》の夜業《よわざ》の小唄《こうた》のかたはらに
　　戀のさゝやき聞くことを
またなき憂晴《うさばら》しと思ふなる。
少年《わかもの》は目元凉《めもとすゞ》しきをとめの肩《かた》に
　　倚《よ》りつゝ胸《むね》の[18]動搖《どよ》めくを、
天《あま》が下《した》に[19]唯一《ひとつ》の極樂《ごくらく》と思ふなる。
[20]然るに怪しきは汝《いまし》なり、何《なに》を左は苦しみ悶《もだ》
ゆるぞ。」
[21]凡そわが眼《め》の向ふところは[22]浮世の迅速《みぢか》き樂《たの》
素。
事《しみ》にあらずかし。
[23]望《のぞみ》にも未來《みらい》にも欺《あざむ》かれ盡《つく》して[24]わが心は早や

14 （あきうど）漢語の意訓。
15 （たつくり）農夫。意訓。
16 糟をこさない酒。「三杯」は酒を三杯ほど飲んだほろ酔い機嫌。
17 稼ぎの少ないよなべ仕事。
18 「響動めく」で、鳴り響く。
19 ただ一つの。
20 人々は身分に自足して人生を楽しんでいるのに。
21 おしなべてわたしが問いかけている点は。以下の二一行には、素雄の存在感が叙述されている。→〔補注13〕**内部世界の情調の告白**
22 あなたの言うような表層での楽しみではない。
23 新しい社会に対して抱いていた夢も希望もかなえられなくなって。
24 わたしの気分は今ではもう。

世の[1]詐網《いつはり》を坐《ざ》して待つ忍耐《しのび》を失《う》せたりける。
始めには樂しと思ひしこと、後には[2]其の後《うし》
面《ろ》をのみ窺《うかゞ》ふ習慣《ならひ》となりつ、
自然《おのづから》にわが眼《まなこ》、[3]塵の世を離《はな》れて高《たか》きが上に
彌《いや》高く[4]形而上《かたちのうへ》をのみぞ注視《みつめ》ける。われに大《たい》
鵬《はふ》の翼《つばさ》なくとも能《よ》く[5]世《よ》の雑紛《ざつぷん》を搏《はた》きて、
[6]蒼穹《あほぞら》に精魂《たま》を舞《ま》ひ遊《あぞ》ばしめし。わが精魂《たま》の
蒼穹《あほぞら》に舞《ま》ひて心地《こゝち》[7]はつかに清《すゞ》しくなりけれ
ば、わが苦《にが》める[8]顔色《おもて》も和《やは》らぎて——[9]茲《こゝ》に始《はじ》
めて甞《な》むる戀《こひ》の味《あぢ》。あだかも百種《もゝ》の草花《くさばな》[10]一《いぢ》
度《ど》に咲《さ》ける花園《はなぞの》に、われと彼、彼とわれ、
抱《いだ》き合ふて歩《あゆ》める如《ごと》く。この世の中に、[11]忌《いま》
はしき地獄《ぢごく》を排《はい》して、[12]一朝《ひとあさ》に變《かは》れる極楽園《ごくらくえん》。
然はあれども、[13]世の極楽は長からず、
忽如《たちまち》に[14]悪鳥花《あくちやうはな》を啄《ついば》み去り、
暴風《あらし》も草をなぎて行けり。

1　現実社会で行はれている納得できない支配や制度の進展を我慢する忍耐がなくなってしまった。
2　背後に隠されている支配者の意向を推しはかるようになってしまった。
3　わたしの視点は、現実から飛翔して。
4　[易経繋辞]形式をはなれたもの。実在の奥にあるもの。
5　世俗的な束縛を脱して。
6　精神を他界に飛翔させていたところ。『校本』では「遊」のルビ「あぞ」は、誤植と認めて「あそ」に訂正されている。
7　わずかに。
8　顔色。
9　ここでの「戀」は思慕の情の意で、常に抱いている思想面での煩悶が解消されて平穏な心境に到達すること。
10　『校本』では「一度」のルビ「いぢど」は、誤植と認めて「いちど」に訂正されている。
11　やりきれない現実社会から受ける嫌悪感を捨象して。
12　突然訪れる安寧な境地。
13　現実社会では、安寧な心境を長く持続することはできなくて。
14　「極楽園」からの連想で、醜悪な現実が喜びを押しつぶしてしまい。

[15]戀てふ者も果《はか》なき夢の迹《あと》。これもいつはれるたのしみと悲しみ初《そめ》にき。」

大魔王。さてもさても怪しき漢《おのこ》かな、
語れよ、語れよ、息《やす》まで語れよ。」

素。[16]おもへばわが内《うち》には、[17]かならず和らがぬ兩《ふた》つの性《さが》のあるらし。ひとつは神性《かみ》、ひとつは人性《ひと》、このふたつはわが内に、小休《こやみ》なき戰ひをなして、わが死《し》ぬ生命《いのち》の盡《つ》くる時《とき》までは、われを病《や》ませ疲《つか》らせ惱《なや》ますらん。
つら〳〵わが身の過去《すぎこしかた》[18]を思へ回《かへ》せば、
[19]光《ひかり》と暗《やみ》とが入り交《まじ》りてわが内《うち》に、われと共に成育《おひたち》て、
このふたつのもの、たがひに主權《しゆけん》を爭《あらそ》ひつ、
[20]屈竟《くつきやう》の武器《ぶき》を裝《よそほ》ひて、いつはつべしとも知らぬ長《なが》き恨《うらみ》を[21]釀《かも》しつあるなり。

15 恋によってもたらされる多少の希望も。
16 以下の二二行には、素雄の内部世界での葛藤が記されている。
17 決して和解しない、人間存在が内部に保有している霊性と通俗的な生活規範。
18 『校本』では「思へ回せ」は、誤植と認めて「思ひ回せ」に訂正されている。
19 現実世界と内部世界。参考、「第二齣 第二場」の冒頭部分に「内と外」「光と暗」の関係が叙述されている。
20 きわめて強い武器を準備をして。
21 つくり出しているのだ。

この戰《たゝか》ひを息《やす》まする者《もの》、「眠《ねふり》」[1]てふ神女《かみめ》の贈《おく》
る物《もの》あれど、眠《ねふり》の中《うち》にも恐《おそ》ろしく氷《こほり》[2]の汗《あせ》を
しぼることもあるなれ。
眠《ねふり》はた長《なが》き者《もの》ならず、起出《たきいづ》[3]れば野《の》に充《み》つる
小幟大旗《こはたおほはた》、山を崩《くづ》す軍叫喚《いくさゝけび》、
鳴神《なるかみ》の銃《つゝ》の音《おと》、電光《いなづま》の劍《つるぎ》の火《ひ》、
[4]外《そと》の敵《あだ》には、露懼《つゆおそ》るゝこと知《し》らぬ我ながら、
[5]内《うち》なる斯《こ》のたゝかひには、
[6]眼《まなこ》を瞑《ふさ》ぎて、いたづらに胸の中《なか》なる兵士《つはもの》を
睨《にら》むのみ。」

大魔王。 説《と》くなかれ説《と》くなかれ、
さても愚《おろか》なる苦《くる》しみかな。われ其《その》たゝかひ
を止《とゞ》め汝《いまし》を穏《おだ》やかに、樂《たの》しき者《もの》となさん、
いかに。」

素。 汝《いまし》が力《ちから》にて能《あた》[7]はゞおもしろし。

大魔王。 去らば來よ。彼方の巖《いはほ》に登《のぼ》らん。

1 眠りという、天与の平安が休息なのであるが。

2 悪夢にうなされて寝汗をかくことも。

3 『校本』では「起出」のルビ「たきいづ」は、誤植と認めて「おきいづ」に訂正されている。目が覚めると内部世界には、あれこれの主張が充満して。

4 他者との関係では。

5 内部世界での煩悶には。

6 目を閉じて、閉塞されたままで。

7 出来るならば。

大魔王。[8]（両個歩み出て彼方へ登る）
暫時爰《しばしこゝ》にて眺《なが》めて居《い》よ、わが再び還《かへ》り來《こ》ん迄《まで》は。おさらばよ！
（大魔王去る）

素。[9]あやしき魔王《もの》かな、こゝにて何を見よと謂ふや。天《てん》[10]の美《び》か、地《ち》の和《わ》か、[11]われを静《しづ》むる者いかん。
（俯し覗ひて）[12]

素。あら間近《まぢか》なるあの烟《けふり》は？
燃上《もへあが》る、あの火《ひ》は？　其色の白《しろ》き黒《くろ》き、赤《あか》き青《あを》き入雜《いりまじ》れるは、何事ぞ、何事ぞ！
あれ、あれ、あの火は都《みやこ》の方よ！
[13]都《みやこ》よ！　都《みやこ》！　都《みやこ》のいつの間《ま》にかこの山の麓《ふもと》に移れりと覺ゆる。
その火！　その火！　都《みやこ》！　都《みやこ》！
みやこ！　さてもわが[14]呱々《くわ〳〵》の聲を擧げしと

8　素雄と大魔王。→〔補注14〕「魔」の本質——「新蓬萊」の状況
9　いぶかしい行いをするなあ。
10　形而上の美かそれとも地上の調和か。
11　わたしの心を穏やかに、楽しくしてくれるというのはどんな光景なのか。
12　うつむいて下界を眺めていると。
13　都に相違ない。都はいつの間にか山の麓に移っていたらしい。
14　「呱々」は乳呑み児の泣き声、わたしが生まれたところ。

ころ。
みやこ！　わが戯れしところ、無邪氣《むじやき》なり
しところ。
みやこ！　[1]われを迷せし學《まなび》の巷《ちまた》も、[2]わが狂《くる》
ひ初《そ》めしいつはりの理《り》も、
[3]わがあやまりし智慧《ちゑ》の木《き》も、親《した》しかりしもの
も悪《にく》かりしものも、そこに、
あれ、あれ、あの火の中に」！
さてもあの白き火は？
　これは出づ、[4]高厦珠殿《こうかしゆでん》の間《あひだ》より。
さてもあの黒ろき火は？
　これは[5]群籍寶典《ぐんじやくほうてん》の眞中《まなか》より。
さてもあの赤き火は？
　これは[6]酣醉蹈舞《かんすいとふぶ》の際《あはひ》より。
さてもあの青き火は？
　これは[7]茅屋廢家《ぼうおくはいか》のかたはらより。

1　わたしの精神を不安定にした学校も。以下、「みやこ」で成長してきた過程がアイロニカルに回想されている。
2　わたしが現実を許容できなくなってしまった理由も。
3　わたしが取り違えたかもしれない真理も。
4　高大な家屋と美しい御殿。
5　多くの書籍と貴重な書物。
6　「酣醉」は酒に十分酔うこと、「蹈舞」は足拍子をとって舞をまうこと。
7　そまつな茅葺きの家と荒れ果てた家。

[8]陰々《いん〳〵》陽々《やう〳〵》曖々《あい〳〵》憺々《たん〳〵》、烟となつては火に還り、
火となつては再《ま》た烟となりつ、
立登《たちのぼ》り立騰る——[9]虚空《こくう》もこげて星も落ち散
る、物凄《ものすご》や〳〵。
あの火の下に、あれ、あれ、何者ぞ？

（巖の極角に進みて）

あれ、あれ、わが住《すみ》馴れしあたりは早や灰
となれる、早や、早や灰よ、灰よ！
むかしの家はなく生命《いのち》の氣《き》もなし、
むつみ遊《あそ》びしものも優《やさ》しかりし乙女子《をとめご》も、
わが植《うへ》たりし草《くさ》も樹《き》も、
ひとつは髑髏《どくろ》となりて路《みち》に仆《たを》れ、
他は死の色に變《かは》れる。あれ、あれ[10]いまはし
や[11]惡鬼《あくき》ども灰を蹴立《けたて》て、飛《と》びつ躍《おど》りつ擧《あ》ぐ
るかちどき。
白鬼、黑鬼、赤鬼、青鬼、入り亂れ行《ゆ》き違《ちか》

8　煙と火が濛々と立ち上り燃え広がっていくさま。

9　なにもない空間。

10　忌まわしいことに。

11　鬼たちの歓喜のさまは、明治政府に恭順な姿勢をとり富や栄華を獲得して自足している人々の喩と受け止められる。参考、『富士山遊びの記憶』（明治一八年）には、富士山頂から地界を望んでの漢詩に「男兒心膓追日輕　美酒爲池悉沈醉」という一節がある。

ひ、叫《さけ》びつ舞《ま》ひつ、鼓撃《つゝみう》ち跳《は》ね遊《あそ》び、祝《いは》ひ
歌唱《うたうた》ひ、酒筵《さかむしろ》ひろげ、酔《よ》ふてはなほも狂《くる》ひ
躍《おど》り、
落散《おちちれ》る骨《ほね》をかき集《あつ》めて打《うち》たゝき、
まだ足らぬ、まだ足らぬと
つぶやく聲のきこゆる。
[1]鳴呼、[2]わがみやこ！　あれ、あれ、みやこ！
[3]捨《す》てたりとは言《い》へ、[4]還《か》へるまじとは言へ、
わがみやこ、悲しきかな、あの火！
[5]無残《むざん》、限《かぎ》りなき人を
晩《おそ》からず盡《み》な灰にす可きぞ。」
[6]いづこにや隠《かく》れし[7]妙《たへ》なる法《のり》の道《みち》、
いづこにや逃《のが》れし、[8]まこと世を愛《めづ》る人、
あの火に燬《や》かれしか、[9]はた恐《おそ》れて去《され》るか、
あなや！　あなや！
（大魔王再び出づ）

1　『校本』では「鳴呼」は、誤植と認めて「鳴呼」に訂正されている。
2　わたしの生まれ故郷。わたしの原質が育まれたところ。
3　「第一齣」には「捨てし世の」とあるが、素雄の「世」との関係は「第二齣　第二場」に「おのれてふもの」を「捨てゝ去なんこそ／かたけれ」とあるのが基本姿勢。
4　帰らないと決意はしているものの。
5　いずれそのうちに、ことごとく滅ぼしてしまうだろう。
6　一体何処に行ってしまったのだろう。
7　この地に存在していた優れた規範は。近代化が推進される以前の道徳は。
8　心から世間を大切にする人たちは。
9　もしかするとどこかに避難しているのだろうか。

大魔王。何にを左は悲しむぞ。
素。[10]おそろしき世の態《さま》を見ればなり。
大魔王。何《な》ど左は悲しむぞ。
素。[11]出でしとて世はわがまことに[12]悪《にく》む所ならず、
[13]まことに忘れ果《はつ》る所ならねばなり。」
（大魔王から〳〵と笑ひて）
大魔王。[15]おろかやな！[14]世は笑《わら》ひつ泣《な》きつ消《き》え行くに、
汝《いまし》ひとりは忘れぬとや、忘られぬとや。
[16]神とし尊崇《あがむ》るもの[17]此世《このよ》にては早《は》や
権《ちから》なきを知らずや。
素。あれ、あれ、あの火の中には、[18]神《かみ》も佛《ほとけ》も、よ
も住《す》まざらん。
大魔王。住まざらんとはおろかなり。[19]神より彊《つよ》きも
の、彼に打《う》ち勝《か》ちて、彼《かれ》の権威《けんい》を奪ひ取れ
るを知らずや。
素。其は誰ぞ、何物ぞ？

10　悪鬼たちが跳梁して嘗ての良風美俗が灰燼と化して行く様子を見たからである。参考、「［石坂ミナ宛書簡草稿］一八八七年十二月十四日」には、「今は寸刻も安からぬ脳力の競争時代と變じ來れり」と「人の心」の変移が指摘されて終末観が吐露されている。

11　漂泊の旅に出て、世と距離を置いているとはいえ。

12　ほんとうに世を憎いと思っているのではない。愛着があるから離れているのである。

13　ほんとうに忘れてしまうことが出来ない所だからである。

14　世の中は世人が泣いたり笑ったりしている内に推移していくのに。参考、「泣かんか笑はんか」（明治二三年）には、「世人は容易すく泣き、容易すく笑ふ」とある。

15　お前だけは以前の世のありさまが忘れられないというのか。

16　お前達が神として尊んでいるもの。

17　現代ではもう力がないのを知らないのか。

18　神も仏も、もう存在していないだろうか。

19　神よりも支配力のあるものが。

大魔王。 其彊き者を知らば汝《な》は[1]降り拝《いつ》くや。
[2]尊崇《あがめ》て汝《な》が王《きみ》となすや如何。

素。 [3]もとよりなり。

大魔王。 [4]そはわれぞ。[5]罪の火をもやして白き黒き赤き青き、その火を以《も》てこの世を焼盡《やきつく》さんとするものわれぞ。
[6]人を、世を、灰と化《な》し、[7]昔の塵にかへすものは、斯く言ふわれぞ。
火を、風を、電火《いかづち》を、鳴雷《なるかみ》を、洪水《おほみづ》を、高き山を、ひろき海を、[8]思ふが儘《まゝ》に使《つか》ふもの、斯く言ふわれぞ。
[9]暗《やみ》をひろげ、[10]死《し》を使《つか》ひ、始めより終りまで[11]世を暴《あら》し、世を玩弄《もてあそ》ぶもの斯く言ふわれぞ。
ひれふせよ今、ひれふせよ、塵！

（素雄默然）

大魔王。 [12]千萬《ちよろづ》の小鬼大鬼《こおにおほおに》を隨へて雲《くも》に乘《の》り風《かぜ》に鞭《むち》う

1 降伏してあがめるか。
2 崇め尊んでお前の支配者として認めるかどうか。
3 いうまでもない。大魔王に本質を暴露させるための甘言。
4 新たな支配者はわたしなのだ。
5 破壊の力を発揮して。
6 以前の社会に存在していた規範を破壊して。
7 人倫・道徳が存在していなかった以前の混沌とした状態に戻してしまうのは。
8 自然に対して勝手に手を加えるのは。
9 世の展望を閉ざし。
10 生命を軽薄に扱い。
11 世を殺伐なものにし、思いのままに扱う者は。
12 多くの追従者を随えて。

13　世界の覇者として勝手な振る舞いをするのは。
14　お前がわたしの支配に従っている普通の鬼と違って気概があるのを見込んで。
15　転向すれば重く用いてやろうと思うのだが。
16　ふるい立って。
17　お前の言うことは気狂い沙汰だ。
18　「雲居」はそら、遠くまたは高くて離れていること、宮中・皇居などの意から立派な宮殿。
19　科学技術。
20　国民を統合している支配力。

ち、雨《あめ》に交《まじは》りて[13]天上天下《てんじやうてんが》を横行《おうぎやう》するもの斯
く言ふわれぞ。
俯伏《ひれふ》せよ、ひれふせよ、降らずや。
（素雄なほ黙然）
大魔王。いまだ降らずや、
[14]汝《いまし》が通例《つね》ならぬ膽《きも》あるを見て、こゝへ召寄《よびよ》
せ、[15]わが鬼の頭《かしら》のひとりとなさんと思ふに。
いまだ俯伏《ひれふ》さずや。
（素雄なほ黙然）
いまだひれふさぬ。
さらばわが魔力《まりき》もて滅《ほろぼ》さんに、
火に投入《なげい》れて灰となさんに。
なほ降《くだ》らじと思ふや。
（素雄[16]奮然として立ち）
素。叱！　悪魔《あくま》！　[17]狂《くる》ひぞ、狂ひぞ。
汝《いまし》が[18]雲《くも》の住居《すまひ》、汝が[19]飛行《ひぎやう》の術《じゆつ》、汝《いまし》が[20]制御《せいぎよ》の

権《ちから》は[1]わが友《とも》とするに足《たれ》ど、
限《かぎり》なき詛《のろ》ひ[2]の業《わざ》、盡《つ》くるなき破《は》[3]壊《くわい》の業《わざ》は過《か》[4]
去《こ》未來永刧《みらいえいごふ》の我《わ》が仇《あだ》ぞ。

大魔王。
[5]口さかしや！　降らずや！

素。
降れとや、あな、けがらはし天地の盡《つ》くる
迄は、汝《いまし》とわれと睦《むつ》[6]む時あらじ、
徃け、徃け、徃かずば、わが眞如《しんによ》[7]の劔《つるぎ》の
鋒尖《きつさき》を見せんか、いかに。
おもしろし汝《いまし》が滅《ほろび》の力。
試みよ、今まこのわれに。

大魔王。
滅ぼすは易《やす》き業《わざ》なれど、滅ぼすは、
滅ぼすは、泡沫《みなは》[8]を消《け》すより迅速《はや》[9]けれど。
流石《さすが》に、汝《いまし》を滅ぼさんは。
降れ、降れ、も[10]一度《ひとたび》思ひ念《めぐ》らせよ。

素。
いまだ徃かぬ、いまだ降れと言ふ。
穢《けが》らはしき魔《ま》、咄、悪魔《あくま》、思ひ知らせでは。

1　見習う価値があるが。
2　人間の尊厳に対して侮蔑した行為。
3　自然に対する破壊行為は。参考、明治二三年一月には、足尾銅山の鉱毒で渡良瀬川の魚類が多数死滅している。
4　何時の世に於いてもわたしは許すことができない。
5　口先が上手である。
6　和解するときはあるまい。
7　「直如（しんにょ）」（仏）はものの真実のすがた。
8　（みなは）意訓。水の泡。
9　（はや）意訓。すみやかなこと。
10　もう一度考えなおせ。

（大魔王大笑して去る）

素。　[11]あやしわが眼《まなこ》自然《おのづから》に見《みえ》ずなりぬ、
　　[12]明相《みやふそふ》無《む》明相《みやふそふ》にまだゝきもせず開きし我眼《わがまなか》。

魔聲。　わが力知らずや。

素。　あな[13]魑魅《ちみ》、[14]毒魔《どくま》、[15]わが滅盡《ほろぼし》の業《わざ》を、いまはじむるや。
　　いで、いで、この鐵拳《こぶし》にて戰はんや。
　　あらあやしわが腕《かひな》動《うご》かずなりぬ。

魔聲。　[16]わが力知らずや。

素。　[17]口惜《みちを》しや、口惜しや、おのれ悪鬼《あくき》われを玩《もて》弄《あそ》ぶや。左らばわが脚《あし》を擧《あげ》て蹴《け》らんや。
　　あやし雙《そう》の脚《あし》しびれて立たず。

魔聲。　わが力知らずや。
　　あはれのものかな！　思ひ知れ！
　　いざ行かん、空しく時を費やしけり。
　　おさらばよ、塵！

11　おかしい、自然に眼が見えなくなってしまった。

12　「無明」は〔仏〕真理に暗いこと。明るい所でも暗い所でもちゃんと開いていた眼が。『校本』では「我眼」のルビ「わがまなか」は、誤植と認めて「わがまなこ」に訂正されている。

13　山林の異気から生じるという怪物。

14　毒婦などから、人の心を傷つける魔物。

15　わたしを滅ぼす手だてを。

16　わたしの力を思い知ったか。

17　『校本』では「口惜」のルビ「みちを」は、誤植と認めて「くちを」に訂正されている。

素。

（素雄眼を瞬開きて）

1いかに、いかに、重くかゝりし雲に縫《ぬ》はれし天《そら》の門開《かどひ》らけ、清《きよ》く流《なが》るゝ天《あま》の河《がは》。

いかに、いかに、2わが眼《まなこ》の再び物《もの》の色《いろ》を別《わか》ち、脚《あし》も立ち、腕《かひな》も動くぞうれしき。

見へず早や、あのいまはしき魔《ま》、魔《ま》よ、魔《ま》よ、いづこへや往ける。

3無念骨髄《こつずい》に透《とほ》りて、4御雪《みゆき》には熱《ねつ》を催せし5わがふところより迸《ほとばし》り出《いづ》る凍《こほ》れる血《ち》。

無念、無念、われなほ神ならず靈《れい》ならず。

死《し》ぬ可き定《さだめ》にうごめく6塵《ちり》の生命《いのち》なほわれに纏《まと》へる。」

7事《こと》問《と》はん、その「我」に、いましが行く可きところいづこぞ？

　8世か、還《かへ》るか、世に？

9世に還らば、いづこに住みて、10いかなる業《わざ》

1　どうしたのだろう。

2　素雄の視界から大魔王の幻影が消失して、内省する力が回復している。

3　無念の気配が心の底に染み渡って。

4　「第二場」の冒頭で「御雪を蹈立てゝ彼方なる危巌の上に立たむ」と勇んでいたのに。

5　いまでは、わたしの体内では冷たい血潮が感じられるけれども。

6　「生命」はやはりわたしに纏いついている。やはり生きている。

7　形骸から逃れられなくて、この世の生命を保持している自分に問い糺したい。

8　現実——あの社会の生活に、還るのか。↓〔補注15〕**素雄の「死」（帰還）と「蓬莱曲別篇（未定稿）慈航湖」について**

9　漂泊をやめて世俗で生活するとしたら。

10　どんな生業をしたらいいのか。

11　わたしが世に帰還しようとすると、耐えられない様々の現実と出会わなければならない。
12　わたしの性質は他者との葛藤や煩悶に耐えられない。
13　世への愛着は捨てきれないのだが。
14　わたしが平穏に生活できる家があるだろうか。
15　さすらいの旅に出る以前、世の中でわたしが過ごしていた。
16　貧しい家は、はかない生の「もの寂しさ」を堪え忍ぶことは出来ても。参考、「蝙蝠と共なる巣」については、『楚囚之詩』、［第十二］と［第十三］の間に挿入されている「畵」が想起される。
17　時勢の変位に違和を増幅して安眠できない自分には。
18　一夜を送ることさえできないところである。
19　わたしは世間で平穏に生活できないし、社会の側でもわたしの考えを必要としないだろう。現世への絶望の凝縮。
20　蓬莱山頂から谷底を見おろすと。無意識の深淵を見おろすと。

をやなす？

嗟《あ》、吁《あ》、[11]わが還《か》へる路《みち》には、猛虎《もふこ》あり、毒蛇《どくだ》あり。猛虎毒蛇わが恐るゝ所ならず、然れどもわが戦《たゝか》ふを好まぬもの。戦ふを好まぬにあらず、[12]わが性《うまれ》は戦争《たゝかひ》に習《ふ》れぬなり。
[13]世よ、[14]わが行きて住むべき家ありや。
世よ、わが還りて為すべき業《わざ》ありや。世よ、[15]汝《いま》しが曾《かつ》て与へし古寺《ふるでら》の朽《く》ちし下壁《したかべ》の、[16]蝙《かう》蝠《ふり》と共《とも》なる巣《す》は、「寂寥《せきれふ》」を宿《やど》すには足れど、[17]この暗幽《くらき》に眠《ねむ》らぬものには[18]一夜《ひとよ》をも送らるべきところならず。」
[19]われ世を家《いへ》とせず、世よ汝《いまし》もわれを待《また》ぬ可し。
わが家いづこ？　わが行くところ？
咄！　咄！　魔《ま》、われをいかにせんずる。」
[20]見おろせば限《かぎり》知《し》られぬ山の底《そこ》、

あやしき火や登《のぼ》る、そこよ、そこよ、
わが行く可きところ、そこ地獄。
[1]死《し》の水《みぞ》の流《ながれ》は速《はや》し、そこよ、そこよ、
わが筏《いかだ》おろさん、そこよ[2]陰市道《よみのみち》、
[3]この身、生きて甲斐《かひ》なし、ありて要《よふ》なし。
[4]思ひ極《きは》めて、[5]いで一躍《いちやく》して[6]捺落《ならく》の眞中《まなか》に！
風の如く、火の如く、雷《らい》の如く、流星《りゆふせい》の如く
落下らんや。
[7]さもあらばあれ、粉《こ》となれ、塵《ちり》と化《な》れ、
舞下らん！　舞下らん！
[8]思へば安し、もとより塵なれ。
[9]世のおきて亂し、世のさだめ破るものわが
後に生《うま》れざれ。
いま去らん、消え失せん、世の外《そと》に。
（一躍巖を離れんとする時）
（樵夫源六走來りて抱《いだき》止《と》む）

1　「死の水」は冥土へ行く途中にある死者が渡る三途の川の水で、流れの急な瀬、やや急な瀬、ゆるやかな瀬の三つの瀬があるという。
2　ヨミ（黄泉）はヤミ（闇）の転、ヤマ（山）の転とも。「よみのみち」は、冥土へ行く道。
3　わたしの人生は生きていても仕方がないし、この世の役にも立たない。
4　決断して。
5　さあ。
6　「捺」は「おす」の意。「奈落」（梵語 naraka）は地獄。深くて底の知れぬ所に。
7　「然も有らば有れ」の意で、不本意であるがそれでよかろう。
8　考えてみればたわいない。
9　社会の進展に疑問を持ったり、通俗規範を受け容れない異端者。

10　「旅人」は素雄を指していて、無意識の領域の存在として仮構されている源六は素雄の心情を了承している。
11　「第二齣　第三場」で出会った樵夫ではないか。
12　お前は、どのようにしてこの蓬萊山頂にやって来たのか。
13　あなたの居るところは、「死」や「滅」の深淵の入り口です。
14　現実社会は。
15　素雄の視界には、魔王が表出した都が焼き尽くされていく幻影が残存している。
16　一方には。
17　自分だって、鳥や鷲のように飛翔することができよう。
18　さあ舞い下りよう。

素。誰《た》ぞ、誰《た》ぞ、何者《なにもの》ぞ、われを止めていかにする？

源。[10]待ちね、待ちね旅人《たびゝと》。

素。[11]樵夫《きこり》ならずや、[12]いかにしてこゝへは來し。またいかなればわが死を止むる？

源。危ふかりし、危ふかりし。[13]そこは嶮《けは》し、辷《すべ》り落ちては……此方《こなた》へ此方《こなた》へ。

素。いなよ、[14]この世はわれを苦《くる》しめ、また欺《あざ》むけり。われを無《な》からせんとせり。いかで長く留《とゞま》るべき、早や興なければ。見よ、[15]世の方に燃《も》へさかる火。われいかでながらへん、今こそ時なれ、死《し》ぬ可き時《とき》。見よや[16]彼方《かなた》におもしろく翼張《つばさは》る者あり、あれ、あれ、あの鳥、あの鷲《わし》。[17]このわれ、いかで劣らん、[18]いでひとおどり、奈落への旅《たび》路《ぢ》急《いそ》がん。

（源六素雄を捉へて動《うご》かせず）

源。あわれ旅人《たびびと》のむごく[1]狂ふかな、
おそろしやこの頂《いただき》より舞下《お》りんとは、
しばし、[2]みやこ人《びと》、しばし静まりてよ。
こはいかに、こはいかに、
何《な》どて、左はもがくらん。

素。[3]なだめぞ、なだめぞ、[4]虚僞《いつはり》のかたち、[5]汝《いまし》も
小鬼《こおに》のひとりなるべし。
[6]思へば人誰《ひとた》れか鬼ならぬ、
美くしき顔《かほ》なるも、柔《やさ》しき態《さま》なるも、いみじき言《ことば》吐《は》くも、けだかき行《おこな》ひするも、おごそかに説《と》くも、[7]あらたかに論《あげつら》ふも、優《ゆふ》なる擧動《ふるまひ》も、淸《きよ》らなる意《おもひ》も、[8]外《そと》こそは神なれ、
内《うち》は鬼なる。
　[9]人は皆な鬼なるか、
わが見しごとく[10]灰の中にときめけるものど

1　この上なく動揺していることだ。
2　都の人よ。素雄の故郷は旧社会の中心地・都とされている。
3　〔底本〕「なだめぞ」。「ななだめぞ」の「な」が消えた形。止めないでほしい。
4　親しげな樵夫の姿は偽りで。
5　お前も権力の追従者に違いない。
6　思い直してみると権力に従順でない人はいない。
7　「あらたか」は神仏の霊験が著しいことで、まことしやかな議論をする人も。
8　表面では思いやりがうかがえても、実態は権力の志向を分かち持っている存在である。
9　人は誰しも権力に掌握されてしまうのだろうか。
10　魔王が表出した都の幻影で、灰の中でかちどきを挙げている悪鬼たちは。

11　権力の追従者ならば人に相違ないし、人ならば権力に恭順であるに相違ない。
12　もう消えてしまえ。
13　わたしは権力への追従者ばかりがはびこっている現実社会には還らない。「第一齣」にも「兎ても世には歸り玉はじと」という、清兵衛の発言が記されている。
14　「仙姫洞」は素雄の内部世界の深奥に居を占めている「死の坑」の中にあり、源六が琵琶を持参しているのは、源六も琵琶も素雄の内なる存在であることを示している。
15　ひどく心が乱れていることだ。
16　なんと。
17　認識能力を喚起して生のありかたを導いてくれた分身ではないのか。
18　わたしの動揺はお前の慰めの範囲を超えてしまい、もう力が及ばなくなってしまった。

もは人か鬼か、鬼ならん、[11]鬼ならば人なら
ん、人ならば鬼ならん。
往[12]け樵夫《きこり》、[13]われ鬼の世には還らじ、
知らぬ地獄《よみ》にはまた樂しきこともあらん。
（[14]源六素雄が仙姫洞に）
（遺せし琵琶を取出て）
源。[15]おそろしく狂ふかな。さても旅人よ、
この琵琶を覺へずや。わが鬼ならぬはこれ
にても知りたまへ。
素。其はわが琵琶ならずや。[16]いかに、[17]わが精神《たま》
のいとも親《した》しき者ならずや。
（一滴の涙凄然として落つ）
いかに、いかにわが琵琶よ、わが爲に、い
かなる音《ね》を鳴らんとする、そも此處《こゝ》に。
琵琶よ、[18]わが亂るゝ胸は汝《いまし》が慰籍《なぐさめ》の界《さかい》を踰
えて……果《はか》なし。

見よや、[1]われを納《おさ》むべき天は[2]眺《み》るが内に高
きより高きに、蒼きより蒼きにのぼりのぼ
りて、わが入る可き門《かど》は[3]いや遠《とを》み。
見よや[4]わが離《はな》る可き地《ち》は、唯だ見る、[5]蛟龍《こふりやふ》
の背《そびら》を樹《た》つる如く怒濤《どたふ》の湧《わ》く如《ごとく》くわが方に近
寄り近寄り、埋《うづ》めんとす、呑《の》まんとす、[6]そ
の暗《くら》き墟《あふ》に。
[7]琵琶よ汝《いまし》を伴なふて何かせん、汝《いまし》を頼《たの》みて
何かせん。
わが精神《たま》の、わが[8]意情《こゝろ》の誠實《まこと》の友なりし
わが琵琶よ、[9]早や用なし。
[10]清くいさぎよき蓮華《れんげ》の上に、汝《いまし》を携へて、
[11]淨土《じやうど》の快樂《けらく》長からんと思ひしことはいつは
りなるかも、實《げ》にいつはりなるかな。
いまは早や汝《いまし》のいとま取らす可し、
[12]わが埋《うづ》もる可き世の奥《おく》なる地獄《よみ》の地《ち》に、[13]汝《いまし》

1 わたしが収束されることを願っている天界は。
2 見ているまに。
3 ますます遠くなり。
4 わたしが逃れたい現世は。
5 想像上の動物。まだ龍とならない「みずち」。
6 暗黒の現世への恐怖感の表象。「第一齣」には「人の世の塵の境を離れ得で／今日までも、愚かや墟坑に呻吟けり」とあった。
7 琵琶よ！お前と一緒にお前の力で、世から逃れて行く手だてはないのもか。
8 「情意」の転倒。意訓。
9 もう必要がない。
10 清く汚れのないハスの花の上での。
11 五濁・悪道のない、仏・菩薩の住する国での楽しい暮らし。
12 わたしが陥っていくらしい厭わしい世の地の底にあるという地獄に。
13 あなたの行く道があるかどうかは分らないから。

14　お前も鷲と同じように自由な存在である！
15　お前は固有な力のある存在である！
16　天地の運行をつかさどる神に思いやりが無いことはなかろう。
17　「逝け」は死の領域への移行。
18　わたしに先駆けて往け。
19　わたしと同じ所に行き着くのだろうか。
20　行けば、お前の往く道が準備されているだろう。
21　わたしが往く所はまだわからないが。
22　わたしの魂でもある琵琶が。
23　「気」は天地間を満たしていると考えられるもの。
24　『校本』では「喜」のルビ「よろ」は、誤植と認めて「よろこ」に訂正されている。
25　自然に鳴り響いて。
26　わたしの想いと琵琶の霊性とを共鳴させながら。

が通ふ道《みち》あるやいかに、疑《うたが》はし。

行け、往け、夜も懼れず空を翺《かけ》るあの、あの鷲《わし》の跡《あと》追へよ、[14]汝《いまし》も自由の身！　琵琶よ[15]汝《いまし》も不羈《ふき》の身！　[16]天地心なからんや、汝《いまし》が爲に流す涙なからんや。

往け、[17]逝け、[18]わが先驅《せんく》せよ！

いづこへや行く？　往け、いづこなりとも！
[19]われと共《とも》なる可きや？　往け、[20]行かば汝《いまし》が通ふ所あらん、[21]わが通ふところは未だ知らず。

（琵琶を投下ろす）
おもしろやおもしろや[22]わが琵琶の、風にひるがへり、[23]氣を拂《はら》ひ退《の》けて、
怒《いか》れるや、恨《うら》めるや、泣けるや、笑《わら》へるや、
[24]喜《よろ》ぶや、悲《かな》しむや其音《そのね》？
[25]自然《かみ》の手に彈《ひ》かれて、[26]わが胸と汝《いまし》が心《むね》とを

契《ちぎ》り合せつゝ、
落ち行なり、落ち行くなり！
エー、エー其音《ね》は、エー、エー其の琵琶の、
エー、エーわが琵琶の其音《ね》はわれに最後《さいご》を
促《うなが》すなる！
[1]いでこのわれをも舞《ま》ひ下《くだ》らせん、
　　舞ひ下らせん[2]抑《そ》もや
[3]烈火《れつくわ》の中にか[4]熱鐵《ねつてつ》の上にか。
いでいでわれも行かん、
地よわれを嚙《か》むに虎《とら》の牙《きば》現《あら》はせ、海よわれ
をのむに鰐《わに》の口開《ひら》け。いで、いで、わが[5]中《うち》に
も、生命《いのち》われを脱けんともがくと覺ゆる。
（素雄振りきりて飛び躍んとす）
源。危ふし、危ふし、さても怪しの旅客《たびゞと》かな。
素。怪《あや》しと？　[6]世の生涯《いのち》こそ怪しけれ、
[7]過ぎこし經驗《かた》や鏡《かゞみ》なる……

1　さあ。
2　それにしても。
3　激しく燃える火。
4　熱した鐵。参考、謡曲『檜垣』に「今も苦しみを三瀬川に熱鐵の桶を担ひ」とある。
5　わたしの内部でも「生命」が離脱しようとしているようである。
6　世間で謂う、一生という概念がおかしいのだ。
7　生涯の経験が全てであって……死は終焉であるとされているが。

死こそ物の終《をは》りなれ、死《し》して消ゆるこそ、
死[8]すればこそ、復《ま》た他の生涯《いのち》にも入るらめ。
來れ死！　來れ死！
この崖《がけ》を舞《ま》ひ下《くだ》らでも、[9]わが最後《さいご》の力《ちから》、世
に充《み》つる精氣《せいき》の力《ちから》と相協《あひかな》ひてわが死を致《いた》す
に難きことやある。
いでわが命ずるに……いでわが命ずるに
……いでわが命ずるに……わが召《よ》ぶに
……わが召《よ》ぶに……
死！　來れるよ汝《なんぢ》！
來れるよ汝《なんぢ》！笑《ゑ》めるもの！
來れ、來れ、疾《と》[10]く刺《さ》せよ其針《はり》にて。
いま衰《おと》ろへぬ、いま物を辨《わきま》えぬ、いま消え
行く、いま死、いま死！　[11]死よ、汝《いまし》を愛す
なり。死よ、汝《いまし》より易《やす》き者はあらじ。
おさらばよ！

8　死が介在することによって、別の命が始まることだろう。

9　わたしが秘めている力と、世に充ちている気を共鳴させれば。

10　『我牢獄』（明治二五年）の最終部にも「知覚我を離れんとす死の刺は我が後に來りて機を覗へり」とある。

11　素雄は、源六の助けもあって生の原初の地に帰還していく。

源。（佇る）

こはいかに、こはいかに、[1]舞下りもせでこゝに終りぬるか、あやしやな、あな無残《むざん》！たび人よ、たび人よ！　早や起きず。[2]其の魂《たま》はいづこに行くならん、
おそろしや、おそろしや！
あはれ、あはれ、死《し》なしけり、失《い》なしけり。

1　奈落に堕ちないで。

2　その魂は何処に行くのだろうか。魂の中枢にあるのが「生命」。

蓬莱曲別篇を附するに就て[1]

余[2]が自責《セルフ・トーメント》の児なる蓬莱曲は初め兩篇に別ちて世に出でんと企てられたり。即ち素雄が山頂に死する迄を第一篇となし、慈航湖[3]を過ぎて彼岸[4]に達するより尚其後[5]を綴りて後篇を成さんとせしも痼疾[6]余を苦むる事筆を握る毎に甚しきを覚ゆるを以て中道にして變じて之れを一巻となす事とせり。故に僅に慈航湖の一齣を附加するの止を得ざるに至れるなり。然れども他日病魔の退くを待ちて別に一篇を成すの心なきにあらず、姑らく[7]之を未定稿[8]と著して巻尾に附するのみ、讀者之を諒せよ。

著者識

1 以下「著者識」までの一〇行は作品中での間奏と受けとめられる。

2 自身の生のありかたを内面的に問いただして生まれた、分身でもあるこの作品は。

3 慈航が渡る湖。「慈航」は弘誓の船。「菩薩が衆生を済度して涅槃の彼岸に送るのを、船にたとえていう語」と同意。

4 〔仏〕（梵語 para）河の向こう岸。生死の海を渡って到達する終局・理想・悟りの世界。

5 さらにその後の冥界での様子を描いて。

6 持病。

7 かりに。

8 以後に推敲が目論まれた形跡はない。（未定稿）とあっても、「慈航湖」は『蓬莱曲』全編の完結性への配慮がうかがえて俳諧の名残の裏に該当していて、最終節と受けとめて遺漏はない。

蓬莱曲別篇　（未定稿）

慈航湖《じこふのうみ》

（露姫玉[1]棹を遣《つか》ひ素雄失心[2]して）

（船中に在り）

露。

[3]これは慈航の湖《うみ》の上。波穏《おだや》かに、水滑《なめ》らかに、岩静《いはしづ》かに。水鳥《みづどり》の何氣《なにげ》なく戯《た》はれ遊《およ》げる。松《まつ》の上《うへ》に昨夜《ゆふべ》の月の輕く残れる。富士《ふじ》の白峯《しらね》に微《かす》けく日光《ひのめ》の匐《は》ひ登《のほ》れる。[4]おもしろき此處《こゝ》の眺望《ながめ》を打捨てゝ。

いざ[5]急《いそ》がなん[6]西の國。

（仆れたる素雄に向ひ）

素雄ぬしよ、はや覺《さめ》たまへ、

世とは離れて、[7]きみが恐るゝ者のひとつだにこゝには在らねば。

蓬莱曲別篇（未定稿）

（慈航湖）　露姫が棹を遣う弘誓の船は失心した素雄を乗せて、波穏やかで水清らかな「慈航湖」を西の国へと急ぐ。琵琶はいま露姫の手にあって素雄の魂はなお現世の残像に煩わされているが、六度かき鳴らされた琵琶の音によって精神はよみがえり、素雄は「生命」の原初の地「彼岸」に帰還していく。

1　「玉」は宝石類、真珠。美しい棹。

2　気を失って。

3　これから繰り広げられる場面は。

4　風情のある富士の白峰等が眺望できる、この世の眺めをおき去りにして。

5　「急ぎなん」で急いでいこう。

6　西方浄土へ。

7　あなたが嫌っている現世の権力者やその追従者は一人も居ないから。

[8]きみの爲めに死《い》にし露《つゆ》は[9]今きみを載《の》せて、
この船に。
きみを迎へ出でゝ、原《はら》の彼方に[10]相見てし
露は今きみの傍《かたは》らに。
起きよ、起きよ、素雄ぬし
西の國《くに》への旅路《たびぢ》めづらしきに。
まだ起きぬ、去らばこの琵琶を以て
呼覺してん。
（[11]琵琶を取上て彈ず）
素雄ぬし、いかなる夢に——樂《たのし》めるか、
惱《なや》めるか。まだ起きぬ。
（再び琵琶を鳴す）
素雄ぬし、何ど覺《さ》め玉はぬ。
いで最《も》一度《ひとたび》。
（三たび琵琶を鳴す）
誰《た》ぞ、誰《た》ぞ、[12]わが魂《たま》を攪《か》き亂すもの？
素。

8　あなたの為に他界にいる私は。
9　今あなたと一緒に、この船にいます。
10　「相」は接頭語で「互いに」の意。蓬莱原で琵琶の音に誘われて、あなたが出会っていた私は。
11　琵琶には霊力があって、鳴り響くごとに素雄の苦悩を癒していく。六度目に悪夢から解放されるのは、「わが燈火なる可き星」——自己の思念の展望を求めての漂泊の旅が六年に及んでいたからである。
12　琵琶は内部・魂の中枢に作用する。

[1]その鐘《かね》の音《ね》はいかに。わが行可きところ
未た定《さだま》らぬか。
[2]空しく澄《す》むかな梵音《ぼんおん》。われ[3]己《おの》れを悪魔の手
に任《まか》せ、――否な、任せしとは言へ、わが
好意《こゝろ》にて與《あた》へたれば。其の音《ね》いかに美くし
とも、其の調《ちやふ》いかに甘しとも、わが[4]地獄《よみ》の
路を閉づ可きや。

露。まだ覺《さ》めぬ。己《おの》れを魔に與《あた》へしと言ひ玉ふ。
[5]はかなく狂ひ果しかな。
いで最一度、この琵琶を澄《すま》さん。
（四度琵琶を鳴す）

素。走《はし》れ、走《はし》れ、急《いそ》げ、急《いそ》げ。あれ、そなたに、
それ、こなたに。こゝにも居る、彼處《かしこ》にも
居る。鬼共急げ、急げ、急げ、
われを[6]陰府《よみ》に連《つ》れ行けよ。
兎《と》は言ながら、好《よ》し、

1 琵琶のひびきを寺院の鐘の音と聞き違えている。

2 「梵」は「(梵語 brahman)」でインドのバラモン教における宇宙の最高原理。崇高な音色。

3 素雄は源六の手助けや先駆した琵琶の力によって、地獄への道からはずれているのだが、この時点では「わが力知らずや」と魔王に呪縛された記憶が残存している。

4 崇高な梵音は、地獄への路を変更できるだろうか。

5 とりとめもなく。

6 『校本』ではルビの位置が訂正されている。

[7]このわれは永遠《おはりなき》毒火《どくくわ》に焼《や》かるゝとも…
…思へば、いとしき彼人《かのひと》は、
[8]彼こそはわが行く道に在《あ》らぬべし。
左すれば永き[9]離別《わかれ》もこの一時《ひま》よな、
悲しきはこの事なり。

露。まだ狂ふよ、いで最《も》一度《ひとたび》。
（五度琵琶を鳴す）

素。それなるは如何《いかに》。[10]棹《さほ》の形《かたち》せるものは陰府《よみ》の
鎗《やり》なるか。わが苦痛《くつふ》の時は來れるか。それ
なるは如何《いかに》。優《やさ》しき鬼なるかな、その優し
き顔《かほ》以《も》てわれをいかにする。

露。わなみは鬼にあらず、露姫よ、露姫よ
きみが妻《つま》なるよ！
（六度琵琶を鳴す）
（素雄かつぱと起ちて）
わが露姫とや？　その音《ね》はわが琵琶

7　焦熱地獄に堕ちるにしても。「永遠（をはりなき）」は意訓。

8　露姫がこれから堕ちていく地獄に居ることはないだろうから。

9　露姫への想いを馳せることもこの一瞬をおいてない。

10　素雄の意識は回復して「玉棹」の形がおぼろげに見えているが、なお、鬼の金棒ではという畏怖の念に捕らわれている。

ならずや。[1]わが精神《たま》ならずや。
（四方《よも》を顧《かへり》みて）
[2]こゝはあやしき霞《かすみ》の中《うち》。いかにいかに
わが露姫のこゝに居るとは。

露。[3]そは語るまじ。蓬萊が原にて仙姫と化《な》りて
きみに會《あ》ひしときにも語らざりし、死の坑《あな》
にて梭《おさ》を止めて相見しときにも語らざりし、
すみれ咲《さ》く谷の下道《したみち》なる洞《いほ》にても語らざり
し。

素。[4]わなみこれを語る可き權《ちから》なし。
それよ、それよ、[5]われ蓬萊山の靈野《れいや》に入り
しことを覺ゆ。露姫よ、汝《いまし》が鹿《かせぎ》を連《つ》れて過《よぎ》
りしを見《み》き、汝《いまし》が死の坑《あな》に梭の音を止《や》めし
ことも、また瀑《たき》をめぐりてあやしき谷の洞《いほ》
にも汝《いまし》の眠れるを劫《おびや》かせしことも……[6]ま
たこのわれが雪を蹈《ふ》んで靈山《みやま》に登《のぼ》り、世《よ》の

1　わたしの精神の中枢に在る琵琶の音ではないのか。

2　だんだん意識が回復してくる感じ。

3　それを言うことはできません。

4　蓬萊原で仙姫に化したのも、死の坑で機を織っていたのも、仙姫洞で眠っていたのも、素雄の内部世界に形象された幻影であり露姫の側に行為の主体があるのではないから。

5　内部世界に拘引されて幻影に翻弄されていた記憶がある。

6　現実社会の支配者の。大魔王の意味するところが明確にされている。

王《きみ》の嘲罵《ちやふば》に得堪《ゑた》へで……仆れしまでは現《うつゝ》[7]、
に覺ゆれど後は知らず。
さては[8]われ早や世とは[9]離れぬるか、死の關《せき》[10]
も早や越《こ》えぬるか、めづらしきこの和平《やはらぎ》の
湖《うみ》は、これぞ神の境《には》[11]に入る可き水ならん。
餓鬼道《がきだふ》[12]に入るも惜《おしか》らじこの身と思ひ定めし
を、
　われ終に世を出ぬ。
　われ終に救はれぬ。
　われ遂に家に[13]歸りぬ。
　（奇鳥過ぐ）
素。　あれ見よ、あやしの靈鳥《れいちやふ》ならずや
　　彼《あ》の名を知るやいかに。
露。　わなみは知らず。
素。　見よ彼鳥《あのとり》はわが方を注視《みつめ》つゝ、浮木《うき》[14]に憑《すが》り
　　て、物言ひだ氣《げ》に見ゆるなり。

7　「現（うつゝ）」は、死んだ状態に対して生きている状態。なんとなく現実に起こったことのように思われるが。
8　それでは、自分はもう。
9　現実世界の拘束を脱したのか。
10　生と死の境を超えてしまったのか。参考、「蝶のゆくへ」（明治二六年）には、「行くもかへるも同じ關、超へ來し方に超へて行く」と謳われている。
11　救いの世界に。仏果を得て極楽に。
12　「餓鬼道」は〔仏〕三悪道・六道・十界の一。ここに住するものは飲食することができず、常に飢餓に苦しむ。わたしは餓鬼道に堕ちても仕方がないと覚悟していたが。
13　生の原初の地へ帰還した。「第一齣」には「死こそ歸ると同じ喜びなれ。去るならず／別るゝならず、めぐり會ふ人もあるべし」と露姫との再会を予兆する言辞が記されている。
14　「浮木」は水に浮かんでいる木片。「盲亀の浮木」が「〔仏〕仏にめぐりあうことが甚だ困難であるあることのたとえ」であることから、「あやしの靈鳥」を盲亀に見立てて、彼岸への先達と受け止めている。

言はしめん、言はしめん。靈《れい》なる鳥よ、いづれより來りいづれに飛ぶを尋ねはせず。
語れ語れ、語るべき事あらば。

（鳥は水を離れて語を殘して飛ぶ）

〔悟《さと》れ！　悟れ！　夢[1]より醒《さむ》るもの。
〔祝《いは》へ！　祝へ！　世[2]より歸るもの。
〔樂しき西《にし》に疾《と》く急げ！
〔彼の岸に疾《と》く上《のぼ》れ！
〔魔《ま》はこれより汝《いまし》が敵《あだ》ならず！
〔よろづのもの盡《み》な汝《いまし》が友なる可し！
〔たのしめよ、たのしめよ！

（靈鳥去る）

素。まことなり、われもわが長き夢を初めて破り、けさぞ生命《いのち》[3]に歸《かへ》る心地《こゝち》する。
露姫よ！　露姫よ！　われ初《はじ》めて悟りぬ。
其の玉《たま》の手を借《か》せよ。

1　現実世界の苦悩から解放されたもの。
2　現実世界から生の原初の地に帰還するもの。
3　原初の無垢な「生命」が還ってきたような気分がする。

（露姫手を出せば握りて）
露姫よ、[4]一昨日《おとつひ》は戀の暗路《やみぢ》の侶連《つれ》、
[5]昨日《きのふ》は世の苦惱《なやみ》の安慰者《なぐさめ》。
[6]昨夜《ゆふべ》は變《かは》りて眠《ねぶり》を攪《みだ》す者なりしを、
忽《たちま》ち今朝《けさ》は[7]倶誓《ぐせい》の慈航《じこふ》の友《とも》。
[8]日輪《にちりん》霞《かすみ》の彼方《あなた》に立登《たちのぼ》りぬるに、
ためらはゞ遲《おく》れん、
疾《と》く彼《か》の岸《きし》に到らん。
露姫。彼の岸よ、彼岸よ、樂しきところは彼岸よ、
恨《うらみ》なく憂《うさ》なく辛《つらさ》なきは彼岸よ、
彼岸よ、實《げ》に……
素雄。[9]友を追《を》ひ、分け來《こ》し雲は消行《きえゆ》きて
盡《つ》[10]きぬやどりに歸《か》へる厂金《かりがね》。

4　仙姫との蓬萊原での出会い。
5　現実から逃避して「死の坑」への訪問。
6　「恋の魅」に翻弄されて、仙姫の洞での邂逅。
7　「慈航湖」での同伴者。
8　太陽
9　「友を追ひ、分け來し」は「雲」の序で、行くてを閉ざしていた雲は晴れて。
10　「盡きぬ」は何時までも続くで、雁金は安らかな住まいに帰還したのであるの意。七七には俳諧の揚句のかるみが生かされている。→〔補注16〕『我牢獄』の**紹介——論考から窺える内部世界の論理的な掌握**

定價金拾六錢

明治二十四年五月廿八日印刷
同　年同月廿九日出版

版權所有

著者　東京市京橋區彌左衛門町七番地　北村門太郎
發行者　東京市京橋區彌左衛門町七番地　丸山垣穂
印刷者　東京市京橋區西紺屋町二十六番地　島連太郎
印刷所　東京市京橋區西紺屋町廿六七番地　秀英舍
賣捌所　東京市京橋區彌左衛門町七番地　養眞堂

特選　名著複刻全集　近代文学館

〔補　注〕

補1　「第一齣」前半部「一三小節」の解読

この作品では、『楚囚之詩』では用いられていない括弧（」）が文末に賦されている。

とりわけ「第一齣」前半部の括弧（」）で小分けされている一三の小節については、夙に佐藤善也の指摘「「蓬萊曲」の世界」（『国語と国文学』昭和四三年四月）があるが、ここには蓬萊山麓に到着した柳田素雄の旅の日の述懐が全編の目録・あるいはお品書き風に綴られている。

第1小節に謳われている蓬萊山麓に到着した感慨と最終の第13小節に告白されている現在の心境を挟んで、「牢獄《ひとや》ながらの世」を逃げのびた旅の日の心緒の転変が語り継がれているものの、各小節はそれなりに独立していて、小節毎の脈絡は必ずしも滑らかではない。やゝ唐突のきらいはあるが「蓬萊曲別篇（未定稿）慈航湖《じこふのうみ》」の最終行は、「盡《つ》きぬやどりに歸《か》へる厂金《かりがね》」と俳諧の「揚句」の雰囲気で結ばれていて、「別篇」から読み取れる作品の展開についてのおだやかな解き明かしには、「名残の裏」の終息感が込められている。そして俳諧を意識すると、小節から小節への連鎖には、連句の技法が意識されているとの推察も不可能ではない。

一三小節には、さすらいの旅に赴いた心緒と足跡が平坦に語り継がれているのではない。後文の予告として挿入されている箇所や叙述の伏線であることが指摘できる小節もあるので、各小節ごとに概括してその内容に立ち入っておく。

第1小節――蓬萊山麓に到着しての感慨が謳われている。

冒頭の二行、「雲《くも》の絶間《たえま》もあれよかし、／わが燈火《ともし》なる可き星《ほし》も現《あら》はれよ」には、『楚囚之詩』の冒頭部分と同じように制作時点で透谷が抱いている問題意識が表出されている。ことさら俳諧にこだわろうというのではないが、発句に相当していて「わが燈火《ともし》なる可き星《ほし》」を求めてのさすらいは制作後にも続けられていく。

第2小節――「都《みやこ》」を脱出して「さすらへ」の旅に出たのであった。

都については「第三齣　第二場　蓬萊山頂」に、「妙《たへ》なる法《のり》の道《みち》」があり「まこと世を愛《めづ》る人」が存在していた所として愛着を持って謳われている。

第3小節――旅に出たのは「世」のありさまが「牢獄《ひとや》ながら」であるからである。

第4小節――旅に出ても、平穏な心境にいたり着けない。

第5小節――「世」の人々が「無情《むじやふ》」であるという意識は持続している。

（第2）～（第5）にかけては、都を出てさすらいの旅に赴いたのが、「牢獄《ひとや》ながらの世」「無情《むじやふ》」な世が到来したからであるととりまとめられている。『楚囚之詩』との相違は、自身の心境を韜晦して内部世界に閉塞されるのではなくて、近代化が推し進められていく現実社会のありさまを「牢獄《ひとや》ながらの世」と受けとめている点である。「鶴翁」や「大魔王」が形象されていく伏線でもあって、近代化の進展に対する違和感の表出と受けとめると、近代社会に於ける権力機構の浸透を「「文明化社会の刑罰」たる監獄の誕生」（『監獄の誕生』）と説いているミシェル・フーコーの近代史観が偲ばれる。

第6小節――旅立った後に他界した恋人「露姫」は「菩提所《おくつき》」で私を待っている。

この作品には「死は歸へるなれ」といふ存在感覚が主調として繰り返されているが、この小節は素雄が「慈航湖《じこふのうみ》」で「露姫」のもとに帰還していく伏線になっている。

第7小節——人間存在に内包されている「死」との対応が暗示されている。

ここに「死」とあるのは、無意識の領域に偏在しているエロスやタナトスであって、「第二齣　第四場　蓬莱原の四　坑中」から「第三齣　第一場　仙姫洞」にかけて自身の欠如が生み出した幻影に翻弄されていく場面の予告と受けとめられる。

第8小節——「世」との間に距離を設けていても、周囲は「鬼」に変貌した人ばかり。

「鬼」は、民衆の生活実態に疑問を抱くことなく近代化を推し進める人たちであるが、その実像は「第三齣　第二場　蓬莱山頂」で新たな支配者「大魔王」のもとで、旧世界、かっての「都《みやこ》」に存在していた「妙《たへ》なる法《のり》の道《みち》」や人倫を破壊し尽くしていく「悪鬼《あくき》ども」として描かれていく。

第9小節——冷静な心境の折に「物《もの》の理《り》、世《よ》の態《さま》」も「未來《のち》の世《よ》」のことまで窮めてしまった。

ここに「未來《のち》の世《よ》の事《こと》まで／自《おの》づから神《しん》に入てぞ悟《さと》りにき」とあるのは大仰な叙述であるけれども、「第三齣　第二場　蓬莱山頂」に記されている大魔王の「そはわれぞ」以下の発言の伏線になっている。大魔王は「死《し》を使《つか》ひ」「世を玩弄《もてあそ》ぶ」ものとされていて、透谷の状況認識が到達した極北が謳いあげられている。百余年を経た今日の状況の予言として受けとめるのは、肩入れが過ぎるというものだろうか。

第10小節——「世」の将来に絶望すると、名所にも自然の景色にも興味が湧かなくなってしまった。

第11小節——勉学や恋や栄達への意欲も消失してしまった。

（第10）（第11）には、「第三齣　第二場　蓬莱山頂」の終末近くに「われ世を家《いへ》とせず、世よ汝《いまし》もわれを待《また》／ぬ可し」と、現世への絶望を凝縮していく場面が予告されている。

第12小節——捨てた「世」から非難を受けても、「眞理《みち》の光《ひかり》」を求める姿勢は変らない。

第13小節――「世」に対して問を抱いていることへの自信が表明されている。

（第12）（第13）には、「いまだ眞理《みち》の光《ひかり》見《み》ず」と蓬萊山麓に到着した現在の心境が記されている。しかし「精神《たま》の鏡《かゞみ》」には、「過《す》ぎ來《こ》し方のみ明《あき》らかに」――民権社会の実現を想い描いていた在りし日の記憶は鮮明に残存していると、「鬼《おに》の、圍《かこ》みの中《うち》に」あっても、近代化が推進されている社会の趨勢に逆らって、問いを抱いて「さすらへ」の旅を選択している「生」のありかへの自信が表明されいる。

（注）（一）は、全編にわたって施されているが、以下の箇所では、冒頭の一三小節のように的確に区分されていない。

補2　「発想の源泉」について

『蓬萊曲』の発想の源泉は、バイロンの『マンフレット』・ゲーテの『ファウスト』・シェイクスピアの『ハムレット』などに求めることができるといった見解は受け容れられない。さらに透谷は西洋文学思潮の受容者であったとする観点からは、『蓬萊曲』は形而上学的な構図を持った観念の劇であるとの論もある。そうした視点からは、透谷の自我のありようや霊肉二元論について論究されているが、透谷が対処しようとしているのは維新後四半世紀を経過しようとしている日本の現実であって、西洋文学、具体的にはバイロンの『マンフレット』などの作品から自我や詩想を借り受けようとする意識があったとは考えられない。

以下の頭注で『注釈』（「蓬萊曲注釈」佐藤善也『北村透谷・徳冨蘆花集』日本近代文学大系9　所収）などで克明に解説されている、バイロン・ゲーテ・シェイクスピアなどの緒作品との類想・類似といった箇所に立ち入らないのは、影響を受けているにしても発想の源泉はあくまでも透谷の情調（思念）に求められるからである。

補3　冒頭の二行について――「於母影」（「マンフレット一節」）との関係

素。
　　雲《くも》の絶間《たえま》もあれよかし、
　わが燈火《ともし》なる可き星《ほし》も現《あら》はれよ、

右が冒頭の二行なのだが、この表出はどのように受けとめられるのか。

透谷の作品は、書き出しの部分に制作の時点で抱いている心境や問題意識が固有な表象で凝縮されている例が多い。『楚囚之詩』の冒頭部分で余を「楚囚」としている寓意については、それなりの考察を試みたけれども、この作品でも「わが燈火《ともし》なる可き星《ほし》」という表象に到達するには相当の苦心があったと推察される。そして、この二行には発句の役割もうかがえて、思念の光明を求めての旅は制作後にも継承されていく。

さらに、この二行で立ち入っておきたいのは、語彙の由来についてである。

森鷗外を中心とするS・S・Sの訳詩集「於母影」が「国民之友」に掲載されたのは明治二二年（一八八九年）の八月、四月に『楚囚之詩』を発表している透谷は、西洋詩を和語（大和詞）の言語空間に移し植えていく手法に手放しで賛同できたとは考えにくい。しかし、「元より是は吾國語の所謂歌でも詩でもありませぬ、寧ろ小説に似て居るのです」（『楚囚之詩』自序）と、時代の趨勢であった言語革命に追従できなかった透谷にとって、S・S・Sの人たち、とりわけ鷗外の新鮮な言語感覚には感じるところがあったと思われる。

語彙にこだわると、「あれよかし」・「現《あら》はれよ」という軽やかな表象は、「於母影」に収められているバイロンの訳詞「いねよかし」と「マンフレツト一節」から借り受けているとして誤りはない。明治四〇年の「文章世界」には、「マンフレツト」の発端の句を「諳《そら》んじていた」という蒲原有明や、「於母影」は「バイロン熱と暗合して、青年間に一種の厭世思想を吹き込んだ」という岩野泡鳴の回想が掲載されているが、透谷も「マンフレツト一節」の詩句を咀嚼し尽くしていたのではなかったか。

たしかに「雲《くも》の絶間《たえま》もあれよかし、／わが燈火《ともし》なる可き星《ほし》も現《あら》はれよ」という表象は、『蓬萊曲』をも含めた透谷の作品に「マンフレツト一節」の叙述を借用して言い替えたり、換骨奪胎して引用していると読みとれる箇所が指摘できるところから、冒頭の一行、「ともし火に油をばいまひとたびそへてむ」に倣って生み出されたとしてよかろう。その点については、「一點星」（明治二五年）に「油や盡きし燈火の見る見る暗に成り行くに」と謳われているのが傍証になる。

しかし、この時点で言及しておかなければならないのは、「マンフレット一節」は原典との関係に問題があるにしても、バイロンの『マンフレット』の冒頭（一幕一場）の翻訳であり、都合四三行、マンフレットの傲慢な自意識を読みとることも不可能ではないが、透谷が「マンフレット一節」の叙述から借用ないしは換骨奪胎している語彙は、鷗外の鮮やかな表象に依存していて、バイロンの自意識への関心は希薄であったと思わざるを得ないという点である。

参考までに「マンフレツト一節」を転載する。

マンフレツト一節

ともし火に油をばいまひとたびそへてむ
されど我いぬるまでたもたむとは思はず
我ねむるとはいへどまことのねむりならず
深き思ひのために絶えずくるしめられて
むねは時計の如くひまなくうちさわぎつ
わがふさぎし眼はうちにむかひてあけり
されどなほ世の常のすがたかたちをそなふ
なみだはすぐれ人の師とたのむ物ぞかし
世の中のかなしみは人々をさかしくす
多く才ある人は世に生ふる知恵の木の
命の木にはあらぬはかなさをなげくなり
はや我は世中に學ばぬ道はあらず
天地の力もしり哲學をもきはめぬ
そを皆我身のため用ひむとおもへども
なほ我身にはたらず――人のためよき事し
人よりもまたわれによき事をむくはれぬ
なほ我身にはたらず――我身にはあだのありき
それにもそこなはれず多くはおのれかちぬ

なほ我身にはたらず――よきもあしきも命も
また勢も思も皆人の世にあれど
おのれには砂の上にかゝる雨の心地す
かのあやしき時より物とては恐れねど
其物を恐れぬ心は我身を責む
のぞみもねがひもみなしたはしとはおもはず
我はさる物にては心をばうごかさず
いざ我業はじめむくしくあやしき力
かぎりもなきこの世のさま〴〵の鬼神よ
此世をとりまきて風にすめる神〴〵よ
けはしき山の上に行きかひする神らよ
地のそこ海のそこにつねにすめる神らよ
まもりの力をもていま汝等をいましめむ
汝等をよぶにのぼれよとくこゝにあらはれよ
まだきたらぬ――おのれはあやしき物のかしらの
恐しきしるしもて汝等をばふるはしめむ
かならずしなぬ物のちからもてよびいでむ
のぼれよとくのぼれよとくこゝにあらはれよ

まだきたらぬ――汝等はおのれをばあざけるな
土地の神風の神我は猶おそろしき
力もて大そらに地獄の如くさまよふ
くだかれし星くずのまもりもてよび出でむ
我むねをくるしむるおそろしき力もて
我ほとりにながらへおのが身にやどる
おそろしき思もてよびいでむあらはれよ
次に列挙するのは、「マンフレット一節」の叙述と、透谷がその語彙や文言を借用して表象しているのではないかと類推できる詩句と文章である。

1　ともし火に油をばいまひとたびそへてむ（1行目）
―「雲《くも》の絶間《たえま》もあれよかし、／わが燈火《ともし》なる可き星《ほし》も現《あら》はれよ」（『蓬萊曲』第一齣）
―「油や盡きし燈火の見る見る暗に成り行くに」（「一點星」）

2　わがふさぎし眼はうちにむかひてあけり（6行目）
―「光にありて内《うち》をのみ注視《みつめ》た／りしわが眼《め》の、いま暗《くらき》に向ひては内を捨《すて》て」（『蓬萊曲』第二齣　第二場）

3　世に生ふる知恵の木の　命の木にはあらぬはかなさをなげくなり（10～11行目）
―「宗教上の言葉にて、謂ふ所の生命の木なるものを人間の心の中に植え付けたる外に」（「内部生命論」）

4　はや我は世中に學ばぬ道はあらず　天地の力もしり哲學もきはめぬ（12行目）
―「早《はや》や荒方《あらかた》は窮《きは》め學《まな》びつ、生命《いのち》の終《をは》り、／未來《のち》の世《よ》の事《こと》まで／自《おの》づから神《しん》に入りてぞ悟《さと》りにき」（『蓬萊曲』第一齣）

5　のぞみもねがひもみなしたはしとはおもはず　我はさる物にては心をばうごかさず（24〜25行目）
―「われには早《は》や珍《めづ》らしき／者あらず、樂《たの》しき者あらず」（『蓬萊曲』第一齣）
―「望《のぞみ》にも未來《みらい》にも欺《あざむ》かれ盡《つく》してわが心は早や／世の詐《いつはり》を坐《ざ》して待つ忍《しのび》耐を失《う》せたりける」（『蓬萊曲』第三齣　第二場）

6　くだかれし星くずのまもりもてよび出でむ（40行目）
―「蒼穹《あをぞら》にも星くずの數《かず》は限《かぎり》なく」（『蓬萊曲』第二齣　第二場）

（1）について「雲《くも》の絶間《たえま》もあれよかし、／わが燈火《ともしび》なる可き星《ほし》も現《あら》はれよ」という表象は、『蓬萊曲』全編を覆っている感慨であって「ともし火に油を」と謳い出しているバイロンの思惑から逸脱した内容に変位している。自意識の苦悩が謳われている（4）と（5）については、類似した情調はうかがえるものの、『蓬萊曲』で謳われているのは、透谷が時勢の展開と対応したところから生じている状況認識や絶望感であって、自意識の内部での葛藤や煩悶ではない。さらに（2）について「わがふさぎし眼はうちにむかひてあけり」と「光にありて内をのみ注視した／りしわが眼《め》の、いま暗《くらき》に向ひては内を捨《すて》て」とを比べると、内部世界への視線を共有しているように見受けられるけれども、『蓬萊曲』では透谷の存在感覚が順を追って解き明かされているのであって、内部に向う自意識の動向に焦点を当てているのではない。

この範囲で明らかなのは、（3）の「内部生命論」での叙述も含めて、透谷はバイロンの原詩の内容に依存しようとしていないということである。透谷は「マンフレット一節」に連ねられている和語の情調――鷗外の言語感覚に誘引されていたのではなかったか。

そのような視点に立つて顧みると、（1）～（6）で表示した透谷の文言は、『蓬莱曲』・「一點星」・「内部生命論」の文脈の中でに確固とした位置を占めている。透谷が影響を受けたのは「於母影」に収められている鷗外訳の「マンフレット一節」の新鮮な言語感覚であって、バイロンの『マンフレッド』に発想の源泉に求めていこうとする意図を認めることは出来ない。

『蓬莱曲』も『楚囚之詩』とおなじように、諸作品の外郭や構成を借りているにしても、透谷は内的必然に従って作品を制作しているのである。

もう一点、透谷が受容した「於母影」に記されている大和詞に立ち入っておくと、透谷は素雄に「名所《などころ》の數々《かぞ〱》」を訪ねさしていても、歌枕的な抒情を誘発する地名はすべて封印されていて、貴族的抒情の導入を恣意的に忌避しているのが特徴である。

補4　柳田素雄の「さすらへ」——芭蕉の受容

第2小節は「都《みやこ》を出でゝ／わがさすらへは春《はる》いくつ秋《あき》いくつ」と謳い出されている。諸解説では「さすらへ」は「さすらい」「漂泊」と注記される程度で、その意味するところが考慮されていない。しかし、自身の存在感覚を等身大で移し植えている柳田素雄の旅を「さすらへ」と規定したのには、それなりの思惑があってのことと予想される。ちなみに『日本国語大辞典』の「さすらう」の箇所には、「[語源説]（1）サはサル（避）の語根、スラフはシラフ（合）の転。（2）問の義を持つサを語幹とする動詞スサル（流離）の延語か」とある。

改めて「さすらへ」あるいは「漂泊」が、問を抱いて「世」から自覚的に隔たっていくことであると意識すると、

『おくのほそ道』（元禄七年に成稿）冒頭の一節に、「古人も多く旅に死せるあり。予もいづれの年よりか、片雲の風にさそはれて漂泊の思ひやまず」とあるのが思い浮かぶ。

芭蕉（一六四四―九四）を呼び出したのは、戯作調の草稿『富士山遊びの記臆』には「桃紅處士」と署名されていたと伝えられていて、芭蕉のひそみに倣っていこうという姿勢は一八歳の創作活動の始まりから芽生えていたからである。そして敬慕の念を抱いていたことは、『三日幻境』（明治二五年）に「此満足《このまんぞく》したる眼《まなこ》を以《も》て蛙《かわづ》飛《と》ぶ古池《ふるいけ》を眺《ながむ》る身《み》となりしこそ幸《さひわ》ひなれ」とあることによって確かめられる。素雄の旅を「さすらへ」としているのは、「漂泊の思ひやまず」と生涯を顧みている芭蕉の生を先達として受容したからに相違ない。芭蕉に想いを馳せると、主人公が「柳田素雄」と名付けられているのも一気に読み解けてしまう。「柳田」から連想されるのは日本社会で伝統的に継承されている縹渺とした生のさまと田園風景であり、「素雄」には、生の原質との対応にこだわっている透谷固有の存在感覚が込められている。そして、この名辞から立ち現れるのは『おくのほそ道』「遊行柳」の段、野の道を行く芭蕉の旅姿である。

田一枚植て立去る柳かな（『おくの細道』）

この柳は、ここで西行の和歌「題しらず　道のべに清水流るゝ柳かげしばしとてこそ立ちどまりつれ」（『新古今和歌集』）が制作されたという伝説の柳で、謡曲『遊行柳』では、「諸国遊行の聖」が柳の精と対面する場面が謳われている。また、旅に同行した曽良の「曽良随行日記」には「芦野町ハズレ、木戸ノ外、（中略）左ノ方ニ遊行柳有」とあって、芭蕉は宗門から「流離」して民衆の生と交歓し続けた一遍知真（一二三九―九四）の営為にも関心を寄せていたのである。

芭蕉の「漂泊」という文言にこだわると、元禄四年正月の正秀宛書簡に「兎角拙者浮雲無住の境界大望故、如レ此漂泊いたし候」とあって、自身の生を「漂泊」とする意識は、元禄二年に行われた『おくのほそ道』の旅を終えて、湖南に滞在していた時期に生じているようである。さらに「栖去之弁」（元禄五年）には、「風雅もよしや是までにして、口をとぢむとすれば、風情胸中をさそひて、物のちらめくや風雅の魔心なるべし、なを放下して栖を去、腰にたゞ百錢をたくはえて、柱（拄）杖一鉢に命を結ぶ。なし得たり、風情終に菰をかぶらんとは」という感慨が吐露されていて、芭蕉は「風雅の魔心」に導かれて「栖を去」って「菰をかぶる」境地に行き着いてしまったのである。元禄五・六年の芭蕉は「今思ふ躰は浅き砂川を見るごとく、句の形、付け心とも軽きなり」（『別座敷』序）と、近世の現実の形象化、「かるみ」の詩境へと進んでいく。さらに「俳諧の益は俗語を正す也」（『三冊子』）とは、中世の伝統あるいは貴族社会で継承されてきた抒情に対する「スサル」（流離）の宣言であり、芭蕉が到達した「漂泊の思ひ」には、伝統的な詩情への問いかけが根底にあったと受けとめられる。

透谷は特異な感性で芭蕉が担っていた問題意識の意味するところを掌握して、「世に激《げき》するこ／と」があって家出した素雄の旅を「さすらへ」としたのではなかったか。「さすらへ」の旅も「漂泊」の生も、社会の状況にたいする問いかけを秘めていて、通俗的な出家や遁世と同列ではない。その点に留意すると、「第一齣」には「兎《と》ても世《よ》には歸《か》へり玉はじと」という清兵衛の発言があり、「第三齣」の最終場面には「われ世を家《いへ》とせず、世よ汝《いまし》もわれを待《また》／ぬ可し」とあって、素雄の「牢獄《ひとや》ながらの世」、近代化が推し進められている現実社会に対する拒否の姿勢はきっぱりしていたのである。

補5　透谷の「恋愛」に対する見解

第11小節には、時勢の展開に絶望した現在どのような心境が去来しているかが、勉学・恋・栄達の三点に腑分けして謳い出されていて、「第三齣」の最終場面で素雄が「われ世を家《いへ》とせず、世よ汝《いまし》もわれを待《また》／ぬべし」と他界に赴く決意をする場面の予告になっている。

解明が必要なのは「美《うつ》くしき戀心《こひごころ》」に「狂ふばかり欺《あざむ》かるゝを」と謳われている恋愛観についてであるが、その由来は石坂ミナとのとの恋愛の過程で覚醒した心機の妙変に求められる。

文壇へのとば口となった「厭世詩家と女性」（明治二五年）の冒頭に、「戀愛は人世の秘鑰なり、戀愛ありて後人世あり、戀愛を抽き去りたらむには人生何の色味かあらむ」とあることなどから、透谷を恋愛至上主義者とする見解も見受けられるが、この評論のモチーフは「戀愛は思想を高潔ならしむる嬭母なるを」と記されているところにあって、厭世詩家であった自身が恋愛を体験することによって「實世界」、現実社界との対応を獲得していった体験が回顧されている評論である。実社会、現実と向き合えば「厭世の度」は高くなり、恋愛・あるいは婚姻は「後に比較的の失望」を招いてしまうとも論じられているが、その間の事情は『我牢獄』（明治二五年）でも韜晦に論じられている。

恋愛の喜びの後に苦痛に陥っていく図式は、大魔王に内部世界の概要を説明している「第三齣　第二場」でも「戀てふ者も果《はか》なき夢の迹《あと》、これも／いつはれるたのしみと悲しみ初《そめ》にき」と繰り返されているが、透谷にとって「美《うつ》くしき戀心《こひごころ》」・「戀てふ者」は、自由な精神の存在に覚醒していくとば口だったのである。

次に「位《くらゐ》も爵《しやく》もあらずもがな」に立ち入っておくと、現世での栄達を拒否している社会観についても、ミナとの恋愛の過程で味わった心機の妙変、アンビションの属性の克服に由来しているので、その心緒の変位が告白されている箇所を「[父快蔵宛書簡草稿]一八八七年八月下旬」から抜粋しておく。

生の一身は名譽と功業とを成さんと思ふの心にて固まりたり、此心を外にせば生の魂は無一物なり生の脳髄は死物にひとし、發狂するか白痴になるかの二にあらざるよりは此心に離れて安穏なる生活を過ごす事を得ざるべし、生は既に名譽を得功業を成すの機會を失へり今や其道絶へて無し、是れを之れ我生の大敗軍と云はずして何ぞや

また『我牢獄』には、「或一部《あるいちぶゝん》の人《ひと》には天使《てんし》」のような存在である「獄吏《ごくり》」が、自分が居る「牢獄」にも折々に來る事もあるとして「名譽《めいよ》是《これ》なり權勢《けんせい》是《これ》り富貴《ふうき》是《これ》なり榮達《えいたつ》是《これ》なり、是等《これら》のもの我《われ》に對《たい》する異樣《ゐやう》の獄吏《ごくり》にてあるなり」と記されている。

透谷はミナとの恋愛の過程で「名譽と功業」を成し遂げようとしていたアンビションの属性を克服して、創作主体を形成していたのである。

補6　「過ぎこし方」の意味するもの

第12小節には「牢獄《ひとや》ながらの世」を逃げのびた旅路の終りに臨んでなお、「いまだ眞理《みち》の光見《ひかりみ》ず」と「精神《たま》の鏡《かゞみ》」の曇りが嘆息されている。ここには「其の鏡《かゞみ》にはつれなくも、／過《す》ぎこし方のみ明《あき》らかに、／行手《ゆくて》は悲《かな》し暗《やみ》の暗《やみ》」と記されているが、「鏡《かゞみ》」——内部世界に写し出されている「過《す》ぎこし方」とは、どのような世界と受けとめればいい

のか。

ここに「つれなくも」とあるのは、無情にも見たくない過去の姿ばかりが写し出されてと言っているのではない。「つれなくも、／過《す》ぎこし方のみ明《あき》らかに」とは、過去の体験の意味するものは明確に意識されているもののという意味であり、「行手《ゆくて》は悲《かな》し暗《やみ》の暗《やみ》」とは、にもかかわらず「わが燈火《ともし》なる可き星《ほし》」に架橋できる「眞理《みち》の光《ひかり》」は未だに見出していないという感懐である。

透谷の原体験――明治一七年に神奈川県の自由民権運動の末端に加わって味わった感慨については再三言及しているが、参考までに『我牢獄』ではどのように咀嚼されているかを紹介しておく。

我《われ》は今《いま》この獄室《ごくしつ》にありて想《おも》ひを現在《げんざい》に寄《よ》することも能《あた》はず、もし之《これ》を爲《な》すことあらば我《われ》は絶望《ぜつぼう》の淵《ふち》に臨《のぞ》める嬰兒《えいじ》なり、然《しか》れども我《われ》は先《さ》きに在《あ》りし世《よ》を記憶《きおく》するが故《ゆえ》に希望《きぼう》あり、（中略）この故郷《こけう》こそ我《われ》に對《たい》して我《わ》が今日《こんにち》の牢《ろう》獄《ごく》を厭《いと》はしむる者《もの》なれ、もしわれに故郷《こけう》なかりせば、もしわれにこの想望《そうばう》なかりせば、我は此獄室《このごくしつ》をもて金殿《きんでん》玉樓《ぎよくろう》と思《おも》ひ了《れう》しつゝ、樂《たのし》き娑婆《しやば》世界《せかい》と歡呼《かんこ》しつゝ、五十年《ねん》の生涯《せうがい》誠《まこ》とに安逸《あんいつ》に過《す》ぐるなるべし。

この文の前段には「我《われ》は生《うま》れながらにして此獄室《このごくしつ》にありしにあらず」と、説明されている。掲載箇所の前半部の大意を要約すると、「少年の頃、維新後の社会の展開にアンビションを抱いていた自分は、現実社会と接して閉塞状態に陥ってしまい、近代化が推し進められている社会状況を思い遣ると絶望せざるを得ないのであるが、かって想い描いていた民権社会、平民の権利が平等に認められる社会への想望を明確に意識できるので希望はなお存続しているのである」と読み解けよう。（中略）以下の箇所に「故郷」とあるのは、自由民権運動に参加した少年期に抱いていた新しい社会への幻影と受けとめられる。そして、後半部の大意は、現実社会の展開に疑問を持たなかったならば、現状を謳歌することができて楽しく生活できたのにという意味である。

補7　「琵琶」の役割

作品の構成には綿密な配慮が施されている。

この場面、「浮世《うきよ》の塵《ちり》」を払い尽くして「神《かみ》が原《はら》」に到達したかと思われる一方、「いぬるかし浮世の響《ひゞき》」、「わが傍《かたはら》にあらずなりぬ」と実在感からの隔たりが意識された時点で、寂寥感におそわれた素雄は「わが琵琶《びは》の音《ね》しばらくきかず／戀《こひ》しきものは汝《なれ》なるを」と、琵琶に想いを馳せる。以下五二行にわたって「いつしも變《かは》らぬわが友《とも》」である琵琶の効能が語り継がれているが、「琵琶」にはどのような機能・あるいは役割が与えられているのか。

類似した道具立てに『富士山遊びの記憶』の「杖」があって、杖は「少しも曲らぬ杉の杖」「世みちを渡る杖ひとつ」などと、内部世界に潜んでいて孤高で不羈な主体を導いていくものとして描かれている。「杖」と比べると「琵琶」の作用には屈折があって、透谷がなし遂げていく「心」の掌握を根底にして巧みに具象化されている。簡明に説明すると、琵琶は素雄の内部の存在、分身でもあって、その音が内部世界にある「靈」、自然の力に作用して認識能力が発揮されるのである。

例示すると、「第二齣　第一場　蓬萊原野之二」では「琵琶」の音が素雄の無意識の領域に作用して、露姫のイマージュ（仙姫）を蓬萊原として仮構されている内部世界に写し出している。ここでの要点は、鬱状態に拘引されて実在感覚が希薄になっている素雄にリアリティを蘇らせているところである。次いで「第二齣　第二場　蓬萊原の二」の冒頭に、（蓬萊原の道士鶴翁と柳田素雄連立／ちて出づ。雲重く垂れて夜は暗黒）と注記されているのは、内部世界の薄闇の中に素雄の思念と現実社会のイデオローグである鶴翁の処世観を描き出すことによって、その差異を明らかにするためである。素雄の現実認識は「琵琶」の固有な力によって躍動しているのであって、この箇所は作品のクライマックスである大魔王との対決の予告となっている。

さらに「第二齣　第一場」で琵琶が「戀《こひ》の闇路《やみぢ》」にも「慾《よく》の争《あらそ》ひ」にも「狂《くる》ひの業《わざ》」にも「朋友《とも》」であり「分半者《つれ》」であったとその効能が謳われているのは、琵琶の音によって認識能力が発揮されたからである。

もう一点、紹介しておく必要を感じるのは、「第二齣　第五場」に「美《び》なるかな、美なるかな、清涼宮《せいりやふきゆふ》、／月輪《つき》よ」と、自然に内在している霊的な力が凝縮されていると受けとめている月景色への讃辞が記されて、「われ汝《いまし》を招《よ》びてわが琵琶を／夜と共にかなで明せしことといくそたび」と、「さすらへ」の旅の途次に、月景色に琵琶の音を共鳴させて無聊をなぐさめていたと謳われている箇所についてである。このような「心」が躍動して自然と共鳴することができるという表象については、すでに「Ⅰ『楚囚之詩』（補10）「「心」の現象の究明」」で『我牢獄』を引用して立ち入っているが、「心」の掌握を時空を超越した造化・自然に普遍していく存在感覚がうかがえる箇所として見過ごしがたい。

また「琵琶」は、「第一齣」の冒頭には（柳田素雄琵琶を抱きて森中に徘徊し）と具象的に描かれているが、「第三齣　第二場」では「わが精神《たま》の、わが意情《こゝろ》の誠實《まこと》の友なりし／わが琵琶よ」と謳われていて、透谷がなし遂げていく内部世界の存在論的究明の重要な道具立てとして作品に組み込まれている。

補8　「露姫」と（仙姫）の関係

巻頭の「曲中の人物」覧には「露姫（仙姫）」とある。「露姫」と（仙姫）は見事に書き分けられているので、その分岐を明確にしておく。

露姫は素雄の恋人だったのだが旅に出たあと郷里で他界していて、「第一齣」前半部の第6小節には、その知らせを受けてから「花のみやこも故郷《ふるさと》も／空《むな》しくなりて、われをのまむとする／菩提所のみぞ待つなる可し」とある。墓が菩提所と記されているのは、露姫が仏果をえて「菩提」として極楽に往生しているからで、この叙述は「慈航湖《じこふのうみ》」で「波穏《おがや》かに、水滑《なめ》らか」な湖の上に露姫が素雄を迎に出る場面の伏線になっている。

露姫の実像が描かれているのは、この場面だけである。そのことは失心していた素雄が六度かき鳴らされた琵琶の音によって覚醒して「いかにいかに／わが露姫のこゝに居るとは」という問いかけに応じた、次の露姫の応答によって確かめられる。

露。　そは語るまじ。蓬莱が原にて仙姫と化《な》りて
　　きみに會《あ》ひしときにも語らざりし、死の坑《あな》
　　にて梭《おさ》を止めて相見しときにも語らざりし。
　　すみれ咲《さ》く谷の下道《したみち》なる洞《いほ》にても語らざり
　　し。
　　わなみこれを語る可き權《ちから》なし。

「慈航湖《じこふのうみ》」は全編のとりまとめが計られていると読み取れる内容になっている。その点を考慮すると、ここに「それは語るまじ」とあって「わなみこれを語る可き權《ちから》なし」と結ばれているのは、これまでの出会い――蓬莱が原・死の坑・すみれ咲く谷の下道なる洞については与り知らないということであって、「わなみ」は「きみ」が出会ったわたしのイマージュである（仙姫）や「戀」てふ魔《ま》」が化身した私の幻影とは係わりがない、との解き明かしである。

それでは（仙姫）とはどのような存在なのか。（仙姫）や「「戀」てふ魔《ま》」にまつわる予告は「第一齣」前半部の第7小節に、次のように記されている。

（素。）去《い》ねよ、去《い》ねよ、彼世《あのよ》には汝《な》が友《とも》の
　待ちあくがれて招《まね》くものを
と罵《の》る聲は、「死」のつかひよりや出《いづ》らん、
　われも世を去らまくほしき
思ひ出《で》の昨日今日《きのふけふ》にはあらなくに如何《いかに》せん
　招《まね》けば「死」もわが友ならず。」

この第7小節は露姫が謳われている第6小節から、「死」を介して巧みに受け継がれている小節なので全文を転載したが、「第二齣」から「第三齣　第一場」にかけての叙述を注意深く読み進めると、ここに謳われているのが素雄の内部世界の情調であることが了解されてくる。

「去《い》ねよ、去《い》ねよ」と素雄を駆り立てているのは、素雄の内部世界の深奥、無意識の領域にある「死の坑《あな》」に盤踞している「「死」のつかひ」であって、「招《まね》けば「死」もわが友《とも》ならず」と結ばれているのは、「われも世を去らまくほしき」と一方で安寧な境地にいたりつけるならばという魅力に引き付けられながらも、自我（現実認識）を抑圧して内部世界に沈潜していけば、「友」でもある――自身に内在している「死」（エロスやタナトス）に翻弄される危険を感じているからである。

この第7小節は、（柳田素雄琵琶を抱きてたゞひとり／この原を過るところ）と注記されて「おさらばよ！　烟《けふり》の中《なか》に消《き》えよ浮世《うきよ》」と謳いだされている「第二齣　第一場　蓬莱原之一」の冒頭部分からの特異な詩空間――蓬莱原と仮構されている自然の景と、寂寥としている素雄の内部世界の情調を重複させて表象されているを予告しているのであるが、その過程において（仙姫）は「露姫」のイマージュとして素雄の内部世界に写し出されていく。

では、「慈航湖《じこふのうみ》」で指摘されている三度の出会いについて読解を試みておく。

1「蓬莱が原にて仙姫に化《な》りて／きみに會《あ》ひしとき」

「第二齣　第一場」での素雄は「おさらばよ！　烟《けふり》の中《なか》に消《き》えよ浮世《うきよ》」と、自我（現実認識）を抑圧して内部世界の薄闇の中で安らいでいる。そして「こゝ新《あた》らしき世なる可し」とも「神《かみ》が原《はら》」とも思い、あこがれの聖地「蓬莱《ほうらい》の山《やま》」も視界に留められて「浮世《うきよ》の塵《ちり》」から隔てられた心境に至りついたかと思いかけた時点で、ふと寂しさに促されて「わが友」であり「分半者《つれ》」でもある「琵琶」をかき鳴らす。

すると「空中に唱歌」の声がして「きみ思ひ、きみ待つ夜《よは》の更け易く、／ひとりさまよふ野《の》やひろし」との歌曲につれて、鹿を従えた仙姫があらわれる。素雄の問いかけに「こゝは世ならぬ／ところなるに」と応じた姫は、「先《さき》に聞《き》し琵琶の／天高《あまたか》く鳴《な》り渡《わた》りて、彼所《かしこ》の家《いへ》のわが住《すまひ》を／迷《まよ》ひ出《い》でゝこの原《はら》に君に逢《あ》ふかな」と出自を明らかにする。

仙姫の出現について解説すると、「琵琶」には認識能力、人間存在に内包されている霊性を喚起する役割が与えられていて、素雄が自我を抑圧していることによって生じているもの寂しさを感じて琵琶をかき鳴らすと、実在感覚が蘇って内部世界――「この原《はら》」に露姫のイマージュが写し出されたのである。姫が「彼所《かしこ》の家《いへ》のわが住《すまひ》を／迷《まよ》ひ出《い》でゝ」と述べているのは、イマージュの根拠が素雄の内部世界の深奥にあるとの暗示であり、仙姫は琵琶の音に誘われて無意識の領域から迷いでたエロスの化身として形象されている。歌曲が「揉《も》めば散りける花片《はなびら》を、／また集《あつ》むれど花ならず」と結ばれていて死の影が色濃いのは、生の内なるものである「死」が謳い出されているからである。

琵琶の作用によって幻影を内部世界に写し出したものの、露姫の実在感に近づけない素雄は、腹を立てて「この琵琶よ、／彼《かれ》を呼出《よびいで》し汝《いまし》は罪負《つみお》へよ、／もふ汝《いまし》に益《えう》はなし、／うち破《やぶ》りてん」と琵琶をとりあげる。すると琵琶は「鏗然」と鳴り響いて――固有な力を発揮して、舞台は「第二場」に移る。

2「死の坑《あな》／にて梭《おさ》を止めて相見しとき」

「第二場　蓬萊原の二」では、内部世界に現実社会のイデオローグ「鶴翁」が仮構されて、素雄の思念との違和が明らかにされていくが、素雄は改めて自身の孤立を意識する。

「第三場」が「廣野」とされているのは、素雄が一層の自我の抑圧、現実からの逃避を企てているからであり、「われから、好し、死《し》の關《せき》を蹈踰《ふみこ》えん。／然なり！　然なり！」と必然の成り行きで無意識の領域に拘引されてしまう。

ここには「源六（樵夫）」が登場して「彼處《かしこ》の無底坑《そこなしあな》」から聞こえる「梭《おさ》の音《おと》」は、そこに美しい姫がいて「恨《うら》める男《ひと》」が来るまでは「梭《おさ》の音《ね》」を絶やさないでいるのだと説明しているが、このあたりから各人に固有な無意識の領域の情調が見事に論理化されて表象されていて起伏のある劇が構成されていく。素雄に問いかけたのが（樵夫）なのは、蓬莱原の情景と素雄の内部世界の情調が重複して描かれているからであり、「源六」と名付けられているのは、素雄の生のありよう、とりわけ六年に及んでいるさすらいの日々の煩悶を熟知している無意識の領域の存在であるとの寓意である。

「第四場」は「坑中」とされているが、「暗《やみ》の源《みなもと》なる死の坑《あな》よ！」「われ汝《いまし》を愛す」と現実社会との違和を増幅してしまった「恨《うら》める男《ひと》」である素雄は、「梭の音《ね》」のする——エロスやタナトスが跋扈している「死の坑《あな》」の情調と同化してしまう。そして「われは「死」の使者《つかひ》ふるが」と登場した「「戀」てふ魔《ま》」——エロスは、素雄の願いに応じて「梭《おさ》を止めて」露姫の姿に化身して現われる。もはやエロスの掌中にある素雄は「露姫よ、露姫よ！／これを二度《ふたゝび》目《め》なる今宵《こよひ》の逢瀬《あふせ》」と高揚して、露姫への想いを滔々と告白するけれども、エロスの化身である露姫は答えない。（梭を彈《はじ》）いて「露が身を戀《こひ》しと思はゞ尋《たづ》ね來《こ》よ／すみれ咲くなる谷の下《した》みち」と、「生」の内なるものである「死」——エロスやタナトスの領域、「仙姫洞」へ誘導するばかりである。

「第五場　蓬莱原の五」は仙姫洞への道中。ここには（素雄懸瀑《けんばく》に對する崖徑に立つ）とある。そして瀑水・白龍・月光が謳い出されているが、いずれも自然の霊性を分かち持っている存在であり、素雄が内部に秘めている霊性と共鳴して、素雄には「「戀」てふ魔《ま》」の拘束からの解放の兆しが現われてくる。月皎々と照り渡る中天に崖を登る仙姫が視界にとどめられ、自我が作用して「わが琵琶の慕ふ」仙姫の歌も聞こえてくる。素雄は「仙姫《やまひめ》よ再《ふたゝ》び逢ひまゐらする」とイマージュに親しみを感じるけれども、姫は所詮、エロスの化身であって、「いざまれびとよ來たれかし／來たれかし、來たれかし、ためらはで」と仙姫洞に導かれてしまう。

3「すみれ咲《さ》く谷の下道《したみち》なる洞《いほ》」

「第三齣」には「第一場　仙姫洞」とあるが、「すみれ咲《さ》く谷の下道《したみち》なる洞《いほ》」とは「招《まね》けば「死」もわが友ならず」と「第一齣」前半部の第7小節に予告されている「死の坑《あな》」であって、素雄は露姫に化身した「「戀」てふ魔《ま》」――自身に内在しているエロスに翻弄されて陥ってしまったのである。

しかし、瀑水・白龍・月光など躍動する自然に共鳴して自我の働きが蘇っている素雄は、平穏な眠りが訪れないところから洞に眠る「仙姫《やまひめ》」が「わが戀《こひ》せし露姫」と関わりのない、「「戀」てふ魔《ま》」――エロスが合成した幻影であると気づく。付言しておくと「誰《た》がたくみの業《わざ》にてや彫《え》りなせるぞ／この姫を?」と前置きして記されている洞に眠る姫の容姿は、露伴の『風流佛』「第九　如是果」で、お辰に失恋した珠運が「堅く妄想を捏して」刻んだ立像に類似している。無論、透谷がその情調を巧みに移し植えているのであるが、透谷は「風流佛」を制作する珠運の心緒を了解していたと思われて興味深い。

（素。）わが想《さふ》と、わが戀《こひ》と、わが迷《まよひ》とが、ともに
　わが爲《ため》のたくみとなりて
　この原に、露姫を、この原の氣《き》より
　つくりいでしや?

右が、素雄の自我の回復を告げている一節であり、「原の氣《き》」とは自我を抑圧した時点での内部世界の情調なのは言うまでもない。（仙姫）とは素雄の内部世界に形象されたイマージュである。透谷は実在と関わりのあるイマージ

ユと、欠如が合成する幻影との相違を了承していたのである。

補9　「おのれてふもの」――透谷の主体

この「第二齣　第二場　蓬萊原の二」は、素雄の思念と現実社会で受け入れられている規範との違和が明らかにされていく場面であり、大魔王との対決に先駆けている箇所である。

最初に素雄の自己主体「おのれてふもの」の内実と世との関係が韜晦に語り継がれているが、ほぼ透谷の実体験に即して了解できる内容である。

冒頭、「わが眼はあやしくもわが内《うち》をのみ見て外《よそ》は／見ず」と語りはじめられているが、「内《うち》」は内部世界に閉ざされている状態、「外《よそ》」あるいは「光」は自我が現実と対応している状態である。次いで「わが内なる諸々《もろく》の奇《く》しきことがらは／必ず究めて残すことあらず」とあるのは、内部世界に内包されている情調――無意識の領域に抑圧されている感慨・固有な力を持っている「エロス」や「タナトス」・遺伝的に継承されている心的な感懐等々については、ある程度の掌握を成し終えているとの意である。この「第二場」の要諦は、「光にありて内《うち》をのみ注視《みつめ》た／りしわが眼《め》の、いま暗《くらき》に向ひては内を捨《すて》て／外《そと》なるのもを明らかに見きはめんとぞ／すなる」――現実社会と対応してともすれば鬱状態に閉塞されがちであった自分はいま現実認識を抑圧していると、逆に現実社会の状況を明らかにしていこうという意欲が高揚してくるという一節であり、鶴翁の発言を介して、この段階まで明確にされていなかった自己主体、「おのれてふもの」と「世」との関係が明らかにされていく。

ここまで「さすらへ」の旅にあること、世に充ちている「魔靈《まもの》の軍兵《つはもの》」や「光《ひかり》に住める異形《いぎよう》の者」たちとの違和は指摘されていても、素雄の「世」との関係はいまひとつ明確にされていない。しかし世との関係は、この場面で自分が「世を逃」れているのは世の中に敵がいたり世に嫌悪を感じたりしているからでもないし「世を捨」てることにこだわりはないが、「このおのれてふ物思はするるもの、このおの／れてふあやしきもの、このおのれてふ満ち／足らはぬがちなるものを捨てゝ去《い》なんこそ／かたけれ」――現実世界に問を発することのできる生命体をおき去りにすることはできないと、告白されていることによって読み解けてくる。素雄が「さすらへ」の旅に趣いているのは、世を逃れたからでも捨てたからでもなくて世への愛着があるからである。「牢獄《ひとや》ながらの世」から距離を置いているのは、「世」への問いかけを内包している自己主体、「おのれてふもの」の必然の成り行きだったのである。このように分析すれば、素雄の「さすらへ」が「わが燈火《ともし》なる可き星《ほし》」、思念の展望を求めての旅であることも改めて了解されてくる。

　そして『蓬莱曲』制作の目論見が、維新後四半世紀を経過しようとしている日本社会の現実を問い糾すことであったとするならば、（蓬莱原の道士）と注記されている「鶴翁」は、近代化が推し進められている明治社会の内なる存在としなければならない。

　鶴翁と素雄の現実認識の差異は、「おのれてふもの」は「自儘者《じまゝもの》」であり「法則不案内《おきてしらず》」であり「向不見《むかふみず》」であるとして「自然《しぜん》に逆《さか》はぬを基《もと》」とする「道術《みちのじゆつ》」が説かれることによって明確にされていく。鶴翁は先ず「おのれてふもの」の問いかけを「自儘者《じまゝもの》は種々《さま〱》の趣好《たしみ》あるも／のよ」と矮小化したうえで、世の人の「懐裡《ふところ》」に「望《のぞみ》」を投げ入れたり、「憤《いか》り慨《なげ》」いている人には権力者の「繫縛《なわめ》」をほどく「自由《じゆう》」を手渡せば「佛《ほとけ》とならぬもの」はいないと自説を述べている。これに対して素雄は「わが時間《とき》」と「わが意《おもひ》」の躍動を述べてから、「汝《いまし》が解《と》く詐謟《たばかり》の道《みち》にて佛《ほとけ》となる可き性《さが》なら／ず」、「自由《じゆう》？　これ頑童《わらべ》の戯具《きぐ》のみ！」、「望《のぞみ》？　これ老《お》ひたる嫗《もの》の寝覺《ねざめ》の囈言《うはごと》のみ！」、「哲學《てつがく》も偶像《ぐうぞう》も美術《びじゆつ》も亦美人《びじん》も、わが身《み》を托《よ》／する宿《やど》ならず」と激しく拒否する。鶴翁の処世観を「詐謟《たばかり》の道《みち》」としているのは、前年の評論・「當世文學《とうせいぶんがく》の潮摸様《うしほもやう》」で「當代《とうだい》の文學《ぶんがく》は有望得意《ゆうぼうとくい》なる歡樂者《くわんらくしや》の爲《ため》に蓋《おほ》はれつゝあるなり」と述べた後に「彼等《かれら》世外《せいぐわい》に超然《ちようねん》たり、世外《せいぐわい》より世内《せいない》を見《みれ》ば紅塵《こうじん》深く重《かさな》りて厭《いと》ふ可《べ》き者多《ものをほ》し」と、自身を「世内《せいない》」――民衆の側に位置付けて、彼等――イデオローグ達を批判しているところが参考になろう。

鶴翁の「道術《みちのじゆつ》」、「自然《しぜん》に逆《さから》はぬを基《もと》／となす」とは、時勢の動向を受け入れていくとの意であり、謂うところの「望《のぞみ》」や「自由《じゆう》」も体制の意向に逆らわない望みや自由として誤りはない。そして素雄の謂う「哲學《てつがく》」に弱肉強食を許容している資本主義の倫理を、「偶像《ぐうぞう》」に近代社会の日本人に志高の忠誠を要請しつづけている天皇制を想い描けば両者の差異は明らかになってくる。

「おのれてふもの」の論理化は、透谷の自己形成の文脈に移行すれば自己主体の成立と受けとめられる。そして鶴翁は、自らを権力の志向に委ねたうえで民衆に権力への恭順を解くイデオローグ、阿諛追従者の典型として形象されている。

補10　「近代社会」（西洋文明）の倫理への問いかけ――「人の世の態」について

鶴翁の説く「道術《みちのじゆつ》」とそれを「詐謟《たばかり》の道《みち》」とする素雄との対話で、素雄の世に対する姿勢は明らかになっている。しかし、例によって「唯《たゞ》わが心《こゝろ》は、時《とき》に離《はな》れ間《ひま》に隔《へだ》ゝり」と奔放な心の躍動を記した後に、世のありさまが「退屈《たいくつ》」で「所業《わざ》」がなく「僞形《ぎけい》」で「詐猾《さかつ》」で「醜悪《しゆうあく》」で「塵芥《ぢんかい》」の世なので「己《おの》れの心をひと時息《ときやす》む／可き」として、己れを知らない「地龍子《みゝづ》」と「頑童《わらべ》」の生のさまを引き合いにして、自説の再構築が企てられているのはどうしてなのか。

ミミズのなりわいを発端にして語り継がれていく構成に留意すると、透谷はここで自己の思念の根底に沈潜している原体験にまつわる情調を挿入することによって、作品のリアリテイを確かなものにすることを志したと思われる。

脈絡を欠いているかに見える叙述に立ち入ると、「あはれ人の世の態《さま》を」と現実認識が示され、次いで「萬類《よろづのもの》の長《おさ》なりとて傲《ほこ》り驕《おご》れる人類《ひと》は／わが涙《なみだ》の色を紅《くれない》になすもの、／いかでいかでわが安慰《やすみ》を人の世に得ん」――人類は万物の霊長であると自負しているのに、恵まれない人々が放置されている状況では、安息が得られない、との状況への疑問を提出した後、あなたの「優《やさ》しき術《じゅつ》」で「この暴《あ》れたる心」――私のいらだちを解消して欲しいと鶴翁への依頼が述べられている。

透谷の原体験に配慮しつつミミズについての叙述に注目すると、『富士山遊びの記臆』（明治一八年）に「今ハ明治の明らかさ、夜とて暗からぬ光のもとに、足元の用心とてもなき鳴き虫の晝のあつさに堪へ兼ねて、草の根を掘り隠れ住む今の心地ハ苦しけれ」とあるのが思いあたる。そしてここには「蟲さへも、順序のあるに、人の身の斯く此世にハ定めなき、神經なき人のみ生ひ茂るとハはかなさや」と記されている。さらにミミズにこだわると『蓬萊曲』脱稿直後、五月一二日の「日記」に「「地龍子」我れ地龍子の輾轉する様を見て之れを小説に作らんことを期す」とある。そして、明治二五年末までには制作されていたと推察できる「みゝずのうた」（明治二七年・「文学界」第一八号）という詩が遺されていて、ここでは「みゝず」に象徴されている生の原質が、「蟻」に仮託されている分業社会の到来や管理機構の整備によって崩壊に瀕して行くさまが謳われている。

このような思念の展開に留意すると、この箇所で「地龍子《みゝづ》」、地を這うものから説き起こして「人の世」のさまへの批判を展開しているのは、「おのれてふもの」の姿勢、民衆の生にコミットしている素雄の視座を明らかにしておく必要に迫られたからに相違ない。『楚囚之詩』でも、「余」の視座が民衆の側に定められているのを、最終章の出獄の場面に「多數の朋友」に迎えられたとあるところや「自序」に記されている「吾等の同志」という言辞から読み解いてきたが、満二年を経た『蓬萊曲』制作に際しても視座は揺らいでいなかったのである。

明治一七年、神奈川県の自由民権運動の末端に参加して味わった原体験、その年の暮れ頃からの川口村滞在を起点とした思想形成の過程については、それなりの解明を試みているが、この時点で考察しておきたいのは、民衆の生に加担している透谷の思念の意味するものと、西洋文明を受け入れて社会の近代化に尽力しているイデオローグの思念との差異についてである。

次に掲載するのは、安丸良夫の『日本の近代化と民衆思想』(青木書店)の最終章からの抜粋である。

明治国家が、聳立する軍事的集権国家として君臨し、その上からの近代化政策が一定の定着性をもつようになると、かつて世直し一揆や新政府反対一揆において表現されたような民衆の願望は、近代化し膨張してゆく「日本帝国」のもとでの安穏と幸福の追求へと転轍され、長い一揆の伝統とそこからうまれた可能意識とは、「殺身成仁」式の義民譚だけを残して、歴史の暗闇の部分に葬られてしまった。一揆にたいする弾圧、とりわけ、明治初年の一揆にたいする集権国家の洋式軍隊による鎮圧がテコになって、一揆のなかに表現され、また表現されようとしていた願望と可能性とは、明治国家の公認のタテマエを受容するものへと再編成され、あらたな国家の神話が民衆の人間的なさまざまの願望を詐取して、それを栄光の「日本帝国」発展のエネルギーへときりかえていった。明治国家の上からの近代化政策の一定の「成功」のもとでは、こうした国家の神話のカラクリを見破り、それに根源的な批判を対置するためには、きわめて狭くふたしかな道しか残されていなかった。松方デフレ下におこった秩父事件や困民党・貧民党の諸事件、明治初年の天理教・明治十年代末から二十年代初期にかけての丸山教・明治中期以降の大本教などの民衆的宗教運動、北村透谷などのほとんど孤立した知識人の思想的営為などが、わずかに、近代化日本そのものに根源的批判を提出し、やがて破れていった。小生産者である民衆が、その安穏と幸福とを支配権力から自立したみずからの可能性としてえがく道は閉ざされ、人々の本当の願望と人間らしさは、国家と資本の論理に隷属させられ詐取されて、支配のための諸契機へと変貌していった。

ここには、透谷の思想的営為についても言及されている。明治一七年、民権運動の末端に参加して困民の騒擾事件の近傍に位置していた透谷は、民衆史の転換点に立ち会っていたのである。そしてミミズの挿話に込められているような状況認識は、独断でも孤立した認識でもなかったのである。

しかし、圧倒的な上からの近代化の過程で民衆の状況は顧みられないままに放置されてしまったのである。近代日本のシステムがどのように機能したかについて、斉藤博の『民衆史の構造』(新評論)に、次のような指摘がある。

身分・財産はないが、精力・堅実さ・能力および専門技術をもつ下層社会出身の英才が、帝大・陸士・海兵を通じて、近代日本の支配・指導者層に入り込んでいったのである。出世主義・日和見主義・官僚主義・大勢順応主義・反民衆主義はこれら英才のイデオロギーとなっている。この本質は彼等の青春期に獲得した思想の高低・左右にとくに関係しなかった。むしろエリート青年こそ、近代日本において、ブルジョア進歩的・近代主義的な学問と左翼思想を吸収し、後にこれを支配と反民衆のために活用したともいえる。

このようなシステムは、戦後社会でも継承されている。

そんな経過もあって「鶴翁」に対する評価は高い。自然思想には伝統的な背景があり説得力があるとの評価にも出会う。佐藤善也の『北村透谷——その創造的営為』(翰林書房)には、「道士鶴翁の「自然思想」が、実は老荘思想とは縁のない、明治の文明開化を促進する西欧人間主義、更に言えば透谷が通過した自由民権運動の基礎と成った情欲肯定の人間観、世界観にほかならないことに注意したい」とある。この読み取りは的確であるが、透谷は「文明開化を促進する西欧人間主義」を受け入れることができないから、鶴翁を造型しているのである。

人間は万物の霊長であると自負しているのに、「人の世の態《さま》」が哀れなのはどうしてなのか。「道師《だふし》」の「優《やさ》しき術《じゅつ》」で何とかして欲しいと素雄が鶴翁に依頼しているのは、佐藤が謂う文明開化を促進している西欧人間主義の世界観の是非を問い糾すためである。そして鶴翁に「わが術《じゅつ》は然《しか》らん者/に施《ほどこ》さん由《よし》なし」と発言させているのは、民衆の生活実態を顧みようとしない、イデオローグの思念との訣別の宣言だったのである。

民衆の生活に対して思考の回路をを持っていない鶴翁は、「汝《いまし》はおのれを頼《たの》みて生く可き者ならず」との捨て台詞を遺して去り、鶴翁の冷酷な応答に改めて希望を消失した素雄は、「露姫！　露姫！　いづれにあるや」と、現実感覚を抑圧して内部世界の闇のなかに沈潜していく。

補11　「塵ならぬ靈《たま》」について

前文の「われ塵《ちり》の兒《こ》なりと雖」とは、死を内包しているはかない存在であるけれどもという意味である。そして「この靈《たま》を洗ひ清めんために、いで御山《みやま》/に登らん」とあるのは、今、維新後の日本社会を席巻しようとしている

「権《ちから》の元《もと》なる王《きみ》」――日本社会に近代化をもたらしていくものの中枢にある力と対決しようという決意の表明である。曲（劇）は、この発言を境にして蓬萊山頂での「大魔王」との対決の場面、クライマックスへと進展していく。

透谷が「心」の現象の存在論的な掌握を試みている点についてはすでに触れているが、ここでは人間存在に内包されている認識能力が「塵ならぬ靈《たま》」として具象化されている。このような実態としては捉えにくい「心」の現象の掌握は、「平和」六号の「各人心宮内の秘宮」（明治二五年）で多角的に究明が試みられていて、その冒頭部分には「靈」――人間存在が保有している認識能力について、次のような見解が吐露されている。

深山《しんざん》に蹈《ふみ》入《い》る旅客《りよかく》なかるべからざるが如《ごと》くに眞理《しんり》に蹈迷《ふみまよ》ふ思想家《しさうか》もなかるべからず。人間は暗黒を好む動物にはあらざるなり。常久不滅の靈は其故郷を思慕して或時に於て之に到着せん事を必するものにてあれバこそ、今日に到るまで或《あるひ》は迷信《めいしん》に陷《おちゐ》り或《あるひ》は光明界《こうめうかい》に出で、宗教《しうけう》の形哲學《かたてつがく》の式千態万様《しきせんたいばんよう》の變遷《へんせん》を經《へ》たるなり。人性《じんせい》に具備《ぐび》せる戀愛の如き同情の如き慈憐の如き別《べつ》して涙の如きもの深《ふか》く其至粹《そのしすゐ》を窮《きは》めたるものをして造化《ぞうくわ》の妙微《めうび》に驚歎《きやうたん》せしめざるはなし。蠻野《ばんや》より文化《ぶんめい》に進《す、》みたるは左までの事《こと》にあらず、この至妙《しめう》なる靈能靈神《れいのうれいしん》を以《もつ》て遂《つゐ》には獸性《じうせい》を離《はな》れて高尚《こうしやう》なる眞善美《しんぜんび》の理想境《りそうけう》に進《す、》み入ること豈望《あにのぞ》みなしとせんや。

要約すると、「常久不滅の靈」――太古から人間存在に内包されている認識能力は、「其故郷」――自然のままの状態への帰還を希っているものであり、「靈能靈神《れいのうれいしん》」――宇宙の真理と交歓できる能力を持っている人間存在は、理想的な境地に到達することが出来るとの信頼が吐露されている。

難解な叙述の読解を施したのは、ここから読みとれる存在感が透谷の存在論のさらには思想形成の基盤になっているからである。「内部生命論」(明治二六年)へと結実していく思念であるが、透谷の状況認識は人間を自然の内なる存在としているところから発想されている。

補12　天皇制にたいする透谷の見解

「第二場　蓬萊山頂」で素雄は、三界諸天の幻影のなかで精神の高揚を味わっているが、「形骸《むくろ》」から逃れられない存在であることに気づく。そして実在感がよみがえった素雄は、大魔王傘下の鬼王や子鬼たちに迎えられて詩劇はクライマックスへと展開していく。

透谷はこれまで、天皇・あるいは天皇制についてそれほど言及していない。さかのぼると、「哀願書」(明治一七年暮れか一八年初頭)に「單ヘニ三千五百萬ノ同胞及ビ連聯皇統ノ安危ヲ以テ一身ノ任トナシ」とある。また『楚囚之詩』に「大赦の大慈《めぐみ》を感謝せり」とあるのがとかくの議論を呼んでいるが、『楚囚之詩』のモチーフはアンビションの回帰、現実社会と対応する意欲の再生であり、この表記は閉塞状態を克服できたことに対する神——自然への感謝の意であって、大日本帝国憲法発布の日に行われた勅命による大赦令と直接の関係は求められない。また、明治二三年の四評論でも言及されていない。しかし、維新後四半世紀を経過しようとしている日本国——「新蓬萊」の状況に想い馳せた時点で、いま近代化が推進されている過程で巨魁を印しつつある天皇制を問い糾す必要に迫られたのである。

近代社会は資本主義的生産様式が支配する社会であり、国民国家という形態が支えになっている。日本の場合、将軍徳川慶喜の大政奉還から明治天皇の王政復古宣言、翌一八六八年(明治元年)の江戸幕府倒壊を経て明治新政府樹立に至る一連の統一国家形成の過程、所謂・明治維新を経て、形式上は徳川氏から朝廷への政権移行、実質的には封建制から国家統一と資本制への移行が成し遂げられている。そして近代天皇制は国民国家日本の形成過程に登場した編成原理であり、近代日本の国家権力や国民精神を集約する神権的権威となり、戦後社会でも資本主義的生産様式が内包している差別原理を隠蔽する秩序原理として君臨し続けている。

透谷は、天皇制をどのように掌握していたのか。

ここで（鬼王共）に「わが大王《おほきみ》」として迎えられている「大魔王」が、近代社会の魔性の象徴的な存在として形象されているのは了承されよう。実は大魔王は、「第一齣」に世をののしる素雄に感応した（空中の聲）として登場していて、「世に禍危《まがつみ》の業《わざ》をのみなし、正《たゞ》しき者を／滅《ほろ》びさせ、僞《いつ》はれるものを昌《さかえ》させ、／なほ神《かみ》とは自から名告《なの》るなり！」と、何者たるかは予告されていたのである。

さて、「神とや？　おろかなるかな、神なるものは」以下一〇行の（第一鬼王）の「大魔王」の紹介には、透谷の天皇制にたいする認識のおおよそが凝縮されている。逐次解読していくと、「神なるものは／早や地の上には臨《のぞ》まぬを知らずや」とあるのは、明治政府の神仏分離令や祭政一致の神道国家主義によって、民衆の生活の中で息づいていた神や仏に対する土着的な信仰が消失させられていった経緯と符合している。次に、大魔王が「こゝを攻取《せめと》りて／年《とし》經《へ》たり」とあるのは、ひとまず維新後の時間の経過を述べているが、「こゝを攻取《せめと》りて」とあることによって確かめられるように、透谷はいま日本社会に君臨しようとしている天皇制を、維新後の社会に時空の変異をもたらしている西洋文明にかかわりのある制度として受けとめていたのである。「おほきみ」とルビが付されているのは、維新政府が王政復古を建前としたからでもあるが、その魔性——「萬《よろ》づ世《よ》」をわが物としているという絶大な権威の幻影が国民国家日本の形成原理として機能していることをわきまえていたからに相違ない。「かしこきものには富《とみ》と榮華《えいぐわ》を給《たま》ふことを知／らずや」とあるのは、「けふこのごろの裁判《さばき》」を指しているが、この見解には鋭い状況判断が垣間見えている。「哀願書」で弱肉強食の倫理の浸透を指摘し、二〇年の「［石坂ミナ宛書簡草稿］一八八七年十二月十四日」で「人の心」の変異の予兆におののいていた透谷の特異な感性は、『蓬莱曲』制作の過程で資本主義的生産様式の魔力を視界にとどめていたのである。

さらに翌二五年の「一種の攘夷思想」（「平和」三号）では、平和を侵犯する不調実な思想として、このころ台頭してきた天皇制国体を報じている国粋的な思潮を「一種の攘夷思想」であるとして警告が発せられていく。この論考については後述するが、透谷は近代化の過程でナショナリズムの支柱として機能していくことになる、近代天皇制の暗黒の力を心憎いまでに的確に見通していたのである。

補13　内部世界の情調の告白

ここには、あっけらかんと自足している大魔王の高慢な支配の論理に対して、素雄が「人生《じんせ》の深《ふか》き奥《おく》」でどのような想いを抱いているかが、やや韜晦に数十行を費やして告白されている。

順を追って立ち入ると、まず「望《のぞみ》にも未來《みらい》にも欺《あざむ》かれ盡《つく》して」云々と、近代化が推し進められている状況に問いを抱いて「さすらへ」の旅に赴いているのであると、現在に至る心境が概括されている。

次に「自然《おのづから》にわが眼《まなこ》、塵の世を離《はな》れて高《たか》きが上に／彌《いや》高く形而上《かたちのうえ》をのみぞ注視《みつめ》ける、われに大《たい》／鵬《はふ》の翼《つばさ》なくとも能《よ》く世《よ》の雜紛《ざつぷん》を搏《はた》きて、／蒼穹《あほぞら》に精魂《たま》を舞《ま》ひ遊《あそ》ばしめし」とあるのは、「蒼穹《あほぞら》に精魂《たま》を舞《ま》ひ遊《あそ》ばしめし」に注目すると、その意味するところが読み解けてくる。「精魂《たま》」（心）が「蒼穹《あほぞら》」（他界）に飛翔して行くという存在感覚については、すでに「Ⅰ『楚囚之詩』（補10）」「「心」の現象の究明」で明らかにしているが、透谷は「心」――人間存在が内包している霊力が、自然の深奥にあるイデアと交歓して認識を獲得することができるという、卓抜な「心」の現象の存在論的究明を成し遂げていたのである。　次いで「忌《いま》／はしき地獄《じごく》を排《はい》して」恋は「極樂園《ごくらくえん》」であったけれども、「これも／いつはれるたのしみと悲しみ初《そめ》にき」とある。恋について「いつはれるたのしみ」という感懐は了解しがたいけれども、この述懐は自由民権運動の末端に参加して厭世観を抱かざるを得なかった透谷自身が、ミナとの恋愛を内面的な倫理として受けとめることによって現実社会に着地することができた経緯と符合している。ここに記されているのは体験を基盤にしている特異な恋愛観であって、その間の事情が「厭世詩家と女性」では、「戀愛は一たび我を犠牲にすると同時に我なる「己れ」を寫し出す明鏡なり。男女相愛《だんぢよあひあひ》して後始《のちはじ》めて社界《しやかい》の眞相《しんさう》を知《し》る」と論じられている。

　ここまでが前半部で、後半部には「わが内《うち》」（内部）には、「神性《かみ》」と「人性《ひと》」という「かならず和らがぬ兩《ふた》／つの性《さが》」があって休みなく戦い続けている上に、過去を振り返ると「光《ひかり》と暗《やみ》とが入り交《まじ》」って――現実認識と内部世界の情調とが錯綜していて、平穏な「眠《ねふり》」につけないほどであるとして日々の苦悩が綴られている。

　このうち「光《ひかり》と暗《やみ》」が「わが内《うち》」で交錯している点については、「おのれてふもの」の解説で論証済みである。さらにその交錯の機微は、ここまで読み進めてきた両作品、『楚囚之詩』と『蓬萊曲』の詩空間の要になっている。そんなことから説明を要するのは「わが内《うち》」にある「神性《かみ》」と「人性《ひと》」なのだが、この「兩《ふた》つの性《さが》」については、「各人心宮内の秘宮」（「平和」第六号）での「心」に二つの宮があるという分析を経て、「心機妙變を論ず」（「女学雑誌」）で、両者の戦いの様子が説明されている。

　「各人心宮内の秘宮」には、「心こそ凡てのものを涵する止水なれ」と「心」を内部世界の中枢に位置づけて、「心《こゝろ》は世《よ》の中《なか》にあり而《しか》して心《こころ》は世《よ》を包《つゝ》めり、心《こゝろ》は人《ひと》の中《なか》に存《そん》し而《しか》して心《こゝろ》は人《ひと》を包《つゝ》めり」と論じられている箇所がある。透谷の「心」の現象の存在論的究明の概要が記されている重要な一節であるが、ここには「心」の作用が二つに区分されていて、次のように論じられている。

心《こころ》に宮《みや》あり、宮《みや》の奥《おく》に他《た》の秘宮《ひきう》あり、その第一の宮には人の來り觀る事を許せども、その秘宮には各人之に鑰して容易に人を近かしめず。その第一《だいいち》の宮《みや》に於《おい》て人は其處世の道を講じ其希望其生命の表白をなせど第二の秘宮は常に沈冥にして無言、蓋世の大詩人をも之に突入するを得せしめず。

「心機妙變を論ず」は、文覚（平安末〜鎌倉初期の真言宗の僧）が「佛智を得」た——心機妙変の瞬間の論理化が企てられている論考であるが、その中程に次のような一節がある。

神の如き性人の中にあり、人の如き性人の中にあり、此二者《このにしや》は常久の戰士なり九竅《きうけう》の中《うち》にこの戰士《せんし》なければ枯《こ》衰《すい》して人《ひと》の生《せい》や危《あや》ふからむ。神《かみ》の如《ごと》き性《せい》を有《たも》つこと多《おゝ》ければ、戰《たゝか》ひは人《ひと》の如《ごと》き性《せい》を倒《たを》すまでは休《やす》まじ、休《やす》むも一《いち》時《じ》にして程經《ほどふ》れば更《さら》に戰《たゝか》はざる能《あた》はず。人《ひと》の如《ごと》き性《せい》を有《たも》つこと多ければ終身惘々《しゆうしんもう〳〵》として煩《わづら》ふ所《ところ》なく想《おも》ふ所《ところ》なく憂《うれ》ふる所《ところ》なからむ。この兩性《れうせい》相闘ふ時に精神活きて長梯を登るの勇氣あり……

引用した二文はそれぞれに難解であるが、これまで読み進めてきた『蓬萊曲』を構成している詩空間に想いをはせていけば、各人に固有な霊的な力が存在しているところが「第二の秘宮」であり、人間存在に内包されている固有な力――認識能力が「神の如き性」であるのが了承されよう。

素雄が「兩《ふた》つの性《さが》」が戦い続けていると言うのは、「神の如き性」――認識能力によって獲得した現実社会の展開に対する疑問と、「人の如き性」――通俗的な規範に従って生きていこうとする思いがそれぞれの立場を主張して平穏な「眠」につけないという意味である。

この範囲で「さすらへ」の旅にある素雄の内部にどのような情調が存在して、どのような葛藤が繰り広げられているがほぼ語り尽くされている。

補14　「魔」の本質――「新蓬萊」の状況

大魔王は、自身が何者たるかを証すべく「彼方の巌《いはほ》に」素雄を導いて力を誇示する。

そして「都《みやこ》！」が「悪鬼《あくき》ども」の狂乱によって焼き尽くされていく「世の態《さま》」を見た素雄の感慨は、次のようにとりまとめられている。

（素。）いづこにや隠《かく》れし妙《たへ》なる法《のり》の道《みち》、
いづこにや逃《のが》れし、まことと世を愛《めづ》る人、
あの火に燬《や》かれしか、はた恐《おそ》れて去《され》るか、
あなや！　あなや！

「都《みやこ》！」とは、冒頭に「都《みやこ》を出でゝ／わがさすらへは春《はる》いくつ秋《あき》いくつ」と謳われている「都《みやこ》」であり、「悪鬼《あくき》ども」とは、「第一齣」前半部の第13小節に「世を、我物顔《わがものかほ》なる怪《あや》しの／鬼《おに》の」と紹介されている「魔霊《まもの》の軍兵《つはもの》」たちである。

　素雄の感慨をこれまでの透谷の発言に移行して考察すると、「いづこにや隠《かく》れし妙《たへ》なる法《のり》の道《みち》」とあるところからは、維新後「弱肉強食ノ状」（「哀願書」）の浸透や「有要な生活機具」の出現――物質文明の到来によって、「昔しハ質朴を以て普通の性質となせしを以て人の心ハ正しくして寧ろ高尚なりしも今ハ驕者を以て本尊と定め人の心ハ曲折看ぬき難し」（「［石坂ミナ宛書簡草稿］一八八七年十二月十四日」）と「人の心」の変異が余儀なくされていると指摘されているのが参考になる。次の「いづこにや逃《のが》れし、まこと世を愛《めづ》る人」については、『楚囚之詩』の第二に、祖父や父の時代には国のために尽力することができたが「余が代《よ》には楚囚となりて／とこしなへに母に離るなり」と、維新後の社会では、諸制度の整備・浸透によって「楚囚」とならざる得ない、本質的な「生」から疎外されていく状況が謳われている箇所が該当しよう。三行目に「あの火」とあるのは、「魔」の支配を受け入れて近代化に努めている人達の営為を指していて、「はた恐《おそ》れて去《され》るか」とは、幕末から維新期にかけて自由と自立の願望を抱くことのできた民衆が、権力機構の村落共同体の末端への浸透・整備、具体的には村役場・駐在・学校などの管理機構の整備によって可能意識を喪失させられていった経緯が込められている。

　ここまでが「魔」に対する旧世界からの批判で、「神より彊《つよ》きもの」であると自負する「大魔王」が何者であるかは、次のように記されている。

　大魔王。そはわれぞ。　罪の火をもやして白き黒き

赤き青き、その火を以《も》てこの世を焼盡《やきつく》さん
とするものわれぞ。
人を、世を、灰と化《な》し、昔の塵にかへすも
のは、斯く言ふわれぞ。
火を、風を、雷火《いかづち》を、鳴雷《なるかみ》を、洪水《おほみづ》を、高
き山を、ひろき海を、思ふが儘《まゝ》に使《つか》ふもの、
斯く言ふわれぞ。
暗《やみ》をひろげ、死《し》を使《つか》ひ、始めより終りまで
世を暴《あら》し、世を玩弄《もてあそ》ぶもの斯く言ふわれぞ。
ひれふせよ今、ひれふせよ、塵！

ここに謳われているのは、終末の世のイメージである。すでに「第一齣」前半部の第9小節で予告されていたように、素雄は「わが燈火《ともし》なる可き星《ほし》」を求めての旅の途次、思念の探求・深化のはてにこのような予兆を感得していたのである。

そして大魔王の魔力がもたらすものとして形象されている事象は、百余年を経た今日、すべて対応する事実を整え終えている。白く・黒く・赤く・青く、燃えさかるという多様な殺戮兵器は、ナショナリズム国家の魔性を象徴している「罪の火」そのものであろう。平和の口実で保持されている原子爆弾や、原子力発電所で連日製造されている捨て場のない廃棄物は「世を灰と化《な》し」て昔の塵にかえそうとしているのではないか。火・風・雷火・鳴雷など、大気

圏の自然環境は破壊されて、酸性雨・温暖化など気象条件は変化し、森林は伐採されて洪水がもたらされ、広い海は思うがままに汚染されて生態系も変異を余儀なくされている。一国の繁栄も個人の富も、他者の犠牲や貧困化によってもたらされ、そのような差別を考慮しようとしない現状は「暗《やみ》」そのものではないのか。百年に及ぶ戦争の歴史の中で堆積されている一億を超える死者たちは、近代社会が建前としているナショナリズムに「玩弄《もてあそ》」ばれたのではなかったか。

大魔王の素雄に対する説得が二つに場面に分けて設定されているのは、二年後の「日本文學史骨」（「評論」）では、国民の思想に変異をもたらしたものとして「そを何ぞと云ふに、西洋思想に伴ひて来れる、（寧ろ西洋思想を抱きて来れる）物質的文明之なり」と言い回されている近代化が「魔」である所以を、かって「都《みやこ》」に存在していた社会倫理の破壊と、未来にもたらされるであろう事象への予兆の両面から問い糺しているからである。

さらに、次の叱責が加えられて対決は終わっている。

素。　叱！　惡魔《あくま》！　狂《くる》ひぞ、狂ひぞ、
　　汝《いまし》が雲《くも》の住居《すまひ》、汝が飛行《ひぎやふ》の術《じゆつ》、汝《いまし》が制御《せいぎよ》の
　　權《ちから》はわが友《とも》とするに足《たれ》ど、
　　限《かぎり》りなき詛《のろ》ひの業《わざ》、盡《つ》くるなき破壞《はくわい》の業《わざ》は過《か》
　　去未來永劫《こみらいえいごふ》の我《わ》が仇《あだ》ぞ。

素雄は科学技術の進展も予想しているし、諸制度の整備も評価している。しかし、それがヒューマニティを欠いた

思念を根底にして発想されている以上、許容することはできないのである。

この対決の場面が『蓬萊曲』のクライマックスであり、透谷は「新蓬萊」——近代化が推し進められている現実社会の挑戦に対する応答をなし終えたのである。

それにしても「世を玩弄《もてあそ》ぶもの」とは、心にくい表現である。

透谷の謂う「魔」とは、富と栄華を約束することによって人心の収攬をはたしていく資本主義システムであり、その「魔性」とは、他者に犠牲を強いることをはばからないヒューマニティを欠いた傲慢な志向である。

補15　素雄の「死」（帰還）と「蓬萊曲別篇（未定稿）慈航湖《じこふのうみ》」について

詩劇は、この辺りから終息に導かれて行く。

「世か、還《かへ》るか、世に？」とあるのは、「さすらへ」の旅を断念して近代化が推し進められている現実社会と和解していくことができるかどうかという問いかけである。そして「蝙《かう》／蝠《ふり》と共なる巣《す》は、「寂寥《せきれふ》」を宿《やど》すには足れど」とあるのは、『楚囚之詩』に遡れば、〔第十二〕と〔第十三〕の間に挿入されている「挿絵」のありさま——鬱状態に閉塞されている姿が想起されよう。そして「第一齣」の末尾近くには、「世にありて（中略）囚牢《ひとや》の中に、世の人安々《やす〳〵》眠《ねむ》れども、／悲《かな》しみ覚《おぼ》えし身にはまどろまれず」とも記されている。「われ世を家《いへ》とせず、世よ汝《いまし》もわれを待《また》／ぬ可し」とあるのは、現実社会への絶望の告白であり、行くべきところについて「そこ地獄」「そこよ陰市道《よみのみち》」と畏怖の念がわき上がるのは、「第二齣　第二場」で鶴翁から「極樂《ごくらく》——地獄《ぢごく》——岐《ちまた》は明《あき》らかに／この二道《ふたつ》に別る、其の何《いづ》れをも汝《いまし》が／擇《えら》ぶまゝならん」——近代化を受け入れることができない、民衆の立場に固執しているおまえのような存在が行き着くところは、地獄か極楽であると、予告されているからである。

「消え失せん、世の外《そと》に」と決意したとき、（樵夫源六）が「仙姫洞」に遺した「琵琶」を持って現れるのは、（樵夫源六）は素雄の無意識の領域の深奥にあって、「死の坑《あな》」の転変をわきまえている存在として形象されているからである。「第二齣　第四場」で、「源六」の忠告があったにもかかわらず、「梭《おさ》の音《ね》」に魅了された素雄は「「戀」てふ魔《ま》」（エロス）に翻弄されて、「第三齣　第一場」にかけて「仙姫洞」に誘導されてしまう。その間「琵琶」は、「仙姫洞」（死の坑）におきさりにされていたのである。作品の構成には綿密な配慮が窺える。


次いで「蓬莱曲別篇（未定稿）慈航湖《じこふのうみ》」に注目すると、前段に「蓬莱曲別篇を付するに就いて」という卜書きが挿入されていて仰々しいが、「間奏」を入れて結末への道をつけたとして差し障りない。

「慈航湖《じこふのうみ》」は慈航が渡る湖であり「慈航」は弘誓の船の意であって、素雄は菩薩として彼岸にいる露姫に迎えられて生の原初の地に帰還していく。六度かき鳴らされた「琵琶」の音によって甦っているのは、素雄の「さすらへ」の旅が六年に及んでいるからである。


この時点で、作品の終息場面について留意しておきたいのは、『楚囚之詩』さらには『我牢獄』も、「死」――タナトスの情調が執拗に描き出されて締めくくられているところである。こんな見解を述べるのは、明治二五年末と二六年後半期に制作されている所謂・抒情詩が「生」の終焉を許容した固有な境地から発想されているからである。

「蝶」の詩によって明らかになっていくけれども、透谷の根底にあるのは日本社会の伝統の中で培われた無常観である。

補16　『我牢獄』の紹介――論考から窺える内部世界の論理的な掌握

ここで『我牢獄』を紹介するのは、この論考には注解を試みてきた二作品・『楚囚之詩』と『蓬萊曲』の内容から現実認識をひとまず捨象して、実体験を根底にして透谷の内部世界に保有されている情調が、否応なく自身を拘束している「牢獄」であるとして韜晦であるけれども論理的に論述されていて、二作品読解の参考になるからである。

この作品は「適《たま》ま女學雜誌《じよがくざつし》の擴張《かくてう》に際《さい》して主筆《しゆひつ》氏の許《ゆる》すところになりて舊作《きうさく》を訂《てい》し紙上《しぜう》に載《の》せんとす」として、明治二五年の「女学雑誌」（甲の巻三二〇号）に発表されているが、着想が二四年八月の「国民之友」に掲載されている幸田露伴の『風流悟』に依存している点を考慮すると執筆の時期が定められてくる。『風流悟』に接した透谷は、露伴の恋愛観や風流観との相違を枕にして二つの長編詩『楚囚之詩』・『蓬萊曲』でランダムに提示した自身の内部世界を論理的に掌握しておくことを志したと思われる。

以下、論旨を、一、論旨の大枠、二、内部世界の掌握、に区分して概略を記しておく。

一、論旨の大枠――固有な存在感覚と自身の恋愛観に対する自信の表明。

次に記す、罪がないのにとらわれの身であるという冒頭の一節は、透谷固有の存在感覚であり『楚囚之詩』冒頭の一句からも帰納できよう。

もし我《われ》にいかなる罪《つみ》あるかを問《と》はゞ我《われ》は答《こた》ふる事《こと》を得《え》ざるなり、然《しか》れども我《われ》は牢獄《ろうごく》の中《うち》にあり。もし我《われ》を拘縛《こうばく》する者《もの》の誰《たれ》なるを問《と》はゞ我《われ》は是《これ》を知《し》らずと答《こた》ふるの外《ほか》なかるべし。

露伴の『風流悟』は世阿弥の能・『恋重荷』を彷彿させる作品であり、成就できなかった恋愛のために陥ってしまった牢獄からの脱出が模索されている。そして恋慕の情の苦しみが叙述された後に、「知慧」の働きに覚醒して「戀慕の念を發せる時是れ眞《まこと》の戀慕の成就なり」と、恋を情から意へと転移させて「牢獄は即ち樂園なり、蛇《へび》の居らざる樂園なり」と結ばれている。

雷音洞主《ライヲンドウシュ》の風流《ふうりう》は戀愛《れんあい》を以《もつ》て牢獄《ろうごく》を造《つく》り、己《おの》れ是《これ》に入《い》りて然《しか》る後《のち》に是《これ》を出《い》でたり、然《しか》れども我《わが》不風流《ぶふうりう》は牢獄《ろうごく》の中《うち》に捕繋《ほけい》せられて然《しか》る後《のち》に戀愛《れんあい》の爲《ため》に苦《くる》しむ、……

右は後半の一文であるが、透谷はここで露伴（雷音洞主）の『風流悟』の論旨を読みとったうえで、不風流な自分は牢獄意識を抱いた後に恋愛のために苦しんだのだと、牢獄意識の相違を述べている。

透谷は、露伴が恋愛によってもたらされる心の動揺・変位・拘束に気づきながら、内部世界に存在している自然な情調との応接をさけて風流という領域に逃れていってしまったと、露伴を批判して論を展開しているが、この一文の要諦は自身の思想形成の階梯を問い糾しているところに求められる。

細部に立ち入ると「牢獄《ろうごく》の中《うち》に捕縛《ほけい》せられて」とは、自由民権運動に参加した体験などを経て近代化政策への疑問を増幅して、現実社会の展開との間に距離を設けて以来という意味であり、「然《しか》る後《のち》に戀愛《れんあい》の爲《ため》に苦《くる》しむ」とは、ミナとの恋愛の過程で人間存在が内包している自由な精神の存在に覚醒して、「厭世詩家と女性」の文言を借りれば、「想世界より實世界の擒となり、想世界の不羈を失ふて實世界の束縛」となって、「社界の眞相」――具体的には民衆の生活実態を慮って苦慮しているという意味である。

風流・不風流について、「雷音洞主《ライヲンドウシユ》の風流《ふうりう》は、（中略）然《しか》る後《のち》に是《こ》を出《い》でたり」とあるのは、露伴は恋愛に苦しんだけれども現実社会の動向から眼をそらしているとの批判であり、「我《わ》が不風流《ぶふうりう》は（中略）然《しか》る後《のち》に戀愛《れんあい》の爲《ため》に苦《くる》しむ」と結ばれているのは、自分は現在、社会の現実と対応しているという自信の表明と受けとめられる。

二、内部世界の掌握――視点を異にした三点から叙述されている。

「第一点」――自我の現実との対応関係、現実認識が分析されている。

1　自分には「自由の世」であったと回想できる「第一期」（故郷）があった。

2　今、生涯の第二期においては、「獄室《ごくしつ》にありて想《おも》ひを現在《げんざい》に寄《よ》すること能《あた》はず、もし之《これ》を爲《な》すことあらば我《われ》は絶望《ぜつぼう》の淵《ふち》に臨《のぞ》める嬰兒《えいぢ》なり、然《しか》れども我《われ》は先《さ》きにありし世《よ》を記憶《きおく》するが故《ゆゑ》に希望《きぼう》あり」という心境である。

3　故郷とは、第一期の体験から生まれた「我《わ》が想思《そうし》の注《そゝ》ぐところ、我《わ》が希望《きぼう》の湧《わ》くところ、我《わ》が最後《さいご》をかくるところ」であるが、もし故郷――現実社会に対する問題意識を持たなかったなら、「五十年《ねん》の生涯《せうがい》誠《まこ》とに安逸《あんいつ》に過《す》ぐるなるべし」とある。

韜晦に記されている現実認識をこのようにとりまとめたけれども、謂うところの「第一期」（故郷）は実在していたのではない。自由の世であったと回想している「先《さ》きにありし世《よ》」とは、少年期に抱いていたアンビションの中の幻影であり、自由民権運動の末端に参加した透谷は「平民的共和思想」（「一種の攘夷思想」）あるいは「民権といふ名を以て起りたる個人的精神」（「日本文学史骨」）が実現される「希望」を、「我《わ》が最後《さいご》をかくるところ」として終生担いつづけていたのである。「獄室《ごくしつ》にありて」とは、否応なく近代化が推し進められていく現実社会にあってはという意味であり、透谷は近代社会の展開に絶望していたのである。

その点については『蓬莱曲』で、柳田素雄の旅を「さすらへ」としていることが何よりの証であるし、冒頭、「わが燈火《ともし》なる可き星《ほし》も現《あら》はれよ」と謳いだされているのは、時勢の展開に違和を増幅している自身の思念を肯定できる心境が模索されていたからである。また、「第一齣」の前半部（第12小節）に「過《す》ぎこし方のみ明《あき》らかに」とあるのは、「かって懐いていた理想的な社会の幻影は思い浮かぶけれども」と読み解く必要があろう。

「第二点」――自由な精神のありかと、精神（霊的な力）の躍動が論究されている。

次の、1、2、で紹介する二つの叙述は、曲折を経て「内部生命」の論証へと引き継がれていく、透谷固有の「心」の現象の存在論的究明をうかがうことのできる重要な一節である。

1　のちに「各人心宮内の秘宮」（明治二五年「平和」六号）で論理化されていくが、以下の一文には、内的エネルギーのありかを「心宮」とする「心」の存在論の始まりが示されている。

> 我《われ》は如何《いか》に禪僧《ぜんそう》の如《ごと》くに悟《さと》つてのけんと試《こゝろ》むるとも我《わ》が心宮《しんきう》を觀《かん》ずること甚深《じんしん》なれば、なるほど我《われ》は到底悟《とうていさと》つてのけること能《あた》はざるを知《し》る、風流《ふうりう》の道《みち》も我《われ》を誘惑《ゆうわく》する事《こと》こそあれ我《われ》をして心魂《しんこん》を委《ゆだ》ねて趣味《しゆみ》と稱《せう》する魔力《まりよく》に妖魅《ようみ》せらるゝに甘《あま》んぜしめず。

この一文は、露伴の『風流悟』への批判と錯綜していて理解しにくい。そこで露伴への言及をとり除いて考察すると、恋愛を内的倫理として受け入れている透谷は、自由な精神との対応にこだわらざるを得ないのである。

2　ここには、「心宮」の存在を感じている「我」に、どのような観想が去来するかが記されている。

奇《く》しきかな我《われ》は吾天地《わがてんち》を牢獄《ろうごく》と觀《かん》ずると共《とも》に我《わ》が靈魂《れいこん》の半塊《はんくわい》を牢獄《ろうごく》の外《ほか》に置《お》くが如《ごと》き心地《こゝち》することあり。牢《ろう》獄《ごく》の外《ほか》に三千乃至《せんないし》三萬《まん》の世界《せかい》ありとも我《われ》には差等《さとう》なし、我《われ》は我牢獄以外《わがろうごくいぐわい》を我《わ》が故郷《こきよう》と呼《よ》ぶが故《ゆゑ》に我《わ》が相思《さうし》の趣《おもむ》くところは廣濶《こうくわつ》なる一大世界《いちだいせかい》あるのみ、而《しか》して此大世界《このだいせかい》に我《われ》れは吾《わ》が悲戀《ひれん》を湊中《さうちう》すべき者《もの》を有《ゆう》せり。

始まりに「我《わ》が靈魂《れいこん》の半塊《はんくわい》を牢獄《ろうごく》の外《ほか》に置《お》くが如《ごと》き心地《こゝち》することあり」とあるのは、「心宮《しんきう》」の働きによってもたらされる自由な精神の躍動を指している。やや説明不足なのだが、「我《わ》が相思《さうし》」は、自身が閉ざされている牢獄——内部世界の外の「廣濶《こうくわつ》なる一大世界《いちだいせかい》」である「我《わ》が故郷《こきよう》」——生命体の原質がたゆたっているところに飛翔していく。そして「此大世界《このだいせかい》」とは、自由を味わうことの出来る「我《わ》が故郷《こきよう》」を受けていて、恋愛体験を内面的に受容することによって自由な精神の存在に覚醒した透谷は、「悲戀《ひれん》を湊中《さうちう》」することができる——かなえられない稀いを慰藉してくれる普遍性のある世界の存在を感得しているのである。「我《われ》は一個《いつこ》の忘《ばう》ずること能《あた》はざる者《もの》を有《ゆう》せり」とも、「不思議《ふしぎ》といふべきは我戀《わがこひ》なり」ともつづけられているが、霊魂の半塊が「我《わ》が故郷《こきよう》」である「廣濶《こうくわつ》なる一大世界《いちだいせかい》」に飛翔していくという図式は、「心」の掌握を時空を超越した造化・自然に普遍していく存在感覚がうかがえる箇所である。そして、透谷の謂う「戀」は、ありうべき世界への愛着であって狭義の恋ではない。

『蓬萊曲』では、自然や人間存在が内包している力が、霊・霊山・霊魂・霊性・塵ならぬ霊などとして作品の各所にちりばめられている。「心宮」という表記はないが、「わが精神《たま》の、わが意情《こゝろ》の誠實《まこと》の友なりし／わが琵琶」として構想されている「琵琶」には、素雄の「心宮」——各人の固有な認識能力が存在しているところに作用して霊力を呼び起こす役割が与えられている。また、精神〔霊的な力〕の躍動については、『楚囚之詩』の〔第五〕に、「斯く云ふ我が魂《たま》も獄中にはあらずして／日々夜々《ひゞやゝ》輕く獄窗を逃伸びつ」と魂の飛翔が歌われていたが、『蓬萊曲』では、「第二

齣　第五場」に、爆水・白龍・月光など自然の霊力を保有している存在が素雄の内部世界と交歓して露姫のイメージ、仙姫像が呼び覚まされてくる場面が描かれている。

「第三点」――心的過程（意識と無意識の領域）との対応が描かれている。

1　「第二点」2、で引用した「奇《く》しきかな吾《われ》は……」の箇所は、「不思議《ふしぎ》といふべきは我戀《わがこひ》なり」と結ばれた後に、「もし我《わ》が想中《そうちゅう》に立入《たちい》りて我戀《わがこ》ふ人《ひと》の姿《すがた》を尋《たづ》」ねるのは、「我《われ》は其《その》魂《たましひ》をこの囚牢《しゅうろう》の中《うち》に得《え》なむと欲《おも》ふのみ」とあって、内部世界でのイメージの喚起に言及されている。

2　蝙蝠については、「氣まぐれものゝ蝙蝠《かはほり》風情《ふぜい》が我《わ》が寂寥《せきれう》の調《てう》を破《やぶ》らんととてもぐり入《い》る」こともあるが、我が自由とも我が恋人とも関係ないと突き放されている。

3　「死」については、末尾に次のように記されている。

是《かく》の如《ごと》きもの我牢獄《わがろうごく》なり、是《かく》の如《ごと》きもの我《わ》が戀愛《れんあい》なり、世《よ》は我《われ》に對《たい》して害《がい》を加《くわ》へず、我《われ》も世《よ》に對《たい》して害《がい》を加《くわ》へざるに我《われ》は斯《か》く籠囚《ろうしゅう》の身《み》となれり。我《われ》は今無言《いまむごん》なり、膝《ひざ》を折《お》りて柱《はしら》に凴《もた》れ歯《は》を咬《か》み眼《め》を冥《めい》しつゝあり。知覺我《ちかくわれ》を離《はな》れんとす死《し》の刺《とげ》は我《わ》が後《うしろ》に來《きた》りて機《おり》を覗《ねら》へり。「死《し》」は近《ちか》づけり、然《しか》れどもこの時《とき》の死《し》は生《せい》よりもたのしきなり。我《わ》が生《い》ける間《あいだ》の「明《めい》」よりも今《い》ま死《し》する際《きわ》の「薄闇《うすやみ》」は我《われ》に取《と》りてありがたし。暗黒《あんこく》！、暗黒《あんこく》！、我《わ》が行《ゆ》くところは關《あづか》り知《し》らず。死《し》も亦《ま》た眠《ねむ》りの一種《いっしゅ》なるかも、「眠《ねむ》り」ならば夢《ゆめ》の一《ひと》つも見《み》ざる眠《ねむ》りにてあれよ。をさらばなり、をさらばなり。

『楚囚之詩』には、現実認識を抑圧して内部世界に沈潜した際の心的過程が克明に描き出されていた。1に、「想中《そうちゅう》に立入《たちい》りて我戀《わがこ》ふ人《ひと》の姿《すがた》を尋《たづ》」ねるとあるのは、無意識の領域に閉塞されての意であって、『蓬萊曲』「第二齣」にあれこれと曲折して描き出されている露姫を思慕する素雄の心緒の転変のさまが意中にあってのことに相違ない。2の「蝙蝠《かはほり》」は、無意識の領域の深奥に居を占めているエロスであって、『蓬萊曲』では「われは「戀」／てふ魔《ま》にて」と名乗って出現している（一醜魅）である。『我牢獄』の最終場面が、3に記した「死」の情調の記載でおわっているのは、「死」（タナトス）がエロスと共に「生」に内包されているからでもあるが、作品中に「死」が頻出するのは、透谷が「死」と近接できる体質の所有者だったからである。

Ⅲ　抒情詩　第一期

1　略歴（三）

『蓬萊曲』出版後、透谷の生涯は三年しか残されていない。遺されている一〇余篇の抒情詩を制作時期によって二期に分けたのは、『蓬萊曲』以後の思想形成の文脈に配慮したからである。

一八九一年（明治二四年）五月には、大津事件が起きている。透谷も「日記」に「露國皇太子大津にて遭難、人心惶々《くわうくわう》」と記しているが、このあたりから明治国家は近代国家としての足跡を印し始めている。年末、衆議院は民党が主張した軍艦製造費・製鋼所設立費などの予算大削減案が可決されて解散。翌一八九二年（明治二五年）二月の第二回臨時総選挙では、選挙干渉により各地で騒擾事件が起きている。松方内閣に代わって元勲内閣と呼ばれている第二次伊藤内閣は、八月に発足している。

社会面では、久米邦武の「神道は祭典の古俗」という論文が神道家から批判された筆禍事件がある。出口ナオが京都府綾部で神がかりして大本教を組織したのは一八九二年（明治二五年）のことで、足尾銅山の鉱毒事件については、前年の一二月田中正造が衆議院に提出した質問書に対する農商務大臣の答弁書が六月の議会に提出されているが、その内容は原因不明・目下調査中、鉱山では対策準備中といったもので、以来百余年繰り返されている政府と資本家との癒着・行政の民衆無視の姿勢が現れていて、この時点で近代社会の原型はほぼ整えられている。

文学では、透谷が論究している紅葉の『伽羅枕』・露伴の『新葉末集』は一八九一年（明治二四年）の一〇月に、緑雨の『油地獄』は一一月に刊行されている。やがて俳諧と和歌の近代的改革を行っていくことになる正岡子規が「日本」に「獺祭書屋俳話」を連載を始めたのは翌一八九二年六月で、夏目漱石は「ウォルト・ホイットマンの詩について」（「哲学雑誌」）という文章を書いている。

「日記」（透谷子漫録摘集）などから足跡を記しておく。

一八九一年（明治二四年）二三歳

五月二九日　『蓬莱曲』出版。（『蓬莱曲』奥書）

六月一日　横浜山手公会堂で外人劇「ハムレット」を観劇。坪内逍遙と出会い、七日に大久保の家を訪ねて『蓬莱曲』の批評を聞いている。（「日記」）

一八九二年（明治二五年）二三歳

一月二一日　一時帰国するコーサンドを送りに横浜に行き、出獄して公道倶楽部に居た大矢正夫を訪問。（「日記」）

一月二九日　「イビー氏方も亦免職となる」（「日記」）

二月二六日　一月に「厭世詩家と女性」の稿を明治女学校の巌本善治のもとに持参したのが縁で、「女学雑誌」の文学批評欄の担当を依頼される。

三月一五日　「日本平和会」の機関誌「平和」の主筆となって「一号」を発行。

四月一七日　「ジョンスなる宣教師と共に奥州の旅に向ふ」（「日記」）
五月一七日　「高輪東禪寺の寺内にうつる」（「日記」）
六月一日　長女英子出生。
七月二七日　七年ぶりに川口村に秋山国三郎を訪問。（『三日幻境』）
八月二三日　「芝公園地第二十號四番に移る」（「日記」）
八月三一日　「国民之友」より原稿依頼。（「日記」）
一〇月六日　「「他界に對する観念」の一文成る。島崎兄の夏草を讀みて與へたる　夏草のしげみに蛇の目の光」（「日記」）
一一月三日　「麻布箪笥町四番地に移る」（「日記」）

この期間の主な著作

「厭世詩家と女性」（上）（下）　女學雑誌三〇三號・三〇五號（二月六日）・（二月二〇日）
「伽羅枕及び新葉末集」（第一）（其二）　女學雑誌三〇八・九號（三月一二日）・（三月一九日）
「「平和」發行之辭」　平和一號（三月一五日）
「松島に於て芭蕉翁を讀む」　女學雑誌三一四號（四月二三日）
「油地獄を讀む」（一）（二）（三）　女學雑誌三一五〜三一七號（四月三〇日〜五月一四日）
「最後の勝利者は誰ぞ」　平和二號（五月一八日）

『我牢獄』　女學雜誌甲の巻三二〇號（六月四日）
「一種の攘夷思想」　平和三號（六月一五日）
「德川氏時代の平民的理想」（一）（二）（三）　女學雜誌甲の巻三二一～四號（七月二日～七月三〇日）
『三日幻境』（上）（下）　女學雜誌甲の巻三二五號・三二七號（八月一三日）・（九月一〇日）
「各人心宮内の秘宮」　平和六號（九月一五日）
「心機妙變を論ず」　女學雜誌甲の巻三二八號（九月二四日）
「他界に對する觀念」（一）（承前）　國民之友一六九號・七〇號（一〇月一三日）・（一〇月二三日）
『宿魂鏡』　國民之友一七八號（二六年一月一三日）

2　「牢獄」意識の克服

一八九一年（明治二四年）後半期の行実は明らかにならない。

一八九二年（明治二五年）一月一五日の「日記」に、「ぬら〳〵とからをはなれた蝸牛　是よりいよ〳〵文壇に躍出る考へ専らなり」とあるのは、到達している思念、具体的には『蓬萊曲』で表象した状況認識への自信の表明と受けとめられる。

そして翌・明治二六年末までの二年間、執拗に執筆活動が続けられたのは、内部に表出を迫っている思念が堆積されていたからである。具体的な活動は、「厭世詩家と女性」の原稿を持って巌本善治を訪問したのが縁で「女學雑誌文學批評」(「日記」)を担当することになって開始されている。

透谷像は、「厭世詩家と女性」以降の執筆活動を中心にして形作られている傾向があって、詩よりも評論が評価され、詩では最晩年の「蝶」を謳っている抒情詩に対する評価が高い。

しかし、素雄の「さすらへ」の旅の発端が川口村滞在と符合しているように、諸作品は実体験に基づいた強靱な文脈を内に秘めていて、『蓬莱曲』を括弧付きで置き去りにした地点からの論究は受け入れがたい。

こんなことを言うのは、六月の「女学雑誌」に掲載されている『我牢獄』には、『楚囚之詩』と『蓬莱曲』で表出した詩空間、なかんずく内部世界へのこだわりがあって二四年度中に素稿が記されていたと推察できる論考であり、二五年一月の「女学雑誌」に掲載されている「一點星」でも、「心あり氣の星」が求められていて『蓬莱曲』のモチーフは持続されているからである。

特異な見解であっても、二五・六年の著述には『蓬莱曲』から読みとれる問題意識が継承されていて、二年間の所謂・評論活動は『蓬莱曲』で到達した水系、現実認識と内部世界の存在論的な掌握に論理を付与するための営為であり力業であったと受けとめられる。

そして、二五年末に制作されている抒情詩「ゆきだをれ」「平家蟹」と未発表であるが同時期に制作されたと考えられる「みゝずのうた」「髑髏舞」の四篇の制作に至る心緒の推移に着目すると、「平和」に掲載されているの三編の巻頭論文、「「平和」發行之辭」「最後の勝利者は誰ぞ」「一種の攘夷思想」から、「徳川氏時代の平民的理想」(一)(二)(三)をへて『三日幻境』(上)(下)に到達していく思索の展開に行き当たる。『三日幻境』（上）には、「この過去《かこ》の七年《しちねんわ》我が為《ため》には一種《いつしゆ》の牢獄《ろうごく》にてありしなり」という観想も記されていて、素雄に仮託されていた「さすらへ」の旅は、間違いなく持続されていたのである。

透谷が「幻境」川口村を訪れたのは、「徳川氏時代の平民的理想」を書き終えた直後の七月二七日と思われるが、なぜ「我《われ》は一日《いちじつ》を千秋《せんしゆう》と数《かぞ》へて今日《けふ》まで待《ま》ちつるものを」（『三日幻境』）と、道行きに駆り立てられたのか。

編集者・主筆となって日本平和会の機関誌「平和」が創刊されたのは、三月一五日。以下、翌二六年五月の第一二号まで、巻頭論文から埋め草にいたるまで透谷の手で編集されている。後援者はブレスウェイトで「平和」の発行が社会的な行為なのは言うまでもない。一号が発刊された後の「国民新聞」（五月三一日）には、「新詩人の一人として知られたる透谷北村門太郎氏の首として執筆するものにて、清冽なる思想典雅なる文字一の好雑誌なり定價一部金三錢」と紹介されている。

一号の巻頭言「「平和」發行之辭」には「吾人は言ふ、基督の立教の下《もと》にありと」とあって、ひとまずキリスト者の立場で平和が発想されている。しかし、日本平和会の結成に参加してから二年数ヶ月、透谷の内部には鬱勃として表出を迫るものがあって主筆を引き受けたのではなかったか。それは後半部に「强は弱の肉を啖《くら》ひ、弱は遂に滅びざるを得ざるの理、轉々して長く人間界を制せば、人間の靈長なるところ何所《いづく》にか求めむ」と、固有な状況認識が披瀝されて「戰争は政治家の罪にあらずして、人類の正心《せいしん》の曇れるに因《よ》つてなることを記憶せられよ」と結ばれているからである。透谷は、時勢の展開に危惧の念を抱いていたのである。

そして第二号の「最後の勝利者は誰ぞ」では、争いを好む人の性が「天測」かどうかは、「生活の敗者」に聞いた方が「迂闊《うくわつ》なる哲學者」に聞くよりも優れた説明をする者が多いとして次にように論じられている。

冷淡なる社界論者は言ふ、勝敗は卽ち社界分業の結果なり、彼等の敗るゝは敗るべきの理ありて敗れ、他の勝者の勝つは勝つべきの理ありて勝つなり、怠慢、失錯、魯鈍、無策等は敗滅の基なり、勤勉、力行、智策兼備なるは榮達の始めなりと。

「迂闊《うくわつ》なる哲學者」「冷淡なる社界論者」の見解は所謂通俗道徳律であり、勝者の側からの傲慢な自己責任論である。「社界分業の結果」とは、近代化政策に従った成果という意味である。争いを好む人の性が「天則」――自然の定めなのかどうか「生活の敗者」に聞いたほうがましだとあるのは、民衆の実態と対応して獲得した原体験をしっかりと保有していたからである。ここで指摘されているのは近代化政策を受け入れて指導的な地位にある、争いを好む人たちの「世」を不調実に導いていくヒューマニテイを欠いた心情である。

六月一五日に発行されている第三号の「一種の攘夷思想」と名付けられている論考では、現在の日本社会でどのような「不調實」な、争いを好む現象が進展しているかが具体的に論じられている。

三千年を流るゝ長江漫滞たり、其始めは神委にして極めて自然なる悖生にゆだねたり、仲頃唐宋の學藝を誘引し、印度の幽玄なる哲學的宗教に化育せられたりと雖、凡ての羣流凡ての涓澮を合せて長江は依然として長江なり滿土を肥沃し、生靈を育成し、以て今日に至らしむ、この長江豈に維新の革命によりて埋了し去ることあらんや。

冒頭の一節である。「三千年を流るゝ長江漫滞たり」とは、日本社会は太古の昔からヒューマンな心を継承しているという喩的表現であり、七月に性急に書き継がれていく「徳川氏時代の平民的理想」へと継承されていく透谷固有の歴史観である。

この論考は、部分と全体が前後に混交していて解きほぐすのに難渋する内容なのだが、「仲頃」以下の要旨は、後文の叙述を加味して読み解いていくと、「有史以来日本の民衆はヒューマンな心を継承していて、中国の貴族的思想やインドの宗教の影響を受けて「平民的共和思想」への展開を妨げられたこともあったが、長江の流れ――民衆が培ったヒューマンな伝統は存続していたのである。しかし、維新の改革を経て成立している明治政府のもとでは、三千年来継承されてきた長江の伝統が消失されようとしている」という、危機意識が表出されている。なお「平民的共和思想」という概括は唐突に見受けられるけれども、透谷の思念に想いを馳せていくと、心中に形象されている、民衆の創造的な精神を発揮することができるあり得べき社会の謂いと理解できる。

この伝統、透谷が想い描いている民衆が培ってきた自由な精神の伝統への危機意識は、「軍人勅諭」や「教育勅語」によって、「民衆」が「国民」乃至は「臣民」として「国家」という幻想の共同体に収攬されていく状況を憂慮してものに相違ない。そして自分は「我皇統を歴史上に於て倨負するの念」がないわけではないが、世界の趨勢が共和制に趣いているのでその流れに従いたいと韜晦に言い回したあとに、仏教は哲学的趣味に陥り宣教師的基督教思想も益がなく「一國の脊髄なる宗教の力の虚飾に流れ」ているのに乗じて、「此有様を以て上々なる社界の組織と認め、永遠にのぞみをかくべき邦家」と信じて現れたのが一種の攘夷論者であると、この時期に西洋諸国のナショナリズムに追従して仮構されていった天皇制国体の中枢、国家神道・皇国史観の台頭が不調実な現象であり、差別意識を内包している攘夷思想であるとして巧みに摘出されている。透谷は天皇制国体・さらには天皇制・日本的ナショナリズムが近代化――西洋文明の受容と不即不離な概念であり、国民の精神を拘束していくことになる負性を予見していたのである。

平和に対する具体論を補足しておくと、「最後の勝利者は誰ぞ」では、戦争に対する無暴力・不服従による組織的抵抗を続けているフレンド派の平和思想が主張され、「一種の攘夷思想」では、日本の新思想に対しては欧州でも警戒し始めている、戦争の毒気は欧州に充ちているだけではなくて「東洋も亦た早晩修羅の巷と化して塵滅するの時なきにしもあらず」と、二年後から始められる天皇制国体による戦禍も予測されている。

七月の「女学雑誌」に書き継がれている「徳川氏時代の平民的理想」には、奇っ怪な試行錯誤が（第一）（第二）（第三）と繰り延べられているが、（第二）の前半部に記されている次の論述に注目すると、透谷のもくろみが了解されてくる。

　わが徳川《トクガハ》時代平民《じだいへいみん》の理想《りさう》を査察《さつ》せんとするは我邦《わがくに》の生命《せいめい》を知《し》らんとの切望《せつばう》あればなり。山澤《さんたく》を漫跡《まんせう》して渓澗《けいかん》の炎夏《えんか》の候《こう》にも涸《か》れざるを見《み》る時《とき》に我《われ》は地底《ちてい》の水脈《すいみやく》の苟且《ゆるかせ》にすべからざるを思《おも》ふ。社界の外面に顕はれたる思想上の現象に注ぐ眼光は須らく地下に鑿下して幾多の土層以下に流るゝ大江を徹視せん事を要す、徳川《トクガハ》氏の興亡《こうばう》は甚《はなはだ》しく留意《りうい》すべきにあらず、然《しか》も徳川氏三百年《ねん》を流《なが》るゝ地底《ちてい》の大江《たいこう》我《わ》が眼前《がんぜん》に横《よこ》たはる時《とき》、我《われ》は是《これ》を観察《くわんさつ》するを楽《たの》しむ、誰《たれ》か知《し》らむ、徳川氏時代《じだい》に流《なが》れたる地下《ちか》の大江《たいこう》は明治《めいぢ》の政治的革新《せいぢてきかくしん》にてしがらみ留《と》むべきものにあらざるを。

この箇所は「一種の攘夷思想」の冒頭の一節を継承していて、透谷が担っていた問題意識が明らかになってくる。「三千年を流るゝ長江」は、「我邦の生命」とも「地底の水脈」とも「地底の大江」とも言い換えられているが、今、透谷が「切望」しているのは、徳川時代の平民が、「理想」――ヒューマンな思想を表象していることを確かめることである。そして、ここでも「明治の政治的革新」――近代化によって、「平民の理想」が堰とどめられてしまうのではないかという危機意識が表明されている。

　惨憺たる模索や論旨の一切を省略すると、（第三）の前半部に次のような一節がある。

人《ひと》は元祿文學《ゲンロクぶんがく》を卑下《ひげ》して日本文學《ニホンぶんがく》の恥辱《ちゞよく》是《これ》より甚《はなはだ》しきはなしと言《い》ふもの多《おゝ》し。われも亦《ま》た元祿文學《ゲンロクぶんがく》に對《たい》して常《つね》に遺憾《いかん》を抱《いだ》くものなれど、彼をもつて始めて我邦に擧げられたる平民の聲なりと觀ずる時に余は無量の悦喜をもつて彼等に對するの情あり。然《しか》り俳諧《はいかい》の尤《もつと》も熟《じゆく》したるもこの時代《じだい》にて、戯曲《ぎゝよく》の行《おこな》はれしも、戯作《けさく》の出《い》でしも實《じつ》に此時代《このじだい》にして而《しか》して彼等《かれら》の物皆《ものみ》な平民社界《へいみんしやくわい》の心骨《しんこつ》より出《い》でたるものなることを知《し》らば余《よ》は寧《むし》ろ我邦《わがくに》の如《ごと》き貴族的制度《きぞくてきせいど》の國《くに》に於《おい》て平民社界《へいみんしやくわい》の初聲《はつこえ》として彼等《かれら》を厚遇《こうぐう》するの至當《しとう》なるを認《したゝ》むるなり。

ここで元禄文学を「我邦に擧げられたる平民の聲」と言い終えた時点で、「我邦の生命」――民衆の自由な精神が形成した思想の存在を確認できたのである。「無量の喜悦をもつて彼等に對するの情あり」とも記されていて、平民社会に受け継がれている「地底の水脈」を感得できたのである。『蓬萊曲』で「わが燈火《ともし》なる可き星《ほし》」を求めていた素雄に視点を移行すると、透谷は「平和」の論考で、不調実で傲慢な倫理・通俗道徳律の台頭と国民に共同体の一員であることを強要するナショナリズムの浸透を的確に論理化し、「徳川氏時代の平民的理想」では、「世内《せいない》」にある民衆の状況を配慮しようとしない「明治の政治的革新」――近代化を撃つことのできる、ヒューマニティのある思念の伝統が存在していることを確認し終えたのである。

八月から九月にかけて「女学雑誌」に発表されている『三日幻境』は、精神を昂揚させて執筆されている。

評論活動を始めてから約半年、「さすらへ」の日々に内部に蹲っていた疑念、ヒューマンな思念の伝統が「明治の政治的革新」によって押しとどめられてしまうのではないかという不安を、ともかくも解消できた透谷の心中では、七年前の川口村滞在と秋山国三郎の存在が新たな意味をおびてきて道行きに駆り立てられたのである。

『三日幻境』は「[石坂ミナ宛書簡草稿]明治二十年八月十八日」とともに、足跡をうかがうことのできる貴重な資料でもある。制作の意図は「我邦の生命」の典型としての秋山国三郎像を描くことであり、その叙述の傍らで七年前の心情の回顧と、この地で秋山国三郎に育まれて安らぎを得たのを起点にして到達した、現在の心境が織りなされている旅行記である。

(上)は、半生を過ぎて「往事《わうじ》を追懐《ついかい》するの身となれり」と起筆されている。そして「浮世《うきよ》に背《そむ》き微志《びし》を蓄《たくわ》へてより」と自身の姿勢を明らかにして、旅路の空で故郷を懐かしむこともあるとして、次のように記されている。

われは函嶺《かんれい》の東《ひがし》、山水《さんすい》の威靈《ゐれい》少《すく》なからぬところに産《うま》れたれば我《わ》が故郷《こきよう》は問《と》はゞそこと答《こと》ふるに躊躇《ためら》はねども、(中略)「追懐《レコレクシヨン》」のみは其地《そのち》を我故郷《わがこきよう》とうなづけど、「希望《ホープ》」は我《われ》に他《ほか》の故郷《こきよう》を強《し》ゆる如《ごと》し。

回顧《くわいこ》すれば七歳《しちさい》のむかし我《わ》が早稲田《ワセダ》にありし頃《ころ》我《われ》を迷《まよ》はせし一幻境《いつげんきよう》ありけり。輕《かる》々しくも夙《わか》少くして政海《せいかい》の知己《ちき》を得《え》つ、交《まじわ》りを當年《とうねん》の健兒《けんじ》に結《むす》びて鬱勃沈憂《うつぼつちんゆう》のあまり月《つき》を弄《ろう》し花《はな》を折《を》り、遂《つひ》には書《しよ》を抛《な》げ筆《ふで》を投《とう》じて、一二《いちに》の同盟《どうめい》と共《とも》に世塵《せじん》を避《さ》けて一切物外《いっさいぶつがい》の人《ひと》とならんと企《くわだ》てき。

出生地小田原が「追懐《レコレクション》」の故郷なのに対して、川口村を「希望《ホープ》」の故郷としているのは、いま、自身が抱くことのできている維新後の社会に対する希望の萌芽が、この地に滞在していた期間に培われたからである。

そして後文には、この地を離れてからの「過去《かこ》の七年《しちねん》我《わ》が爲《ため》には一種《いっしゅ》の牢獄《ろうごく》にてありしなり」として「浮世《うきよ》の迷巷《めいこう》」に踏み迷った足跡が回顧されているが、過去の七年は「一種《いっしゅ》の牢獄《ろうごく》にてありしなり」と過去形で記されていて、「七年《しちねん》を夢《ゆめ》に入《い》れとや水《みづ》の音《おと》」という発句も挿入されているところからすると、『蓬萊曲』出版から一年余り、現在は「一種《いっしゅ》の牢獄《ろうごく》」から脱却しているのである。

（下）には、現在の心境が次のように記されている。

……老崎人《ろうきじん》わが往事《わうじ》を說《と》きて大《お、ひ》に笑《わら》ふ時《とき》われは頭《あたま》を垂《た》れて瞑想《めいそう》す。昔日《せきじつ》のわが不平幽鬼《ふへいゆうき》の如《ごと》くにわが背後《うしろ》に立《た》ちて呵々《か、》とうち笑《わら》ふ。（中略）己《おの》が夙昔《しくせき》の不平《ふへい》は轉《てん》じて限《かぎり》なき満足《まんぞく》となり、此満足《このまんぞく》したる眼《まなこ》を以《も》て蛙《かわづ》飛《と》ぶ古池《ふるいけ》を眺《ながむ》る身《み》となりしこそ幸《さひわ》ひなれ。

「老崎人《ろうきじん》」は秋山国三郎。ここに「夙昔《しくせき》の不平《ふへい》」とあるには、七年前に川口村に滞在していた時点から抱き続けていた「明治の政治的革新」——近代化に対する疑念という意味であり、「轉《てん》じて限《かぎ》りなき満足《まんぞく》となり」とは、『蓬萊曲』制作後も思念の深化を推し進めた結果、近代化の展開を受け入れることができない自己の思念を肯定できる心境を獲得したという意味である。そして「蛙《かわづ》飛《と》ぶ古池《ふるいけ》を眺《ながむ》る身《み》となりしこそ幸《さひわ》ひなれ」とあるのは、尊敬する芭蕉と同じように造花・自然と交歓することのできる主体の働きによって、思想を表象できる境地に到達したという自信の表明である。

この旅行記にも、さらには秋の暮れあたりからの透谷の風姿には寂寥感がつきまとう。（上）には、「「希望《ホープ》」は我《われ》に他《ほか》の故郷《こきよう》を強《し》ゆる如《ごと》し」とあって、川口村滞在を自覚的な人生の始まりとしていたけれども、透谷が視界にとどめてしまった「魔」――一年後の「日本文學史骨」（明治二六年）で謂うところの「西洋思想に伴ひて來れる、（寧ろ西洋思想を抱きて來れる）物質的文明」は、あまりにも大きな存在だったのである。自己の遍歴を肯定できた、『蓬萊曲』で表象した情調に自信を持てた心境を「轉《てん》じて限《かぎり》なき滿足《まんぞく》となり」と記しているが、思想形成の始まりの地を「幻境《げんきよう》」と謂わざるを得ないほどに、「希望《ホープ》」――想い描くことができたあり得べき社会と、「國民の生命なる「思想」」（「日本文学史骨」）を歪曲して近代化が推し進められている現実社会の状況との隔絶を意識せざるを得なかったのである。

言及するいとまがないけれども、「我邦の生命」として描かれている秋山国三郎像も秋山家の生活実態も、圧倒的な近代社会の波濤に押しひしがれているように読み取れて、『三日幻境』には哀感が色濃い。

素雄を「さすらへ」の旅に赴かせた課題は克服できて、わだかまり――「牢獄」意識は払拭できたにしても、垣間見ることが出来た「希望《ホープ》」は圧倒的な力で推進されていく状況と隔絶していて、ともすれば内部世界と親しみがちであった透谷は、生の内なるものであるタナトスに囲繞されてしまう。

3　営為の客体視

川口村字森下の地が、自覚的に思想形成を始めた「希望《ホープ》」の故郷なのは納得できよう。『三日幻境』は、「回顧すれば七歳《しちさい》のむかし我が早稲田にありし頃《ころわれ》我を迷はせし一幻境《いつげんきよう》ありけり」と書き起こされている。こだわっておきたいのはこの地を「幻境」と表示している感懐についてである。

透谷の直感は鋭く、反応は予測を超えて素早い。川口村への道行きを思い立った時点で、「希望《ホープ》」――〈日本民権〉がかなえられている世界の幻影を垣間見ることが出来たにしても、それは一時《いつとき》、「幻境」という表象は、現実社会の状況との隔絶を意識せざるを得なかったところから発想されたのではなかったか。

こんなことを云うのは、『三日幻境』を書き終えた後の透谷には心緒の変位、寂寥感の浸透が認められるからである。

八月の「女学生」（夏期号外）に発表されている「孤飛蝶」（舊稿）は、「蝶」が謳い継がれていく翌二六年一〇月からの情調に先駆する内容であり、九月の「平和」六号には、「各人心宮内の秘宮」という論考が掲載されているが、その内容は「内部生命論」に結実していく存在感覚の論理化であって営為の収束の兆しが認められるのである。

そして、何よりも一一月から一二月にかけて発表されている「ゆきだをれ」「平家蟹」、つけ加えれば、没後の「文学界」に掲載されている「髑髏舞」と「みゝずのうた」は、生を終焉の側から客体視して制作されている。

「ゆきだをれ」には「病床にありての作なるからに」という断り書きが挿入されているが、「病床」にあったとは、鬱状態に拘引されるような事態と受けとめることもできよう。

生き急いだにしても、透谷の応答はすさまじい。さらに、翌二六年一月の「国民之友」に掲載されている小説・『宿魂鏡』には「死」の情調が表出されている。

4 透谷の抒情詩

「校本「透谷抒情詩歌集」Ⅰ（『北村透谷詩歌集成』三）」（橋詰静子『目白学園短期大学研究紀要』平成六年）には、透谷の「抒情詩歌」として次の作品が列挙されている。

作品名	初出誌	刊行年月日
「春駒《はるこま》」	『女學雑誌』	明治28・10・25
「みゝずのうた」	『文學界』	明治27・6・30
「一點星」	『女學雑誌』	明治25・1・2
「ゆきだをれ」	『白表女學雑誌』	明治25・11・19

「みどりご」	『平和』	明治25・11・26
「平家蟹」	『國民之友』	明治25・12・3
「髑髏舞」	『文學界』	明治27・5・30
「古藤菴に遠寄す」	『文學界』	明治26・3・31
「弾琴」	『文學界』	明治27・6・30
「螢」	『文學界』	明治31・1・1
「ほたる」	『三籟』	明治26・6・30
「蝶のゆくへ」	『三籟』	明治26・9・30
「眠れる蝶」	『文學界』	明治26・9・30
「雙蝶のわかれ」	『國民之友』	明治26・10・3
「露のいのち」	『文學界』	明治26・11・30

そして、「初出誌未見の「孤飛蝶」（『女學生』明治25・8・22号）と「弾琴と嬰児」（『平和』明治26・5・3・12号）は今回掲載を見合わせた」とある。「蛍」と「ほたる」は、同一作品なので、透谷の所謂・抒情詩は都合一六編と考えられる。

この内、生前に発表されている一二編を、二五年度の五編と二六年度の七編に区分して頭注を付した。

詩・五編と頭注

一點星

透谷隠者

眠りては覺め覺めては眠る秋の床、
結びては消え消えては結ぶ夢の跡。
　[1]油や盡きし燈火の見る見る暗に成り行くに、
　[2]なかなかに細りは行かぬ胸の思ぞあやしけれ。
[3]罪なしと知れどもにくき枕をば、
かたへに抛《な》げて膝を立つれど、
[4]千々に亂るゝ麻糸の思ひを[5]消さむ由はなし。
[6]今見し夢を繰り回へし、
[7]うらなふ行手の浪高く、

「一點星」（「女學雜誌」二九八號　明治25・1・2）

この詩は恋愛詩ではない。『蓬莱曲』のモチーフが継承されていて、「星」は思念の指針を導くもの。この詩が制作された二四年末には、『我牢獄』の素稿も書き進められていたと考えられる。そして透谷の心中では、『蓬莱曲』で表出されている維新後の社会の展開――近代化を受け入れることのできない、固有な状況認識にたいする自信も芽生えつつあったと思われる。

1　油が乏しくなったのか、燈火は消えていくのに。参考、『蓬莱曲』冒頭には「雲の絶間もあれよかし、／我が燈火なる可き星も現はれよ」とある。
2　かへって心中の煩悶は、異様なまでに燃え上がっていく。
3　自分に非があるとは思わないけれども。透谷固有の存在感覚。参考、『楚囚之詩』の［第一］・［第二］、『我牢獄』の冒頭の一節など。
4　ほどけ口が見つからない煩悶を。
5　沈静する手立てが見出だせない。
6　先ほどまで想い描いた展望をもういちど幻想して。

7　可能かどうかを推察しても光明は乏しくて。
8　希いがかなえられて自足できる境地に到達できるのだろうか。
9　窓から外を見渡すと。改めて現実社会の有様に眼を転じると。
10　「雪」は『校本』では「雲」に訂正されている。雲がたなびいて。
11　異様なまでに暗雲が立ちこめている。現実社会の状況はとうてい受け入れられないという心情のそれとない表出。
12　しかし、思念の展望が開けたような気配も感じることができて。「雪」は『校本』では「雲」に訂正されている。
13　行路を導いてくれそうな星があらわれて。
14　想い描くことができた情調には。
15　わたしの希いがかなえられそうな、思念の展望が開けそうな気配がしたのである。

「孤飛蝶」（舊稿）（「女學生」夏期號外　明治25・8・22）

（舊稿）とあるが、整理されたのは『三日幻境』制作の頃と思われる。この作品にも、この時期に透谷の主体に浸透していった固有の寂寥感は色濃く漂っていて、一年後の「蝶」の詩へと謳い継がれていく。また、透谷の内部世界の深奥に居を占めていたのは、伝統的に受け継が

[8]迷ひそめにし戀の港は何所なるらむ。
[9]立出て牕《まど》をひらけば外《と》の方は、
ゆきゝいそかし暴風雨を誘《さそ》ふ[10]雪の足、
あめつちの境もわかで[11]黒みわたるぞ物凄き。
しばし呆れて眺むれば、
[12]頭《かしら》の上にうすらぐ雪の絶間より、
[13]あらはるゝ心あり氣の星一つ。
たちまちに晴るゝ思ひに憂さも散りぬ。
人は眠り世は靜かなる小夜中に、
[14]音づるゝ君は[15]わが戀ふ人の姿にぞありける。

孤飛蝶（舊稿）

脱蟬子

[1]つれなき蝶《てふ》のわびしげなる。[2]いつしか夏《なつ》も夕影《ゆふかげ》の、葉《は》風《かぜ》すゞしき庭面《にはおも》に[3]かろく、浮《う》きたるそのすがた。黒地《くろぢ》

れていた仏教的無常観である。

1　そしらぬさまでたゆたっている蝶の姿が心細げである。

2　いつのまにか夏も終わり近くなったある一日の夕刻の光の中を。

3　たよりなげに浮かんでいる蝶の様子は。

4　二枚の羽を、風の吹くままに。

5　花の咲いている方に舞い行きたい様子である。

6　誕生したのはつい先日のこと。

7　広い野原を縦横に。

8　奇異なことであるが平穏に過ぎてしまった。

9　花のない明日は、何処に宿ればいいのだろうか。

10　そんふうに思うのは人間の取り越し苦労であって。

11　やすらうこともなく。

12　今朝咲いてもう萎んでいるいる朝顔に。

13　「宇宙」のルビ「ちうう」は、『校本』では、「ちうう」より「ちう」を正用と認めて「ちう」に訂正されている。

14　この世の存在は誰でも、どのように生を送ったらいいか、とまどはない者はいない。

15　何につけても心を悩まさないものはない。

16　孤独なのはあなただけではない。

17　わたしとて今年の夏は、終焉の気配が感じられて。

に班《まだら》しろかねの、[4]雙羽《もろは》を風《かぜ》にうちまかせ[5]花《はな》ある方《かた》をたずね顔《かほ》。

春《はる》の野《の》に[6]迷《まよ》ひ出《い》でたはつい昨日《きのふ》、旭日《あさひ》にうつる菜《な》の花《はな》に、うかるゝともなく迷《まよ》ふともなく、[7]廣野《ひろの》を狹《せ》まく今日《けふ》までは。思《おも》へば今日《けふ》までは[8]怪《あや》しく過《す》ぎにけり。いつのまに春《はる》は過《す》ぎつゝ夏《なつ》も亦《ま》た、[9]あしたの宿《やど》をいかにせむ。

[10]とは見《み》る人《ひと》の杞憂《うれひ》にて、蝴蝶《こてう》はひたすら花《はな》を尋《たづ》ね舞《ま》ふ。西《にし》へ行《ゆ》くかと見《み》れば東《ひがし》へかへり、東《ひがし》へ飛《と》んでは西《にし》へ舞《ま》ひもどる。うしろの庭《には》をあさりめぐりて前《まへ》なる池《いけ》を一《ひ》とまはり。秋待顔《あきまちがほ》の萩《はぎ》の上葉《うはゞ》に[11]いこひもやらず、[12]けさのあはれのあさがほにふたゝび三《み》たび羽《は》をうちて再《ま》た飛《と》び去《さ》りて[13]宇宙《ちうう》に舞《ま》ふ。

[14]たれか宇宙《ちうう》に迷《まよ》はぬものやあらむ。あしたの雨夕《あめゆふ》べの風《かぜ》[15]何《いづ》れ心《こゝろ》をなやめぬものやあるべき。わびしく舞《ま》へるゆうべの蝶《てう》よ[16]ひとりなるはいましのみかは。[17]われも

18　どうして良いか解らないでいるのに。
19　秋が訪れて樹の葉を枯らすのは間近なことで。
20　一面に。
21　あわれなことにこの世の夢と同じですよ。
22　さらには
23　誰しも夢がはかないように、不条理なこの世の掟から逃れることはできない。
24　それにしてもこの世の生ははかないことである。

「ゆきだをれ」（「白表女學雑誌」三三二號　明治25・11・19）

『蓬莱曲』制作から一年数ヶ月、明治一七年の暮れ「幻境」川口村に滞在して自覚的に思念の形成を始めてから七年、「明治の政治的革新」――近代化に対する疑問を肯定できる心境に到達したこの時期に、想い描くことのできた「希望《ホープ》」と現実社会の状況とのあまりの差異を意識したところから、自身の存在を囲繞してしまったタナトスの情調をうかがうことのできる作品。
具体的には「日記」（明治二三年二月二七日）に、構想が記されている「渡守」の翁の面影がうかがえよう。

さびしくこの夏《なつ》の、たそがれの景色《けしき》に惑《まど》[18]ふてあるものを。[19]秋風《あきかぜ》の樹葉《このは》をからさんはあすのこと。野《の》も里《さと》もなべ[20]てに霜《しも》の置《を》き布《し》けば草《くさ》のいのちも消《き》えつきて、いましが宿《やど》もなかるべし。花《はな》をあさるは今《いま》のまの、[21]あはれ浮《うき》世《よ》の夢《ゆめ》なりけり。黄金《わうごん》積《つ》むもの、権威《ちから》あるもの、たゞ[22]しは玉《たま》のかんばせの佳人《たをやめ》とても、[23]この夢《ゆめ》に、もるゝはあらじ、[24]あなおろかや。

ゆきだをれ

透谷子

病床《びやうしやう》にありての作《さく》なるからに調《てふ》も想《そう》も常《つね》にまして整《とゝの》はざるところ多《おほ》し讀者《どくしや》の寛恕《かんじよ》を乞《こ》ふになむ。

○瘠《や》せにやせたるそのすがた、

翁は甲武の辺境の川のほとりに隠棲している渡守で「彼れ説き出でゝ人類の兇悪を攻撃す」と記されているが、透谷はこの翁の像を育みつづけていて、自身の心緒を移し植えた「ゆきだをれ」として形象することができたのである。（→補1）タナトスへの近接

『校本』には、「正用は「ゆきだふれ」である」とあり、ルビについても、「ゆきだをれ」同様、透谷の表記の誤りと認められる箇所が指摘されていて、「透谷の用字癖と認めて直さない」と注記されている。

——乞食のすがたをしている「ゆきだをれ」に対する里人の問いかけ。「乞食」とは「〔仏〕僧が人家の門に立ち、食を乞い求めること」の意であって、この「ゆきだをれ」は現世の規範から自覚的に隔離をもうけている存在として謳われている。

1　どんな病でそんなに衰えてしまったのか。
2　どんな悩みでそんなに痩せてしまったのか。

枯《か》れにかれたるそのかたち、
　[1]何《なに》を病《や》みてかさはかれし、
　[2]何《なに》をなやみて左《さ》はやせし。
○みにくさよ、あはれそのすがた、
いたましや、あはれそのかたち、
　いづくの誰《た》れぞ何人《なにびと》ぞ。
　里《さと》はいづくぞ、どのはてぞ。
○親《おや》はあらずや子《こ》もあらずや、
妻《つま》もあらずや妹《いも》もあらずや、
　あはれこの人《ひと》もの言《い》はず、
　ものを言《い》はぬは啞《をし》ならむ。
○啞《をし》にもあらぬ舌《した》あらば、
いかにたびゞとかたらずや。
　いづくの里《さと》を迷《まよ》ひ出《で》て、
　いづくの里《さと》に行《ゆ》くものぞ。

――「ゆきだをれ」の里人に対する独白。

1　通俗的な問いかけをする人の。

2　状況に自足して疑問を持たない人の。

3　自覚して行動しているわたしを。

4　自身を問いつめたことのない人の嘆かわしい見解である。

5　「親」のルビ「をや」は、『校本』では「おや」に訂正されている。

6　暗黒な理非のわきまえのない俗社会には縁者はいない。

7　わたしの存在は、容姿そのものであり。

8　このような姿は、わたしの心境のあらわれです。

9　生は無常な現世での仮の姿に過ぎないと悟って。

10　通俗的な生活規範を捨ててしまったのを。

11　あなたがたのような世俗の人は、推察できないでしょう。

○いづこよりいづこへ迷《まよ》ふと、
[1]たづぬる人《ひと》のあはれさよ。
[2]家《いえ》ありと思《おも》ひ里《さと》ありと、
定《さだ》むる人《ひと》のおろかさよ。

○[3]迷《まよ》はぬわれを迷《まど》ふとは。
[4]迷《まよ》へる人《ひと》のあさましさ。

○[5]親《をや》も兒《こ》も妻《つま》も妹《いもと》も持《も》たざれは、
[6]闇《やみ》のうきよにちなみもあらず。

○みにくしと笑《わら》ひたまへど、
いたましとあはれみたまへど、
[7]われは形《かたち》のあるじにて、
[8]形《かたち》はわれのまろふどなれ。

○[9]かりのこの世のかりものと、
[10]かたちもすがたも捨《す》てぬとは、
[11]知《し》らずやあはれ、浮世人《うきよびと》、
なさけあらばそこを立去《たちさ》りね。

——「ゆきだをれ」の高慢な見解に対する浮世人の嘲笑。

1 口がきけないのではなくて利口な。

2 お互いに誘い合って。

3 品物を用意して。

4 おろかな心のしたたかものだ。

5 恥ずかしい身の上であるのを知っての上か知らないでか。

6 悪しざまに言われる。

○こはめづらしきものごひよ、
[1]啞《をし》にはあらで、ものしりの、
乞食《こつじき》のすがたして來《き》たりけり。
いな乞食《こつじき》の物知顔《ものしりがほ》ぞあはれなる。

○[2]誰《た》れかれと言《い》ひあはしつ、
[3]物《もの》をもたらし、つどひしに、
物《もの》は乞《こ》はずに立《た》ち去《さ》れと、
言《い》ふ顔《つら》にくしものしりこじき。

○里《さと》もなく家《いえ》もなき身《み》にありながら、
里《さと》もあり家《いえ》もある身《み》をのゝしるは、
[4]おこなる心《こゝろ》のしれものぞ、
乞食《こつじき》のものしりあはれなり。

○世《よ》にも人《ひと》にもすてられはてし、
[5]恥《はぢ》らふべき身《み》を知《し》るや知《し》らずや、
浮世人《うえよびと》[6]とそしらるゝわれらは、

7　さあ立ち去ろう。

——里人から「乞食の物知顔ぞ」と揶揄された「ゆきだをれ」は、自然との交歓を志すが脚は萎えて立ち上がることができない。

1　たわいもない応答に。
2　清浄な心境を乱してしまった。
3　自然と共鳴しよう。
4　どうしたらいいのだろうか。
5　関節が緩んでしまった。
6　今宵は、あの山で休もうと思ったけれども。
7　それもまた、これまでの人生でさまざまの希いがかなえられなかったように、かなえられない希いであった。

汝《いまし》が友《とも》ならず、7いざ行《ゆ》かなむ。

○里《さと》の兒等《こら》のさてもうるさや、
1よしなきことにあたら一夜《ひとや》の、
月《つき》の2こゝろに背《そむ》きけり、
うち見《み》る空《そら》のうつくしさよ。
○いざ立《た》ちあがり、かなたなる、
小山《こやま》の上《うえ》の草原《くさはら》に、
こよひの宿《やど》をかりむしろ、
3たのしく月《つき》と眠《ねむ》らなむ。
○立《た》たんとすれば、あしはなへたり、
4いかにすべけむ、5ふしはゆるめり、
そこを流《なが》るゝ清水《しみづ》さへ、
今《いま》はこの身《み》のものならず。
○6かの山《やま》までと思《おも》ひしも、
7またあやまれる願《ねが》ひなり。

8　月が山の端に落ちていくように、わたしの人生も終わり近くなってしまった。

――「ゆきだをれ」の心中には、嘗て想い描いた幻影が去来するのであった。

1　嘗て想い描いた世界によく現れた。
2　安寧な社会の幻影の中に。
3　いまの零落した姿、「瘦せにやせ」「枯れにかれ」ているありさまを映し出せば。
4　いまのわたしもきっと大笑いするだろう。
5　現在の心の映像に。
6　嘗て想い描いていた幻影が映し出されると。
7　その頃の容姿の。
8　わたしは可笑しくもあり、ふびんに思ってしまうのである。
9　言っても、もう間に合わない。
10　いまの自分を、おろかだと言ってもむだである。
11　嘗ての夢や理想も現在のありさまも。
12　自然の運行も。
13　乞食であることも。はかない幻影を抱いていることも。

西《にし》へ西《にし》へと行《ゆ》く月《つき》も、
[8]山《やま》の端《は》ちかくなりにけり。

○[1]むかしの夢《ゆめ》に往來《ゆき》せし、
[2]榮華《えいぐわ》の里《さと》のまぼろしに、
[3]このすがたかたちを寫《うつ》しなば、
[4]このわれもさぞ哄笑《わら》ひつらむ。
○[5]いまの心《こゝろ》の鏡《かゞみ》のうちに、
[6]むかしの榮華《えいぐわ》のうつるとき、
[7]そのすがたかたちのみにくきを、
[8]われは笑《わら》ひてあはれむなり。
○むかしを拙《つた》なしと[9]言《い》ふも晩《おそ》し、
[10]今《いま》をおこぞと言《い》ふもむやくし、
[11]夢《ゆめ》も鏡《かゞみ》も[12]天《あめ》も地《つち》も、
　いまのわが身《み》をいかにせむ。
○[13]物《もの》乞《こ》ふことも[14]うみはてゝ、

14　いやになってしまって。
15　「食《た》ふ」は、『校本』に正用は「食《た》う」と注記されている。
16　もう一度、生前と同じような永遠の眠りに旅立とう。

「みどりご」（「平和」第八號　明治25・11・26）
一女・英子が生まれたのは明治二五年六月一日。無垢な嬰児への賛歌。

1　現実とは直接対応しない、なお魂の故郷の情調に浸っていて。
2　「うてな」は四方を観望できるように作った高い建物。
3　世界は広いけれども、実社会で生活している人の心は。
4　実社会の煩悶を感じることのない、平穏な状況のままで。

食《た》[15]ふべず過《す》ぎしは月《つき》あまり、
[16]何事《なにごと》もたゞ忘《わす》るゝをたのしみに、
草枕《くさまくら》ふたゝび覺《さめ》ぬ眠《ねむり》に入《い》らなむ。

みどりご

透谷子

ゆたかにねむるみどりごは、
　[1]うきよの外《そと》の夢《ゆめ》を見て、
母《はゝ》のひざをば極樂《ごくらく》の、
　[2]たまのうてなと思《おも》ふらむ。
[3]ひろき世界《せかい》も世《よ》の人《ひと》の、
　心《こゝろ》の中《うち》にはいとせまし。
ねむれみどりごいつまでも、
　[4]刺《とげ》なくひろきひざの上に。

平家蟹

透谷子

友人隅谷某西に遊びて平家蟹一個を
余が爲に得來りたれば賦して與ふる
とて

神々に、
みすてられつゝ海そこに、
　深く沈みし[1]是非なさよ。
[2]世の態は、
[3]小車の[4]めぐりめぐりて、
　[5]うつりかわりの跡留めぬに、
われのみは、
いつの世までも[6]このすがた、
　[7]つきぬ恨みをのこすらむ。

「平家蟹」（「國民之友」第一七四號　明治25・12・3）

「海そこ」で生をおくることを余儀なくされている平家蟹の悔恨歎。平家蟹は中形の特異な種類で、甲長二センチ脚を伸ばすと約一五センチ。背甲の表面に人面に類した隆起がある。広く日本近海に分布し、特に瀬戸内海に多いので平家一族の怨霊の化したものと伝えられている。隅谷某は隅谷巳三郎で透谷の友人。ブレスウェイトが経営していた会社の支配人をしていた。

1　しかたのない運命であることよ。
2　世の有様は。
3　小さい車。『閑吟集』「思ひまわせば小車の、わづかなりけるうき世哉」。
4　ぐるぐるまわって。
5　変化が留めどなく続いているのに。
6　奇怪な人面のままで。
7　いつまでも消えない悔恨を留めていることである。

かくれ家を、
[8]しほ路の底に求めても、
　心やすめむ折はなく。
[9]しらはたの、
[10]源氏にあらぬあまびとの、
　[11]何を悪しと追ひ來《く》らむ。
[12]まどかなる、
月は波上を照せども、
　[13]この水底は常世暗《とこよやみ》。
[14]あはれやな、
かしらの角《つの》はとがりまさり、
　[15]前嶺《ひたへ》のしわは[16]いやふかし。
ふたもとの、
はさみはあれど[17]この恨み、
　斷ちきる術《すべ》はなかりけり。

8　海底に。
9　源氏の旗色は白。
10　源氏ではないけれども、漁師たちが。
11　なにが原因で捕獲に来るのだろうか。
12　やすらかな。
13　わたしたちの住みかには、いつまでも生の不安が付きまとっている。
14　かわいそうなことに
15　『校本』には、「ひたへ」の正用は「ひたひ」であるとある。
16　ますます。
17　現世で味わった悔恨の情は。

18　いまとなっては、夢にすぎなかった。

19　かって栄えたという幻影に依存していないけれども。

20　それにしても、いま「海そこ」で味わっている不安は。

[18]夢なりし、

[19]むかしの榮華は覺めたれど、

[20]いまの現實《まこと》はいつ覺めむ。

〔補　注〕

補1　タナトスへの近接

この時期の心情がうかがえる作品として紹介しておく必要があるのは、「みゝずのうた」と小説・『宿魂鏡』である。

―「みゝずのうた」

「みゝずのうた」は、「雲水」と「みゝず」との対話で構成されている。没後の「文学界」（明治二六年六月）に掲載されているが、中程にやや単調な未整理な表象があるので発表を控えたと思われる。

みゝずのうた

この夏行脚してめぐりありけるとき、或朝ふとおもしろき草花の咲けるところに出でぬ。花を眺むるに餘念なき時、わが眼に入れるものあり、これ他の風流漢ならずして一蚯蚓なり。おかしきことありければ記しとめぬ。

わらじのひものゆるくなりぬ、

まだあさまだき日も高からかに。
ゆうべの夢のまださめやらで、
いそがしきかな吾が心、さても雲水の
身には恥かし夢の跡。

前文と第一連である。

雲水が余念なく花を眺めているのは、「ゆうべの夢」がまだ醒めやらないからである。「花」は現世の存在であり、「夢」とはかって希望であり理想であったものを指している。「さても雲水の／身には恥かし夢の跡」とあるのは、いま雲水の心には現実への愛惜が甦っているからである。

さて眼にとどめた蚯蚓は「わが花盗む心なりや」と誤解した雲水に、眼がなく・家がなく・鼻がないと応じたうえで、第七連には次のような発言が記されている。

「きのふあるを知らず
あすあるをあげづらはず。
夜こそ物は樂しけれ、
草の根に宿借りて
歌とは知らず歌うたふ。」

蚯蚓は『蓬萊曲』（「第二齣　第二場」）で、「己《おの》れを科《はか》らず」現状に自足して自己を省みようとしないと謳われている「地龍子《みゝづ》」のなりわいを引き継いでいて、生の原質をあるがままに保有してこの世にたゆたっている尊い存在である。ところが「花の下」現実社会には、「知慧者のほまれ世に高き」蟻がいて、蚯蚓は帰りゆく宿を捜し求められないままに蟻の大群に責め殺されてしまう。「蟻」とは進化の極北にあるもの、個体の意志を喪失して全体に奉仕できる存在、分業社会あるいは管理社会の権化である。

「みゝずのうた」は、地を這う虫たちへの同情が記されている『富士山遊びの記臆』（明治一八年）以来の文脈で受けとめれば、無垢な民衆が支配体制の意向を受け入れた賢い人々に翻弄されていく姿が謳われている作品である。そして人間存在には「調實」な心が遍在していると説いている「最後の勝利者は誰ぞ」（「平和」二号）などから読みとれる存在論を参考にすると、ありうべき自然「みゝず」が保有している生の原質が、ありうべからざる人為「蟻」に象徴されている分業社会の到来や管理機構の整備によって、崩壊に瀕して行く近代社会の現実が予兆されていると読みとれよう。

『蓬萊曲』との相違は、柳田素雄は修行者とされていて現実への帰還が約束されているのにくらべて、主人公が雲水とされていて生の世界と断絶しているところである。「さても雲水の／身には恥かし夢の跡」とあるのは、ダブーを犯したからであり、最終連は、蚯蚓に荷担することなく「散るときに思ひ合はせよこの世には／いづれ絶えせぬ命ならめや」と結ばれていて、作品制作の時点での透谷には、夢あるいは理想が受け入れられない絶望感が深く浸透していて自身の営為を客体視する心緒が芽生えていたのである。

そのような感慨に留意すると、「平家蟹」の詩空間は他界に設定されているし、没後の「文学界」（二七年五月）に掲載されている「髑髏舞」も同じ趣向の作品で、かって今小町と謳われた「髑髏」の他界に移行しても、その世界に安住できない心情が形象されている。昇天できない「魂《クエイ》」の存在が謳われていて、透谷が担ってしまった傷痕――「希望《ホープ》」の故郷を「幻境」と言わざるを得ない心境が、尋常なものでなかったことが偲ばれる作品である。

――『宿魂鏡』

この時期からの透谷が陥ってしまった心緒の内実をうかがうことのできる作品に、「国民之友」（明治二六年一月）の春期付録に掲載されている小説・『宿魂鏡』がある。

文体は戯作調で、内容はひとまず恋愛譚。田山花袋は『近代の小説』（『田山花袋全集』別巻）で、硯友社あたりでは「ちつとも人間が書けてゐはしない！それに、何うだ？あの文章の拙さは！丸で論文か何か書く氣で小説を書いてゐる！」と誰もかれも言っていると、作家達の非難を紹介しつつも「何等かの暗示」を意識しているし、正宗白鳥の「不思議な小説」（『正宗白鳥全集』二七巻）という感想に代表される、ある吸引力を秘めている作品である。

奥州白河在に生まれた山名芳三は、幼なじみの隣家の娘・阿梅と許嫁である。東京に出て男爵戸澤家の書生を務める傍ら大学で法律を学んでいたのだが、主家の令嬢・弓子と恋に落ちる。二人の恋は継母によって裂かれるが、弓子が形見に託したのは、古鏡ひとつ。郷里に帰った芳三は鏡の仕業で「人間嫌ひ、我ぎらひ」が昂じて狂気に陥ってしまう。鏡は「鬼神が戯れに鑄」た秘密の天機で、人に破滅をもたらす幻鏡と説明されている。その古鏡には意中の人の面影が映し出されるのだが、妖魅の仕業かと壁に投げつけると、「骷髏にして骷髏にあらず、人間にして人間にあらず」という異態の怪物があらわれる代物である。

さて、心配して訪れた阿梅を狂乱して追いかえしたある夜半、疲れて眠りについた芳三のもとに、白河の関を超えて弓子の幻影が訪れる。幻鏡のいたずらかと思った芳三に、「イヱ其御疑は理《ことは》りながら、鏡の上でも、夢の中でも無きこの妾《わたくし》是非に逢はねばならぬ事あつて尋ねて來たに」、「誓ひし事のいつはりならずばもろともに」と来意を告げて安らかな眠りについてしまう。実はその時刻に弓子は東京で他界していたのだが、芳三もその夜のうちに息絶えてしまう。さらに作品は「可憐の阿梅も十日あまり病みて、誰の後《あと》を追ふでもなく闇《やみ》の向うに旅立ちしとぞ」と閉じられている。

この作品については恋愛至上主義の作品とする見解も見受けられるけれども、作品のクライマックス――田山花袋が言う「何等かの暗示」、正宗白鳥の「不思議な小説」という指摘は、芳三の幻覚に弓子があらわれて「誓ひし事のいつはりならずはもろともに」と、芳三に死をうながしているところに求められる。心の心霊的な作用、「霊存」（スピリチュアル、エキジスタンス）の機微が描かれていて、焦点は恋愛ではなくて死が暗示されてそれが実現されるところに結ばれている。芳三が死の告知の夢を見たと受けとめると、夢と外的事象とは一致しているのである。ここに描き出されているのは超感覚的知覚であり、精神分析学でいう「共時性」――ある元型（この場合は死）が活性化されるとき、因果的に関連をもたぬ事象があるまとまりをもって生じるである。

透谷は自己の営為を客体視しているこの時期に、死の予兆を内部世界から汲みあげていたのである。

Ⅳ　抒情詩　第二期

1　略歴（四）

一八九三年（明治二六年）は一月に衆議院で軍艦建造費削除などを盛り込んだ予算案が修正議決されているが、二月には詔書によって宮廷費三〇万円、議員歳費及び官吏俸給の一割を製艦費補助に当てることが命じられている。三井・三菱など財閥の組織が整えられたのもこの年のことである。

文学の領域では一月に「文学界」が創刊されている。浪漫主義文学運動の拠点となったと評価されていて、透谷のこの年の主要論文「人生に相渉るとは何の謂ぞ」と「内部生命論」が掲載されているが、透谷の心境は同人達とは違っていたと思われる。

「日記」などからうかがえる足跡。

一八九三年（明治二六年）二四歳

一月二一日　島崎藤村に代わり明治女学校に勤務することを承諾。（星野天知『黙歩七十年』）

四月八日　「評論」創刊、文学批評欄を担当。（「評論」創刊号）

四月九日　透谷・ミナ、数寄屋橋教会から麻布区板倉五丁目二十八番地の麻布クリスチャン教会へ転会。（「数寄屋橋教会「入会名前」「小会記録」）

四月一五日　「聖書之友雑誌」六四号発行。以下七十号までを編集。

五月三日　「平和」一二号発行。終刊。
六月一七日　牛込区筑土八幡境内松風亭の筑土文学会第一回会合に出席。（「文界時評」）
八月三〇日　「國府津在前川村に來り長泉寺に投ず」（「日記」）
八月三一日　國府津駅で関西学院に赴任する桜井成明と会う。（桜井明石「透谷子を追懐す」）
一一月下旬　大矢正夫に伴われて、藤沢の国府屋旅館で平野友輔に会う。（平野藤子・恒子直話）
一二月　京橋区弥左衛門町七番地の父母の家に戻る。（「函東會報告誌」三四号）
一二月二八日　自殺未遂。喉を傷つけ東京病院に運ばれた。（ミナ直話）
一八九四年（明治二七年）二五歳
一月　病院から芝公園地二十号四番のもといた家に戻った。
四月二五日　『ヱマルソン』発刊。
五月一六日　払暁　自宅の庭で縊死を遂げた。

この期間の主な著作
「心の死活を論ず」　平和一〇號（一月二八日）
「富嶽の詩神を思ふ」　文學界一號（一月三一日）
「人生に相渉るとは何の謂ぞ」　文學界二號（二月二八日）
「日本文學史骨」（一）・（二）・（三）・（四）　評論一～四號（四月八日～五月二〇日）

「内部生命論」（第一）　文學界三號（五月三一日）
「國民と思想」　評論八號（七月一五日）
「哀詞序」　評論一二號（九月九日）
「思想の聖殿」　評論一三號（九月二三日）
「兆民居士安くにかある」　評論一三號（九月二三日）
「萬物の聲と詩人」　評論一四號（一〇月七日）
「漫罵」　文學界一〇號（一〇月三〇日）
「一夕觀」　評論一六號（一一月四日）

2　「内部生命論」――「心」の現象の存在論的究明

ゆうべの暉《ひかり》をさまりて
　まづ暮れかゝる草陰に、
そづかに影を黜《しる》せども、
　なを身を恥づるけしきあり。

右は「ほたる」（『三籟』四号）の第一連。後半の二行から窺えるのは、内部にある終焉の兆しである。この詩句にこだわるのは、「ほたる」は「人生に相渉るとは何の謂ぞ」「日本文學史骨」「内部生命論」が書き継がれた直後に制作されていて、前年の秋に陥った自己の営為を客体視する心緒を考慮すると、この三篇の論考は『三日幻境』で謂う「希望《ホープ》」――あり得べき社会の幻影が「ゆきだをれ」の運命にあることを自覚したうえで、到達した存在感覚を思想として書き遺しておくために記されたと受けとめられるからである。

各論を紹介するに先だって注意を喚起しておきたいのは、前年の九月に発行されている「平和」（六号）に「各人心宮内の秘宮」という一文が掲載されていることである。

この論考では、「心」の現象について分析されている。その冒頭部分は「Ⅱ『蓬莱曲』（補11）「塵ならぬ靈」について」で引用紹介しているが、「平和」を思想として受けとめることができた透谷は、近代化――時勢の展開がヒューマニティを欠いた思念の浸透であることを意識して、さらに云えば造化（自然）の尊厳への挑戦であることを懸念して、改めて人間存在の根底にある「心」を究明しておく必要に迫られたのである。透谷が内部世界、「心」の領域の究明を多角的に行っている点については、縷々立ち入っているが「平和」に「各人心宮内の秘宮」を掲載したあたりから、焦点は「心」の存在論的究明に定められて、「内部生命論」に収束されていく。

三編の論考については、愛山・蘇峰との論争としての読解が試みられているが、他者の見解への言及を捨象して考察すると、いづれの論考も自由を求める精神の存在を根底にして発想されていて、基本的な文学史観（思想）も明治社会に対する状況認識も「心」の存在論もこの三編に集約されている。

透谷は自身の「影」――現世での営為をどのように掌握していたのか。

いま、明治二六年二月、「人生に相渉るとは何の謂ぞ」を書き始めるにあたって駆り立てられているのは、「反動の勢力」が鬱勃としているという状況認識である。

ここでは、思想の表象に先立って文学空間が現象界に自立できることの論証が試みられているが、透谷の文学観は、「「力《フオース》」としての自然は、眼に見へざる、他の言葉にて言へば空の空なる銃鎗を以て時々刻々「肉」としての人間に迫り来るなり」と前置きして論述されていく。自然は人間に服従を命ずるものであり、人間は悲しき「運命」に包まれているとつづけられていて、人間存在は「「力《フオース》」としての自然」の挑戦――死から逃れることはできない。しかし「靈の劔を鑄」るならば、自然の挑戦に応じることができるとして、次のように記されている。

爰に活路あり活路は必らずしも活用と趣を一にせず、吾人をして空虚なる英雄を氣取りて、力としての自然の前に、大言壯語せしむるものは我が言ふ活路にあらず、吾人は吾人の靈魂をして、肉として吾人の失ひたる自由を、他の大自在の靈世界に向かつて、縱《（ほしいまま）》に握らしむる事を得るなり。

「活路」とはどんな方策なのか。「肉として吾人の失ひたる自由を」には、あり得べき社会の幻影を抱きながら「ゆきだをれ」の乞食や「平家蟹」のように、他界からの眼でこの世のさまを眺めなければならない心境に陥っている現世への悲哀と愛惜が込められている。

そして「活路」とは、第二の宮の霊性――認識能力を喚起して宇宙の真理と冥交して表現を獲得し思想を形成していくことなのだが、その過程が芭蕉が「明月や池をめぐりてよもすがら」という発句を発想していく心緒を想像して、次のように記されている。

彼は實を忘れたるなり、彼は人間を離れたるなり、彼は肉を脱したるなり。實を忘れ、肉を脱し、人間を離れて何處にか去れる。杜鵑の行衛は、問うことを止めよ、天涯高く飛び去りて絶對的の物、卽ち Idea にまで達したるなり。

さらに「造化主は吾人に許すに意志の自由を以てす」とも「現象以外に超立して最後の理想に到達するの道吾人の前に開けてあり」と論じられていて、透谷は「肉としての吾人の失ひたる自由」の代償として――たとえ世が反動の勢力に席巻されていても、文学空間の自立を論証して思想を現象界に存立させておくことを志しているのである。

次の「日本文學史骨」（明治文學管見）は、文学批評欄を担当することになった「評論」の創刊号から第四号にかけて、思念の孤立を意識して思想――文学史観を書き残しておかなければという意図で執筆されている。

「第一回　快樂と實用」では、道義的人生が物質的人生と対比されているが、ここには批判精神の存在が暗示されている。「モラール、ライフ」を説明して、その中心に霊魂があり宇宙の真美との感応を説いているのは、「心」の存在論を根底にしている発想である。そして道義的人生には調実な心、ヒューマニティの存在が前提にされていて、物質的人生には、弱肉強食に陥っていく社会の現状が視界に止められている。

「第二回　精神の自由」では、人間は「死」を内包している不条理な存在であるけれども、内界には、無限の目的、希望を蓄えることができる自由な精神が存在しているとして、精神が次のように定義されている。

精神は自ら存するものなり、精神は自ら知るものなり、精神は自ら動くものなり、然れども精神の自存、自知、自動は、人間の内にのみ限るべきにあらず、之と相照應するものは他界にあり、他界の精神は人間の精神を動かすことを得べし、然れども此は人間の精神の覺醒の度に應ずるものなるべし。

精神が各人に固有な存在であり、自由を希求しているというのは、「心」の存在論の根底にある認識である。この一節に記されている「精神」についての見解は、透谷の存在論の中枢であり、「内部生命論」への階梯として重要である。ここで精神の自立を説いた後に「之と相照應するものは他界にあり」とあるのは、個体が遭遇した情調を論理的に受容することのできる認識能力——霊力（内的エネルギー）の存在を意識してのものである。

ここまで「日本文學史骨」、日本文学史の中を貫いている真髄を論じるにあたって、文学（思想）の範疇として道義的人生を提示して、精神の自由に言及しているのは、精神の自由——人間存在が内部に保有している存在感覚と文学（思想）との関連を客観化することに意を用いているからである。

「第二回」は、ここから歴史を精神の自由の実現の過程という視座で眺めた具体論が目論まれているが展開はなめらかではない。まず「日本の政治的組織」について言及されているが、「明治の文學の大躰を知らんこと余が今日の題目なり」、「時代の精神は文學を蔽ふものなり」と戦線は縮小されている。そして「徳川氏時代の平民的理想」（「女学雑誌」甲の巻三二一〜四号）で紡ぎ出した平民的思想の出現が評価されているが、書き急がれているのは次のような明治維新に対する歴史観が表出を迫っていたからである。

維新の革命は政治の現象界に於て舊習を打破したること萬目の公認するところなり。然れども吾人は寧ろ思想の内界に於て、遙かに偉大なる大革命を成し遂げたるものなることを信ぜんと欲す。武士と平民とを一團の國民となしたるもの實に此革命なり、長く東洋の社界組織に附帯せし階級の縄を切りたる者此革命なり。

唐突であっても、維新を「武士と平民とを一團の國民となせしもの實に此革命なり」と言い終えた時点で、「日本文學史骨」――日本社会には自由な精神が継承されているという文学（思想）史の真髄をほぼ語り終えて、明治文学（思想）についての管見を開示する準備は整っている。

「第三回　變遷の時代」には、まず、徳川氏の幕政が終わり天皇親政の世になってから、諸相は改まり物質的文明が輸入されて、政治の機関から万民の生活まで変化したと記されている。そして「舊世界の預言者なる山陽、星巖、鎰軒、息軒等」や「横井、佐久間、藤田、吉田等の改革的偉人」も去ってしまった現在は、政治の枢機を握った昨日の浪人たちによって、王化のもとに太平な世が訪れているとされている。しかし、時代の鏡である文学（思想）の状況はというと、仏教は文学の庇護者としての力を失い、文学は「活動世界の從僕」となって批判精神は乏しくなり、国民の精神は枯れて衰微の兆候が現れていて、透谷は「國民をして出來得る丈自由に其精神を發揮せしめんことを希望」しているのである。

ここまでが前段で、明治二六年（一八九三年）の状況についての分析は「明治初期の思想は實に第二の混沌たりしなり」と書き起こされている。旧世界の指導者を失った明治初期は、泰西の新空気に出会ったところから東西の思想の対立と相克、具体的に言えば、族長制度のなかで民衆が培ってきた自由な精神を、公共性を持った西洋思想と媒介してヒューマニティのある共和な社会組織をもたらしていくこと、透谷にとって明治の思想はそのような混沌でありたかったのだが、そのような現実は訪れなかったのである。

明治の革命は既に貴族と平民との堅壁を打破したり、政治上既に斯の如くなれば國民内部の生命なる「思想」も亦た迅速に政治革命の跡を追躡したり、此時に當つて横合より國民の思想を刺撃し、頭を擧げて前面を眺めしめたるものこそあれ、そを何ぞと云ふに、西洋思想に伴ひて來れる、（寧ろ西洋思想を抱きて來れる）物質的文明之なり。

である。

貴族（武士）制度を打破して明治の革命をもたらした国民の思想は、一層の進展を目指していたのである。いま、透谷の脳裏に明滅しているのは、自由民権運動に参加した少年の日に抱いていた精神の躍動に相違ない。だが、二六年の時点では、自由と自立を求める民衆の可能意識は、物質的文明の到来によって歪曲されてしまったのである。西洋思想を抱いて到来した物質的文明を、透谷の文脈に移行すれば、人々の倫理観を頽廃させていく弱肉強食の競争原理であり、『蓬萊曲』に描かれている〈大魔王〉の「裁き」である。

天下を擧て物質的文明の輸入に狂奔せしめ、すべての主觀的思想は、舊きは混沌の中に長夜の眼を貪り、新らしきは春草未だ萠え出るに及ばずして、モーセなきイスラヱル人は荒原の中にさすらへて靜に運命の一轉するを俟てり。

これが透谷の明治文学に対する管見である。明治一七年（一八八四年）秋、民権運動の廃墟に立ち尽くして以来、内部にわだかまっていた状況認識をこのように凝縮することができたのである。「主觀的思想」とは、内部の生命――精神の自由を基盤にして培われてきたヒューマニティのある変革を希求している思想である。「舊き」とは、維新の革命をもたらした予言者や改革的偉人の思想を指している。さらに「斯の如き、變遷《トランジション》の時代にありては、國民の多數はすべての預言者に聽かざるなり」とつづけられているが、「變遷の時代」とは、輝かしい近代社会に変遷していく時代などという意味ではない。主観的思想の伝統が「明治の政治的革新」――近代化によってせき止められて、ありうべからざる方向に展開していく時代という意味である。

「第四回　政治上の變遷」には、国民の精神を相手にして成立した明治政権の現状が、建設すべき事業については蹉跌があり、いま政府は必然の成り行きで専制政体に移行しようとしているとして、次のような感慨が記されている。

　吾人の眼球を一轉して、吾國の歷史の於て空前絶後なる一主義の萠芽を觀察せしめよ。卽ち民權といふ名を以て起りたる個人的精神是なり。この精神を尋ぬる時は、吾人奇《く》しくも其發源を革命の主因たりし精神の發動に歸せざるべからざる數多の理由を見出すなり。渠は革命の成功と共に、一たびは沈靜したり、然れども此は沈靜にあらずして潛伏なりき。革命の成るまでは、皇室に對し國家に對して起りたる精神の動作なりき。既に此の目的を達したる後は、如何なる形にて、其動作をあらはすべきや。

ここに示されているのは、自ら参加した自由民権運動の意味するところである。維新の革命は、〈日本民権〉――自由に目覚めた個人的精神の発動によってもたらされたのである。だが、その主観的思想は、「渠は革命の成功と共に」――維新政府の誕生によって一たびは沈静して潜伏を余儀なくされているのである。「如何なる形にて、其動作をあらはすべきや」と結ばれているのは、圧倒的な物質的文明の浸透と思想の欠如の前に絶句せざるを得ない心境だったからである。

「日本文學史骨」とは、日本文学（思想）史を貫いている真髄、伝統という意味である。透谷はかねてから念願であった「眞に日本なる一國を形成する原質」（「文学史の第一着ハ出たり」）を論じ終えたのである。主観的思想は解放と自立を求める民権精神を内包して、共和制度の社会への変革を希求していくのである。透谷の謂う日本文学史とは、民衆が自由な精神によって培ってきた文学（思想）の伝統である。

さて「内部生命論」は、これまでに多角的に縷々検証してきている内部世界、「心」の現象を生命体に内包されている情調であると総括して、存在論が展開されていく。

人間は到底枯燥したるものにあらず。宇宙は到底無味の者にあらず。一輪の花も詳に之を察すれば萬古の思あるべし。造化は常久不變なれども、之に對する人間の心は千々に異なるなり。

右が書き出しの一節である。「内部」とは、この箇所につづいて「夫れ斯の如く變化なき造化を斯の如く變化ある者とするもの、果たして人間の心なりとせば、吾人豈人間の心を研究することを苟且にして可ならんや」とあり、「心の經驗」（「聖書之友雑誌」七〇号）にも「心は實に人の中に於ける小天地なり」と記されているように、心の領域を統合した内部世界である。「生命」とは、「各人心宮内の秘宮」（「平和」六号）では心宮の奥に「永遠の生命の存する」とされているが、人間存在に遍在している「調實」な心――ヒュウマニティを指している。つけ加えると、外部世界と対応した体験を認識する内的エネルギーが「霊性」であり、「心の死活を論ず」（「平和」一〇号）に「心《こゝろ》と宇宙《うちう》とは其距離《そのきより》甚《はなは》だ遠《とほ》からざるなり、觀《かん》ずれば宇宙《うちう》も心《こゝろ》の中《うち》にあるなり」と記されているように、人間存在は、宇宙（造化・自然）と心の内部で対応していて、「冥交」とは、心と宇宙の真理との交歓する瞬間を指している。

造化《ネーチユア》は人間を支配す、然れども人間も亦た造化を支配す、人間の中に存する自由の精神は造化に黙従するを肯ぜざるなり。造化の權は大なり、然れども人間の自由も亦た大なり。人間豈に造化に歸合するのみを以て満足することを得べけんや。然れども造化も亦た宇宙の精神の一發表なり。神の形の象顯なり、その中に至大至粹の美を籠むることあるは疑ふべからざる事實なり。之に對して人間心が自からに畏敬の念を發し、自からに精神的の經驗を生ずるは豈不當なることならんや、此場合に於て、吾人と雖聊か萬有的趣味を持たざるにあらず。

ここには、「心」――自由な精神と宇宙の真理との交歓が説かれていて、「心」の存在論の中枢が示されている。そして「内部生命」が、次のように定義されている。

……而して人間の内部の生命なるものは、吾人之を如何に考ふるとも、人間の自造的のものならざることを信ぜずんばあらざるなり、人間のヒューマニチー即ち人性人情なるものが、他の動物の固有性と異なる所以の源は即ち爰に存するものなるを信ぜずんばあらざるなり。生命！此語の中にいかばかり深奥なる意味を含むよ。

それでは、よく考えた末に「内部生命」が自造的でないとしているのはどうしてなのか。顧みると、『我牢獄』から「各人心宮内に秘宮」へと受け継がれている「心」の現象の究明は、心宮のありかを図式化していても、『蓬萊曲』で「わが内なる諸々の奇しきことがら」と謳っている無意識の領域、霊性（内的エネルギー）の存在、さらには小説『宿魂鏡』（「国民之友」一七八号）から読みとれる超越的感覚の存在などが取り込まれていない。透谷はこの時点で、個体の体験から帰納できない感覚の存在を書き加えたのである。人間存在が遺伝的に保有している内部感覚を自造的でないと定義することによって、存在論の不足を補ったのである。

この補遺によって、「萬物の聲と詩人」（「評論」一四号）で「海も陸も、山も水も、ひとしく我が心の一部分にして、我も亦た渠の一部分なり」と叙述されていく自然観が根源的な存在感覚にもとづいているのが了解できてくる。

以上、三編の論考を顧みると、発想の根底にあるのは、維新後の社会では「明治の政治的革新」――近代化によって、「我邦の生命」として継承されてきた「主観的思想」がしがらみ留められてしまうのではないかという危機意識である。

そして到達している文学観や歴史観をとりまとめていく過程で、認識の根底にある「心」の諸現象を、人間存在が内部世界に保有している自造的でない――造化（自然）と交歓できる生命現象として論証することによって、固有な存在論（思想）を形成し終えたのである。

「而して人間の内部の生命なるものは、吾人如何に考ふるとも、人間の自造的のものならざることを信ぜずんばあらざるなり」という存在感覚は、西洋思想に伴って到来した物質的文明を受容してヒューマニテイを欠いた制度を整えていく状況に対峙して、思想を形成してきた営為のとりまとめとしてふさわしい。

ところが「内部生命論」も『蓬萊曲』がそうであったように、文中に「内部の生命は千古一様にして、神の外は之を動かすこと能はざるなり」とあったり「必竟するにインスピレーションとは宇宙の精神即ち神なるものよりして、人間の精神即ち内部の生命に對する感應にすぎざるなり」など、「神」と記されているところから、野山嘉正の「「内部生命論」における世界像の変質」（「国語と国文学」昭和四三年）では、「透谷の論理は、その「内部生命」と「現実」との連関を樹立することができずに、「宇宙の精神」へ終に内部生命の由来を求める」と論じられたり、新保祐司の「透谷に於ける他界」（「文学」一九九四年春）では、「透谷が、ただ、内部の生命を発見し、重んじたとするのは、全く間違いである。（中略）透谷は、内部を発見したのではない、内部を動かす神という絶対的外部をつかんだのである」と断定されている。

このような、透谷の思念を一神教的な観念を奉じている西洋文明の側に拘引しようとする見解が受け入れ難いのは、そこには「内部生命論」として結実するにいたる固有な文脈、「心」の領域の存在論的究明の過程への配慮が認められないからである。透谷の謂う「宇宙の精神即ち神なるもの」とは、造化・自然の中枢にあってその運行をつかさどっているもの、あえて謂えば東洋的思念を覆っている茫漠とした存在である。そして「心」の現象の存在論的究明の結実である「内部生命論」の真髄は、内部世界と対応して、今日のニューロン生理学でも論証できない認識能力や無意識の領域に遺伝的に継承されている情調を、個体の体験からは帰納できない「自造的のもの」でないものとして掌握しているところに求められる。

後年のミナの回顧談には、「病院を出ましてからは何も書かないで、「我が事終れり」と云つては居りました」(「『春』と透谷」(「早稲田文学」第三一号)とある。

透谷は挫折していない。自己の状況認識をとりまとめていく過程で、認識の根底にある「心」の諸現象を「内部生命」として論証することによって、固有な思想を形成し終えたのである。

透谷は人間存在を造化・自然の内なるものとして、「心」を太古からの生命体の継承という広がりの中で掌握していたのである。

3 「自然」への帰還

「影を黙《しる》した」とは何事かを成し終えたとの寓意であり、思念の根底にある存在感覚を造化・自然の内なるものとして論理化し終えた透谷は、生を客体視していた心緒を推し進めて内部感覚を「死」（タナトス）と同化させてしまう。

「ほたる」は叙景詩ではない。生き急いだ透谷は、内部世界の深奥にインプットされている「死」を紡ぎ出してしまったのである。生命体に内包されている諸要素と対応し尽くして、「生」と「死」のはざまに行き着いてしまったのである。「内部生命論」を叙述した後の透谷は、選択肢を現世とのかかわりを断つ方向に辿っていく。

「平和」は五月三日発行の一二号で終刊になっている。「評論」六号には「熱意」が八号には「國民と思想」が掲載されているが、「熱意」はパセテックに叙述されているし「國民と思想」はわかりやすく思念が解説されているものの文体に粘着力が乏しい。

七月下旬、国府津の北村家の菩提寺長泉寺に滞在。二二日には、関西の旅を終えた藤村を迎えに鈴川に行き、平田禿木、戸川秋骨と四人で高砂屋に二泊している。そして元箱根の青木旅館にも同宿した後、帰郷して東北伝道旅行に趣いている。藤村の『春』（一九〇八年）は、鈴川での同人の再会から書き始められているが、国府津で執筆されている「客居偶録」（「評論」九号）には、「不幸にして籍を文園に投じ、猜忌の境に身を挿めり。斯の如きは素顔にあらず」と記されていて、藤村たちの雰囲気に迎合できる心境ではなかったと思われる。

透谷が伝道に趣いた一の関・花巻は、麻布クリスチャン教会の太田敏夫の伝道地である。

伝道に趣いたのが時勢に対する認識（思想）を形象し終えて孤立を自覚し、なお世に尽くす方法を模索しての行為であったとするならば、思想が現実と遭遇するには幾重もの回路を経ることが必要なのはいうまでもない。

次に紹介するのは、花巻に滞在していたと思われる透谷のもとに届けられたミナの叱責に対する書簡「［北村ミナ宛書簡］ 一八九三年八月下旬」の一節である。

詩人は面をかぶりて道を説く傳道師にあらず。悲しきに喜びをかざりて世をくらます隠君子にあらず。徹頭徹尾、社界の實勢を観、不調子を看破し、眞理をかざして進むにあり、……

そして、分に応じた貧乏は覚悟のうえではなかったかと説得した後に、「眞の苦は矢張自らの中にこめ、妻には語る可からざるか」と自問して、次のように締めくくられている。

わが脳われを苦しむこと甚し、人は是を知らず。然れども御書に接して遊浴の快味、靡然として去れり、いざ都の敵界に躍り歸りて再び苦悶の聲を發し、この聲をせめても天にとゞろかせて、世に盡くすものとせん。明晩御地にて相見んなり。

記憶せよ、きみ今は病苦の人の妻なるを。

注目したいのは、いま伝道旅行中なのだが自身を「社界の實勢を観、不調子を看破し、眞理をかざして」世に盡くす詩人と措定しているところである。「真の苦」とは、思想が受け入れられない苦しみである。脳が我を苦しめて「今は病苦の人」であるというのは、鬱状態に拘引されて内部世界との対応を余儀なくされているのだが、無意識の領域から汲みあげてしまった「死」――安寧への希求が容易には払拭できないのである。この書簡には、この時期の心緒が平明に告白されている。

透谷一家が三ヶ月ほど仮寓することになる長泉寺に移動したのは、八月三〇日。「日記」には、「國府津在前川村に來り長泉寺に投ず盖し祖先の骨を埋むる處、家族を携へ弟と義妹とを與にす繁雜なる旅行なり」とある。弟は丸山家を継いだ垣穂、義妹はミナの妹・登志子である。当面入用な家財を汽車に持ち込んだのであろう。一家団欒の風景である。さらに「日記」には、師弟の縁で親しく交わっていた富井まつ子の訃報に接して、その憂いがこの旅の興を打ち消したとつづけられて、この地に来たのは『ヱマルソン』を一二月に脱稿しようと期してであると結ばれている。

富井まつ子、享年一八歳六ヶ月。普連土女学校の教え子で「日記」には「余が生涯に於て有數の友なりしを」とあって、愛惜させる気質の人であったらしい。そして直ちに「哀詞序」（「評論」一二号）が執筆されているが、前段には「生を享け、人間に出でゝ、心を勞して荊棘《けいきょく》を過る」と、世にあることが概括されて「天地の間に我が心を寄するものを求めて得ざれば我が心は涸れなむ」とあり、後段には、「あからさまに我が心」を言えば、「われは既に萬有造化の美に感ずるの時を失へり」とあって、「人世の冉々《ぜん〳〵》として減殺するを嗟《さ》し惆《しゅう》として命運の私しがたきを慨す」と結ばれている。

この文章は、まつ子の死への哀悼だけが叙述されているのではない。ここに描かれているのは、思想の孤立にさいなまれて絶望と疲労から鬱に沈んで生を運命として受け入れることを希求している内部の声であり、文末の一文から読みとれるのは、まつ子の死との共鳴である。「哀詞序」には、「（哀詞本文は未だ稿を完ふせず）」と注記されているが、本文はない。

九月に制作された三篇の蝶の詩、「蝶のゆくへ」「眠れる蝶」「雙蝶のわかれ」は、まつ子の死との共鳴から導かれた自身の生への「哀詩」である。詩空間は時空の切り岸に設定されていて、主体とのかかわりは微妙に異なっていても〈蝶〉はもはや選択肢が残されていない時空にたゆたっている。

透谷は自身の営為を「運命」と受けとめて、「生」への哀詩、死への応答をなし終えてしまったのである。

詩・七編と頭注

古藤菴に遠寄す

透谷庵

一輪《いちりん》[1]花の咲けかしと、
　願ふ心は君の爲め。
薄雲《はくうん》[2]月を蔽ふなと、
　祈るこゝろは君の爲め。
吉野の山の奥深く、
　よろづの花に言傳《ことづて》て、
君を待ちつゝ[3]且つ咲かせむ。

「古藤庵に遠寄す」（「文學界」第三號　明治26・3・31）
「文学界」は一八九三年一月三一日創刊、一八九八年一月一日終刊。全五八冊。古藤庵とは、島崎藤村（一八七二—一九四三）のこと。藤村はこの年二〇歳、二月から関西方面の旅にでて、三月中旬から約一ヶ月吉野山に滞在した。藤村の無事の帰還と一層の進展を期待しての作。

1　高い境地に到達するようにと。
2　前途が閉ざされないようにと。
3　成果を願っている。

彈琴と嬰兒

透谷子

何を笑《ゑ》むなるみとりこは、
琵琶彈《ひ》く人をみまもりて。
何をたのしむみとりこは、
琵琶の音色《ねいろ》を聞き澄《す》みて。
浮世を知らぬものさへも、
[1]浮世の外《そと》の聲を聞くなり。
こゝに音づれ來《き》し聲を、
いづくよりとは問ひもせで。
[2]破れし窓[3]に月滿ちて、
[4]埋火《うもれび》かすかになり行けり。
こよひ一夜《ひとよ》はみどりごに、
[5]琵琶の眞理《まこと》を語り明かさむ。

「彈琴と嬰兒」（「平和」第一二號　明治26・5・3）
無垢な「みどりこ」への愛惜の情が謳われている作品。

1　琵琶の音には内部の霊力を喚起する力があって、無垢な「みどりこ」は宇宙の真理と交歓している。
2　自分の希いは充たされなかったけれども。
3　清浄な気配は漂ってきて。
4　生存の時間は少なくなったにしても。
5　琵琶の音色が導いてくれるこの世の真理を。

「ほたる」（「三籟」第四號　明治26・6・30）

「三籟」は、戸川残花が刊行したキリスト教的立場の文学雑誌。翌年一月第一〇号で終刊。「蝶」の詩へと引き継がれていく。主体に内在しているタナトスの情調から発想されていて、「ほたる」には、圧倒的な近代化の潮流に逆らって思想を形成していった主体の営為が移し植えられている。

1　夕暮れの明るさが次第に消えていって。
2　はじめに薄暗くなっていく。
3　ほんの少しばかり。
4　「影」は水や鏡の面などに、光によってうつる物の形や色。現世で何ごとかをなしとげたとの寓意。
5　「身を恥づる」は引け目を感じて恥じらうの意。それでもなを遠慮がちな気配で。
6　じめじめした草むらに誕生して。腐敗している現世に生まれ合わせて。
7　いたましいことに、もの哀しい月の光の中を。
8　時空の彼方に消えてしまった。

ほたる

透谷

[1]ゆうべの暉《ひかり》をさまりて、
[2]まづ暮れかゝる草陰に、
[3]そづかに影[4]を黠《しる》せども、
[5]なを身を恥づるけしきあり。

羽虫を逐ふて細川の、
浅瀬をはしる若鮎が、
静まる頃やほたる火は、
低く水邊をわたり行く。

[6]腐草《ふそう》に生をうくる身の、
[7]かなしや月に照らされて、
もとの草にもかへらずに、
[8]たちまち空《そら》に消えにけり。

蝶のゆくへ

透谷

舞ふてゆくへを問ひたまふ、
[1]心のほどぞうれしけれ、
[2]秋の野面をそこ〳〵かと、
[3]尋ねて迷ふ蝶が身を。

[4]行くもかへるも同じ關、
越へ來し方に越へて行く。
[5]花の野山に舞ひし身は、
[6]花なき野邊も元の宿。

[7]前もなけれバ後もまた、
[8]「運命《かみ》」の外には「我」もなし。

「蝶のゆくへ」（『三籟』第七號　明治26・9・30）

以下、三編の「蝶」の詩には、「ほたる」同様、透谷の存在が仮託されている。自然を描写している叙景詩ではない。

1　思いやってくれる心緒がありがたい。

2　ものさびしい秋の野原をとりとめもなく。

3　終焉の気配に包まれながら、なお、あれこれ想い悩んでいるわたしの身の上を。

4　『後撰集』蝉丸太夫の和歌「これやこの行くも帰るも別れてはしるも知らぬもあふ坂の関」を踏まえての発想。但し「行く」は現世への誕生、「かへる」は時空の彼方への帰還。

5　夢や希望を抱いて時を過ごした身にとっては。

6　夢や希望が抱けなくなってしまった今もなお、生の内なるものである。

7　過去が空しかったのと同様に未来に希いを託すこともできなくて。

8　「生」を定めと受け取る以外には、自己への問いかけも消失してしまった。

ひら〳〵と舞ひ行くは、
　夢[9]とまことの中間《なかば》なり。

眠れる蝶

透　谷

[1]けさ立ちそめし秋風に、
「自然《しぜん》」[2]のいろはかわりけり。
高梢《たかえ》に蟬の聲細く、
茂草《しげみ》に蟲の歌悲し。
　林には、
　鵯《ひよ》のこゑさへ[3]うらがれて、
野面には、
　千草の花もうれひあり。
あはれ、あはれ、蝶一羽、
　破[4]れし花に眠れるよ。

9　なお、夢――現世への希いに導かれているようにも感じられるのである。

「眠れる蝶」（「文學界」第九號　明治26・9・30）

一連は客観的描写、二連は蝶への問いかけ、三連は蝶の応答。

1　蝶は、今、秋風とともに生の終焉の情調を感じ取っている。

2　括弧が付されているのは、「自然」は今、再び経巡ることのない色調を醸し出しているからである。

3　「うらがれる」は草木の葉先や枝先が枯れること。

4　かなえられなかった希いを抱いて眠りに就いていることである。

5　すべての存在は秋の気配に包まれている。

6　秋が来たのを了解して。

7　朝まだ星の光のある時刻から。

8　「嘯く」は口をすぼめて息を大きく強く出すの意で、月の推移に嘆息して。

9　おまえだけ自然の推移に従わないで。

10　かなえられなかった希いを抱いたまま眠りに就いているのは何故ですか。

11　例えかなえられない希いであっても、そのような希望を抱いてしまうと。

12　それも逃れられない定めであって。

早やも來ぬ、早やも來ぬ秋、
　[5]萬物《ものみな》秋となりにけり。
蟻はおどろきて穴索《あなもと》め、
蛇は[6]うなづきて洞《ほら》に入る。
田つくりは、
　[7]あしたの星に稻を刈り、
山樵《やまがつ》は、
　[8]月に嘯むきて冬に備ふ。
蝶よ、[9]いましのみ、蝶よ、
　[10]破れし花に眠るはいかに。
[11]破れし花も宿假《か》れば、
　[12]運命《かみ》のそなへし床《とこ》なるを。
春のはじめに迷ひ出で、
秋の今日まで醉ひ醉ひて、

あしたには、
　千よろづの花の露に厭き、
ゆうべには、
[13]夢なき夢の數を經ぬ。
[14]只だ此まゝに『寂《じやく》』として、
　[15]花もろどもに滅《き》えばやな。

雙蝶のわかれ

透谷

ひとつの枝に雙《ふた》つの蝶、
羽を收めてやすらへり。
露の重荷に下垂るゝ、
　草は思ひに沈めり。
[1]秋の無情に[2]身を責むる、

13　想い返してみると、叶えられないさまざまの幻影を垣間見たことであった。
14　もの哀しさに耐えて。『寂《じやく》』は『校本』では、『寂《じやく》』に訂正されている。
15　理想や希望を想い描いたままで、時空の彼方に赴きたい。「もろども」は『校本』では、「もろとも」に訂正されている。

「雙蝶のわかれ」（「國民之友」第二〇四號　明治26・10・3）
自然の中にある「生」が謳われている。
1　非情な季節の移りゆきに。
2　自身のあり方を問いただす。

　花は愁ひに色褪めぬ。

言はず語らぬ蝶ふたつ、
齊[3]しく起ちて舞ひ行けり。

うしろを見れば野は寂《さび》し、
　前に向へば風冷《さむ》し。
過ぎにし春は夢なれど、
　迷ひ行衛は何處ぞや。

同[4]じ恨みの蝶ふたつ、
重げに見ゆる四《よつ》の翼《はね》。

雙び飛びてもひえわたる、
　秋[5]のつるぎの怖ろしや。
雄《を》も雌《め》も共にた[6]ゆたひて、

3　一緒に。

4　同じ悔恨を抱いている二羽の蝶は。

5　自然の運行の。

6　ゆらゆらと方向が定まらないままに。

もと來し方へ[7]悄れ行く。
もとの一枝《ひとえ》をまたの宿、
暫しと憩ふ蝶ふたつ。
[8]夕《ゆう》告《つ》げわたる鐘の音に、
　おどろきて立つ蝶ふたつ。
[9]こたびは別れて西ひがし、
振りかへりつゝ去りにけり。

露のいのち

蟬羽

[1]待ちやれ待ちやれ、その手は[2]元へもどしやんせ。[3]無残な事をなされまゐ。その手の指の先にても、これこの露にさはるなら、たちまち零ちて消えますぞへ。

7　力なくただよっていく。
8　今生の終焉を告げる鐘の音に。
9　他界に赴くにはそれぞれに。

「露のいのち」（「文學界」第一一號　明治26・11・30）
「露」もまた「うれひ」から逃れられない。
1　待って下さい。
2　戻して下さい。
3　ひどいことをなさらないで下さい。

4 風が吹くと花が散る。
5 花の真髄などとは。
6 人の勝手な言いぶんで。
7 それでは露を何と言いあらわしたらいいのでしょう。
8 夕方に誕生して朝には消えてしまう。

9 はかない一夜の宿りをしても。
10 野外の風に吹かれるだけで。
11 露はどんな楽しみがあって仮の宿りをするのか。

12 この世に誕生する前はどんなでしたか。
13 消えた後はどうなるのでしょう。
14 昨晩から今朝までの短い間でさえも。
15 悲しい出来事の発端に成ったのではありませんか。
16 大急ぎで。
17 この世から去らせて下さいよ。（↓補

1）二編の長編詩と後期の抒情詩（↓補
2）存在感覚の表象

[4]吹けば散る、散るこそ花の[5]生命とは悟つたやうな[6]人の言ひごと。[7]この露は何とせう。咲きもせず散りもせず。[8]ゆうべむすんでけさは消る。

草の葉末に唯だひとよ。[9]かりのふしどをたのみても。さて美《あま》い夢一つ、見るでもなし。[10]野ざらしの風颯々と。吹きわたるなかに[11]何がたのしくて。

[12]結びし前はいかなりし。[13]消えての後はいかならむ。[14]ゆうべとけさのこの間《ひま》も。[15]うれひの種となりしかや。待ちやれと言つたはあやまち。[16]とく〱[17]消してたまはれや。

〔補　注〕

補1　二編の長編詩と後期の抒情詩

透谷の詩は『楚囚之詩』『蓬萊曲』の二つの長編と、後期の抒情詩とに分けて論じられている。そして抒情詩への移行は、詩の単なる屈折ではなく後退のようにもみえるといった見解にも出会う。

しかし、「ゆきだをれ」「平家蟹」等が制作された明治二五年（一八九二年）には、状況認識を深化させているし、二六年の「蝶」の詩は、存在感覚を「内部生命論」としてとりまとめて表象し終えた後に謳われていて、透谷は思想を後退させていない。

繰り返しになるけれども、明治二五年八月『三日幻境』を書き進めていくあたりから透谷は特異な心緒に囲繞されてしまう。「明治の政治的革」―近代化に対処できる思念「希望《ホープ》」を確立して、七年の及んでいた「牢獄」意識を克服して、一時《いっとき》、満足感にひたることができたにしても、透谷の鋭敏な感性は自覚的な思想形成の始まりの地を「幻境」と表示せざるを得ないほどに、想い描くことのできた「希望《ホープ》」と圧倒的な力で推し進められていく状況との隔絶を意識せざるを得なかったのである。

「ゆきだをれ」の乞食や「みゞずのうた」の雲水が、現世とのかかわりを持とうとしない境地の人物とされているのはそのためであり、人間存在は自然の内なるものであるという、近代化が推し進められている明治社会への警鐘を書きのこした後に、時空の切り岸にある「蝶」を謳い継いだのは、思念の孤絶を意識したからに相違ない。

抒情詩に表出されているタナトスの情調が、透谷の存在の終焉の情調であって全貌でなかったことは、「蝶」の詩と同時期に記されている、数編の小論・随想から明らかである。

長編の詩が取り上げられなかったのは、思想が受け入れられなかったからであり、抒情詩が生き残って近代詩の源流になったとされているのは、五七律の仏教的無常観が「希望《ホープ》」を形象した遍歴の過程への配慮を欠いたままで受け入れられたからである。

藤村との関係について立ち入っておくと、透谷の作品が維持され継承されてきたのは、藤村の力に負うところが大きい。しかし、「自分のようなものでも、どうかして生きたい」（『春』）というのが近代社会にたいする藤村の主調であり、そのような姿勢の範囲での透谷への言及である点は考慮されなければならない。

補2　存在感覚の表象

この年の秋、「蝶」の詩と前後して数編の小論・随想が遺されている。

前年の秋からの抒情詩が固有な「生」に内在している「死」―タナトスとの応接に終始しているのに対して、以下の小品には、詩人として抱いていた使命感、到達した状況認識、掌握した存在感覚の粋が凝縮されている。

「心の經驗」（「聖書之友雜誌」七〇号）は、「人間《にんげん》の生涯《しやうがい》は心《こゝろ》の經驗《けいけん》なり。心《こゝろ》とは靈魂《れいこん》の謂《いひ》にして、人間《にんげん》の生命《いのち》の裡《うち》の生命《いのち》なり」と書き起こされていて、「心」が神の霊と関係するところであり、人の中の小天地であると論じられている。

「思想の聖殿」（「評論」一三号）では、社会も国家も自由意志を持って結託した「衆合躰」であるべきなのに、明治以後の政治社会は紛糾錯雑して「「思想」が正當に擁護せらるべき聖殿」の礎石さえ見ることができないと嘆息されている。

「兆民居士安くにかある」(「評論」一三号)には、ルソー、ボルテールの思想を咀嚼して思想界の一方の代表者である中江兆民が北海道で材木の輸出事業を志したのに対して、議会や自由党を捨てたのはもっともなのだが、どうして哲学者として社会への憤りを思想界に放とうとしないのかと、兆民を「世外に超脱」させてしまった時勢の変遷が嘆息されている。

「萬物の聲と詩人」(「評論」一四号)には、詩人、思想家のあるべき姿が論じられている。

……「自然」は萬物に「私情」あるを許さず。私情をして大法の外に縦《ほしいまま》なる運行をなさしむることあるなし。私情の喜は故なきの喜なり。私情の悲は故なきの悲なり、彼の大琴に相渉るところなければ、根なき萍《うきくさ》の海に漂ふが如きのみ。情及び心、個々特立して而して個々その中心を以て、宇宙の大琴の中心に聯なれり。海も陸も、山も水も、ひとしく我が心の一部分にして、我れも亦た渠の一部分なり。渠も我も何者かの一部分にして帰するところ卽ち一なり。

はじめに「「自然」は萬物に「私情」あるを許さず」とあるのは、内なる自然から疎外された「私情」が「自然」(造化)と対峙していくことになっていく近代的な自然観への警鐘として大きな意味を持っている。例えば、大魔王の「神よりも彊《つよ》きも／の、彼に打《う》ち勝《か》ちて、彼《かれ》の權威《けんい》を奪ひ取れ／るを知らずや」（『蓬萊曲』）という発言を思いやればよい。

ここに表象されているのは、人間の心と宇宙（造化・自然）との共鳴であり冥交である。東洋の思惟の伝統に連なる存在感覚であり、透谷が到達した生命観の極地である。そして詩人の役割が次のように記されている。

宇宙の中心に無絃の大琴あり、すべての詩人はその傍に來りて、己が代表する國民の爲に己が育成せられたる社會の爲に、百種千態の音を成すものなり。ヒューマニチーの各種の變狀は之によりて發露せらる。

「漫罵」（「文学界」一〇号）には、銀座から木挽町を散策しての感慨が記されている。

今の時代は物質的の革命によりてその精神を奪われつゝあるなり。その革命は内部に於て相容れざる分子の撞突より來たりしにあらず。外部の刺激に動かされて來たりしものなり。革命にあらず移動なり。人心自ら持重するところある能はず、知らず識らずこの移動の激浪に投じて、自ら殺ろさゞるもの希なり。その本來の道義は薄弱にして以て彼等を縛するに足らず、その新來の道義は根蔕《こんたい》を生ずるに至らず以て彼等を制するに堪えず。その事業その社交、その會話その言語悉く移動の時代を證せざるものなし。斯くの如くにして國民の精神は能くその發露者なる詩人を通じて文字の上にあらはれ出でんや。

漫罵とは、故なくしてあざけるという意味である。だが、世に入れられない悲哀がパセテックに羅列されているのではない。順を追って解説していくと、「物質的の革命」とは物質的文明の到来を指している。「革命にあらず移動なり」の「革命」とは、維新の変革をもたらした日本民権の精神、主観的思想を継承して共和制度の社会をもたらしていくことであり、「移動なり」とは、いま推し進められている所謂近代化が国民のヒューマニティを閉ざしている点において封建制度の社会と同じだからである。いまの時代を「移動の激浪」というのは、天皇制国体のもとに形成されつつある日本的ナショナリズムの浸透をさしている。そして「本来の道義」、民衆が培ってきたヒューマニティの伝統は、「彼等」―近代主義者や国粋主義者によって喪失されようとしているのである。

　今の時代に創造的思想の缺乏せるは思想家の罪にあらず。時代の罪なり。物質的革命に急なるとき、曷《いづく》んぞ高尚なる思辯に耳を傾くるの暇あらんや。

「日本文學史骨」から援用すれば、主観的思想は混沌のなかで長夜の眠りを貪り、新しい思想は未だ萠え出づるに及ばなくて、日本の現状はモーゼなきイスラエルの民なのである。

「一夕観」（『評論』一六号）には、自然との共鳴が謳われている。

　ある宵われ牕にあたりて横はる。ところは海の郷、秋高く天朗らかにして、よろづの象、よろづの物凛乎《りんこ》として我に迫る。恰も我が眞率ならざるを笑ふに似たり。恰も我が局促たるを嘲るに似たり。恰も我が力なく能なく辨なく氣なきを罵るに似たり。渠は斯の如く我に徹透す。而して我は地上の一微物、渠に悟達することの甚はだ難きは如何ぞや。

さらに「不死不朽、彼と與にあり、衰老病死我と與にあり」とつづけられて、「聖にして熱ある悲慨」—明治の現実に対する悲憤慷慨が心頭に浮かび出るけれども、「罵者の聲」—高踏派・パリサイの徒といった非難の声が耳に迫ってくると胸中の苦悩が記されている。透谷は、いま、思想の孤立にさいなまれて苦悶し、内部世界の深奥に組み込まれている自然と共鳴して、「心境一轉すれば彼も無く、我も無し」という梵我一如の観想に至り着いている。

われは歩して水際に下れり。浪白ろく萬古の響を傳へ、水蒼々として永遠の色を宿せり。手を拱ねきて蒼穹を察すれば、我れ「我」を遺れて飄然として、艦褸の如き「時」を脱するに似たり。

「水」—なかんずく海への郷愁は、人類の深層心理に太古の記憶として内包されているものである。そして「時」—時間は、相対的な関係概念であって実在ではない。われが「我」を遺れて自然と共鳴すれば、「時」はその意味するところを消失してしまう。

以上、六篇の小論・随想は、散文詩と受けとめても遜色ない文章であり、抒情詩群の補遺として遺漏ない内容である。

詠嘆的に叙述されていても思想を後退させていない。

V　詩人・透谷の思想

1

年若い透谷は、近代化に伴って日本社会に訪れた時空の変位を敏感に感じ取っている。一五歳の明治一七年（一八八四年）、維新後の社会に対してアンビションを抱いて神奈川県の自由民権運動の末端に加わった透谷は、民権運動の指導者たちが負債農民の窮状に対処しようとしない状況に遭遇してしまったのである。その年の暮れ近く、川口村滞在に先駆けて父宛に記されたと思われる「哀願書」の文言、「世界ノ大道ヲ看破スルニ弱肉强食ノ狀ヲ憂ヒテ此弊根ヲ掃除スルヲ以テ男子ノ事業ト定メタリキ」からは、資本主義システムの倫理が日本社会に浸透しているという認識がうかがえる。そして、明治二〇年の「［石坂ミナ宛書簡草稿］」一八八七年十二月十四日」には、「世の文化に趣きて有要の生活的機惧の数多出で來たりて」と商品の流通を指摘した後に、脳力の競争時代が到来して「人の心」が自然な情から「殺ばつ變幻なるもの」に変位していくのではないかという危惧の念が吐露されている。

しかし、『楚囚之詩』の解説では、根底にあるモチーフ、近代化への違和感については言及されていないし、『蓬萊曲』は、維新後四半世紀を経ようとしている日本社会のありさまを問い糺している作品とは受けとめられていない。そして、素雄を「さすらへ」の旅に趣かせている状況認識についても顧みられていない。透谷の思想は、没後百十余年を経てなお孤立を余儀なくされているように思われる。

それはどうしてなのか。

「日本文學史骨」（明治二六年）の「第三回　變遷の時代」には、福沢諭吉が論じられているので、その一節から改めて透谷の位相を確かめてみたい。

日本近代社会は福沢の敷いた路線を歩んだのであり、戦後社会でも平等論は民主主義の旗印とされている。とりわけ『文明論之概略』（明治八年）は、はっきりとした文明論的な日本の設計を指示した書であり、先進的な西洋文明国を範として近代日本における文明的人民の創出をめざしていると評価されている。福沢の議論が国民国家形成の過程での役割が大きかったのは言うまでもない。

福澤翁には吾人「純然たる時代の驕児」なる名稱を呈するを憚らず。彼は舊世界に生まれながら徹頭徹尾舊世界を抛げたる人なり。彼は新世界に於て擴大なる領地を有すると雖、その指の一本すらも舊世界の中に置かざりしなり。彼は平穏なる大改革家なり、然れども彼の改革は寧ろ外部の改革にして、國民の理想を嚮導したるものにあらず。

ここには福沢の改革について、普遍化すれば資本・国家・民族を統合して推進されていく日本の近代化路線が、かつて「國民」（民衆）が抱くことができた理想を継承していないと指摘されている。透谷の現実認識・あるいは時勢への批判は、維新以前の民衆、「舊世界」の共同体が到達していたと透谷が想い描いている地点から発想されている。透谷の謂う「國民の理想」とは、「一種の攘夷思想」（「平和」第三号）などで言及されている「平民的共和思想」が実現されていく社会への願望であって、西洋文明を受け入れて形成されようとしている国民国家ではない。

この福沢批判のうち、「舊世界を抛げたる人なり」については了解が得られよう。たしかに日本近代社会は、旧世界の共同体が培っていた遺産を尊重しようとしなかったのである。しかし、「福澤翁」に対する批判の要点は「彼の改革は寧ろ外部の改革にして」と、平等論も文明論も「國民の理想」とかかわりがないと言い切っているところである。

透谷が板垣の民権運動の実態に異を唱えていることはすでに紹介しているが、福沢の平等論も文明論も受け入れようとしていない。近代社会の二つの指標、〈民主〉も〈愛国〉も否定しているのである。

次に転載するのは、『民衆史の構造』（斉藤博）の冒頭部分に記されている「近代社会の考え方」の一節である。

近代社会がもつ文明社会としての高さと人類史に占める位置は、普通考える以上に巨大である。近代社会になってはじめて人類は、原始・古代から中世・近世社会にいたるまで程度の差こそあれ継承してきている自然的紐帯《ちゆうたい》をきりはなした。物質的かつ精神的な部分性と盲昧性を解き放したのである。社会的人間解放への一般的かつ抽象的な基礎を形成することが可能となった。

ブルジョア革命・本源的蓄積・産業革命の三段階をふくむ生産力の飛躍・社会の激動・文化の発展が、人類史に現実性をもたらした。このことが原始・古代以来、現代にいたるまでの人類史に批判的かつ科学的な眺望を可能とした。近代の資本主義社会の中に自立して自由な個人として解き放たれた近代人の社会科学によって、人類の歴史的社会的連関の全体像を把握できるようになった。

著作が発表されているのは一九七五年（昭和四〇年）。斉藤の民衆史は、透谷がコミットした「世《せい》内《ない》」――近代化の表層から置きさりにされた民衆・あるいは国民の、近代社会での生活実態が克明に記されている貴重な著述であるが、あえて近代社会とは何かが概括されてその意義が賞賛されている「近代社会の考えかた」を転載したのは、近代化・あるいは文明化は批判することのできない真理であるとして、戦前・戦後の社会で受け入れられて、旧世界――日本の場合、封建制度の規範に変更を迫った点を確認しておく必要を感じるからである。

斉藤の民衆史は、近代社会のシステムを認めた上での状況分析・問題提起であるが、透谷の状況認識は、近代社会の形成期に民衆の生活実態に視点を据えて紡ぎ出されていて、透谷は近代社会のシステム、斉藤の謂う「近代社会の考え方」に問いを抱いてしまったのである。

2

それでは、透谷の作品・あるいは思念は、近代文学の展開の過程でどのように位置づけられるのか。

ここで、柄谷行人の『日本近代文学の起源』（岩波書店）を紹介するのは、この著述には西洋文明を受容して展開していく日本近代文学の様態が周到に解説されていて、透谷の思想の意味するものを映し出すことができるからである。

内容に立ち入ると、「第一章　風景の発見」では、近代化を受け入れている夏目漱石・国木田独歩・柳田国男が取り上げられて、近代文学において風景が出現したのは知覚の様態が変わった――主観や客観が歴史的に出現したということであり、「風景」は孤独で内面的な状態と緊密に結びついていると論じられている。

旧版（講談社版）をも参照すると、「風景の発見」について――「山水画」において、画家は「もの」をみていない。実朝も芭蕉も「風景」をみたのではない。『奥の細道』には「描写」は一行もないといった伝統文芸の概括から説き起こして、明治二十年代の正岡子規の俳句・ないしは「写生」は、伝統的な主題を捨てたことであり、それは詩の主題となりえなかったものを主題とすることであったと論じられている。そして写生が顕在化した「描写」とは、「外界」そのものが見出されたことであると、知覚の様態の変位が指摘されている。

次いで「第二章　内面の発見」には、「明治二十年代が重要なのは、憲法や議会のような制度が確立されただけでなく、制度とは見えないような制度――内面や風景――が確立されたからである」とあって、「言文一致は、明治二〇年前後の近代的諸制度の確立が言語のレベルであらわれたものである。いうまでもないが、言文一致は、言を文に一致させることでもなければ、文を言に一致させることでもなく、新たな言＝文の創出なのである」と論じられている。

そして「第三章　告白という制度」の末尾は、次のように取りまとめられている。

明治国家が「近代国家」として確立されるのは、やっと明治二十年代に入ってからである。「近代国家」は、中心化による同質化としてはじめて成立する。むろんこれは体制の側から形成された。重要なのは、それと同じ時期に、いわば反体制の側から「主体」あるいは「内面」が形成されたことであり、これらの相互浸透がはじまったことである。

今日の文学史家が、明治の文学者らの闘いを、あるいは「近代的自我の確立」を評価するとき、もはやそれはわれわれを浸しているイデオロギーを追認することにしかならない。たとえば、国家・政治の権力に対して、自己・内面への誠実さを対置するという発想は、「内面」こそ政治であり専制権力なのだということを見ないのだ。「国家」に就く者と「内面」に就く者は互いに補完しあうものでしかない。

明治二十年代における「国家」および「内面」の成立は、西洋世界の圧倒的な支配下において不可避的であった。われわれはそれを批判することはできない。批判すべきなのは、そのような転倒の所産を自明とする今日の思考である。それは各々明治にさかのぼって、自らの根拠を確立しようとする。それらのイメージは互いに対立しているが「対立」そのものが互いに補完しあいながら、互いの起源をおおいかくすのである。「文学史」はたんに書きかえられるだけでは足りない。「文学」、すなわち制度としてたえず自らを再生産する「文学」の歴史性がみきわめられなければならないのである。

ここには、日本近代社会が確立していった「制度」と「内面」の関係が怜悧に分析されている。論旨の中枢は、近代化に従って「近代的自我の確立」を目指した明治の文学者の「内面」は、「西洋世界の圧倒的な支配」を受け入れている点で「国家」の意向から自由になれなくなり「国家」と「内面」は互いに補完しあってしまうという指摘である。そして、あざといのは「明治二十年代における「国家」および「内面」の成立は、西洋世界の圧倒的な支配下において不可避的であった。われわれはそれを批判することはできない」と、西洋文明の浸透・受容をそれとなく容認しているところである。「主体」あるいは「内面」は、反体制の側——明治国家が強いる近代化とは異なる理想を抱いた人たちによって形成されたとされているが、反体制とは、近代化を受け入れたうえで明治国家の政策に対して挫折や敗北を味わった人たちである。

透谷が創作活動を行った期間は、まさしく明治国家が「近代国家」として形成されていく時節であった。しかし、透谷は「新たな言＝文の創出」、言文一致に参加しようとしなかったし、柄谷の謂う「知覚の様態」、わかりやすく言えば物質的文明——資本主義システムを伴って到来した西洋文明が日本社会に及ぼしている時空の変位を受け入れようとしなかったのである。『日本近代文学の起源』で透谷は、夏目漱石・正岡子規・二葉亭四迷・西田幾多郎といった同時代者と同様に「明治国家が強いる近代化とは異なる未来への理想を抱き且つその敗北を味わっていた」一人に加えられているが、漱石や子規と違って近代化そのものに疑義を抱いた透谷は、「近代国家」の埒外で自己の思念を問い糺していったのである。

3

『楚囚之詩』に「余が代《よ》には楚囚とふりて、／とこしふへに母に離るふり」と謳われているのは、祖父や父の時代――維新前後には、民衆が解放を求めて行動することができたのに、近代国家によって諸制度が整えられている現在では、生の展開が阻まれてしまっているという意味であり、『蓬莱曲』の冒頭に、「雲《くも》の絶間《たえま》もあれよかし、／わが燈火《ともし》なる可き星《ほし》も現《あら》はれよ」とあるのは、「明治の政治的革新」――近代化に、「西洋世界の圧倒的な支配下」に展開していく明治の現実に批判的に対処することのできる思念の探索を意図してのものである。素雄が「さすらへ」の旅路のはてに他界に赴いてしまうのは、「近代国家」との同質化を拒んでいるからであり、近代国家の意向に恭順なイデオローグ「鶴翁」と、新たな制度に君臨している「大魔王」の仮構によって、透谷の「新蓬莱」、維新後四半世紀を経過しようとしている明治社会にたいする状況認識は明白になっている。

そして、そのように受容されていないけれども、翌・明治二五年には「平和」の諸論考を基軸にして、近代国家日本への危機意識が論理的に形象されている。そして、二六年には、「心」の存在を根底にして詩空間の自立を説いている「人生に相渉るとは何の謂ぞ」、さらには日本社会には自由な精神が継承されているという文学史観を述べて、明治の思想への疑義を表明している「日本文學史骨」を経て、「心」の掌握を根底にしている存在論が営為の集約として「内部生命論」に結実されていく。

日本平和会の機関誌「平和」の発刊は、日清戦争に先駆けてのものと評価されても、二号以下の論考――二号の「最後の勝利者は誰ぞ」、三号の「一種の攘夷思想」、さらには六号の「各人心宮内の秘宮」、一〇号の「心の死活を論ず」については、状況認識の所産であるとは受けとめられていない。しかし、繰り返すけれども、透谷は「平和」を思想の次元で掌握することのできる希有な認識能力の所有者だったのである。

二号と三号の論考には、今日まで近代日本社会の規範となっている通俗道徳律・自己責任論がヒューマニティを欠いた不調実な戦争を誘発しかねない思念であり、近代化に伴って仮構されていった天皇制国体・日本的ナショナリズムが差別意識を内包している攘夷思想であると弾劾されている。この百余年、近代社会の中枢に傲然と居を占めている規範や概念が、その草創の時節に的確に摘出されている希有な論考なのだが、とかくの論議を生むことなく素通りされて今日に及んでいるのは、近代化を受け入れているエリート達にとって、通俗道徳律・自己責任論は、国家や政治権力に対して自己の内面の誠実さを対置することができる規範であり、天皇制国体・日本的ナショナリズムは、国家との同質化を保証する揺るぎない砦だからではなかったか。

「平和」三号の発行は、明治二五年の六月一五日。「一種の攘夷思想」は「三千年を流るゝ長江漫落たり」と起筆されていて、文脈に配慮して解読していくと、日本社会に受け継がれて今日に及んでいる「長江」――自由な精神の伝統は、「維新の革命」を経た後、日本社会を席巻している近代化によって「埋了」されてはならないと読み解けるのである。

『蓬莱曲』完成から凡そ一年、「三千年を流るゝ長江漫滸たり」とは、唐突で奇怪な文言であるが、ここには日本社会の伝統・さらには人間存在に対する信頼の念が込められていて、透谷はこの時点で西洋文明への違和、時勢の展開に追随できないところから担い続けていた牢獄意識を克服して、「わが燈火《ともし》なる可き星《ほし》」、近代化への疑義を克服することのできる固有な存在感覚あるいは思想を視界に止めることができていたと推察される。固有な存在感覚とは、「内部生命論」に収束していく「心」の諸現象の究明を基盤にした哲学・存在論を指しているが、鬱状態に陥りがちであった透谷は、資質を逆手にとって、これまで『楚囚之詩』や『蓬莱曲』の読解の過程で縷々検証してきたように、内部世界の存在論的な究明を成し遂げていたのである。

文壇に登場するきっかけになった「厭世詩家と女性」（明治二五年）には、自由な精神の存在に覚醒して閉塞状態を克服して創作主体を形成していく過程が記されている。そして『我牢獄』（明治二五年）では、内部世界の情調をどのように掌握しているかが克明に分析して記述されている。さらに、『蓬莱曲』に組み込まれている「琵琶」と「源六」に注目すると、「琵琶」には今日の生理学でも論証できない認識能力を喚起する機能が付与されているし、「源六」はエロスやタナトスの跋扈する無意識の領域の機微をわきまえている存在として仮構されていて、透谷は「心」の領域——内部世界には、体験から帰納できない様々な奇しきことがらが現象すること、人間存在にはＤＮＡが継承されていて造化・自然と交歓できる霊力が内包されているという存在感に到達していたのである。

近代化が推し進められている状況の問題点を、「世内《せいない》」の民衆の立場からラジカルに検証し、内部世界にランダムに去来する情調を整理し集約して、存在論を構築していった力業はすさまじい。「内部生命論」に「而して人間の内部の生命なるものは、吾人之を如何に考ふるとも、人間の自造的のものならざることを信ぜずんばあらざるなり」とあるのは、内部世界を掌握していく過程での苦心を偲ばせている。

抒情詩に立ち入っておくと、自身の遍歴の過程を肯定できる心境に到達したと読みとれる『三日幻境』を書き記した後、二五年末に「ゆきだをれ」や「み、ずのうた」などで、生の終焉を容認している「乞食」や「雲水」の心緒が謳われているのは、思想形成の始まりの地、川口村を「幻境」と謂わざるを得ないほどに、想い描くことのできた「希望《ホープ》」――〈日本民権〉の実現と、近代化が推し進められている現実との隔絶を意識せざるを得なかったからに相違ない。二六年の「ほたる」、秋に書き継がれた「蝶」の詩は、全存在を賭して思想を形成し終えた証として読みとれる作品群である。

自由民権運動の政治的な闘争から敗退してから、観念の領域で近代的自我の確立をはかったとか、わが国の近代文学の先蹤者であるといった透谷に対する見解が隔靴掻痒の感をぬぐえないのは、近代社会のシステムを受け入れてしまうと、透谷の営為への架橋が閉ざされてしまうからである。

透谷は「西洋思想に伴ひて來れる、（寧ろ西洋思想を抱きて來れる）物質的文明」（「日本文学史骨」）、換言すれば、資本主義システムを内包して到来した西洋文明を認めようとしなかったのである。文明の興亡を説いているトインビー（一八八九―一九七五）の筆法を借りていえば、世界国家建設の途上で日本社会を席巻した西洋文明を受け入れることなく、その反措定として、人間存在は造化・自然の内なるものであるという卓抜な存在論を、「我が事」として論理化し終えていたのである。

4

透谷没後百十余年、日本社会では戦前・戦後を通じて近代化は推し進められている。はたして、資本主義社会は肯定できるものなのか。近代社会になって自立して自由な個人の存立が可能であるという眺望は、近代文明が生み出した神話ではなかったのか。ここで改めて問い糺したいのは、日本近代社会の草創期に透谷が抱いた近代化への疑義と、人間存在は自然の内なるものであるとする思想あるいは存在論の意味するところについてである。

今日では、近代精神のすべてが肯定されているわけではない。一九六八年にヨーロッパ的規模で学生・知識人によって行われた近代知への批判運動は、「文化革命」であったと評価されている。例えば、今村仁司の『近代性の構造』（講談社）には、一九六八年は「文化革命」の年であって「近代国家、近代市民社会がうたった自由と平等がたんなる看板だけであり、うそいつわりであることが白日のもとにさらされた」とも、「国民国家は、万人が自由にして平等な公民として国家をつくっていくことを一つの看板としているが、実際にはその理念に合うどころか、反対に根深い人種差別的な構造を内在化させている」と論じられている。だが、一方では「現在われわれは絶対主義時代の初期の第一モダン、資本主義経済システムの第二モダンとは違う新しいモダン、つまり「第三の近代」へ突入しようとしている」とも記されていて、近代社会の構造が三段階に区分されて近代社会の継承も指摘されている。

そして、西洋文明の問題点が指摘された一九六八年から半世紀余り、二一世紀を迎えた日本社会の表層では、臆面もなく「第三の近代」、新自由主義への移行が宣言されたり、公共放送では近代化を賞賛する、富国強兵につとめた明治人の努力によって今日の繁栄がもたらされているといったドラマが垂れ流されていて、明治にさかのぼって自らの根拠を確かめようとする神話は揺らぐ気配を見せていない。

しかし、所謂西洋文明・資本主義システム――今村の謂う第二モダンを受け入れてから百数十年、ウォーラーステイン（一九三〇―）の著述『近代世界システム』（ⅠⅡ　岩波書店）などには、透谷とほぼ同様の視点から西洋文明に対する辛辣な分析と反省が試みられている。その一端を紹介すると、『入門・世界システム分析』（藤原書店）の冒頭では、世界システムの知の構造は、デカルトやスピノザの知の構造――人間は自らの知性を用いることによって知を獲得しうる存在であるという主張に求められている。そして重要な三つの転換点として、第一に「長い一六世紀」、第二に一七八九年のフランス革命、第三に一九六八年の世界革命が指摘されている。「長い一六世紀」とは、アメリカ大陸の征服・非文明地域への干渉なども含めて資本主義的な世界＝経済として近代世界システムが形成された時期であり、一七八九年のフランス革命とは、その後二世紀にわたって、その近代世界システムのジオカルチュアを支配した中道的リベラリズムの起源となるシステム――自由・平等・博愛といった概念が誕生した事件であり、一九六八年の世界革命とは、近代世界システムの長い終局場面の前触れであると論じられて、言うところの「近代世界システム」の外郭が定められている。

次に掲載するのは、「近代世界システム」において権力が構築してきた普遍主義のレトリック――近代世界システムにおける、構造的暴力と権力の修辞学――にたいする批判が展開されている、『ヨーロッパ的普遍主義』（明石書店）の冒頭部分である。

近代世界システムの歴史は、概していえば、ヨーロッパの諸国家・諸民族が、世界の他の地域に拡大していく歴史であった。それは、資本主義的な世界＝経済の構築において不可欠な要素であった。世界の大半の地域において、この拡大には、軍事的征服、経済的搾取、そして膨大な不正がともなった。この拡大を先導し、そしてこの拡大からきわめて多くの利益をあげた者たちは、そのような拡大が世界のひとびとに与えた益のほうが、より大きなものであるということを根拠にして、みずからにも、また世界に対しても、その拡大を正当化してきた。そのような拡大は、文明とか、経済成長（ないしは経済開発）とか、進歩とか、さまざまに呼ばれるものをひろめてきたというのが、（そういった正当化の）常套の議論である。これらの言葉はすべて普遍的価値の表現だと解釈され、しばしば「自然法」とよばれるものの外観を呈してきた。ゆえに、この拡大は、単に人類にとって有益であるばかりでなく、歴史的に不可避なものであると主張されてきたのである。

この解説書の大略は、近代世界システムの歴史は、その展開の過程で様々な正当化の論議があったにもかかわらず不平等構造の拡大・深化の過程にほかならず、技術と富については拡大を遂げたにしても、上層二〇パーセントと下層八〇パーセントの間の二極分解を拡大しつづけるという犠牲を払って可能になったものであり、権力のレトリックは部分的で歪められた普遍主義であったという結論である。

日本近代社会の推移についても、透谷が謂う「世内《せいない》」にある民衆の立場に視点を定めれば、この概括はほぼ該当しよう。そしてウォーラーステインの文言を借りて言えば、透谷が板垣や福沢の説く〈民主〉や〈平等〉を拒否したのは、それが権力のレトリックであることを見抜ていたからである。透谷は「権力のレトリック」、近代世界システムに包摂されなかったのである。

柄谷の『日本近代文学の起源』には、近代文学において主観や客観が歴史的に出現して――自立した自由な個人が誕生して、伝統的な主題が変位していく過程が「風景の発見」、「外界」（自然）が見いだされたことであると論じられているが、この知覚の様態の変位についての解説は、ウォーラーステインの謂う「デカルトやスピノザの知の構造――人間は自らの知性を特定の仕方で用いることによって知を獲得しうる存在であるという主張」に照応しているとして差し支えない。斉藤の『民衆史の構造』では、その過程が「近代社会になってはじめて人類は、（中略）自然的靱帯《ちゆうたい》をきりはなした」と説明されているが、近代的な人間観――人間存在を自立した存在とする意識は、「アメリカ大陸の征服・非文明地域への干渉」などが行われた「長い一六世紀」の過程で「資本主義的な世界＝経済として近代世界システムが形成された時期」に誕生しているのである。

はたして、物質の流通を基盤にしている資本主義システムの中で、ヒューマニティを保有した自由な個人の存立が可能なのかどうか。西洋文明が内包している人間観、人間は自立している存在であり造化・自然と対峙できるという「知の構造」は容認できるものなのか。

自由民権思想をラジカルに受けとめた透谷は、西洋文明を受け入れて展開していく時空の変位、「国家」の制度やイデオローグ達の「内面」に疑問を抱いたのである。そして「三千年を流るゝ長江」——我が国に継承されている自由な精神の伝統に想いをはせつつ、内部世界——「心」の存在論的究明を成し遂げて、「人間存在は造化・自然の内なるものである」という、西洋文明のレトリックを討つ事のできる存在論を、「我が事」として構築し終えていたのである。

ちなみに『正法眼蔵』には、「自己をはこびて万法を修証《しゆしよう》するを迷《まよひ》とす、万法すゝみて自己を修証するはさとりなり」（「現成公案」）という一文がある。この一節でも「自己」を「万法」（造化・自然）から自立した存在として思慮することが「迷《まよひ》」（誤り）であると指摘されているが、透谷は西洋文明がもたらしていくことになる来たるべき社会の予兆におののいたのである。その点は『蓬萊曲』で、新たな支配者「大魔王」に「神よりも彊《つよ》きもの」と自負させている箇所に明解に示されている。ここで謂う「神」とは、造化・自然の深奥にある「宇宙の精神」であり、資本主義システムの申し子である「大魔王」は、「宇宙の精神」から疎外された存在であって造化・自然の秩序を犯すのである。「Ⅱ『蓬萊曲』の（補14）」で、「大魔王の魔力がもたらすものとして形象されている事象は、百余年を経た今日、すべて対応する事実を整え終えている」と述べたけれども、昨年度（二〇一一年）には、福島原子力発電所の事故も起こるべくして起きたのである。山本義隆の『福島の原発事故をめぐって』（みすず書房）には「近代科学は、おのれの力を過信するとともに、自然にたいする畏怖の念を忘れ去っていったのである」と記されているが、もはや自然環境の破壊も人間の殺戮も『不都合な真実』（アル・ゴア　ランダムハウス講談社）ではない。

没後、百十余年、近代化を擁護し推進する趨勢は圧倒的であって、透谷の思念が表層に浮かび出なかったのは了解できなくはない。それにしても近代日本社会は、西洋文明を普遍的なものとして受け入れて「近代世界システム」の一員に成り遂せているように思われる。一例をあげると、大江健三郎の小説『水死』（講談社）の主人公は「長江古義人」と名付けられていて、「長江」は、透谷の謂う「我邦の生命」を育んでいる「地底の水脈」とは異質のルネッサンス以降の西洋の大河である。透谷の思想は、「生」の原質――「心」の現象との綿密な対応を根底にして形成されている。そして「心」の現象を内部の生命現象として存在論的に究明していく過程で、近代世界システムが達成を謳歌している「知の構造」の陥穽を、その滲透の始まりの時節に見事に対象化することができていたのである。

あとがき（改訂版）

透谷には、『透谷全集』（岩波書店）が出版された頃から魅力を感じていた。

顧みると、社会の趨勢にそれとない危機意識がつのって、職場の同僚達を中心に勉強会を組織したのが一九六七年（昭和四二年）で、月一回の読書会で近代文学を読み解く手法を学んだのである。

透谷から遁れられなくなったのは、透谷の厭世観の根底にあるものと、一高校教員として現実社会と対処して堆積されていく問題意識――管理の機構が巧みに整えられている現代社会の表層では、個体の解放につながる選択肢を求めることができないのではないか――との類似を意識したからである。

日教組の一員でもあったから、一九八九年の労働組合の「連合」への統合は、戦後の社会に求めていた「夢」が、すでにの消滅していることの確認を強いられた事件であった。イラクへの空爆が始まったのは一九九一年で、このあたりから日本社会は否応なく「第三の近代」に拘引されているとして誤りはなかろう。

そのような状況の変位も意識して、没後百年にあたる一九九四年に『北村透谷論』（学芸書林）を出版したのだった。明治国家が近代国家として確立されていく時節に、近代化に疑問を抱いた透谷像を描き出すことが課題であった。『楚因之詩』・『蓬莱曲』を作品としてある程度読み解くこともできたという自負もあった。

少数の人からは賛同されたけれども、『日本文學研究大成　北村透谷』（図書刊行会）では、一〇文字の紹介で切り捨てられていて受け入れられなかったのである。

爾来、一〇余年、作品を読み進めていくにつれてますます明らかになっていったのは、洞察力の確かさであり、透谷の抱いていた危惧が現実社会に顕現しているのではないかという思いである。

透谷は西洋文明が資本主義システムの下で成立した文明であることを掌握していたし、厭世観を増幅していく傍らで内部世界を究明して、人間存在は造化・自然の内なるものであるという卓抜な存在論に到達していたのである。

本稿で、詩作品に頭注を付して、「世内《せいない》」の民衆の生にコミットしている透谷の思念を執拗に探ったのは、自由・平等・博愛を標榜していても大多数の人々を差別してしまう、権力のレトリックを明らかにすることを意図したからである。本書では明治二五・六年の評論に立ち入っていない。その点については、前書の第六章、「現実社会への挑戦」を参照していただければ、ありがたい次第である。

「あとがき」の下に（改訂版）とあるのは、昨年（二〇一二年）の初版本が、小生の力量不足で肝腎な箇所にまで誤記がでてしまい、書店にお願いして、改訂版として再版にいたったからである。

ともかく本稿を書き終えることができたのは、この数年、橋詰先生にお目にかかる機会があったからである。先生はもとより、初版本の誤りをていねいにご指摘くださった鈴木一正先生、三弥井書店の吉田智恵さんには深く感謝している次第である。

二〇一三年一一月二〇日

桑原　敬治

著者紹介

桑原　敬治（くわはらけいじ）

1935年東京生まれ、北海道大学文学部（国文学）卒業。
1961～1991年まで、静岡県公立高校の教員。
清水文学会会員。著書に『北村透谷論』（学藝書林）、共著書に「各務支考」（『芭蕉の弟子たち』雄山閣）、ほかに「『おくのほそ道』論」など。

北村透谷詩　読解

平成24年８月28日　初版発行
平成25年12月21日　第二版一刷発行

定価はカバーに表示してあります。

発行者　吉田榮治
発行所　株式会社 三弥井書店
〒108-0073 東京都港区三田3―2―39
電話03―3452―8069
振替00192―8―21125

ISBN978-4-8382-3232-1　C1092
印刷　藤原印刷